德古拉

源起

DRACUL

戴科・史托克 Dacre Stoker & J.D.巴克 J.D. Barker —— 著　趙丕慧 —— 譯

這些文檔在閱讀之時自會井然排列。一切無關之處皆已刪除，使歷史真相凸顯為純粹之事實。我蒐集整理的這些文檔來自於那些願意分享過往的人士——那一段蒼涼可畏的時光。我的敘述看似凌亂，你卻能從中看出全貌。

至於如何詮釋，但憑君意。

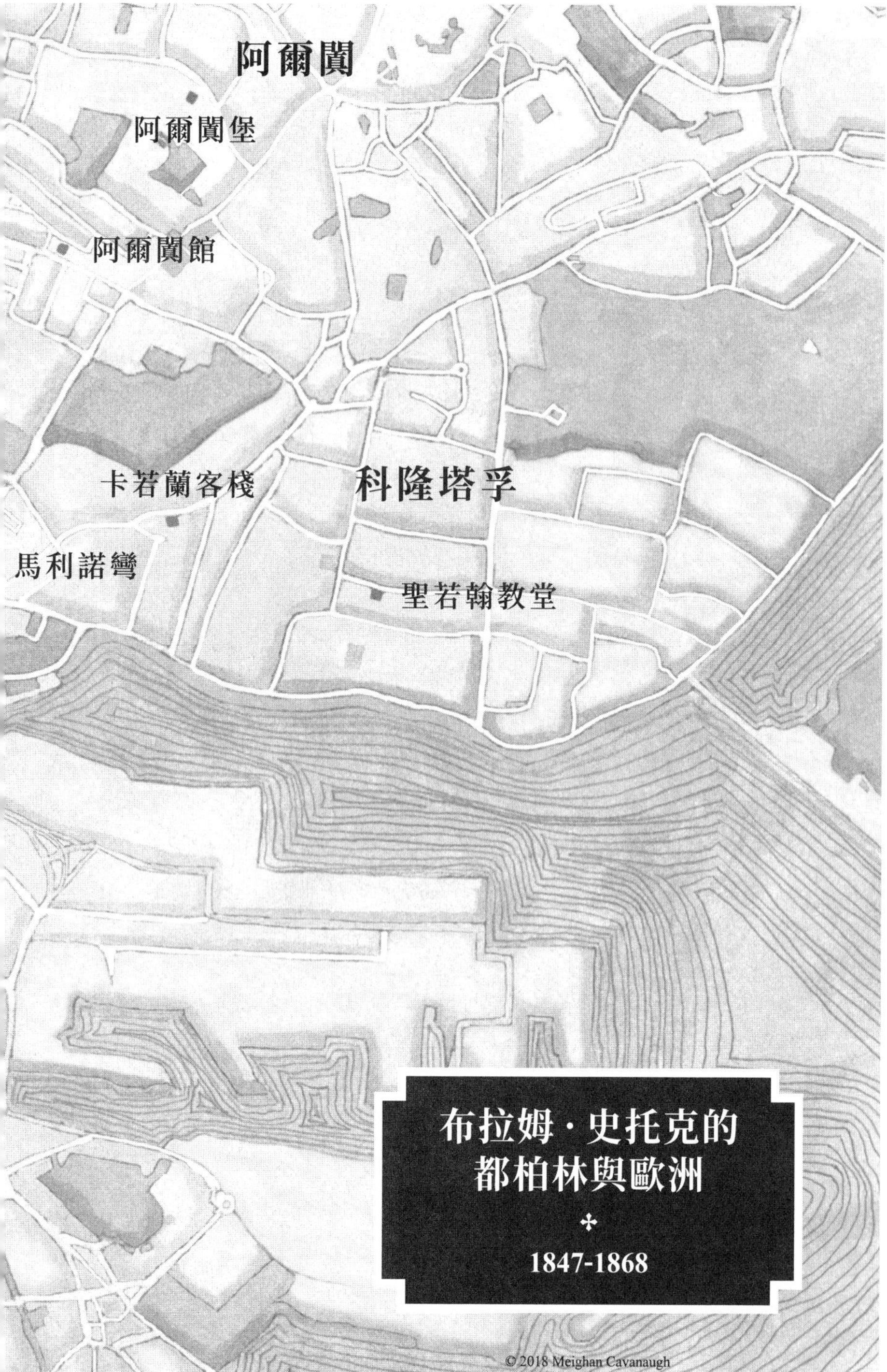
阿爾闐
阿爾闐堡
阿爾闐館
卡若蘭客棧
科隆塔孚
馬利諾灣
聖若翰教堂
布拉姆·史托克的
都柏林與歐洲
1847-1868
© 2018 Meighan Cavanaugh

英國
惠特比
愛爾蘭
都柏林
倫敦
荷蘭
比利時
德國
波蘭
捷克
慕尼黑
斯洛伐克
奧地利
匈牙利
法國
羅馬尼亞
義大利
西班牙
都柏林
斯維夫特醫院
史帝文斯醫院
三一學院
都柏林堡
馬什圖書館
聖史蒂芬綠地
哈考特街43號

Part 1

我深信書中描述的事件都是真實的，
儘管乍一看難以置信，也難以理解。
——《德古拉》布拉姆・史托克
摘錄自本書出版之前發現的序言原稿。

我聽見詭異的、尖銳的笑聲，
有如玻璃鈴鐺——
是她的聲音——我至今仍為之顫慄，
這聲音完全不屬於人類。
——《黑暗的力量》布拉姆・史托克

現在

布拉姆瞪著門。

鑿刻著皺紋的額頭上有汗珠滑落。他拂過濕髮，太陽穴隱隱作痛。

他醒了多久？兩天？三天？他不知道，前一個小時融入後一個小時，夢境不斷，沒有清醒的一刻，唯有睡眠，更深、更暗——

不！

不能想到睡眠。

他強迫自己瞪大眼睛。他**命令**眼睛睜開，絕不能眨眼，因為每一次眨眼都會讓眼皮更沉重。不能休息，不能睡覺，沒有安全，沒有家人，沒有愛，沒有未來，沒有——

門。

必須盯著門。

布拉姆從椅子上站起來，這是室內唯一的家具。他的雙眼鎖定了厚重的橡木門。門移動了嗎？他覺得看見門輕抖，卻沒聽見聲響。沒有一絲的聲響打亂此地的寂靜，唯有他自己的呼吸，以及他的腳焦躁地拍打冰冷的石地板。

門把文風不動，華麗的樞紐依稀是百年前的原貌，鎖頭牢固。在還沒來到此處之前，他沒見過這樣的鎖，以鐵鍛造，嵌鑄於定位。鎖頭和門融為一體，穩穩地置中，左右兩邊分別有一支大栓，插入門框。鑰匙在他的口袋裡，而且會一直擺在那裡。

布拉姆的手指握緊了史奈德馬克Ⅲ型步槍槍托，食指在扳機護環上游動。這幾個小時來，他已經裝填好子彈，尾管部拉緊又放鬆了不知道有多少次。他另一隻手溜到冰冷的槍身上，確定螺栓的位置正確。他把擊鐵向後扳。

這一次他看見了——門縫的灰塵微微浮動，一陣風，僅此而已，卻仍是一種動靜。

布拉姆悄然無聲地放下了步槍，讓槍靠著椅子。

他伸手到左邊的禾稈籃裡，拿出一朵白色野玫瑰，是剩餘的七朵之一。

提供室內唯一光源的油燈隨著他的動作而搖曳。

他小心翼翼接近門口。

前一朵玫瑰花枯萎收縮，花瓣變成褐黑色，死氣沉沉，花莖乾枯，刺反倒比花朵綻放時來得大。腐朽的臭味悠悠飄揚，玫瑰沾染上了屍花的氣味。

布拉姆以鞋尖踢走枯死的玫瑰，將手上的那朵擺在門的底部。「祝福這一朵玫瑰，天父，以祢的呼吸、祢的手以及一切神聖之物。命令祢的天使來守護它，並且指引他們摒擋一切的邪惡。阿們。」

門後傳來一聲咚，像是一千磅的重物撞擊老橡木門。門彎曲，布拉姆一個箭步跳回椅子邊，一手抄起了步槍，單膝跪下，舉槍瞄準。

但緊接著又是一片沉寂。

布拉姆動也不動，步槍對準了門，就這麼僵持著，到最後手痠得撐持不住，他才放低了槍管，掃描房間。

若是有人走進來目睹這一切，會作何感想？

他以鏡子覆蓋了四面牆壁，將近二十四面鏡子，各種形狀大小都有。他疲憊的臉孔以百倍之數回瞪著他，而他的身影從一面鏡子跳接到另一面鏡子裡。布拉姆想別開臉，卻只發現自己又注視著他自己的倒影的眼睛，而每一張臉都鑿刻著深深的紋路，不像他這個二十一歲的青年應該有的。

在鏡子之間，他還釘上了十字架，將近五十個。有些十字架上有耶穌像，有些不過是釘在一起的樹枝，以他自己之手祝福過。他也在地板上畫十字架，起初是用粉筆，後來是用鮑伊刀直接刻在石板上，無一處遺漏。是否足夠，他不確定，但他也只能盡力而為。

他不能離開。

更可能是他不會離開。

布拉姆回到椅子前，坐了下來。

外頭，明月升空又躲到雲層後，一隻潛鳥高鳴。他從大衣口袋掏出懷錶，咒罵了一聲——他忘了上發條，指針停在四點半，他把錶再塞回口袋。

又一聲咚，這一次更響亮。

布拉姆的呼吸暫停，眼睛回到木門上，及時看見地板上的塵埃浮動，然後又落定。

木門能抵擋住這樣的攻擊多久？

布拉姆不知道。不錯，門很結實，可是門後的攻勢一小時強過一小時，黎明越近，它脫逃的決心就越強。

玫瑰花瓣已開始變黃，比上一朵還快。

等它撞開了門，他會怎麼樣？他想到步槍和刀子，知道沒有什麼用。

他看見了籃子旁邊地板上他的日記，一定是從大衣口袋裡掉出來的。布拉姆拾起了破舊的皮面本子，翻了翻，然後坐回椅子上，一隻眼睛仍盯著門。

他的時間不多了。

他從胸前口袋抽出筆，翻開空白頁，就著搖曳的油燈燈光振筆疾書。

布拉姆·史托克的日記

愛倫·柯榮的**怪異之處**。不錯，我應該從這裡開始，因為我要寫的是她的故事，也是我的故事，或許還不僅如此。這個女人，這頭妖怪，這隻鬼魂，這個朋友，這個……東西。

她總在我們的左右，我的兄弟姐妹也會這麼說，可是怎會如此？這就是耐人尋味之處了。我出生時她就在，無疑在我的末日也會在，一如她的末日我也在。這曾是，也永遠都是，我倆之舞。

我可愛的愛倫保姆。

她總是伸出手，即使她的指尖戳出了鮮血。

我的開始，恐怖得難以形容。

就我最早的記憶，我是個病懨懨的孩子，從出生就臥床不起，直到七歲才痊癒。如何痊癒的，留待後面我會詳細說明，目前你只需要知道我是如何度過最初幾年的。

我在一八四七年十一月八日出生，我的父母是亞伯拉罕和夏綠蒂，家境小康，愛爾蘭科隆塔孚的馬利諾彎十五號是我的家鄉，這裡是一處臨海的小鎮，距離都柏林約四哩，東鄰公園，西面可眺望海港。小鎮因一〇一四年的科隆塔孚之役而聞名，愛爾蘭的至尊王布萊恩·博魯擊敗了都柏林的維京人及其同盟利楊的愛爾蘭人，此役被視為愛爾蘭對維京人抗戰的終點。遍地烽燹，犧牲了幾千人，就在我的小房間可以俯瞰的海灘上。近年來科隆塔孚又成為愛爾蘭富人的休閒之地，讓他們暫離擁擠的都柏林，享受釣魚之樂，在我們的海灘上漫步。

不過我把科隆塔孚美化了，一八四七年的科隆塔孚絲毫沒有稱得上美麗之處。這段時間愛爾蘭饑饉與疫疾肆虐，就在我出生前兩年開始，直到一八五四年才逐漸好轉。**馬鈴薯晚疫黴**，亦即馬鈴薯枯萎病，在一八四〇年代橫掃農田，而且一發不可收拾，最終導致愛爾蘭喪失了百分之二十五的人口。我小時候，悲劇達於頂峰，爸媽帶著我們向內陸遷徙，只求能逃避饑荒、疾病和犯罪；同時希望新鮮空氣能夠有助於我的身體，但是卻只是讓我們更加孤立，我年輕的耳朵尋尋覓覓的港口聲響變得越來越遙遠模糊。世界在我們的四周死去，一張哀愁之網罩住了一切殘存下來的人事物，而爸每天需要步行到都柏林堡去上班，路程也只是越來越長。

我是從我們家高高的閣樓上看著這一切發生的，我家叫阿爾闐館。我置身事外，完全靠我的家人說明牆外發生的事，我看著乞丐偷挖鄰居菜園裡的蕪菁和包心菜，偷走我家雞圈裡的蛋，只求能再捱過一個夜晚，我看著他們偷走陌生人家的曬衣繩上仍不乾的衣服，只為了給孩子們蔽體。儘管如此，我父母和鄰居在有能力時，也會敞開家門，邀請這些更不幸的人進來吃一頓熱食，躲避風雨。打從我出生開始，就被灌輸了史托克家族的座右銘「光明磊落做人」，這也指引著全家人的一言一行。我們的家境並不富裕，但是比起大部分人還是好很多。一八五四年秋，爸在都柏林堡的主任秘書辦公室當公務員，已經三十九年了，從一八一五年他十六歲開始。爸比媽要老很多，我到長大成人之後才明白，城堡是愛爾蘭總督的住宅，他的辦公室負責聯繫英格蘭政府機構與愛爾蘭的政府機關，爸需要將這些聯絡分類，事無分大小，有日常瑣事，也有官方對於貧窮、饑荒、疾病、疫病、牛瘟、醫院、監獄、政治動亂與叛變等主題的反應，即便他想忽視騷亂時代的種種問題，他也做不到，因為他深陷其中。

媽是愛爾蘭統計與社會調查協會的非正式會員，協會在倉廩與賑濟方面都是都柏林的一股極大的力量，之前協會沒有女性參加，她每天都忙著跟鄰居為牛奶討價還價，只是為了用來和另一名鄰居交換布料。她的努力讓我們這一大家子的餐桌上不缺食物，同時也幫忙餵飽在饑荒時期進到我們家的數不清的外人。她把整個家維繫住——現在我長大了，我懂了，可是七歲的我卻不作如是想。那時的我會跟你說她把我關在我的房間裡，把我的快樂換成了孤立，不願意讓我有機會暴露在世界的疾病中。

我們家在馬拉海德路，這條街以石頭鋪成，石頭來自洛克菲爾舍附近的採石場。我被監禁在閣樓，唯一的逃脫之途是尖頂的窗戶，不過位居高處讓我有寬闊的視野——非但四周的農地盡收眼底，天空晴朗時還能眺望遙遠的港口，甚至能看見阿爾闐堡傾頹的高塔。我看著周遭的世界紛紛擾擾，是我一個人觀賞的戲劇，被我的疾病圈限住的活動。

你問我生了什麼病？這問題沒法說清楚，因為誰也說沒有肯定的答案，無論是什麼病，都是我出生不久就發作了，而且糾纏著我不放。病情最嚴重時，連走到房間另一頭都是莫大的進步，可是我會累得喘不過氣，幾乎失去意識。單單是談話就耗盡我僅有的精力，才不過講了幾句話，我往往就會臉色蒼白，全身冰冷，冷汗從毛細孔溢流，而汗濕的身體一受到海風吹襲，我就會直打哆嗦。我的心臟有時會不規則地劇烈跳動，彷彿是心臟在尋找節奏，卻找不到。還有頭痛：一痛起來就徘徊不去，日復一日，有如惡魔給我上了緊箍咒。

閣樓的下層有家裡唯一的室內廁所，還有我父母的房間，以及我兩個兄弟的臥室。一個是九歲的松利，一個是五歲的湯瑪斯。

一樓有廚房、客廳、餐廳，餐廳有張大桌子，可以讓全家人都坐下。另外還有地下室，可是媽禁止我下去，我們的煤儲存在下面，吸入煤的粉塵會讓我臥床一週。房屋後面有一棟老舊的石頭穀倉，裡頭養了三隻雞和一頭豬，瑪蒂妲從三歲起就負責照顧，一開始她還幫豬取名字，可是等她差不多五歲，發覺每年至少有兩次會有人用小豬來換掉大豬。等她六歲了，她又發現這些豬會送到屠夫那兒，最後上了我們的餐桌，於是就不再為豬取名了。

而愛倫·柯榮把這一切都收進眼底。

布拉姆・史托克的日記

該從何說起呢？事情太多，時間又太少——可是我知道改變是幾時開始的。某一週將近尾聲時，我痊癒了，我們親愛的愛倫保姆離開了，有一家人死了。一開始看似無傷，只是偷聽了幾句話，我們都還是孩子——我七歲，瑪蒂妲八歲——然而那一季秋卻是終身難忘，而一切卻是以兩個字開端的。

一八五四年十月——「活埋。」瑪蒂妲又說一遍，聲音低沉。「她說的，我聽見了。」

她雖然比我大一歲，我清醒的時刻卻經常是她跟我作伴，尤其是我發現自己被關在房間裡，像是今天，我們立在窗前，瑪蒂妲指著港口。「媽說那個人生病了，他喊救命，那些人只是挖了個洞把他推進去，什麼樣的人會那麼殘忍？其他人的良心怎麼過得去？」

「才不是媽說的呢。」我說。順著她的手指，極力想看穿在水面上翻滾的霧。

「是她說的，如果你問她，她一定不承認，可是爸下班回來以後她就跟他說了，不到二十分鐘以前，我聽到以後馬上就來跟你說。」

我盡量藏住笑容，因為我知道瑪蒂妲瞎編這種事是為了給我打氣，可是我的嘴角還是向上揚，結果她用力打我的肩膀。「換你在嘲笑我了。」她皺起眉頭，從窗前走開。

「妳說是在哪裡發生的？」

她不回答，只瞪著另一邊的牆壁。

「瑪蒂妲？是在哪裡發生的？」

她長嘆一聲，回眸望著窗外。「聖若翰教堂後面的墓園，她說他們把他埋在自殺塚那邊。」

「自殺塚？」

瑪蒂妲變得越來越沮喪。「我不是跟你說過了嗎，就是墓園最東邊那裡，圍牆的外面，陽光照不到的地方，只要是自殺的人都埋在那裡，還有小偷和罪犯。沒有多少墓碑和地穴，就只是幾百個單調的土堆。而且也不是聖地，所以埋在那裡的人永遠都得不到安息，他們永生永世都被天譴。」

「那為什麼把生病的人埋在那邊？」

「你是在問為什麼**這一個**生病的人會被活埋吧？」

「要是他是被活埋的，那他其實就是被殺害的。」我說。「他就有權利埋在宣福過的土地上。」

「普通的墓地不能藏屍體，可是埋在自殺的人那邊，就找不到了。」

我忽然一陣咳嗽。我別開臉，咳完之後才說：「要是媽知道，她就會去跟警察說，她不會不管。」

「搞不好警察早就知道了，只是不想管，少一個生病的人在街上走根本就無所謂。」

「那爸怎麼說？」我問她。

瑪蒂妲走過來我的床邊，坐在床角，一根手指繞著金色長髮。「剛開始，他沒說什麼，只是在想。然後他說：『都柏林的情況更糟。』然後什麼也沒說，就去看報紙了。」

「我一句也不信，妳只是又在編故事。」我說，笑意跑到乾燥的嘴唇上。

「是真的！」

「什麼真的？」

我們同時轉身，看見愛倫保姆立在門口，端著午餐。她優雅地走進房間，比較像是滑行而不是走路，腳步安靜沉穩，把托盤放在我的床頭几上。

瑪蒂妲跟我視線相遇，默默叫我不能透露一個字——其實我也不打算說。「沒什麼，保姆。」

愛倫保姆瞇起了眼睛，先瞪著我，再瞪瑪蒂妲，又瞪著我，然後才回頭去倒茶。「聽聽你們兩個都說些什麼，活埋在亂葬崗裡？**真是的**。這種話題連大人都不適合，更不用說是像你們這樣的孩子了。還有，你為什麼下床？這麼靠近窗子，你是想找死嗎？你要是死了呢？我們大概就要在自殺塚那兒挖個小洞，把你埋在那一個病人旁邊了。」她對瑪蒂妲眨眼。「妳覺得有沒有辦法抽出說閒話的時間，帶我去找那個地方，順便帶一把鏟子？」

我急忙回床上，鑽到被子底下。「妳才不會咧。」我說。

保姆愛倫盡量板著臉。「我就會，我早就看中你的房間了，我的房間多了個寶寶，有點太擠了。」她拿起我的床頭几上的小鈴鐺，搖了搖。「那就用不著這個了，對嗎？那我可就開心了。」

我想把鈴鐺搶走，可是她的動作太快了，我只抓到空氣。「妳明明知道我不喜歡用這個，是媽叫我用的。」

「那妳也不相信我嘍？」瑪蒂妲皺著眉頭。

愛倫保姆雙手扠腰，嘆口氣。「我絕對不相信愛爾蘭的善良老百姓會站在一邊看著一個活生生的人被推進墳穴裡，然後就當作沒有這件事，我覺得妳的想像力太豐富了，我相信妳是聽見了什麼，不過不是那種事。也許妳最好應該把時間用在廚房裡，幫妳媽準備晚餐，而不是躲在角落裡偷聽不是妳這個年紀應該聽的話。」

「真的，她真的是那樣說的啦。」瑪蒂妲噘著嘴。

愛倫保姆嘆氣，坐在床沿，纖瘦的手指伸向我的額頭。我躲避她的碰觸，她的皮膚冷得像冰塊。

「你又發燒了，年輕人。」她拿起托盤上的水瓶，倒水到我床邊的臉盆裡，浸濕一塊布，擰乾，放在我的頭頂。「躺好。」她說。

我乖乖照做，然後說：「灰色的。」

「嗄？」

「妳的眼睛——今天是灰色的。」確實是，深灰色的，讓我想起了兩天前瀰漫港口天空的厚厚暴雨雲。「昨天是淡褐色的。還有前天，藍色的，明天會是什麼顏色？」

她以那雙眼睛俯視我，把金色鬈髮塞到耳後。大多數的日子她都把頭髮挽起來，今天卻披著，髮梢剛好長過肩膀。

✣

我經常回想愛倫．柯榮的美。七歲的我不曾想過這種事，可是成人後我卻無法否認她的魅力，她的皮膚亮澤，如新雪般潔白無瑕，找不到一顆痣，看不到一條細紋，連眼周或嘴角都沒有。她一笑，皓齒令人豔羨。我們經常拿她的年齡開玩笑——她以及我們大家。她在一八四七年來到我們家，就在我出生前幾週——就在卡格倫小姐因健康問題而離開後，她說她雙手的關節炎讓她沒辦法照顧孩子。卡格倫小姐照顧過松利和瑪蒂妲，原以為可以再待個一年，讓媽能夠找到接替她的人，她提早離開的時間也真不湊巧，爸大多數時間在城堡裡，因為饑荒開始了，而媽挺個大肚子壓根不適合面試新人。愛倫就在這時出現了——只靠口耳相傳，她聽說了雇傭的機會，就來到了我們的家門口，只拎著一個小袋子。她自稱十五歲，是孤兒，在前雇主家照顧孩子五年——一男一女，分別是五歲和六歲——不幸他們全家人都在上個月死於霍亂，前雇主的太太是助產士，愛倫說她協助過幾十位產婦分娩，她願意暫時以勞力換取住宿和微薄的薪水，至少等到我出生後，讓媽有時間復元，爸跟媽沒有別的人選，所以歡迎愛倫．柯榮進入我們家，而她立刻就變成了不可或缺的好幫手。

我在一八四七年十一月出生，生產並不順利。胎位不正，臍帶纏住了我的脖子；接生的人是我父親的表親，一位都柏林的優秀醫師，他相信我是死胎，因為我沒發出一點聲音，愛德華・亞歷山大・史托克表叔宣佈在我的藍色皮膚下聽不到心跳，可是愛倫一口咬定我沒死，把我從他手上搶過來，幫我吹氣，吹了差不多三分鐘，我才終於咳出聲，加入了生者的世界。媽跟爸訝異極了，愛德華表叔說簡直是奇蹟，媽後來告訴我她很確定我胎死腹中，因為我幾乎不動；已經生過兩個孩子的她有實際經驗可供參考，所以覺得很肯定。因此，她沒讓爸挑名字，一直到我開始呼吸，確證沒死，她才同意了亞伯拉罕這個名字（跟我爸一樣），這才把我抱進懷裡。

往後的年月裡，媽跟我說愛倫保姆那晚形容枯槁——彷彿是她自己生產，而且耗盡了全身的力氣，我被穩穩當當放在我媽身邊之後，愛倫立刻回她的房間，將近兩天沒現身，讓爸很沮喪，他在門口哄了她好幾個小時，因為他需要人幫忙照顧孩子和媽，那兩天愛倫保姆成了隱形人，第三天她終於現身，隻字不提隱居不出的事，只是又回頭忙家務，爸如果找得到幫手，早開除她了。

我出生後的頭三天，健康每況愈下，爸很怕我活不過另一晚，我的呼吸短促，會被口水嗆到。我到現在還沒哭過，眼睛對周遭的刺激不起反應，我不肯吸奶、不肯進食。愛倫把我的小床搬進了她的房間，清醒的時刻都在照顧我，禁止別人來看我——她說我需要休息，他們雖不情願，仍然聽從了。在我生出後第五天，約莫凌晨兩點，我的哭聲第一次響徹屋宇，連松利和瑪蒂妲都被吵醒了，他們也跟著哭了起來。爸把媽攙扶到愛倫的門前，她打開了門，而襁褓中的我躺在她的懷裡，人人都知道危險期過了，我活下來了。媽說愛倫在那一刻老了好多，比在我出生後的模樣更憔悴，把我交給媽之後，愛倫・柯榮直接走下樓梯，走出了大門，沒入夜色，整整兩天沒回來。

等她終於回來，她又恢復了青春的模樣，臉頰紅潤，藍色眼睛炯炯有神，唇邊掛著笑容。這一次爸沒有責備她離開，因為她一走我的狀況就惡化了，而他知道她能夠像前兩次一樣幫助我，他把我的小床又搬進了她的臥室，愛倫鎖上了門，房間裡只有我們兩個。等她再開門，我的健康會改善，而她則一臉病容。這種模式在我剛出生的那幾年一再重複，重複了幾十次——她會把我照顧到恢復健康，然後消失幾天，再回來時精力充沛，再次接手。她緊閉的房門後究竟發生了什麼事，她從未透露，爸跟媽也不問，可是她的眼睛卻說了出來——她在健康最佳時眼珠是深藍色的，而在她離開前不久眼珠是淡灰色的。

我瞪著現在是灰色的眼珠，知道她沒多久就會離開。

「也許你應該留意你自己的健康，而不是忙著想像我眼睛的顏色。我的眼睛顏色會變是因為我穿的衣服，要是我穿紅色的，說不定會跟奈斯比先生在酒館裡泡了一晚一樣，變得火紅色的？」

「妳很快就要走了，對不對？」

瑪蒂妲一聽見精神就來了。「不要，保姆，妳不能走！妳答應要讓我幫妳畫像的！」

「可是妳已經畫過幾十張——」

「妳答應了。」她使性子。

愛倫走過去，一指拂過她的臉頰。「我只去一天，最多兩天。我不是每次都會回來嗎？到時候我再讓妳幫我畫另一張像。我不在的時候，我需要妳照顧妳弟弟，幫妳母親的忙，她現在忙著照顧理查寶寶，妳覺得我不在的時候妳能管好這個家嗎？」

瑪蒂妲不甘不願地點頭。

「那就好，我最好下樓去準備晚餐了。」她又把冷冰冰的手放在我的額頭。「要是你再不好，我就得把你的愛德華表叔叫來了。」

一聽見這話，我的胃就打結，可是我沒作聲。

瑪蒂妲看著愛倫保姆離開，然後匆匆走到我旁邊。「我有東西要給你看。」

「什麼東西？」

她的視線飄向敞開的門口，再回到她的素描簿上，她剛才進來時擱在五斗櫃上。她走過去把門關上，握著門把，確定家裡的穿堂風不會把門關死。她走去拿素描簿，回到床邊。「你覺得我畫得好嗎？」

「當然啊。」我不是在吹捧她。打從她三、四歲開始，她的繪畫才華就遠遠超越了同齡的孩子。這些年，她的畫可以和許多極受矚目的成人媲美。為了證明，媽還請朋友把瑪蒂妲的畫拿給都柏林一位富有的藝術愛好者鑑賞，她沒說畫作是出於兒童之手，只說是傳家寶，希望能知道價值，那人開出十先令的價錢，可是媽拒絕了，說那幅畫太珍貴，他們捨不得出讓。過後不久，瑪蒂妲就進了都柏林的美術學校。

不過我從她的表情看得出來她需要再一次的讚美。「妳**真的**畫得很棒！」

瑪蒂妲瞇起眼睛，再拍拍她的素描簿。「我要給你看的東西你一定不能說出去，你要發誓不會跟別人說。」

我還未及回答，就又是一陣咳嗽，每一次粗重的喘息都像是胸膛著火。瑪蒂妲趕緊倒了杯水，舉到我的嘴邊。我喝得很急，冰涼的水紓緩了我的喉嚨，等這一陣的咳嗽過去後，我只說了聲對不起。瑪蒂妲不當回事，她總是這麼對待我的病情；我不記得有哪次她真的承認我有病。她再次輕拍素描簿，這一次帶著不耐煩。「你發誓？」

我點頭。「我絕對不會說。」

這句話似乎夠分量，因為她翻開了封面，翻動了幾頁，停在某一頁上，把畫舉高給我看。

「這是誰？」

「威廉．西爾。」他是山那邊帕克斯屯的農夫，素描畫的是他在種田。

她翻到下一頁。「這個呢？」

「當然是羅伯．帕格斯利啊。」我說。他駕駛著他的流動式肉販車。

「那這個呢？」

「媽。」

「這一個？」

「松利在餵雞。」

「這個？」

我端詳了一會兒——是個十七、八歲的女生，我不認得。「我不認識。」

瑪蒂妲瞪著我一秒，再翻到下一頁。「那她呢？」

另一個女生，比剛才那個年紀大，有一點點眼熟，可是我想不起來是誰。我搖頭。

瑪蒂妲又讓我看了三張女人的肖像，最老的不超過二十歲。最後一張是水彩畫，肖像很活潑，活靈活現的，我好像伸出手就能感覺到她的皮膚溫度。不過我不認得這三個女人，滿奇怪的，因為我家附近的鄰居我差不多都認得，而且瑪蒂妲也不准在沒有大人陪伴下獨自跑遠。

「你一個也不認得？」

我翻來覆去地看，仔細研究，還是連一個名字也想不起來。「不認得。妳是不是跟媽去趕集或是進城裡遇見的，我沒跟著去？」

瑪蒂妲緩緩搖頭。她挨過來，跟我咬耳朵。「我畫的都是愛倫保姆。」

我的眉頭皺了起來，又回頭去看畫像。「可是她們……她們跟她一點都不像啊。」

「她們跟她一點都不像，卻也都跟她一模一樣。我還有十幾張，可是沒有一張你會覺得眼熟。」

「我不懂。」

「我也不懂。」她又壓低聲音。「我好像每次畫愛倫保姆，最後畫出來的人都不是她，我再怎麼努力也捕捉不住她的樣子，她的樣子會閃避我。」

我不知該說什麼，就換了個話題。「松利的事妳還知道什麼？」

因為我極少走出房間，我總是靠瑪蒂妲來得知家裡的消息，而她也很少讓我失望。雖然愛倫保姆是她的偵查重點，我哥哥也是二號目標，而她經常像條影子一樣跟著他。

「喔，松利。」瑪蒂妲把素描簿翻到寫滿了文字的一頁。「昨天晚上我看見他差不多半夜兩點才離開愛倫保姆的房間。」

「他跑到她的房間幹嘛？」

瑪蒂妲輕拍素描簿。「還不止哩，他打扮得很漂亮，而且在離開她的房間以後，他也沒回房間；他到外面去了。」

「半夜三更？」

「半夜三更。」

「他到外面去幹嘛？」

瑪蒂妲皺眉。「不知道，我在穀倉附近跟丟了，可是他在外面差不多二十分鐘，等他回來，他全身都髒兮兮的。」

「他看見妳了嗎？」

「當然沒有。」

「那是怎樣？第三次了？」

她搖頭。「這是幾個星期來的第四次了，他像這樣偷溜出去，他要是再偷溜，我就要跟蹤他。」

她搖頭。「妳應該跟媽說。」

她不會說的，我知道她不會。從她合上素描簿，氣呼呼地走出房間，我就知道。

我的發燒惡化了。那晚第九個小時，我的身體痛得要命，床單都被汗水浸濕了。媽坐在我身邊，腿上擺著一盆水，用濕布擦拭我額頭上的一層汗，我不知在何時抗拒她。我好冷，濕布感覺像冰塊，我兩手亂揮，趕走她，松利和爸進來，按住我，壓制住我的手腳。我的呻吟聲在整棟屋子裡迴盪，發自喉嚨的聲音比較像是受傷的動物，而不是兒童。

我聽見走廊那邊愛倫保姆的房間裡傳來理查寶寶的哭喊，媽叫瑪蒂妲過去看看。我記得她抗議，只是忘了她抗議什麼。她不想離開我，可是媽堅持。她被禁止把寶寶抱進我的房間，怕會感染了我的病。我想我們都知道這點很不合理——我病了許多年，也沒傳染給家裡的人——但我們似乎都同意最好還是不要冒著害嬰兒感染的風險。

瑪蒂妲從我的房間衝出去，我聽見爸在咒罵愛倫保姆幾個小時前請假。他們依賴她，而此時此刻更是需要她，然而她卻走了，只有她自己知道理由。在我發高燒的心裡，瑪蒂妲給我看的畫像發出了光芒：幾十個模糊的女人融為一體，酷似愛倫保姆，但是不到一秒，就又碎裂，變回陌生人的畫像，年齡不一，相貌各異，全不相同，也全部相同。她們的眼睛從鉛筆素描的黑白色到唯有油彩能畫出的最鮮豔的藍，透過旋轉的黑暗面紗凝視我。我能聽見保姆的聲音，可是她的聲音好遙遠，彷彿是在港口那邊尖叫，而叫聲被霧吞沒。然後，她的臉孔近在咫尺，她飽滿的紅唇在動，卻沒發出聲音。一會兒，媽回來了，用冰冷的濕布把這一切都擦掉，我想把她揮開，可是我的胳臂不聽使喚。一切歸於漆黑，我覺得像墜入了井裡，上頭的世界消失，我被大地吞噬，我的背著火，高速衝入地獄。我聽見媽喊我的名字，可是我離家太遠了，我知道要是她知道我已經離家了，我會挨罵，所以我一聲不吭，只是閉上眼睛，等待著落入深淵的撞擊。我覺得活生生被推入自殺塚裡就是這種感覺。我等待著令人窒息的土壤，擺好姿勢等著死在它的一片污穢之下，成為蛆蟲的大餐。

「布拉姆！」

媽在洞口向我大喊，可是我仍然默默無語。我一直等到第三聲才終於有了反應，可是我發不出聲音。我的胸口壓著太多土，榨乾了我能吸入的少許空氣，我乾焦龜裂的嘴唇只發出了些微的咕噥。我的四周，泥土滑落，大塊大塊的土有如下雨，擊打我虛弱的身體。一群人圍在洞口，雖然我看不見，卻能聽見——叫喊嘶吼，哭泣，甚至是嘎嘎大笑——起初是兩種聲音，接著是四種，再來是十幾種。我聽著聽著就混亂了，因為聲音來自四面八方，卻又像來自虛無，洪亮得可怕，同時又無影無形。

然後只剩一個。

我抬眼望進媽的眼睛，又紅又迷離。她拿著濕布，距離我的臉孔僅僅幾吋，僵在那裡，等著我的眼睛慢慢睜開，看見了她。我回到了閣樓上的小房間，回到床上，心中納悶我可曾出去過。

「他醒了。」她壓低聲音跟房間另一邊的人說話。

我想轉頭，頸子卻好痛，生恐轉頭會害我的頭和身體分家。感覺就像有十來片冰刀刺入我的皮膚。「冷……」

「噓，別說話。」媽說。「你的愛德華叔叔來了，他會治好你的。」

愛德華的臉出現在我上方，一束束的灰髮亂七八糟的，落在眼鏡四周。他從脖子上拉出聽診器，聽筒插入耳朵，金屬鐘形集聲器貼著我的胸口——也讓我赤裸的皮膚覺得像被冰塊碰到，我想把它甩掉，可是爸和松利緊緊按著我。

「不要動。」愛德華表叔命令我，眉頭緊鎖。他聽了一會兒，然後轉向媽。「他的心率非常不規則，而且發燒讓他產生了幻覺。一直燒下去的話，最後會造成永久的損傷……聽力受損，喪失視力，甚至是死亡。」

我聽著他說話，活像個旁觀者，無法互動，我看著媽跟爸互換了一個擔憂的眼神，而松利只是俯視著我。

「那你的意思呢？」媽問愛德華表叔。她的聲音通常自信又穩定，這時卻出現了抖音。

愛德華表叔的視線落到我身上，再回頭看媽。「我們必須減少被污染的血液，然後他的身體才能找到力量來擊退感染，開始痊癒。」

媽在搖頭。「上一次只是讓他更惡化。」

「這種病只有靠放血。」

我想掙脫他們的箝制，也差點就成功了，因為他們都被他們的討論分了神，放鬆了手勁，只有松利例外，他用力壓制住我的胳臂，害我以為他的手指會穿進我的皮膚裡。他對我皺眉，同時無聲地說：**不要動**。

黑暗如斗篷又披覆住我，我抗拒著，想要保持清醒。他們繼續說話，可是話語變得陌生，是我聽不懂的語言，然後我的身體打起了冷顫，我好像是潛入了冰封的湖裡，我從眼角看見爸點頭。

愛德華表叔摘下眼鏡，以襯衫擦拭，再戴回去。他打開袋子，是上等的褐色英格蘭皮革，拿出一個白色玻璃瓶，瓶蓋上有許多小洞。他把蓋子撬開，啵的一聲，接著從他的袋子裡拿出一副大鉗子。

我又想扭動，可是全身力氣盡失。我看著他把鉗子伸入瓶中，夾出一隻大水蛭——將近三吋長。牠不停扭動，左右來回，愛德華表叔小心地把水蛭往我的腳上放。

就在水蛭消失在我的視線之前，我看見那條吸血鬼在接近我的肌膚時，貪婪的嘴巴張開又合上。媽別開臉，緊緊閉著眼睛，而爸雖然早已臉色蒼白，仍緊盯著愛德華表叔的一舉一動。我好冷，可是水蛭居然更冷，幾乎就像愛德華表叔的聽診器一樣冷。我想像著這條蟲的小嘴緊緊黏住我的肌膚，兩排尖銳的利齒咬合深入，大啖我的鮮血。我看見牠因為我的血液而變得腫脹。我正忙著把這恐怖的一幕抹去，就又看見愛德華表叔的鉗子又夾了一條水蛭過來，這一條要放在我的肩膀，然後是另一條，又一條。

我閉上了眼睛，希望能找到睡眠的可愛墳墓。

我的四周有一堆人在叫喊。我能聽見媽跟爸，瑪蒂姐和松利，甚至還有愛德華表叔。我想聽清他們在喊什麼，強迫我的耳朵集中在某人的聲音上，卻無法索解。我總算睜開了眼睛，卻只看見厚厚的一團黑，就如我們屋後沼澤那般幽深陰森。我發現自己陷溺進去了。

不到幾秒的工夫，我就看見瑪蒂姐站在我旁邊，臉孔浮腫而且泛著光。而在那一瞬間，她也看到了我，因為她的眼睛猛地瞪大，嘴巴打開，叫了我的名字，大聲哭泣，喚起了室內其他人的注意。他們先是看著她，繼而看著我。我看到媽從最遠的角落朝床鋪跑來，爸俯身在床鋪的一側，另一側是愛德華表叔。愛德華表叔揮舞著一根長長的金屬體溫計，對著松利大吼，可是瑪蒂妲哭喊我的名字之後所有人說的話都成了遺失的語言。我盡力用眼睛鎖住瑪蒂妲的眼睛，像捏她的手一樣凝視她，可是她甜美的臉龐逐漸消逝。一切都消失了，只剩下一條陰影，然後是一片空茫。

「全都出去！」

我聽見了這句話，卻像是來自遠方，只比四周的吵鬧聲大一點點。我的周邊有太多的混亂，我相信我聽見的一切聲音都是同時產生的，宇宙中所有的嘶嘶聲、說話聲、尖叫聲、哭聲一齊爆發，而且一聲比一聲響亮，響亮到揮舞著美妙的痛苦，痛苦的刀刃刺入了我的耳朵——要是我努力去理解我聽見的東西，我知道我一定會發瘋。

「我要每個人都出去！」

是愛倫保姆，我知道是她，雖然聲音不是她的，而是一種哀號，是報喪女妖對著狂風暴雨大作的夜晚尖叫。

我在那個時候一定是向黑暗投降了，因為片刻之後我發現只剩我一個人。媽和爸不見了，瑪蒂妲、松利、愛德華表叔都不見了。如果愛倫保姆留著，我也看不見她；事實上，我什麼也看不見。我只看到小小的光點穿透了逐漸消退的黑暗。就在這時我聞到一種發霉的味道，猶如殘冬的塊根儲藏窖，只剩下夏季作物腐敗中的外殼，覆上了一層黴菌，任由潛伏在潮濕土壤中的東西飽餐。

「愛倫保姆？」我低喚她的名字。我的喉嚨好痛，接下來的幾口呼吸既短又淺，而且痛出了眼淚。

愛倫保姆不作聲，但是我知道她在房間裡，我在黯黮的黑暗中感覺到她的存在。我再一次喊她，這次較大聲，準備好接受說完話之後的喉嚨燒灼。

這一次她仍不作聲。

我很冷，身上雖然堆了厚厚的幾床被子，還是又開始發抖。爸在我的房間裝設了一個小火爐，提供暖氣，剛才大家都在時，爐火燒得很旺，現在爐子卻黑漆漆的，木頭蒙上冰冷的塵土和灰燼，灰撲撲的，彷彿和上一次生火隔了幾週的時間。

我左後方有動靜，我笨拙地轉身，想看看是什麼。我一動脖子就痛，我盡量忽略，瞇眼抵抗疼痛。如果是愛倫保姆在動，那她的動作也未免太快了，我連一眼都沒看見，因為等我的眼睛找到了我認為是她所在的地方，我只看見我的五斗櫃一角，以及我吊掛在牆上的大衣。大衣微微擺動，我並沒有忽略，我的窗戶都關得很緊，所以風是吹不進來的；大衣會晃動是別的原因造成的。

「妳為什麼要躲起來，愛倫保姆？妳嚇到我了。」話一出口，我就想收回。讓爸知道我表露出恐懼，遑論還訴之於口，他一定會責罵我，可是我沒來得及管住自己的嘴巴。

得不到回應，我全身僵直，硬是壓下了身體的顫抖，趁機吸口氣，聆聽著房間四周。剛才我在吸氣時，聽見了有人也在吸氣；這一次聲音發自我的右邊，靠近門口。我把沉甸甸的腦袋瓜向那個方向轉動，仍是什麼也沒看見，門縫下傳來走道的隱約光線，但是光線似乎不敢越過門檻，彷彿是不敢冒犯了盤據房間的強大黑暗。我吐出肺裡的空氣，又聽見熟悉的聲音飄了過來，是某人跟我同步呼吸的聲音。我只要憋住氣，我這位不請自來的同伴也會憋住氣，好像是在玩什麼模仿遊戲，讓人忐忑不安。

我回頭看著房間門，看著門縫的光。我覺得我在光中看見了陰影移動。我猜想是瑪蒂妲耳朵貼著門，專注諦聽，兩腳動來動去，什麼也聽不見，然後閉上眼睛，希望少了一種感官能夠讓另一種感官更敏銳。

我察覺到左邊有動靜，用力把頭轉向小火爐那邊。這一次我看見了愛倫保姆，她俯身在爐子前，拿著撥火棒戳木頭。木頭噼啪響，不一會兒，我就看見了一簇橘色火苗。她不往上添柴火，只是翻動那小小的一團火，把著火的木頭撥散，讓火苗熄滅。

「我好冷，愛倫保姆。妳為什麼把火滅掉？」隨著說話吐出的氣息在我的上方盤旋，化成一團白煙。

愛倫保姆抬頭看我，不到幾秒鐘，她就消失了。我不確定我是被陰影戲弄了，或是又昏了過去，可是那一刻她就像是憑空消失了；不過我在她消失之前看見了她的眼睛，是最明亮的藍色。我覺得很奇怪，房間裡這麼暗，我還能看見她的眼睛，可是我看得很清楚，部分的我認為是她想要讓我看見的。除了她的眼睛之外，我還看到她的紅唇彎起一抹笑，甚至還聽見笑聲，儘管極短，卻是房間中唯一的聲音。

有人輕拂我的臉頰，我險些就從床上跳起來，我猛地轉頭，發現是愛倫保姆坐在之前媽坐的椅子上，一手向我的額頭伸來。我感覺不到她的體溫，一點熱度也沒有。說她是拿引火柴或是棒針來碰我還差不多。她收回手，我以為會看到她戴著手套，卻不是這麼回事，她沒戴手套。我訝然看著她的手，膚如凝脂，細嫩如嬰兒，修剪得很齊整的長指甲。實在不像是一雙勞動的手，倒像是皇族的，即使是七歲的我手上也留下了勞動的痕跡，而比起同年齡的孩子來，我可養尊處優得多呢。我的左手食指根那兒有道傷疤，始終沒能痊癒，是我小時候被樓下的窗框割傷的。不規則的金屬切穿了我的皮膚，鮮血噴湧，但是我並沒有哭，媽還覺得很訝異，誇獎我受傷了還這麼勇敢。她盡可能包紮了傷口，可是傷口太深，縫合會比較好，我會把這件小事說出來是因為愛倫保姆的手上可沒有日常生活會造成的一絲一毫傷疤。

愛倫保姆發現我瞪著她的手，就收了回去，撥開我眼前的頭髮。「你的病惡化得很嚴重；你出現了幻覺，高燒不退，痛嗎？」

我想點頭，卻是一點力氣也使不上來。光是睜著眼睛就很痛苦，但我還是不肯閉眼，無法不看她。

「一定很痛。」

我以為她指的是發燒，可是後來我才明白她是在看我的胳臂。我使出吃奶的力氣，把胳臂抬起來。我看到手肘下方有三條水蛭，手肘之上至少還有兩條。全都吸血吸得身體鼓脹。最大的一條靠近我的手腕，好似快爆裂了，油膩膩的軀體劇烈扭動，起勁地吸吮我的皮膚。我的另一條胳臂上也有不下六條的水蛭。我知道愛德華表叔也在我的雙腿和雙腳上放了水蛭。

淚水湧上了眼眶，愛倫保姆以冰冷的指尖幫我拭淚。然後我看著她把手指放在唇上，品嘗鹹味。接著無聲地以同一隻手指點著在我手腕上蠕動的胖水蛭，一施壓，那隻小生物就混身哆嗦，向內凹陷，就在我的眼前從渾圓多汁變 成了乾涸的粉塵，隨即就消失了，無影無蹤，只在我的皮膚上留下了一塊污痕以及牠剛才吸血處的一個小紅孔。愛倫保姆的手指因為血而變得紅豔：我的血。

「你相信我嗎？」她說。

我勉強點頭，說不出話來。

「你不該相信的。」她說。

現在

布拉姆停筆，抬起了眼皮。他聽見了門後的呼吸聲：濃濁、不規律的喘息，緊接著是呼出一口氣，玫瑰花瓣默默地在石板上抖動，一片花瓣掉落，因腐朽而變黑，因敗壞而萎縮，飄過地板，落在布拉姆的腳邊，剩餘的花瓣也撐不了多久，他很快又得換上一朵。

呼吸又傳來了，這次較悠長，出於駭人的巨肺。

好像來自於馬或是一隻大狗，不過不可能，因為他知道這裡沒有那種動物。然而他卻聽見了，每一次的吸氣吐氣都比前一次更大聲。他想像著巨大的鼻孔，大麥丹或是牛頭犬，抵在門的底部，以極大的力道吸氣，而且單從氣味就能辨識出房間裡的每一樣東西。

布拉姆把日記放在地板上，站了起來，走向木門。

門後的那個東西必定是知道他過來了，因為呼吸暫時停頓，隨即又恢復，這一次更急促。布拉姆趴下來想從門縫往裡看，但是空間太小，石地板和厚重的橡木門之間的縫隙只有一根頭髮那麼細。接著又是另一聲吐氣，布拉姆拖著腳退後。這一口氣既熱又濕，濕氣擦過他的臉頰，緊接著是最噁心的臭味。臭味一撲鼻，眼淚就流了出來，他盡量再退後，最後腿撞上了剛才坐的椅子。惡臭包圍了他，他只想離開這裡。但是他只是站起來，走到窗邊，把頭探到冰冷的夜空中，讓冷風吹走充斥他的鼻子和肺葉的臭味。

門後的呼吸聲繼續，而且更大聲。

布拉姆伸手到大衣口袋裡，掏出了一只小藥水瓶，舉高對著油燈明滅不定的光線。藥水瓶是范博利裝填的，另外還有四瓶，就在兩天前，在聖若翰教堂的聖水池裡。兩瓶已經用掉了，這個再用完，就只剩一瓶了——而布拉姆沒有辦法再取得更多，他小心翼翼摘掉了瓶塞，走向木門。

門後的東西又一次暫停呼吸，隨即又恢復了有節奏的呼吸，緊接著是低沉的咆哮，然後是刮擦地板，只是試探地刮擦了一次，彷彿是在測試腳下石板的強弱。

布拉姆跪在門邊，謹慎地傾倒小瓶，將聖水灑成一條直線，從門檻的一端到另一端，再反覆一次，直到聖水全部灑完。石板似乎在放懷掬飲，水和石板一接觸就消失於無形，只留下一點薄薄的痕跡，門後的東西匆匆退後，接著傳來了一匹大狼的低深哀鳴聲。

布拉姆‧史托克的日記

一八五四年十月——我醒來，光線昏暗，三面窗湧入了灰濛濛的陽光，讓我的小小閣樓房間亮得既不像白晝又不像黃昏，我猜是港口那邊的霧氣飄了過來，每年的這個時節就會有這種情形。空氣中也帶著濕氣，儘管有人把被子幫我塞得嚴嚴實實的，卻不太能抵擋得住海風的侵襲。

鳥叫聲讓我知道是大清早，睜開眼睛會痛，但我還是睜開了，媽用來盛水幫我擦額頭的缽和布都在我的床頭几上，但床畔的椅子卻是空空如也。我還以為會看到媽或是瑪蒂妲坐在那兒，我一個人在閣樓房間裡，如果愛德華表叔還沒走，也不見他的蹤跡。他的袋子不見了，還有那罐恐怖的水蛭。我把被子掀到一邊，勉力坐起來，舉高一條手臂對著光，從手腕到肩膀到處是傷痕，幾十個三角形的孔，我在腿上也發現了類似的疤痕，從大腿到腳。他用了多少條水蛭？我忍不住亂猜，我覺得我可能會生病，可還是硬吞下了湧上喉頭的苦水。

我很冷，但不是昨晚抗擊高燒的那種冷。說真的，我只是假設是昨晚，因為我沒辦法確定，我上一次這麼猛烈的發病，我昏睡了整整三天才清醒，醒來之後我餓壞了，好像好幾天沒吃飯。我的身體儲存的那一點點精力也拋棄了我，我幾乎坐不起來，更別提站著了，這一次我當然也覺得虛弱，卻不像上一次那麼虛弱。其實，正相反，有需要的話，我好像能夠爬下床，在房間裡探險——我宛如是大睡一場之後清醒——是一頭熊從冬眠中醒來，回到大千世界。

我伸手去拿床頭几上的小鈴鐺，搖了搖。一會兒之後，媽來到我的門口，手上托著早餐。「今天早上覺得怎麼樣？」她問，把托盤放在我旁邊。「你昨天晚上把我們嚇了好大一跳，是最近發燒最嚴重的一次，我真的很怕你睡著睡著就會起火……你的皮膚好燙。」

「愛倫保姆呢？她在嗎？」我說話的聲音不太像是自己的。

「在啊。」媽的眼睛飄向愛倫的房門。「昨晚的事你記得多少？」

我努力回想昨晚的情況，卻只是亂七八糟的一團，我隱約想起我的身體越來越燙，還有愛德華表叔抵達之前的一點點情況。「愛德華叔叔給我放血。」

媽坐在我的床沿，雙手交握，置於膝頭。「沒錯，而且他做得沒錯；你的燒一直不退，要是他沒趕來，你會怎麼樣還真是不好說，愛德華是我們大家的天使，你應該要好好感謝他，我希望你下次見到他會跟他這麼說。」

「可是真正幫助了我的是愛倫保姆，對不對？」

媽動了動，手指緊張地扭絞。「你能復元都要感謝你叔叔，不是別人；是他讓你不再發燒的，其他的話都只是臆測，我不要聽你胡說八道。」

她的眼睛飄向愛倫保姆緊閉的房門。「我現在倒是覺得奇怪我們怎麼會允許那個女人留在家裡，一消失就幾天不見人影，等她想回來才回來。我需要的是一個靠得住的人來照顧你和其他孩子，而不是一個無法預測、行蹤不定的浪女。我打算跟你父親談一談，也許是該做點改變了。」

她顯然很氣惱，我可不想再火上添油，所以就換了個話題。「愛德華叔叔還在嗎？」

「太陽一露頭他就走了，他在樓下睡了幾小時，可他得一大早上班，不能再留下來了。他在離開前還上來查看你的情況，跟我說你有很大的進步——像是奇蹟，他說。」媽轉頭，向肩後大聲宣佈：「瑪蒂姐，妳弟弟醒了！」

瑪蒂姐把頭從門口探出來，她一直就站在那裡。

「嘖，妳這個包打聽！」媽高聲說。「我要把布拉姆的鈴鐺拿來綁在妳的脖子上！」

瑪蒂姐臉紅了。「媽，我又沒有在偷聽。」
媽歪著頭。「那是要我相信妳站在妳弟弟門口是因為站在那裡很舒服？」
瑪蒂妲張口要說話，又打消了念頭。
走廊那端，理查寶寶哭了起來，媽抿起了嘴。「那孩子會把我累死，陪妳弟弟一會兒。」
說完，媽離開了房間，換成瑪蒂妲坐在床沿。她伸手去拿托盤，掰了一塊吐司，塞進自己嘴裡，再把吐司拿給我。麵包有點不新鮮，我並不是很餓，可是還是吃了，等我確定媽聽不到了，我才低聲說：「昨天晚上愛倫保姆怎麼了？」
瑪蒂妲也先看看走廊，之後才說：「你不記得了？」
我搖頭，脖子僵硬痠痛。「她提早回來幫我，對不對？」
瑪蒂妲低聲說：「愛倫保姆昨天晚上把你從鬼門關前面帶回來，不讓惡魔把你抓走，這一點我是很肯定的。」
「可是愛德華叔叔——」
「愛德華叔叔盡力了，你的情況還是越來越壞，可是愛倫保姆……她不知道……」
「她不知道怎樣？她做了什麼？」
水蛭咬過的地方癢了起來，瑪蒂妲一看見我去抓，就握住了我的雙手。「她無論做了什麼都是關著門做的，可是一個小時以後她打開門，你的燒退了，危險也過了，可是她沒說是用什麼方法，只是從你的房間走回她的房間，關上了門，一個字也沒說。愛德華叔叔敲她的門敲了差不多整整五分鐘才放棄，他回到你房間只看到我跟媽已經看到的情形，你不出汗了，而且就在這張床上睡得很安詳——安安靜靜的，只有胸膛上上下下，讓我們知道你沒死。」瑪蒂妲瞥了眼愛倫保姆緊閉的門。「她現在還在裡面休息。」她把身體湊過來。「我看到松利在她離開你的房間以後拿東西給她，是個很大的袋子，裡面的東西還在動。松利還沒敲門她就把門打開了，只打開一條縫，把袋子拿進去，然後就又關上了。」

「亂講。」

「我親眼看到的。」

「妳一定是在作夢。」

她不服氣地交抱雙臂。「我看到了。」

我就著光轉動手臂，檢查遍及整條胳臂的傷口。

「會痛嗎？」瑪蒂姐問。

我全身痠痛，我從過去的經驗得知需要幾天的時間才會復元，我也這麼說了，不過這次傷口好像癒合得比較快，已經結痂，而且癢得厲害。

她的聲音壓得更低了，幾乎被窗外的鳥叫聲蓋過。「還有呢。愛倫保姆昨天晚上回來，大聲叫我們都出去，那時她的樣子就像她自己：是年輕健康的女生。可是等她打開你的房門，她就變了一個樣子，好像短短幾分鐘就老了十幾歲。她的臉變得蒼白乾癟，頭髮毛燥，而且眼睛像老太太。她回房間的時候我看到一眼，只有一眼，因為她轉過去，把臉藏到陰影中，匆匆忙忙走過去，關上了門。」

「她的眼睛是什麼顏色的？」我問她，已經知道了她的回答。

「回來的時候像海水一樣藍，走的時候是最深的灰色。」

「那，又發生了？」

瑪蒂姐點頭。

媽端著一杯紅葡萄酒回來，交給了我。「我差點忘了：愛德華叔叔說你一醒來就得喝。」

我並不是很喜歡紅葡萄酒，我一直到很久以後才懂得喝葡萄酒的箇中樂趣，但是我從過去的經驗，得知喝酒能讓我的體力恢復得很快——至少能讓我恢復到病前的狀態。我握著酒杯，憋著氣把酒幾口吞下。酒是溫的，也不甜，不算太難喝，但畢竟是酒，而我很快就感覺到酒精的功效，我把杯子遞給媽，她好奇地打量我。「你一定是脫水了；我還以為我得費一番工夫才能讓你喝下去呢。親眼目睹這一幕，我快要懷疑你會生病是因為宿醉，是你晚上偷溜到酒館去了呢。」她說話時眼中有閃光，我知道她在開玩笑，我忍不住對她露出笑容。

「不然我的打牌技術要怎麼進步呢？」

這句話賺來她的笑聲，她揉揉我的頭髮。「你的幽默感早晚有一天會給你惹麻煩，不過很高興你的幽默感又回來了。我昨晚擔心死了，那可能是你最糟的一次發作。」她一手放在我的額頭上。「不發燒了，不過摸起來還是有點熱，幸好不像昨晚，我都能在你的頭頂燒水了。」

「他的頭確實很大。」瑪蒂妲插嘴附和。

我用力打她，沒打著，卻險些把床頭几上的托盤打掉，媽半空抓住我的手，握在她的手裡，眼中盈滿了淚水。「我日日夜夜向天主祈禱，希望你的痛苦能夠結束，你的病最終能減輕，就讓我們希望愛德華叔叔能夠驅逐你體內的惡魔吧。」

我知道他沒有，我感覺比較好時，能感受到疾病正在我的身體中醞釀，暫時蟄伏，但隨時會回來。我骨頭的痠痛感，疲憊以及頭重腳輕只是減輕了，如此而已。

「他還沒說呢，媽。」瑪蒂妲指出，又一次坐到我的床上。

「也許我們應該給他時間休養，小姐。」

「他要是現在不說，就會忘記。」她說。

媽知道是這樣子沒錯，這是她經常提醒我們的一點。「夢很像是沙漏裡的沙子，每一秒鐘都會變得更少，最後連最後一粒沙都會從洞口掉下去，永遠遺失在黑暗中。」

從我會記事開始，我們三個就會互相把作的夢說出來，盡全力把夢境複述一遍，我有時會寫下來；我的床頭几上有一本日記，就是用來記錄我的夢的。我一醒就會寫，知道再過一會兒，夢就會消散，就跟媽說的一樣，細節就會越來越難掌握。我還沒有時間把昨晚的夢記錄下來，我也不確定想不想記錄。普通的夢在醒來不久就會消散，但是發高燒作的夢格外鮮明，瑪蒂妲知道，所以她這時才會不停催促我。發高燒作的夢會烙印在你的心裡，我連眼睛都不願閉，唯恐又回到那種在昨晚最痛苦的時刻吞沒了我的醜陋黑暗中。我記得自己被活埋，夢境是那麼的逼真，我都能嘗到土味，聽見蠕蟲在我的頭頂幾吋處挖土，饑渴地等著我變成一團腐肉。

「我……我不想說。」我怯怯地抗議。

「那麼恐怖嗎？」瑪蒂妲更靠近一些，臉孔發光。「喔，說嘛，布拉姆！」

我的視線從瑪蒂妲飄向媽，再挪回來。媽曾說過如果我們在夢中說到惡魔，他就會失去傷害我們的力量。因此，喟嘆一聲，我告訴了她們我被活埋，我盡全力複述。說完後，我才發覺瑪蒂妲挨得更近，而媽則一言不發。

「你的墳墓是在自殺塚那裡嗎？」瑪蒂妲問。

媽一聽見就皺眉。「妳怎麼知道自殺塚的？」

我姐姐的腦袋飛轉，想找出一個說法，既能夠解釋原因又不洩漏她偷聽了爸媽私下的談話，可是她還沒能編出一套謊言，媽就又開口了。「妳昨天偷聽我跟妳父親說話了，是不是？」

「我只是剛好經過，可能聽到了自殺塚的那一段，可是我沒有繼續聽下去，那樣就不對了。」

「沒錯，那樣就非常不對。」

「城裡的人真的把一個人活埋了嗎？」我問。

媽深吸一口氣。「如果是真的，霍滕．羅威爾和保安官也聽說了這種傳言，他們昨天下午還去老墓園搜查，也沒找到證據。我相信一定是某人的想像力作祟，編出了這種故事，然後一傳十十傳百，弄得像真的一樣。」她轉頭看瑪蒂妲。「散佈謠言跟偷聽一樣不可取，將來最好不要讓我逮到妳做這兩件事，否則的話妳白白軟軟的屁股就等著挨棍子了。」

我哈哈笑，卻立刻就變成了咳嗽。媽幫我倒了杯水，我喝得很急。我的喉嚨感覺像砂紙，好像啃過石頭，吞下了粉末。

媽接著說：「饑荒影響了許多的同胞。都柏林有很多病人和無家可歸的人死在街上，窮人在搶劫窮人，以前在自己的田裡種地的人現在在街角乞討，千辛萬苦想要弄到食物回去給妻兒吃，一個男人為了餵飽挨餓的孩子，什麼事都做得出來，千萬不要低估了他們。」

「爸說情形好轉了。」我說。

「有時候我覺得，你們的父親寧可相信城堡裡那些貴族粉飾太平的場面話，他們要我們相信饑荒快結束了，所以他們就站在那兒跟這個說又跟那個說，可是光是嘴巴上說並不能成為事實。」媽低頭看著手。「我覺得情況在真正好轉之前還會惡化很多，所以我聽說有個病人被活埋了，我並沒有直接就認為是虛構的；我有親身經驗，我知道人在害怕的時候能做出多麼邪惡的事情。我小時候爆發了霍亂，我親眼看見有人做出比活埋病人更恐怖的事情。」

「霍亂比饑荒還要恐怖嗎？」

「我不知道死亡能不能分好壞，瑪蒂妲，但是霍亂和饑荒都是人人遭殃的。」

瑪蒂妲開口，聲音細弱怯懦。「我們這裡也會嗎？大家都會死？」

「饑荒不一樣，瑪蒂妲。是有人會生病，可是卻不像霍亂，妳看見的疾病大多是因為挨餓和脫水，男人因為餵不飽家裡的幾張嘴，所以用喝酒來把自己喝得神志不清，饑荒當然很可怕，卻是完全不同的一種怪獸。」她拍拍我們的膝蓋。「好了，不說了；今天還有好多事要做呢，而且我有感覺，愛倫保姆是不會幫忙的。」

我們三個都瞄了眼愛倫保姆緊閉的房門。媽站了起來。「瑪蒂姐，乖，去撿雞蛋。」

我姐姐皺著鼻子。「輪到松利了！」

「妳父親叫他去桑特里的西佛郵去買泥炭來生火，我們的泥炭快用完了，而冬天快到了，夜晚很快就會變得很寒冷。」

瑪蒂姐從床上下來，氣呼呼地走了出去，一句話也沒說。

媽一手放在我的額頭上，露出笑容。「天主在對你微笑呢，小傢伙。」

我仍然盯著愛倫保姆的房門，昨晚的一幕幕仍在我心中的舞台上上演。

✣

幾小時後——「愛倫保姆在幹嘛？」瑪蒂姐問。

我踮著腳，從窗戶看著後院。「她在收衣服。」

我站在那兒，這才發現我今天覺得好多了。雖然骨頭裡具有指標意義的疼痛仍未消失，我的病似乎暫時撤退了，有時我會有好幾週不能下床。我臥床的時間太久，偶爾會長褥瘡，肌肉也因缺少運動而萎縮。媽常擔心我會感染，總是盡可能清洗褥瘡，用她放在廚房食品室高架子上的泥炭蘚幫我敷上，不讓爸看見，這是一種民俗療法，我們家的現代醫生絕對是會唾棄的。可是我的肌肉就沒有多少辦法了，有許多日子我虛弱得下不了床。媽又哄又騙，我會盡力一試，可是身體就是沒力氣，我就會躺在床上，每兩小時就由她扶著翻個身，以免褥瘡加重。

今天卻不一樣。

就跟水蛭留下的傷口差不多，昨天還凌虐我可憐肌膚的褥瘡，現在都變乾脫落，癢得要命。就我記憶所及，糾纏了我大半人生的那些開放、長膿疱的傷口一夕之間全都消失了，似乎隨著時針一點一點消散，以不可思議的速度癒合了。

我也覺得比較強壯，現在我的體內有一股能量，前幾天是完全不見蹤影的，而且我已經下床將近兩個小時了，站了兩個小時！我巴不得快點跟媽說，可是瑪蒂姐叫我不要說，她覺得最好是只有我們兩個人知道。

我立在小閣樓的窗前，看著愛倫保姆收衣服，摘掉夾子，小心地折好每一件衣服，再擺到腳下的籃子裡，她在下面十分鐘了，衣服也差不多收一半了。我搜尋著瑪蒂姐提到的老邁跡象，但是我發現要看見她的臉很困難，她的頭上綁著頭巾，綠白雙色的頭巾遮住了她的臉，她似乎動作遲緩，好像很痛。

「她還有多久才收完？」

「十分鐘。」我說。「可能更快。」

松利坐在貨車後面回來了，他跟爸一起動手，把購自西佛郝的泥炭從馬車上搬進地窖裡，而車夫則注視港口那邊翻翻滾滾的暴雨雲。松利全身是汗，臉孔變黑了，沾滿了泥巴和塵土。

瑪蒂姐從我的床上跳下來，走向門口。她把耳朵貼在木門上，傾聽走廊的動靜。「媽跟湯瑪斯好像是在廚房，理查一定在睡覺。」

「要是妳跑進保姆的房間，會把理查吵醒，那媽或是愛倫保姆就會跑進來。」我指出重點。

「我不會把他吵醒的；我可以像教堂老鼠一樣安靜。」

「妳不應該進去；她會知道的。」

「她怎麼會知道？」

在我的窗下，愛倫保姆用鞋尖把籃子向曬衣繩的另一邊推。

「她會知道。」

「要是她離開了，就來叫我，你可以幫我把風。」

我搖頭。「我要跟妳一起去。」

「那就來啊；不要再嘰嘰歪歪了。」

瑪蒂妲轉動了我的門把，把門拉開，動作很快，不讓樞紐吱吱叫；大家都知道我的房門會吱吱叫。她來回瞅了走廊一眼，跨過門檻，躡手躡腳步上走廊，小心地避開了樓梯附近的兩塊板子，這兩塊板子踩到就會吱嘎響。我跟在她後面幾呎處，忽地明白這是將近三個月來我第一次靠自己離開房間，爸有時會抱我下樓，讓我坐在廚房或是客廳的沙發上，可是我很少自己走。我上次只走到樓梯口，還沒抓住欄杆就累斃了，結果摔在地板上。那次之後，爸就禁止我離開房間，生怕我會從樓梯滾下來，折斷了已經很脆弱的骨頭。

經過樓梯時，我發現我一點也不累。事實上，我覺得腎上腺素貫穿全身，渾身是勁，我的視力和聽力似乎都更加敏銳。我聽見媽在廚房跟湯瑪斯說話，每個字都清晰得如同他們跟我同在一個房間裡。奇怪嗎？我不知道。畢竟瑪蒂妲在我房間隔著門也能聽見，不過對我而言仍是非常特別。

瑪蒂妲走到愛倫保姆的房門口，把耳朵貼在門上。

「她還在樓下，快。」

「我是在聽理查寶寶。」

我也閉上眼睛聽，想像著門後愛倫保姆的房間，她稱之為家的小空間。「他在睡覺，我聽到他在呼吸。」

瑪蒂妲看了我一會兒，不相信我說的話，然後才轉動門把。門吱吱叫，我們兩個都嚇了一跳。樓下，媽和湯瑪斯在笑。我的眼睛迎上了瑪蒂妲的眼睛；要是他們聽見了，也沒有多想，兩人的談話並沒有中斷，反而聽到鍋子的聲音。瑪蒂妲溜進了愛倫保姆的房間，彎起食指要我跟上。

✣

愛倫保姆的房間不大，其實，還比我的小。長方形的，天花板向窗戶傾斜，不會大過十呎寬八呎深，在我的想像中這扇窗可以眺望後方的農田，可是我不能確定，因為玻璃覆著厚毯子，毯子的四角以釘子釘在窗櫺上。光線企圖從毯子邊緣擠進來，卻很少能穿透，所以房間相對黑暗，我看得出瑪蒂妲站在理查睡的小床邊，她幫他拉了拉毯子，豎指壓在嘴唇上。

我點頭，我的眼睛適應了黑暗。

愛倫保姆的臥室沒有什麼家具。衣櫃挨著後面的牆壁，嬰兒床的右邊有一張小書桌，桌上擺著一些紙和一管翎毛筆。左邊單獨立著一張桌子，有洗臉盆和毛巾。她的床鋪得很整齊，旁邊有床頭几，只能放下一盞舊油燈和一份報紙。仔細一瞄，我才發現臉盆乾得像白骨，底部堆積了灰塵。「奇怪。」我低聲說。

瑪蒂妲走過來，食指拂過臉盆的內緣。「她可能在樓下洗臉？」

我發現臉盆旁邊最遠的角落裡有個夜壺，樣子也像是沒用過。我用腳尖把它挪開，出現了一圈的塵土。瑪蒂妲跟我互看了一眼，沒吭聲。瑪蒂妲倒夜壺時，愛倫保姆總說她會自己倒。

我就是在這時注意到我們在地板上留下的腳印，從門口延伸到我們目前站的位置。硬木地板上覆著薄薄一層灰塵，被我們的腳踩出了印子。有些地方的灰塵比較厚，但是愛倫保姆的房間似乎無處不蒙塵，房間髒得好似有一陣子沒打掃了。

「她一定會知道我們進來過。」我說，比較像是自言自語。

「繼續找，一定會找到線索。」

「我們是要找什麼？」

「不知道。她一直都住在這裡，可是我們對她知道的好少。」她把手伸向衣櫃，猛然把門拉開，想要驚嚇潛伏在裡面的東西，五件衣服掛在衣架上，底部靠右邊有一小盒的內衣，我害羞地別開了臉。

瑪蒂妲咯咯笑。「可憐的小布拉姆，連內褲都怕？」她舉起一條內褲，作勢要拋向我。我退後一步，她把內褲放回盒子裡，再跪下來，東翻西找。「女人總是把最寶貴的東西藏在內褲裡，因為沒有男人敢翻這種地方。」

一分鐘後，她站起來。

「那，」我問，「妳在她的內褲裡找到了什麼？」

「什麼也沒有。」

我走向書桌，拿起了最上頭的一張紙。

空白的。

瑪蒂妲把紙搶過去，舉高來對著走廊傳來的微弱光線看，再謹慎地放回去。「繼續找。」

我走向床頭几，就跟臉盆和夜壺一樣，油燈似乎也是不曾使用過。燈盞裡乾乾的，我湊上去聞，一點油味也沒有，只有霉味，很像是彌封起來的盒子，被人遺忘了，好幾年後才又打開。我告訴了瑪蒂妲，她只揮揮手，忙著自己的事。

報紙是昨天的《桑德斯通訊報》，頭條以粗體黑字編排——

馬拉海德滅門血案

週五凌晨兩點左右馬拉海德發生了慘不忍睹、令人髮指的命案。被害人是母親西芳・俄奎夫，五歲長子祥恩，約兩歲的妹妹伊莎貝拉。第三個孩子，六歲半的瑪姬，幸而逃過死劫，也是她向詹姆斯・布哲求援的。這位教堂街營房的警長在命案發生時正巧路過，發覺一名兒童從血案房屋中奔逃而出。

布哲警長進入了房屋，聽見派崔克・俄奎夫的呻吟聲，他的雙臂血流不止。派特森警員進入臥室，發現了母親與兩名幼子死在床上，俄奎夫先生也因失血過多而奄奄一息，他隨後被送到了里奇蒙醫院。

「妳看過昨天的報紙嗎？」我問。

「沒，可是吃晚餐的時候我聽見媽跟爸在說，他們說警長辦公室相信是俄奎夫先生想殺害一家人，因為他沒辦法供養他們，然後他又自殺，可是沒成功。要不是小瑪姬，他一定會把全家人都殺死的。」

「他現在人呢？」

「教堂街營房吧，他們幫他療傷。應該在他的傷口上撒鹽，讓他流血死掉。」瑪蒂妲說。

俄奎夫一家人一個多月前才來過我們家吃飯，雖然只是粗茶淡飯，他們卻非常感激。小祥恩吃了至少三盤，他的妹妹話不多，因為太忙著吃一塊跟她的頭差不多大的麵包沾雞汁，他太太也不多話，這也難怪——接受陌生人的慷慨幫助是最讓人謙卑的經驗了，要不是因為孩子在挨餓，很多人是死也不肯接受這樣的幫助的。她似乎一言不發，只在爸媽發問時才回應，不過她的回應總是很簡短，然後又埋頭進食，眼睛從孩子跳到丈夫身上，再跳回來。我極力回想這對夫妻之間是否有什麼緊張的氣氛，卻什麼也想不起來，他們似乎感情不錯，只不過是飽受饑饉所苦。

「妳覺得爸做得出這種事嗎？」話一出口我才發覺我居然問得出這種問題，馬上就臉紅了。

「喔，拜託！首先，爸一定會想出辦法餵飽我們。就算不行，他也不會放棄，而俄奎夫先生就是放棄了，他不去找解決的辦法，反而像懦夫一樣投降了。爸才不會那樣，要是他敢，媽一定會拿平底鍋打他。」

我知道她說得對，可即使我年紀小，我也了解一個人有多容易被問題打倒，從而與世界孤立，最後似乎什麼也不存在，我自己的孤立教會我的。「那妳覺得他怎麼能不吵醒別人殺掉全家人呢？」

「拜託你閉嘴好不好？我們需要繼續找。我們的時間不多了。」

「他殺了自己的太太和三個孩子，然後瑪姬才逃出來。」我沉吟道。

「而且是半夜兩點——大家都睡熟了。」

「可是睡到什麼也聽不到？第一個被害人還有可能，可是其他的呢？我覺得很難相信。」我回頭看報紙，掃描頭版的其他標題。「誰是柯內勒斯．希利啊？我好像聽過這個名字。」

「希利先生？他幫東姆維爾斯家管理農場吧，怎樣？」

「妳聽——」

桑特里莊園土地管理人因口角遇害

疑似兇殺——週五晚上，為桑特里居的東姆維爾斯家族管理土地的一名經理柯內勒斯．希利與員工發生口角，進而揮拳互毆，據悉該員工為養活一家而偷竊穀物。

該名員工由希利先生處以鞭刑，在解除綁縛之後，該員即赤手空拳攻擊希利先生，其他員工見狀起鬨，因為希利先生裁定的處罰顯然讓其他農場工人不滿。目擊證人不願意指認該名工人的名字，卻告訴警方是希利先生滑倒，頭撞上岩石導致死亡，而該名工人也趁機逃逸，警方將展開全面調查。

「他好像不是一個很好的人。誰會因為別人想餵飽一家人就鞭打他呢？」瑪蒂妲說。

「科隆塔孚幾時發生過命案？」

瑪蒂妲聳肩以對。

「你要是再這樣，我就要把你那本《莫爾格街兇殺案》拿走，埋到牧草地裡。把你的偵探本領用到現在的這件事情上，我們沒多少時間了。」

她說得對，可是我跟自己說等有時間我會再研究這件事。

瑪蒂妲貼著牆，注視衣櫃後方。

「妳在幹嘛？」

「我看到後面有東西，黏在後面。」她閉上一隻眼睛，瞇起另一隻，想看個仔細。

我從另一邊看，也看到了。「幫我一下，我們把衣櫃拉開一點。」

我們兩人合力，從右邊握住衣櫃邊緣，用力拖。沉重的衣櫃吱啞響。瑪蒂妲嚇得僵住。「會不會有人聽到？」

我仔細聽，媽仍然在廚房裡。「應該不會。」

瑪蒂妲又回頭處理衣櫃，她把一隻手伸了進去。「我好像摸得到。」

我看著她的手臂下半部消失，出來時拿著一個扁扁的長方形皮包。

「什麼東西？」

皮包的繫繩很舊，她把繫繩拉開，打開袋蓋，伸手進去，掏出內容物。是地圖。

「放到桌上。」

「很舊了。」她說，把地圖攤開。「邊緣都綴了。」

「有幾張？」

瑪蒂姐翻了翻，動作小心，以免損壞了地圖。「七張，歐洲和英國的。有布拉格、奧地利、羅馬尼亞、義大利、倫敦……」她的聲音停頓。

「怎樣？」

「這一張是愛爾蘭的。」

「那個記號是什麼？」

她仔細端詳。「科隆塔孚，記號是聖若翰教堂。」

我翻閱其他地圖。「全都有記號，英國地圖上有兩個——一個靠近倫敦，另一個是一個叫惠特比的地方。」

瑪蒂姐在皺眉。「都好舊了，有的邊界都錯了，好像是手繪的，上面的文字我看不懂。」

我的手臂開始發癢。「趁現在沒人上來，我們應該把它放回去。」

她不理我，只是翻動著地圖，審查每一張，研究每一個線條，背下一切。

「瑪蒂姐？」

她一指按著嘴唇。

最後一張地圖。

「好了。」她輕聲說，比較像是自言自語。

她把地圖放回皮包裡。

「次序要對。」

「知道。」

瑪蒂妲把繫繩綁好，再把皮包放回衣櫃後，吊在小小的鉤子上，我剛才都沒注意到。「幫我搬回去。」她說，抓住了衣櫃的邊緣。

我們一起把衣櫃搬回原位，盡可能抬高，以免弄出太大的噪音。

「可能還有別的東西，我們需要繼續找。」瑪蒂妲說，轉而注意書桌，開始拉抽屜。

我轉向床舖。

一床厚厚的鵝絨被蓋住了小小的床舖，床頭立著一個羽毛枕頭，木床跟我的一樣，結構簡單，雕刻了一些花紋，漆上森嚴的褐色，我俯身嗅聞被子──我的鼻子很癢，打了一個響亮的噴嚏。

「布拉姆！」

我摀住鼻子，想壓住第二個噴嚏，結果反而比第一聲還要響亮。

「有人會──」

我又打了第三個噴嚏，眼淚都流出來了。我的鼻孔又覺得癢癢的，瑪蒂妲過來要用手帕捂住我的臉，不過我找到了阻止噴嚏的力量，揮手阻止她，向後退，眼睛鎖定了被子。我又向前傾，她一看見就想把我拉回去，被我搖手拒絕。這一次我沒有吸氣，所以看得更仔細。被子上覆滿了灰塵，不是薄薄的一層，而是像遺忘在閣樓上的家具一樣堆積得厚厚的一層，這麼厚的灰塵不是一下子就出現的，而是因為疏忽遺漏，多年累積下來的。

「妳覺得愛倫保姆有多常整理我們的床鋪？」

瑪蒂妲想了一秒。「每個星期六，從來不會忘記。」

「那她為什麼自己的床都不管？」

問題飄浮在空中，我們兩人都想不出個所以然來。「那，她不睡在床上，是睡在哪裡？」

書桌前有張木椅，椅背和椅臂都很僵硬，想佝僂著背都不行，我沒辦法想像有人會坐在椅子上睡覺。

「有可能是睡在地板上。」瑪蒂妲說。「我的朋友碧翠絲有一次跟我說她爸爸一直睡在地板上，因為他背痛，只有木地板能讓他舒服一點。」

「我覺得愛倫保姆的背還滿好的。」

「那她會睡哪裡？」

床邊地板上的灰塵最厚。

我不知道為什麼會注意到，可能只是因為我看著地面。床腳不僅是骯髒而已，灰塵都還堆到了床板，就好像是有人不斷把灰塵掃到床腳，而不是掃到地板中央再掃進畚箕裡。我聯想到了被雨水沖刷堆積在房屋牆壁邊的泥土，附著在壁面上，時時都想滲入屋裡，泥土的目的不就是這樣嗎？鑽進屋裡，取回最終是大地的財產？

我伸手把床墊的一角抬起來。

愛倫保姆的床鋪構造跟我的一樣，毯子和床單下是一張鵝毛或雞毛床墊，再厚也不超過五吋。這已經是算很奢華了，我們都很滿足。爸的職位讓我們能夠得到一些比較好的東西，儘管我的父母並不揮霍，但是他們堅決相信床具需要講究，他們覺得一夜好眠有助於隔天的努力，睡不好覺會導致委靡不振，這種事他們在我們的同胞身上看見太多次了，他們的想法對不對，我不知道。可是我的一生有相當多的時間都花在床上，我是很感激床鋪很舒服的。

我的羽毛床墊下是一個裝滿麥稈的盒子，每年春天都會把舊麥稈拿出來，換上從阿爾闐館後方的農田裡取得的新麥稈。我們把麥稈紮得很結實，盒子將近兩呎高，是最完美的基座。愛倫保姆的羽毛墊下也有一樣的盒子，可是我把床拉開，看見的不是麥稈，而是泥土，厚厚的，黑黑的，而在泥土的中央則是一個凹下去的人印子。

「她睡在這裡？」瑪蒂妲小聲說。「為什麼？」

我沒回答，我太忙著看蠕蟲扭動著出來歡迎我們，從床鋪的噁心內臟中悄悄爬出來，爬過腐爛的泥土。

先開口的是瑪蒂妲，聲音抖顫。「我們該出去了。」

我仍死盯著床鋪，盯著潮濕泥土上愛倫保姆的身體輪廓。那個臭味，死亡與腐敗的惡臭，幾乎令人招架不住，彷彿是有具屍體被丟在土壤中腐爛，最近卻被掘墓人的鏟子挖了出來。白色的蛆蟲加入了蚯蚓，興奮踴躍地鑽到地表，小小的身體扭個不停。我的心思飛回將近一年前，我上次見到這種景象的時候。松利在穀倉附近延伸到屋後的農田裡幹活，我那天的身體比大多數的時候都要好，媽把我抱到樓下，讓我坐在客廳的沙發上。他衝了進來，滿臉通紅，滴著汗水，幾乎說不出話來，他跑得太急，上氣不接下氣，過了一會兒才發得出聲音。「你一定要來看。」他終於喘著氣說。「穀倉後面。」

他那時八歲，我六歲，可是他的興奮也點燃了我心中的火苗，我很想看他究竟是發現了什麼。我當下就想看，猛地生出了一股力量，足以讓我站起來。我能走路，只是走得不大穩，所以他就讓我扶著他的肩膀，幫著我邁出每一步。比我自己走要快，卻比他預期得慢，我們就這樣走出了門，穿越農地到了東邊的穀倉。穀倉極大，建築之初是要能夠容納一百頭牛和將近十二匹馬，以及各式各樣的牲口。穀倉在我們的土地上傲然矗立，陰影覆蓋住大範圍的土地。我們兩人繞過了南側，向雞圈走，還沒到達，我就察覺到不對勁，因為雞全都在叫。平常的咯咯叫變成了緊張的尖叫，我壓根沒想到禽鳥會有這種叫聲，我們越來越靠近，我發現泥濘的地上散落著褐色白色的雞毛，而且雞舍四周還有一條條的紅色污漬。

「怎麼回事？」我問。

「狐狸吧，是狐狸弄的，也可能是狼。昨天晚上有東西跑進了雞舍，咬死了六隻雞。」松利氣憤地說。「你看。」

這時惡臭撲鼻，噴濺的血液與撕裂的皮肉混合成一股帶銅臭的氣味。「我不要看。」

「別那麼娘娘腔。」

「我不要，帶我回家。」

他不肯，反倒拖著我向前走。我就算是把兩隻腳跟都往土裡埋也沒用，他比我壯多了，不費吹灰之力就把我孱弱的身體拉著走，沒多久我們就站在了開著門的雞舍旁，我的眼睛不由自主地落在那六隻血肉模糊的雞屍上。雞舍的上方有一團蒼蠅嗡嗡響，密得像烏雲，落在碎肉斷骨上，飽餐一頓。暴露的屍身上還有小小的蛆蟲，都是剛孵化的，饑餓不已，為了奪取下一口食物，踩著另一隻向前爬。膽汁升上了喉嚨，我還沒來得及別開臉，就吐了出來，噴在雞屍上。

松利哈哈大笑。「我就覺得等媽今天晚上煮雞肉，你會想知道是從哪裡來的，現宰的。」

「布拉姆，我們得走了！」瑪蒂妲雖然壓低聲音，嗓門還是很大，一面還拉我的胳臂。

「我不懂。」我輕聲說。「她不可能——」

「快點！」

瑪蒂妲想把我拉向房門，可我就像腳上生了根，我的眼睛回到地板上的泥土，泥土形成了一個小山丘，作勢要溢出床的四周，然後我懂了，愛倫保姆打掃房間時，都把泥土往她的床鋪掃，而不是掃到別處或是掃進畚箕裡。她上上下下床架時泥土是不是又沉積在地板上了？

我轉回去看地板，研究從門口延伸過來以及環繞房間的腳印，許許多多的小腳印——兒童的印記——絕對不屬於大人的。

「她沒留下腳印。」

瑪蒂妲從門口轉身，看著我。「什麼？」

「地上的腳印，都是我們的，看有多小？愛倫保姆是嬌小，可是她的腳還是比我們的大，她連一個腳印都沒有留，記不記得我們走進來的時候那些灰塵？薄薄的一層，完全沒有踩過？」

這時，理查寶寶在小床上動了——我都忘了他也在房間裡。瑪蒂妲走向他，他的小腳開始踢，踢掉了毯子，理查的五官扭曲，一時間，房間靜得連掉一根針也聽得到，接著他張開嘴，發出了尖利的哭聲，聲音之響整棟房子都聽得到。瑪蒂妲把他抱起來，抱在胸前，輕輕來回搖晃。

我趕緊把床墊恢復原狀，避免去碰蒙塵的被子。

媽出現在門口。「這孩子的肺活量連死人都吵得醒！不是你們把他吵醒的吧？」

瑪蒂妲搖頭，而且立刻就編好了謊言。「我們在布拉姆的房間裡，聽到他哭。我不知道愛倫保姆去哪裡了，就自己過來看，我覺得他需要一個新的保姆。」

媽卻沒聽她說話，只是瞪著我。「布拉姆！你能下床了！」

我邁步要走過房間，她衝過來摟住我的背，想扶我一把，我搖頭拒絕了。「媽，我自己可以走，看？」而且我也真的做到了，從床鋪旁邊走到門口。如果我說很輕鬆，那我就是說謊；短短的幾步路已經讓我的額頭蒙上一層汗，可是我真的覺得這些日子來沒這麼好過，我的肌肉想運動，可是多年的萎縮，運動變得很困難。

媽的眼淚湧了上來。「唉，我……」

「沒關係的，媽，他自己可以走。」瑪蒂妲高聲說。

媽揮手不理，抱住了我。「愛德華叔叔真是你的幸運之星，天主保佑他！」她緊緊摟住我，幾乎把我抱了起來。在我的睡衣衣袖下，水蛭咬的傷口在發癢。

「這個女孩把家裡打掃得乾乾淨淨的，卻睡在這麼髒的地方，我永遠也想不通。」她嫌惡地環顧房間。「你們兩個都出去。」

✣

那天有件事我瞞著瑪蒂妲，我一直隱藏在心裡，也會帶進墳墓。我瞪著愛倫保姆床上的泥土時，我看著蚯蚓和蛆蟲扭動時，我吸入死亡的氣息時，我並不如她一般反感，我應該要的，但是恰恰相反，它反倒是隱隱約約在召喚我——我站在那兒，窮盡全身之力抗拒著爬進土裡躺下來的衝動。

晚上——我記不起上次跟全家人坐在餐桌上共進晚餐是在幾時了，我曾有過嗎？我的病主宰了我的生活太久了，我只記得在房間裡用餐，由不同的家人送過來。所以我覺得是他們的負擔，是他們不得不做的勞役。媽帶我下來，一開始我不知道該坐哪兒，大木桌邊擺了七張椅子，六張面前擺了餐具，要不是瑪蒂妲朝她右邊的椅子點頭，唯一沒有餐具的位子，我就會像個傻瓜一樣杵在全家人的面前，觀察他們。

我坐了瑪蒂妲指示的椅子，媽把餐具遞給我。我把玩著叉子，瞄了餐桌一眼，看得出其他人也都一樣不安，我弟弟湯瑪斯坐在我對面，瞪著我看，每隔一兩分鐘他就會伸手去摳鼻孔，而瑪蒂妲會立刻在桌下踢他一腳。他對她皺眉頭，照舊挖他的。媽坐在我右邊，無視湯瑪斯與瑪蒂妲的行為，只忙著照顧理查，他被牢牢綁在她左邊的高椅子上。他的晚餐已經先送上來了，媽忙著把馬鈴薯泥舀進他的嘴裡，卻只能無奈地看著他把東西又吐出來，抹在大腿上。

爸坐在長桌另一端，面對著媽，我覺得他不想特別注意我，所以就假裝我一起吃飯是再正常不過的事情。為此，我很感激，除了湯瑪斯的公然瞪視之外，其他人都盡力掩飾驚異之情。不止一次，我逮到他們每一個都偷瞄我，但是誰也沒說話。

不過，後來還是松利打破了這個悶葫蘆，他的直率個性終究讓他沉不住氣。我請他把麵包遞過來，他的回應是：「終於決定不死了，想看看世界的其他地方，是嗎？」

媽一聽就對他虎起了臉。「你弟弟一直病得很重，我覺得你應該要感激你們的愛德華叔叔讓他的身體恢復。」

「我看只要是他關在他那個房間裡，他就不必下來幫忙做家事，他好像只是生了懶病。」松利說。

爸挑起眉毛，但是並沒有對這句帶刺的話有什麼反應，只是攤開今天的報紙，瀏覽頭條。松利只比我大兩歲，但是我覺得他大很多。他的體格也比較健壯，高出我至少六吋。我的身形單薄，但是他因為幫忙爸媽做家事，所以體格魁梧。家裡的牲口大多是他照顧的，還要整理庭院、搬柴火等等，造就了一個強壯的男孩，即使只有九歲，卻比同齡的孩子要高大，而他自己也知道，松利總像個刺蝟，無論是口頭上或是肢體上。

愛倫保姆端著大燉鍋過來，把鍋子擺在餐桌中央，幫我們盛菜，從湯瑪斯開始，輪到我時，瑪蒂妲在桌下頂了我一下，不過我沒看她。要是愛倫保姆真知道我們跑到她的房間窺探，她也沒說什麼，她收完衣服後就進來，把衣服一一放好，絲毫不知道我們入侵了她的房間。她把我的衣服放進不同的抽屜裡，什麼話也沒說，只是低著頭，臉孔被圍巾遮住。

愛倫保姆把我的湯碗交給我，我接過來，不敢迎視她的眼睛，雖然我感覺得到她的目光。一直等到她走到爸那邊，我才敢偷瞄她的臉。瑪蒂妲說得對，愛倫保姆像是短短幾天就老了好幾歲；她的皮膚灰白，平常嬌美如花的臉頰毫無光澤，從圍巾逸出的幾綹金髮看著乾澀毛燥。她把頭髮塞回圍巾底下，可是頭髮不聽使喚，還是溜了出來。

「妳的樣子不太好，愛倫。要不要去休息？」媽在桌子那邊說，一面用餐巾擦拭理查的腮幫子。

愛倫保姆露出虛弱的笑容。「我看我是感冒了，沒事，晚餐後我就去躺下，免得感冒惡化，我從來就不是個會病倒的人。」

我的心裡跳出了她的床舖的模樣，小小的蚯蚓和蛆蟲從土裡爬出來。我能想像她躺在上面，深灰色的眼睛睜得大大的，茫然瞪著前方，而那些泥土中的生物緩緩地以她的肌肉為食，我胳臂上的水蛭咬傷癢了起來，我忍耐著不去抓。手腕上露出一個傷口，我忍不住去看，現在只剩下粉紅色的一個小圈子，幾乎快癒合到看不見了，我發覺瑪蒂妲在看我，就把衣袖拉下來遮住傷痕，等著她在桌下踢我，卻沒等著。

我咬了一口麵包，爸清清喉嚨。「你沒忘了什麼吧？」

我看了一眼手上的麵包，再看著我的湯，不確定他是什麼意思。

松利竊笑。

爸對他皺眉，然後再回頭看我。「有教養的家庭在吃飯前會先禱告。」

我在房間裡吃飯太久了，這類事情都忘了。我把麵包放在湯碗邊，雙手合十，閉上眼睛。

「也許你應該大聲說出來。」爸說。

我睜開眼睛。松利的臉上閃過竊笑，我覺得臉頰紅了。「好，爸。」我努力回想上次禱告是幾時，卻想不起來。我的頭腦一片空白，我發現自己瞪著湯碗。

爸看著我姐姐。「瑪蒂妲，幫妳弟弟一下。」

瑪蒂妲坐直了，緊握雙手，聲音洪亮，響徹了整個房間。「感謝天父，賜我飲食，也讓我們不忘記不幸之人的需求，阿們。」

「阿們。」我跟著大家說，聲音岔了氣，也更高亢一些。

爸對瑪蒂妲點頭，又回頭看報紙。

我等到媽在給麵包抹牛油之後才再伸手拿麵包。「有派崔克．俄奎夫的報導嗎？」她問。

爸搖搖報紙，翻回頭版。「有，案情顯然又變得更複雜了，聽——」

馬拉海德大屠殺
桑特里莊園命案
父親涉嫌重大

派崔克．俄奎夫被警方在馬拉海德的住宅內發現時已瀕臨死亡，但他並不是獨自在家，還有他的妻子和三名子女，都死在床上，因此他難脫嫌疑，他在獲知家人情況後，變得歇斯底里，不得不加以束縛。據調查，與桑特里莊園的土地管理人柯內勒斯．希利門毆的員工就是俄奎夫先生。

媽搖頭。「太可怕了，所以他不但殺死了全家人，也殺死了雇主？」

爸聳肩。「我認為他的雇主的死完全是意外，那名員工已經走投無路了，才會爆發口角，而希利付出了代價。他死不足惜，那個人最愛裝腔作勢，還是個勢利小人，最愛聽自己的聲音和口袋裡的銅板叮叮響。那一點穀物他又不是給不起，可是他反而鞭打了一個想養家活口的人。他嘗到了天父的憤怒，就是這樣，可是俄奎夫一家人慘死，我覺得太悲慘了。」爸頓了一秒，從胸前口袋掏出菸斗，用他隨身攜帶的褐色小袋裡的菸絲裝填菸斗。「即使前途一片黑暗，我還是無法想像做父親的人，會在無力養活全家的時候奪走妻子和孩子的生命。」

理查開始哭鬧，媽伸手去撫摸他的手。「也許他已經是陷入谷底了，在殺了雇主之後再也無力承擔更壞的狀況。畢竟，如果有工作的男人都養不起一家人，那一個身上背著一條命案的失業男人又能找到什麼活兒呢？」理查打了個飽嗝。媽皺眉。「有沒有提到他們的女兒？那個逃過一劫的？」

「今天沒有。」

「不知道是誰收容了她，俄奎夫家在這裡好像沒有親戚。西芳・俄奎夫說她家人住在都柏林，不過我也可能記錯了。」

「我想她應該有人照顧。」

「也許她可以來跟我們住。」瑪蒂姐建議。「我不介意有個姐妹。」

爸在桌子另一邊看著她，卻沒搭腔。

媽拍她的手。「我也常常跟妳父親這麼說！我們女士在這個家裡太人單勢孤了，既然慈悲的主不覺得應該再賜給這個家一個女兒，也許我們應該考慮補充一個。」

「你們覺得她看見了事情經過嗎？」我問。

爸吐出一串小煙圈，然後說：「她很可能看見了，不然她為什麼要逃跑？這種事情會給孩子留下難以抹滅的印記，二十年後她都還忘不了。親眼目睹妳的父親奪走了妳母親和手足的生命，那可是無法想像的殘酷，無論如何是擺脫不了的，我只希望將來她能找到一種快樂，強大到足以抵消那人犯下的邪惡。」

我用眼角看著愛倫保姆在她的座位坐下。她的手微微發抖，舀了一勺湯，雖然嘴唇分開了，湯卻沒有送進口中，反而連同湯匙又放進了湯碗中。一會兒，她又重複這個動作，卻連一滴湯都沒送進嘴裡。瑪蒂妲也在觀察她，可是她只要一看我們，我們兩個就都別開臉——我笨拙地抓湯匙，差一點就掉到地下。

愛倫保姆把湯碗向前推。「我覺得這次感冒真的讓我撐不住了，請讓我先退下。」說完，她就站起來，爬上樓梯，頭也不回。

稍後——「她在幹嘛？」瑪蒂妲低聲說，跟著我溜回房間，謹慎地關上門。

「我什麼也聽不到。」我輕聲說。

瑪蒂妲坐在我的床上，拿著素描簿，小心地複製在愛倫保姆的房間看到的地圖。她是如何能記得這麼翔實的，打死我我也不懂。

「說不定她在睡覺。」瑪蒂妲頭也不抬地說。

晚餐後，瑪蒂妲跟我回到了我的閣樓房間，上樓梯時其他人的目光都集中在我們的背上。雖然他們是我的家人，我卻像個外人。說實話，我不覺得他們曾料到我能熬過第一年，更別說還熬過了頭一個七年，他們以為我必死無疑——縱然不是今天或明天，也是早晚的事，所以他們不願意跟我太親近。即使是媽，大多數時間都陪著我，也是隔著一段距離——這是我們之間永遠跨越不了的深淵。我極少看到爸，而松利則是徹底迴避我。所以我一告退回房間，就出現了一股鬆了口氣的氣氛，但是在這股氣氛下卻潛藏著恐懼：我們似乎都默默察覺到好日子之後總跟著壞日子。

「她沒在睡覺。」我想像著她坐在床沿，床墊推到一邊，她的手指插入底下的泥土，溫暖潮濕的泥土漸漸浸沒她的手臂，帶給她欣喜。「妳以前看過她吃飯嗎？」我問。

「她每天晚上都跟我們一起吃飯。」

「不，我是說妳有沒有真正**看過**她吃？」

瑪蒂姐思索了一秒。「我……不知道，好像沒有，可是我從來都沒有多注意，你是說她都沒吃？」

「她剛才就是**假裝**在吃。」

「她的身體不舒服，你最應該知道生病的時候勉強吃東西有多難過，她可能是不想讓媽難過，她可能是不想讓媽以為她不喜歡媽煮的湯。」

我的手臂好癢，又抓了起來。

「我看看。」瑪蒂姐說，放下了素描簿，伸手要拉我的衣袖。

我躲開了，也不知是為什麼，就是不想讓她看。我覺得好像是不應該讓別人看到。萬一有人看到了，只會問更多問題，我答不上來的問題。

瑪蒂姐瞪著我。「布拉姆！」

「很噁心的，瑪蒂姐，我不要妳看。」

「我以前就看過你的水蛭傷口，過來。」

我仍是向後躲，躲著躲著就撞上了牆。

「你是怎麼回事？」

我向後縮，抵著冰冷的木板，準備要把她推開，巴不得能從木板縫裡鑽進去，鑽到另一邊冰冷空氣中，然後——

「她在外面。」我輕聲說。

「什麼意思？」

「保姆在外面。」

瑪蒂妲走向我的房門，打開一條縫，窺視走廊。「她怎麼可能在外面？她如果離開房間，我們一定會聽到。」

「我不知道，可是她就是在外面。」

「你怎麼知道？」

我張口要回答，卻說不出話來。我不確定自己是如何知道的，我就是知道。

我走到小窗前，瞪著漆黑的夜。

天空中高掛著一彎月牙，月光晦暗，只照出了朦朧的輪廓和陰影。遠處阿爾闐堡的高塔隱隱綽綽的，迷失在起伏的山巒後，農田上點綴著鄰居的小小房屋。再過去就是榛樹和樺樹林，黑黝黝的樹枝在夜空中搖曳，等待著雨水洗滌。我以敬畏的心情看著這一切，不是因為我沒看過，而是因為我現在應該是看不見的，尤其是光線這麼暗，可是我看見了，我全部都看得見。

「那裡！」我指著北邊的阿爾闐堡高塔，就在穀倉後面。

瑪蒂妲也過來窗邊，看著外面。「我什麼都看不到。」

「她剛經過牧草地，她快走到拉丁頓家了，她好像披了一件黑斗篷，兜帽遮著頭。」

「如果她戴著兜帽，你怎麼能確定是她？」瑪蒂妲把上半身都伸到窗外，瞇著眼睛。

「就是她，我知道就是她。」

「我還是什麼也看不到。」

我拉她的胳臂，把她往走廊拉。「走，我們得趕快。」

「我們要去哪裡？」

「我想跟蹤她。」

瑪蒂妲兩腳像生了根。「你知不知道，爸跟媽要是知道我讓你出去會怎麼處罰我？」

「那我們就不要告訴他們。」我說。「走啦。」

現在

布拉姆從門邊退開，手中的銀十字架變熱了，燒燙著他的肌膚，邊緣銳利得像刀片。他把十字架扔下，手掌燙出了水泡，掌紋中溢出鮮血，割破了十來處。

一滴血珠落到石板上，房間寂靜無聲。

布拉姆聽見自己吸氣到肺裡的聲音，再看著這口氣吐出來：化成了薄薄的白霧，接著門後的東西以無法形容的力道撞擊房門。布拉姆看著門變形，他看著固定沉重的鐵樞紐的門栓彈跳，抵著門框嘎嘎作響。

一聲嗥叫，中氣十足，訇然襲來，布拉姆不得不摀住耳朵。他受傷的手緊握成拳，鮮血噴發，落在他的髮上和腮上。而那頭獸似乎因此而更加興奮，又撞了門一次，比剛才更使勁。

布拉姆從背後的籃子裡抽出一枝玫瑰，放在地板上，推到門縫下。玫瑰停在前一朵乾枯的玫瑰旁，雖然剛才還鮮豔芳香，立刻就開始凋謝。花瓣就在他的眼前一片接一片皺縮蜷曲，邊緣先是變成褐色，接著是黑色。

布拉姆又扔了一枝玫瑰，又一枝，這一枝完全沒凋謝。

嗥叫聲又來了，這次較小聲。布拉姆等著又一次的撞門，卻等了個空，反而傳來了巨爪刮擦門板的聲音，從門的最頂端，近乎九呎高處，一路劃到最底下。

狼嗥立刻就有另一頭狼應和，這一頭距離稍遠，大約是在樹林裡。接著又有一頭狼嗥叫回應。

布拉姆爬了起來，走到窗邊。

月亮在烏雲密佈的天空努力爭奪一席之位，短暫露個面，隨即就又消失在雲層後。即使光線昏暗，他仍能分辨出遠處樹林的輪廓。枝枒縱橫糾結，難解難分，有東西能夠穿過，無論是從空中或從地上，都不可思議——可是他在這高處俯視，察覺到樹林中有生命，許許多多的眼睛惡狠狠地盯著他。

月亮又出現了，布拉姆舉高手就著光線檢查。傷口消失了，肌肉癒合了，一點傷疤也沒留下，只見手掌上一片乾涸的血液。

窗外，一尊石雕滴水獸在為他站哨，粗大的利爪牢牢握著雕刻繁複的石灰岩，又圓又黑的眼睛似乎在睥視著原野、森林以及遙遠海邊的峭壁。他能想像滴水獸從牆上俯衝而下，落在獵物的背上，利爪插入獵物的肌骨，快得讓獵物來不及慘叫，唯有死亡。

月光變得更亮，布拉姆抬頭，看著雲層分開；雲層散開的樣子很奇特，不是就飄散而已，而是從中間裂開，一些飄向左，一些飄向右，猶如是月亮把它們吹開的。月光落在滴水獸身上，在房間牆壁上投下了它的巨大陰影。布拉姆盯著看，陰影的頭似乎在轉動，翅膀似乎在伸展，滴水獸從漫長的睡眠中漸漸甦醒。陰影的腳尖抽動張開，滴水獸變得更大，彷彿要從棲息處走下來，布拉姆轉身看著窗外真正的滴水獸，它所坐之處，文風不動，毫無生氣，與幾百年前一樣。月亮定住不動，然而陰影卻像在房間走動，每一步都變得更龐大。布拉姆瞪著一隻爪子接一隻爪子在牆上行走，爬過石頭、鏡子、十字架，檢視環境。

布拉姆伸手去抓牆上的一支十字架，舉在他自身以及陰影之間。「看，天父的十字架！去！」他大喊。「天父命令你！聖子命令你！神聖的十字架命令你！離開這個地方，不潔的獸！」

毫無用處。

陰影停留在角落一面華麗的大鏡中，接著又穿過房間，拂過每一處表面、每一件物品，幽靈飄向了玫瑰，躊躇瑟縮，小心地迴避花朵，然後又移向椅子以及布拉姆放在旁邊地上的史奈德步槍。布拉姆敬畏地看著陰影如黑暗的熔漿繞過了角落，沿著牆前進——不可能的事，布拉姆知道，因為月光除了從敞開的窗子照進來之外，做不了別的事。然而這個東西卻分明站在那兒，陰影中的陰影，持續探索著房間，這時他想起了油燈，這才明白這個東西竟捨棄了月光的隱蔽陰影，轉而利用明滅不定的油燈光線來調查，銜接之間毫無滯窒，有如在陰影之中舞蹈。陰影走到最後的角落，繞了一整圈，從牆上下來，流淌到地板上，擴散開來，直漫到橡木門邊，駐足不動。

這樣不對，布拉姆。

這聲音驚動了他，因為他以為只有他一個人，他生出了一股氣力，掃描了房間的每一寸，十字架舉得高高的，他在原地緩緩轉圈，自己的倒影從牆上無數的鏡中回瞪著他。

「現身！」布拉姆命令道。

他腳下的陰影抖動，從地板攀升到房門，漸漸漲大，最後幾乎頂到天花板。

「這是巫術，雕蟲小技。我不會容忍！」

陰影張開了巨大的手臂，擁抱住兩邊的牆壁，然後繼續變大，彎過了轉角，包圍了房間。

只要你讓我走，你就不必死。

直到這時布拉姆才明白聲音並非來自於面前的龐大陰影，亦非來自於困在門後的東西，更不是來自於室內的某處，而是來自於他的心底，彷彿是他自己的思想找到了喉舌。

這聲音不男不女，而是介於其間，雜糅了高低音，像是許多聲音同時開口，而不是只有一個。陰影的手回到了木門上，沿著周邊梭巡，半透明的黑爪滑行過門框以及粗大的金屬鎖，有如流動的糖蜜。不過，在靠近門縫前的玫瑰時，卻小心地繞道而行，而不是漫流過去，不是害怕碰觸，就是不敢碰觸，就如籃中的玫瑰一般。

布拉姆走到另一邊，從籃中抓起一枝玫瑰就向黑色幽靈戳刺，陰影化成了一個光點，而布拉姆緊握的玫瑰則擊中了橡木門。他收回手，光點消失了，被陰影吞沒了。

「我不怕你！」布拉姆說，聲音卻不如希望中的堅強。

隨即響起了笑聲，音量震耳，集合了一千名苦痛不堪的兒童的尖叫聲，他向後退，險些被椅子絆倒。

你再不把門打開，我就把你開膛破肚，在你的殘骸上跳舞，看著你的嘴唇冒出血泡！

陰影的手又一次在牆上擴張，包圍了整個房間，包圍了他。由尖銳的利爪帶頭，陰影在房間中擴散，爬過每一個表面，鏡子和十字架都不放過，最後幾乎覆滿了房裡的每一寸。

布拉姆跑到窗邊，關上了窗板，接著走向油燈，吹滅了燈焰，讓房間陷入全然的黑暗，一個黑暗到連陰影都無法存活的地方。

布拉姆・史托克的日記

一八五四年十月——瑪蒂妲跟我離開了房間，盡可能偷偷摸摸下樓，只在愛倫保姆的房間暫停，打開門確認她真的不在。我們發現她的窗戶開著，房間空空如也，只有理查寶寶在小床裡睡覺。我放低蠟燭，指著地板——我們早先留下的腳印不見了，塵土仍在，平整地覆蓋著地板——她的床鋪好了。瑪蒂妲默默點頭，穿過了走廊，來到樓梯口，示意我跟上。我輕輕關上了愛倫保姆的房間，追上了瑪蒂妲。

時間很晚了，大約十一點，爸跟媽都回房休息了，就算松利和湯瑪斯還沒睡，也沒聽到他們有什麼動靜；他們的房間很安靜，門縫也沒有透出光線。我們的房子靜得一點聲音也沒有，而我們製造的每一種聲響都好像放大了，從腳下吱吱叫的木板到前門打開的喀嗒聲。我很確定會有人聽見，過來查看，但是並沒有，不出幾分鐘，我們兩個就站在屋外了。

「如果那個是她，」瑪蒂妲說，「那她比我們先走幾分鐘，你覺得她是要去哪裡？」

我站在我們家的房子前面，焦慮洶湧如潮水，我背靠著門。我有許多年足不出戶，我記得某個美麗的春日媽緊緊抱著我，帶我到房屋的側面，躺在草地上。那時我最大不過四歲。我記得四月的那一天色彩繽紛，氣味清新，微風溫暖，我也記得她回到屋裡去拿水時我有多恓惶。她只去了一分鐘左右，可是我四周的大地就好像變得更遼闊，房屋好似退得好遠好遠，幾乎看不見了，天空好像隨時會垮下來。我巴不得躲回我安全的小避風港裡，逃離這個空曠得無止無盡的地方，免得被它吞噬。媽回來後，我跟她說我的病又發作了，痛得我忍受不了，其實真相是我壓根沒辦法待在戶外。她只是瞪著我，眼神挫敗，後來我哭了起來，她心腸一軟，就把我抱回了屋子裡，而在松利帶我到雞舍之前，我沒有邁出過家門一步。

即使是夜闌人靜，一片漆黑，空曠的空間也漸漸向我合圍過來，對一個小男孩而言實在是太荒邈了，這一片荒野能夠將我整個人吞沒，不留下痕跡。我想向後轉，可是我知道我不能。

我深吸一口氣，而瑪蒂妲過來握我的手。「我們一起走。」她說。

我握住了她的手，感覺到她的體溫注入我體內，連同一種鎮定的感覺，我鼓起勇氣。「我們絕不能讓她溜走。」

我的眼睛飄向了遠方的阿爾闐堡城牆，除了高塔仍殘留之外，整個地方已成一片廢墟，高高的塔樓向陰森森的天空伸展，攫抓雲朵，往四周的田野投下了既長又寬的影子，我知道城堡是由哈里伍德家族建造的，卻對它的歷史所知不多。多年來，大多數的石塊都被運走了；除了高塔之外，只剩下一處小小的墓園掩藏在一小段傾圮的城牆後。

我們被禁止進入城堡。

瑪蒂妲必定是察覺到我的想法，因為她捏了捏我的手。「她進了城堡，對不對？」

「我覺得是。」

「可是你是怎麼知道的？」

我沒回答，我沒有答案，就像我知道愛倫保姆離開了屋子，偷溜到外面一樣，我就是知道她進了城堡。我不知道她有何目的，但是我有把握她進去了城堡，我有百分之百的把握她現在就在裡面。

「走吧。」我說，拉了瑪蒂妲的手。

瑪蒂妲重重嘆口氣，面對著廢墟。「帶路吧。」

月亮低垂在天際，月光幽微，雖然瑪蒂妲在黑暗中看得很吃力，我卻毫無困難，我帶路穿過寂靜的小城，越過田野，走向樹林以及阿爾闐堡的廢墟。我們家感覺好小，我不得不別開臉，生怕焦慮會抬起它醜惡的頭來，阻止我繼續前進，這一次是瑪蒂妲拉著我向前走。

我們靠近高塔了，雜草和樹木都長得更茂密，沒多久我們就在及胸高的款冬和茅草叢中穿梭，我尋找著路徑，卻一無所獲，心中暗罵自己沒帶把大砍刀來。我看過松利用這種刀清除某些枯死的藤架，我雖然從沒使用過，卻覺得可以輕而易舉地在這片叢林中開出一條路來。

我後面的瑪蒂妲似乎越來越累，我卻每跨一步就更精神，部分的我想用跑的，可是我們需要謹慎；愛倫保姆可能就在附近，我們可不敢讓她看到。

我從沒這麼靠近過城堡。高塔比我估計得還要高大，至少二十呎寬，可能還不止。門面的石頭是巨大的灰色石灰岩塊，堆壘得極緊密，石塊間的縫隙極小，以它建造的年代來看，實在是工程學上的奇景。儘管歷經了數百年，部分的結構仍像是昨天剛建造的。苔蘚覆蓋了牆壁，幾乎將整個北側從底部到頂端全部遮住，我忍不住凝望塔頂，站得這麼近讓我一陣頭暈。

這一側有三面窗戶，沒有一個是能爬得上去的，我想像著以前弓箭手就高踞在這裡，射殺敵人。

看見入口了，瑪蒂妲跟我蹲在長草叢裡。

「她在裡面嗎？」瑪蒂妲發著抖問。

十月的天氣真的變冷了，雖然我穿著羊毛大衣，還是起雞皮疙瘩。瑪蒂妲也穿了羊毛大衣，可是月亮攀升得越高，溫度就降得越低，即使是最溫暖的衣服也抵禦不了多久。

「我沒看到她。」我說。

「她在裡面嗎？」瑪蒂妲又問，聲音中有沮喪。

我並沒有直接告訴瑪蒂妲我察覺到愛倫保姆的存在，可是我也不算是隱瞞了真相，就算她之前有過懷疑，她現在說的話也表示她不再懷疑了。我本身無法解釋我為什麼有這個能力，然而就是有那種怪異的拉力，彷彿是愛倫保姆的身上綁了一根繩子，而後面則拖著我。那股拉力伴隨著的感覺只能說是我心裡的酥麻感，我跟她距離越近，酥麻感就越重，不過並不會不舒服，正好相反，我覺得很舒坦，這股力量要我接近她。

我面對著高塔，目光從塔底到塔頂梭巡，停留在每一扇窗上，不是因為我能看見內部，而是因為窗戶讓我能更容易感覺到內部，我的視線來到塔頂之後，視覺已不再需要，我閉上了眼睛，專心想著愛倫保姆。我揪緊那條隱形的繩子，一點一點把自己往前拉，最後我已不在城堡底部的田野上，而是飛上了天空，再穿過厚厚的石灰岩城牆，進入了建築的內部，找到了另一頭沿著牆壁蜿蜒的樓梯，看見了愛倫保姆下樓。我看見她邊走邊繫上斗篷鈕釦，再戴上兜帽，她這麼做不是為了禦寒，而是因為不想被認出來。

「她要出來了。」我跟瑪蒂妲說。我聽見自己說這句話，感覺卻像不是我說的，反而像是我站在遠處，看著一個模樣像我的男孩說話。「她現在就要出來了。」

說完，我的眼睛陡然睜開，把瑪蒂妲往下一拉，愛倫保姆正好從城堡的門走出來，沒入夜色。她的衣著就跟我在臥室窗戶看見的一樣：飄逸的黑色斗篷，下襬幾乎蓋住腳尖，掠過枯脆的秋葉，狀極優雅，感覺像是足不點地。我想像著她就是這個樣子在她的房間裡飄浮，完全沒沾到地板上的塵土，而不像我和瑪蒂妲會留下一堆腳印。我感受到的拉扯，把我引向她的拉扯，現在更強了，強到我都擔心會被拉到她那邊去，我的左手握緊了瑪蒂妲的手，右手則插入旁邊的土壤中，希望能找到支撐點。

愛倫保姆在城堡大開的門口前略一駐足，瞄了左右一眼，這才從一條羊腸小徑走入樹林，我一直等她消失不見之後才敢說話。「要跟上去嗎？」

「進樹林？」

「我覺得不太好。」我從沒進去樹林過。說真的，這次已經是我離家最遠的一次了，半夜三更跑進樹林裡是很愚蠢的舉動，可是綁著我和愛倫保姆的繩子卻越綳越緊，我想去，我需要去，即使我知道這麼做不對，可是每過去一秒鐘，我都能感覺到愛倫保姆飄得更遠。

這還是我第一次自問：既然我能感覺到她在附近，難道她就感覺不到我？

「我想知道她去哪裡。」瑪蒂妲說。她又打個哆嗦，我知道我們一定得移動。

我點頭，實在說也只有這個答案。

我們站了起來，我帶領瑪蒂妲穿過草叢，來到城堡的開口。戶外的天氣已經很冷了，但是從城堡裡跑來的風還更冷，我匆匆瞅了城堡的寬敞開口一眼，就拉著瑪蒂妲走上那條通往樹林的小徑，把我們的世界拋在後面。

愛倫保姆的速度很快。

她只消失了幾分鐘，感覺卻像她已走了幾哩之遙，牽繫住我們的那條繩索鬆了，但是我緊揪著不放，不太在意瑪蒂妲與我以及我們家之間的距離逐漸拉大。瑪蒂妲默默跟著我，牢牢握著我的手，陪著我走在迮狹曲折的小徑上。

白蠟樹矗立在我們四周，大多數的葉子都凋落了，但是光禿禿的樹枝濃密得連月光都很難篩落下來。即使白蠟樹之間有空隙，也會由鐵鏽色的柳樹填補，虯曲粗糙的樹枝掛著柳絮，黃鼠狼在樹枝上奔竄，好奇地注視我們，我還看到至少三隻貓頭鷹在高處打量我們。

幾乎每個地方都有青苔生長，有如一床綠色毛毯覆蓋住大岩石和樹根。地面潮濕，連我的鞋子都微微下沉，每一步都會發出涉水聲。回家以後我們得徹底清洗鞋子，要是讓媽看見我們的鞋子這麼髒，她一定會猜出我們是跑到哪裡——樹林也和城堡一樣列為禁地，而我離開床鋪這麼遠，她會說什麼？

「你看得到她是在往哪裡走嗎？」瑪蒂妲問。

「妳看不到？」

瑪蒂妲搖頭。「我連**你**都快看不到了。」

我以為她是在說笑，可是她的表情告訴我並非如此，她瞪大眼睛，因恐懼而面色蒼白，她沒看見在我們四周疾行的小動物，也看不見這地方的黑暗之美；她憂心的眼神緊盯著我。

我掃描了四周一眼，發覺我的視線幾乎就和白天一樣清晰，即使是樹底下的陰影，我也輕輕鬆鬆就看見螃蟮在大啃腐木，看見我們腳邊黑土中有蚯蚓蠕動，我甚至能看見將近十步之前小小的黑螞蟻爬上一棵樹幹覆滿了青苔的榆樹。

「我們得繼續走。」我跟她說。「跟緊一點。」

我們繼續前進，空中出現薄霧，樹林中也吹過一股風——起初只是習習清風，幾分鐘後風勢就變大，狂風呼嘯而過。我的大衣衣領拍打著我的臉頰，我把瑪蒂妲拉近。她想回去，我察覺到了，可是她是不會說的，她的意志力太強了。我經常聽見秋風吹過我的窗戶，卻不曾立在風中過，而此時我覺得興高采烈。我們四周的樹林生意盎然，無論是林中生物或是搖曳的樹木，都讓我感覺到自然的力量瀰漫在夜空中，是生與死的巧妙平衡。

我們越往前走霧氣就越重，勾著風的尾巴在我們的周圍盤旋。沒多久，就連我都只能看見前方幾呎。霧氣充斥著又濕又鹹的海水味，顯然這地區盛產的泥炭以及港口就在不遠之處。我深吸一口氣，記不起幾時像現在這麼呼吸順暢過。

我忍不住笑了出來——而一笑我就後悔了，因為瑪蒂妲瞪著我的樣子活像我是瘋子。

「我只是覺得到外面來感覺很棒。」我說，比較像是在說服自己，可是我們兩個都不信。我的內在起了變化，她和我都知道，而就在此刻我在姐姐的眼中看見了這輩子都不想看到的東西，是做兄弟的無論如何都不想看到的——

恐懼。

是懼怕我，抑或是懼怕改變了我的力量，我不確定。

她瞇眼抵擋漸強的風，而這一次是她別開臉，拉著我繼續往前走，她曾溫暖的手變得既濕又黏。

我們又足足走了將近二十分鐘，兩人的腳每一步都深陷泥濘的土壤，而強風則忙著阻撓我們。狂風在樹木間穿梭，對著我們嘶吼，像隻發狂的幽靈，攀扯不住這個塵世，風高高低低地詛咒，又推又拉，力道強得嚇人，我不止一次險些失足，要不是瑪蒂妲在我身邊，我一定會跌倒。

樹林是想逼我們回頭嗎？

我想驅逐這個念頭，它卻在我的心裡生了根，樹林能夠阻止別人進入嗎？我覺得不能，因為就算樹林有生命，它也沒有意識或是自由意志。

我才剛這麼想，風勢就又大作，瑪蒂妲一個趔趄，我把她拉過來，不讓她踩到腳下的泥巴，結果害我也險些跌倒。

那如果樹林不能阻止別人進入，住在樹林裡面的東西呢？

綁住我和愛倫保姆的繩子突然又拉緊了，我知道她就在左邊。

霧氣散開，露出了一大塊空地，我們乍然來到這裡，沒有多少時間能夠反應。我把瑪蒂妲往下拉，她輕呼了一聲，被我用手摀住，我的另一隻手指著前方。

愛倫保姆立在我們前方二十呎處一棵大柳樹下，盤曲的樹枝不但向天際伸展，也向充滿了泥炭的綠水沼澤上方延伸，沼澤以柳樹根為起點，蔓延到遠處，邊緣消失在濃霧中。青苔肆意生長，褐色的樹幹幾乎完全被覆蓋住。

這時，風停了。我聽見後方仍有穿林的呼嘯聲，但是這個地方卻躲過了風神的憤怒。

又一隻貓頭鷹從高處瞪著我們，眼睛又大又黑，在稀薄的月光中閃閃發光。

愛倫保姆背對著我們，我看著她摘掉兜帽，讓頭髮披在肩上。可是，不對勁。她的頭髮並不是我們熟悉的金色鬈髮，反而是粗硬的灰髮，即使隔著一段距離看，也覺得是稀稀疏疏、毛毛燥燥的，還可以看見好幾處的頭皮。

就算是愛倫保姆知道我們在這裡，她也沒放在心上，她伸手到喉間，解開了斗篷，任由斗篷落在她的腳下。斗篷下她只穿了一件薄薄的白色睡衣。她露出雙腿雙手，我險些就驚呼出聲。她的肌膚蒼老，爬滿皺紋，軟軟地垂掛在骨頭上，覆滿了老婦人的深藍色血管。要是我不知情的話，我會以為她是個七十多歲的老奶奶，而不是我認識了一輩子的年輕女人。

瑪蒂妲也看見了，因為濃霧退到了沼澤的下方，她緊緊抓著我的前臂，指甲掐得我好痛，我還以為都掐出血來了呢。

愛倫保姆舉步跨過斗篷，走向沼澤。起初，水只到她的腳踝深，可是她好像是踩到了凹陷，水立刻就淹過了她的膝蓋，再一步，水就漫上了她的腰。白色睡衣漂浮起來，她再向前一步，又一步。再一步，水淹沒了她的肩膀，可是她仍持續前進，一會兒之後，她不見了，頭消失在水面下。冒著氣泡的水淹沒了她，除了水面一小圈漣漪之外，不留其他痕跡。

我旁邊的瑪蒂妲深深吸口氣。

我掃描平靜的水面，等待她出現。我焦慮地盯著一分鐘，又一分鐘，緊張了起來，因為誰都不可能閉氣那麼久。三分鐘過去了，我站起來，從藏身處走進空地，瑪蒂妲緊跟在我後面。

「她淹死了嗎？她是自殺嗎？」她問。

我搖頭，雖然並不知道答案，我無法再覺察到愛倫保姆的存在。一層厚厚的泥炭蓋住了水面，阻隔了水和夜色，彷彿什麼也驚擾不了它。沼澤的其餘部分也差不多，要是她浮上來呼吸，我們一定會看到，但是卻毫無跡象。

「要我進去追她嗎？」

「你又不會游泳。」瑪蒂姐指出。「我也不會。」

我快步走向柳樹，折了一枝低矮的樹枝，將近六呎長，一吋粗，不費什麼力氣就折斷了。我回到沼澤邊，用樹枝攪動她剛才消失之處。水面的泥炭苔蘚很厚，我還以為樹枝會折斷，幸好沒有。我把苔蘚撥開，底下的水混濁烏黑，比較像是油，而且樹枝動一下就會有漣漪朝四面八方緩緩擴散。

「看得到她嗎？」瑪蒂姐問。她踮著腳尖，想看清水裡面，卻事與願違。

瑪蒂姐雖然比我大一歲，我的個子卻比她高，但是我的身高在此也無用武之地，我看不見水面下有什麼。「有多久了？」

瑪蒂姐說：「五分鐘，可能不止，我不確定。」

「不然我丟一塊石頭？」

「那有什麼用？」

「不知道。」一隻蜻蜓在我的頭旁邊飛，我把牠揮掉。

「不可能是她。」瑪蒂姐說。

「就是她，我確定。」

「那是個老太婆。」

「就是她。」

我伸手撿起了地上的斗篷。「這是媽的斗篷。看到沒，這裡撕破了？」我的手指穿過了右邊袖子的一個小洞。「她說一個月前被地窖門勾破的。」

淚水湧上了瑪蒂妲的眼睛。「我不要愛倫保姆死。」

「我不覺得——」蜻蜓又飛回來，這次對準了我的眼睛，我拍打空氣，沒打著。另一隻從左邊的樹林飛出來，在我們中間俯衝，我閃開，一手護著受傷的眼睛，我轉頭看到瑪蒂妲在抗擊第三隻。

沼澤對岸傳來嗡嗡聲，隱隱約約的，但很快就變得很響。我注視著另一端的煙霧，起初什麼也沒看見，一眨眼間白霧就散開了，一團黑雲從中間湧出，距離越近，嗡鳴聲就越大。

「什麼聲音？」瑪蒂妲問，拍打著圍攻她的頭的蜻蜓。又有兩隻來支援原先的三隻，另外四隻從左邊攻擊我，一隻停在她的頭髮上，不停拍翅，跟頭髮糾纏在一起。瑪蒂妲嫌惡地大喊，想把蜻蜓拔掉。

我一直盯著從沼澤那頭飛來的黑雲。幾百隻，可能幾千隻。我抓掉瑪蒂妲頭髮上的蜻蜓，丟到地上，用鞋底把牠往土裡踩，再拉著她離開水邊。「走，我們得離開——」

我們衝進樹林裡，後面有一團昆蟲大軍在追擊，我用眼角看見了至今仍無法或忘的景象，一隻手從沼澤中伸出來，抓住了空中的一隻蜻蜓，再沉入水底。

我在床上坐起來，我不知怎地回到了床上，房間一片幽黑，唯有一束月光射進來。我記不起是怎麼回來的，我的心裡仍清楚記得蜻蜓，鼻孔仍聞得到沼澤的味道，充滿泥炭的水的霉味。

我爬下床，走到窗邊。

我穿著睡衣，卻不記得是幾時換上的。

我瞪著夜色，看見了阿爾闐堡和再過去的樹林，我竭力想看到另一邊的沼澤，但是就算是我，距離也太遠了。

我難道是作夢？

✣

我的胳臂又癢了起來。

就在這時，我看見了我的鞋子擺在梳妝台邊最遠的一角，沾滿了泥巴，在昏暗的月光中散發光芒，我才剛要朝那邊走，就聽見了她的聲音刺穿了寂靜。

「你不應該離開房間的，布拉姆，特別是晚上，天黑後跑到樹林去遊蕩的小男孩會遇上壞事。」

我猛地踅身，以為會看見愛倫保姆站在我後面，卻只看見緊閉的房門以及床鋪上扭絞的被子。

「樹林裡到處是狼，牠們會咬爛你的肉，會把嘴伸進你的肚子裡，饑餓的舌頭會找到你的心臟和肝臟，大口吞下去，嘴巴還會咂吧咂吧的響。最後，牠們會把你的眼睛從眼窩裡吸出來，你有沒有看過兀鷲吃人的眼珠？很可怕喔，只是啄一下，就什麼都沒有了，只剩下一個黑黑的大洞。」

愛倫保姆吃吃笑，孩子氣的笑，讓人想起瑪蒂妲玩捉迷藏，在我發現她躲在床底下之前，她總是躲在床底下。

我轉了三百六十度，留意房間的每一寸，即使在黑暗中，眼睛仍看得一清二楚，卻沒有愛倫保姆的人影。

「你還得再快一點！」她說。

一隻手輕拍我的肩後，我猛地轉身，準備要面對她，卻沒看到人。

「不要玩了！」我說。

「噓。」她對我耳語。「可別把全家人都吵醒了！」

我對準聲音來處就出手，就像在沼澤打蜻蜓一樣，可是我的手只打到空氣。

「看到你這麼有活力真好！一星期前，你還得要有人扶才站得住，可是今晚你卻搜了我的房間，偷溜到外面去，還離開家好遠再回來，一點也不覺得累。要不是我知道內情，我還以為是你的愛德華表叔用他的黑袋子變了什麼戲法，把你治好了呢！」

我蹲下來，搜查床底下，什麼也沒看見，我再衝到衣櫥那兒，拉開了門，以為愛倫保姆會衝出來，卻只看見我的衣服掛在上方，我的週日皮鞋整齊地擺在下面。「妳在哪裡？」

「這裡啊！」

我的肩膀又被拍了一下。

這一次我朝反方向轉身，同時伸出雙手，一瞬間，我的指尖滑過某人的肌膚，但是她的速度太快了——我連看都來不及看一眼，她就脫離了我的探尋。

「差一點就抓到我了呢！哇，你好快喔！」

她的皮膚濕冷，我好像是摸到屍體，我的背脊一陣哆嗦，把手在睡衣上擦了擦，想要擺脫那種噁心的感覺。

「滋味怎麼樣？全身被水蛭吸住？你能感覺到那些噁心的小玩意從你的毛孔吸血嗎？你燒得太嚴重了，我敢說你根本就沒注意到小小的牙齒咬穿了你的皮膚，對不對？你的愛德華表叔終於把水蛭剝掉，丟回罐子裡的時候，牠們都好像飽滿的蘋果，他發誓是水蛭把你的疾病都吸走了，他大概說得對，看看你現在的樣子！」

「我知道不是我叔叔治好我的。」我的聲音好低，我不確定她是否能聽見。

「不是他嗎？那是誰呢？」她說。「因為你現在比以前可好太多了，我倒不敢說你的病已經治好了，可是你的樣子真的好太多太多了。」

「妳問我是不是相信妳，我說是。」

「我有嗎？」

「然後妳對我做了什麼。」

她又吃吃笑。「對，對，有可能，有可能是我做了什麼。」

我在房間裡踱步，眼睛掃過每一處陰影，尋找愛倫保姆。她的聲音好似來自四面八方，卻聽不出特定的方向。不過她就在旁邊，我能感覺得到，綁住我們的繩子拉得很緊。我閉上眼睛，專心想著繩子，以意志力把繩子收回來，強迫我們之間的距離縮短。

愛倫保姆又哈哈笑，這一次很大聲，我很確定其他人會被驚醒。「可能跟你年紀小有關吧，不過我還沒看過有誰能這麼輕鬆就接受新的能力，而且還想要精通這個能力，可能是因為成人失去了想像力，無法相信未知的東西。兒童會把奧秘當作事實，毫無疑異就接受了，連一秒鐘都不會多想。雖然如此，我對你還是很驚訝，小布拉姆。」

我把繩子拉緊，卻還是沒有用，她也像她的聲音一樣，在我的四周，卻找不出定位，像在空無中遊蕩的幽靈。

我的胳臂很癢，我忍耐著不去抓。「妳把我怎麼了？」話一出口我就後悔了，因為我不是很肯定我想聽答案。

「這個嘛，我當然是在昨天晚上把你從鬼門關前帶了回來，而且不讓你被魔鬼碰到，你可愛的姐姐不就是這麼說的嗎？」話聲極其靠近我的耳朵，我發誓她的呼吸碰到了我，這一次我不轉身，因為我知道她不會在那兒。我保持不動，專心想著繩子，想再收回一點，我朝窗戶走了一步。

「喔，你越來越熱了！紅海盜，紅海盜，把小布拉姆送過來！」

加鉛玻璃窗嘎嘎響，遠處雷聲轟隆。第一批雨點落在玻璃上，打得玻璃嗒嗒響，起初不多，接著天空像破了個洞，大雨傾洩，掩住了整個世界。

「妳到沼澤去幹什麼？我們看到妳走進水裡，而且妳一直沒出來。」

「我不是在這裡嗎。」

「是嗎？」

我伸手去轉動窗栓，把窗子向外推出，樞紐吱吱響。雨打在我的皮膚上像冰塊，但是我很滿意，因為就像早先跑到樹林一樣，被大自然碰觸讓我記得我確實是活著。

「小心，布拉姆。你會凍死！」

我想要相信我不會再生病，無論愛倫保姆對我做了什麼都治好了我的宿疾，可是這念頭才起，我就覺得喉嚨蠢蠢欲動，咳嗽的老毛病又要犯了，而且跟了我一輩子的骨頭痛也蓄勢待發，雖然不像之前強烈，痛苦仍在，提醒了我疾病並沒有遠走，只是在休息，隨時會再發作。「我知道我沒有比較好，沒有完全好。」

她對這句話沉默以對。

我抓搔手臂，再也無法忽略那種癢了。

然後我把頭探到窗外，淋著大雨，左右上下到處看，瞇眼在滂沱大雨中看著我家的牆壁。我不知道為什麼會以為能發現愛倫保姆攀著老舊的灰泥，但我就是那麼想。可是我卻只看到被雨淋濕的馬路，所以我縮回了屋子裡。

「妳不是說我越來越熱了？」

「是啊，可是現在你又冷冰冰的了。」

愛倫保姆從天花板上下來。

我從眼角看見她，想要側步閃避，可是她的動作太快了，快得不自然，好像她不是落下來的，而是以極大的力道蹬著天花板衝下來的。我一面忙著閃開，同時看著她向我撲來，雙手雙腿大張，儼然像蜘蛛撲住一隻不知情的獵物。她的眼睛不再是我們在沼澤看見的淡灰色，也不是我記憶最分明的藍色，而是最鮮明的紅色，在黑暗的房間中炯炯發光。

「布拉姆！」

叫我名字的聲音彷彿來自很遠的地方，我好像落入井底，有人在高高的井口呼喚我。

這裡好暗，連一絲光線都沒有，而且充斥著腐臭的味道。我想移動，卻發現肌肉不聽使喚，我被困在一具死氣沉沉的軀體中。

我墳墓裡的泥土，夯得嚴嚴實實的。

我又看到了：愛倫保姆向我撲來，從天花板落下來，覆蓋住我，將我釘死在地板上。然後她對著我的耳朵吐氣：「睡吧，我的孩子。」

這句話後就是一片茫然，我什麼也不知道了。

「布拉姆！」

我又聽見了自己的名字，這一次更近，而且還亮起了紅燈，初而模糊，但迅速變強，不是它向我接近，就是我向它接近；我不確定是何者，因為我覺得我在動，但同時房間也在動，抬著我從此處送到彼處。

我全身抖動，猝然睜開了眼睛，發現是瑪蒂妲在旁邊。

她的影像逐漸清晰，我的胳臂和腿腳的力量也恢復了，整個身體一下子活了起來，胡亂擺動，最後從床上蹦了起來，力道大到我整個人浮在空中，過了一會兒才又摔回床鋪。

瑪蒂妲瞪著我，嘴巴大張，我突然覺得既難堪又害怕。

「是真的嗎？」我問。

我還沒說完，瑪蒂妲就點頭了。「我只記得在樹林裡跑，躲蜻蜓，然後我就在床上醒來了，太陽照著我的臉，我不知道我們是怎麼回來的，我也不記得有換衣服或是爬上床。可是我醒來的時候穿著睡衣，身上蓋著毛毯，就跟每一晚一樣，起先，我也不是很確定，可是我發現我的大衣沾滿了樹林裡的芒刺。」她頓了頓，皺著眉頭。「你在流血——」

「嗄？」

她用手指擦拭我的嘴角。「乾的，起碼有幾個小時了。我沒看到傷口，只有乾掉的血，你咬到舌頭了嗎？」

「大概吧。」我說，不過我不覺得痛。

「你記得什麼？」

我思索了一下，因為我也記得在樹林裡奔跑，躲避蜻蜓。我也記得沼澤中伸出一隻手抓住半空中的蜻蜓。那隻手胖嘟嘟、皺巴巴的，像李子乾，好像在水底下一輩子了，還有它抓住蜻蜓的動作！讓我聯想到青蛙吐舌，快如閃電。

可是接著我就回到了家裡，躺在床上——而兩件事情之間發生了什麼，我卻完全沒有記憶。然後是我跟愛倫保姆的不期而遇。

「你一定要跟我說你記得什麼。」瑪蒂妲說，好似猜透了我的心思。

所以我就說了，一點也不遺漏。

等我說完，她倒不是像我預料的一樣匪夷所思地瞪著我，反而因擔心關切而面色凝重。「我進來的時候發現你的窗戶開著，看，雨水還積在底下……」

媽在上床之前會把窗戶關好，她總是如此。即使是在最悶熱的月份，她也會把我的窗戶關上，阻擋住夜晚的空氣，生怕我著涼，或染上更重的病。我的痼疾連這樣的條件都不能接受，我記得沒錯，我昨晚打開了窗戶。

「那我們怎麼會記不得是怎麼回來的？」

她的問題在空中徘徊，我們兩人都沒有答案。

瑪蒂妲的視線移換，俯視我的胳臂。我在抓癢，卻沒意識到。我停下來，想把胳臂藏到毯子底下。瑪蒂妲不依不饒，抓住我的手就拉過去。「你比較好了以後就一直在抓這裡，你一定要讓我看！」

我把手臂抽開，力道之大，砰的一聲撞上了床頭板。我還以為橡木板會被我打裂掉，可是我的手好像沒事，一點傷也沒有，我趕緊把胳臂藏到毯子下。

瑪蒂妲敬畏地看著我。幾天前，她比我壯多了——輕輕鬆鬆就能單手制住我兩隻手，而她也經常這麼做，可現在卻換我輕輕鬆鬆就甩開了她。

「你到底怎麼了？」她低聲說。「是她弄的嗎？」

我沒回答，我壓根不知道該說什麼。

「讓我看你的手臂，布拉姆。」

我藏在毯子下的胳臂又癢了起來，不是像有蜘蛛爬過那種輕輕的癢，而是像被十幾隻蚊子咬了那麼癢。我盡量不予理會，卻越來越癢。我把胳臂在身上摩擦，但是沒什麼用，只有用指甲抓才會舒服。

瑪蒂妲說：「你在抽搐，布拉姆，讓我看看，你可以相信我。」

我受不了了，就把手臂從毯子下抽出來，隔著睡衣用力抓，我要是以同樣的力道用指甲在木桌上抓，一定會在表面留下凹紋。這一陣癢終於消退之後，我就把衣袖一下子往上撩，眼睛盯著瑪蒂妲。

我姐姐低頭瞪著我的胳臂，瞪著我蒼白的皮膚。她挨近一些，再近一些。等她終於開口，她的眼睛仍一眨不眨。「我什麼也沒看到。」

「對，可是應該有，上次愛德華叔叔用水蛭給我放血，留下的傷痕差不多兩個星期才消。剛開始是紅斑，後來紅斑周圍變成黑色和藍色，最後結痂，開始脫落。這次只隔了兩天，傷痕就不見了，可是我卻癢得要命。」

「會不會是他這次的做法不一樣？會不會是放血的時間比較短？」

她一句話未說完，我已經在搖頭了。「我癒合的比較快，我知道比較快，然後是這個——」

我把右邊的衣袖拉起來，給她看我的手腕。跟我的左臂以及兩條腿一樣，水蛭吸血的痕跡全都不見了。我的肌膚光滑，跟初生嬰兒一樣，只有右手腕例外。

瑪蒂妲握住我的手，兩點針尖一般大小的紅斑閃閃發亮，痂皮剛被我抓破了，就在我的腕骨下方的血管上，相距大約一吋半——就是這裡最癢。

媽開口說話，我們兩個才發現她站在門口。「誰看到愛倫保姆了嗎？她的房間沒人，而且她的東西都不見了。」

瑪蒂妲跟我從床上一躍而起，衝上走廊。我在跑過媽面前時聽到她驚呼——她瞪著我，震懾於我的速度，我比瑪蒂妲先跑到愛倫保姆的房間，瞪大眼睛。

地板一塵不染，我們昨天發現的泥土都消失了——而且不是掃掉的，因為還是會留下痕跡；地板乾淨到像是壓根就沒有堆積過塵土。先前遮蓋住的窗戶現在恢復了原狀，光線自由地湧入，照亮整個房間。感覺像是另一個房間，不再是我們昨天發現的空洞洞的窩，而是一個簡單的、無人的臥室。理查寶寶發出輕輕的咕咕聲，我們一進門他就密切地觀察我們，兩隻小手都抓著抬高的一隻腳。

愛倫保姆的書桌也空了，報紙都不見了，衣櫃門開著，裡頭空無一物。瑪蒂妲跟我都轉向她的床鋪——整理得一絲不苟，被單拉得筆直。我走過去，掀起床墊，以為會發現床的底架積滿了泥土，卻只看見了新的麥稈。

「不見了。」我嘟囔著說。

「什麼不見了？」媽在門口問。

我瞥了瑪蒂妲一眼，她正微微搖頭。

我把床墊放回原處。「我是說她不見了，我說錯了。」

「她跟你們兩個說了什麼嗎？可以讓我們知道她去了哪裡，或是為什麼走？」

「沒有。」我倆異口同聲。

媽盯著我們兩個，臉上是那種每位母親都很拿手的表情，就是那種**我知道你們在撒謊，所以你們最好馬上說實話，別逼我動手。**

「她有留字條嗎？」瑪蒂妲問。

「沒有。」媽說。「懂禮貌的人當然知道該先說一聲，如果她想離開，她應該要直接告訴我。像這樣半夜三更偷偷摸摸離開，連一句告別的話也沒有，實在不像是愛倫的作風，我們把她帶進我們家，七年來，我們供她吃供她住，給她工作，她居然就這麼捲鋪蓋溜了，我實在覺得太不應該了，少了她我該怎麼辦？我沒辦法又要理家又要照顧五個孩子，我要去哪裡再找幫手？她究竟是為了什麼？」

「不然我們去火車站？她可能在那裡。」瑪蒂妲說。「不然就是碼頭？」

「你們最後一次看到她是什麼時候？」媽問。

瑪蒂妲似乎在思索，接著說：「她晚餐以後就回房間了，說覺得不舒服，想休息了。」

「我們要不要問問醫院？」我提議。

媽不理我。「你呢，布拉姆？你最後一次看到保姆是什麼時候？」

「吃晚餐的時候。」我說，希望眼睛沒露出馬腳。

媽瞪著我一會兒，我很肯定她看穿了我的謊言。接著她吐出長長一口氣。「瑪蒂妲，妳得幫我看著理查寶寶，我會叫松利陪我到城裡去找她，她應該還沒走太遠，如果她不舒服，又揹著那麼多東西。」

「那我要做什麼，媽？」我問她。我的手臂又癢了起來，我拚命忍著不去抓。

「我該怎麼跟你們父親說呢？」媽大聲沉吟，不理我的問題。「七年了，她就這樣走了……」

我看著她轉身下樓，這才走向愛倫保姆的書桌，翻她的抽屜。

「你要找什麼？」瑪蒂妲問。

「不知道，什麼都好。她怎麼有辦法把這裡清理得乾乾淨淨卻都沒有人注意到？」我在書桌一無所獲，就又走向斜對面的衣櫃。我湊上前，以手指摸索內壁。「她一定會留下什麼。」

「她是因為我們兩個才離開的，對不對？」瑪蒂妲問。
我停下來。「我們不應該看到她的。」
「我會想她的。」她說，下唇抖動。
「瑪蒂妲，她是怪物欸！」
「她又沒有傷害過我們。」
「妳看見她走進沼澤，沒有再出來。」我反駁她。
「我以為我看到了，可是並不等於就是真的啊，也不能就認定她很危險。」她說。「霧那麼濃，我們又冷又累，搞不好我們只是在想像，以為她走進了沼澤。我們根本就不確定是不是她。」
「她穿著媽的斗篷。」
「那是你說的。」
在心裡，我又看見她從天花板上跳下來，兩眼放著紅光，我把睡衣的袖子往上拉，指著兩個紅點。「那這是什麼？」
瑪蒂妲的表情變得堅定。「你確定是她造成的？」
「當然，我看到她了，她──」
「你看到她從天花板上跳下來，像野獸一樣撲向你。我知道，你是這麼說的，對不對？我們就暫且相信真的有那種事發生，她飛過你的房間，落在你身上。那你看到她攻擊你的手腕了嗎？」
「我──」我沒有，但是我在向瑪蒂妲坦承之前煞住。「不是她會是誰？」
「如果是她，她究竟是怎麼做的？是要我相信她咬了你嗎？她像野狗一樣露出牙齒，咬穿了你的肉？」

「對。」我的聲調連自己都說服不了，我在衣櫃裡什麼也沒找到，就在床沿坐下來，坐在我姐姐旁邊。

「帶她回來，布拉姆，我要她回來，我不要她走，我愛她。」

「我們需要去阿爾闐堡，去高塔那兒。」

媽跟松利快到吃飯時間才回來，他們在城裡找不到愛倫保姆，我們的鄰居也都沒看到她，她就這麼憑空消失了。

我們等到夜幕降臨，等到全家人都入睡了，我跟瑪蒂妲這才悄悄離開房間，走下樓梯，走到前門，就跟昨晚一樣，邁出了家門，我輕輕闔上門，外頭沒有一絲風，靜得讓人發毛，我們奔跑過田野，盡全力以陰影遮掩，迴避可能會被看到的地方。

瑪蒂妲一聲不吭，讓我覺得忐忑不安。大多數的情況下，要讓她閉嘴是很困難的事，尤其是她緊張的時候。我以眼角看她，發現她眉頭深鎖，雙眼直盯著前方，我不能期望她相信我說的愛倫保姆的事，即使我們親眼目睹了一些事，我的敘述也太駭人聽聞，可是我要她相信，在這件事上我不想要只有我一個人。她目擊了愛倫保姆走入沼澤，跟我一樣，她目擊了愛倫保姆消失在沼澤下，而且潛水的時間遠遠超過任何正常人，跟我一樣。瑪蒂妲沒看見從水裡伸出來凌空抓住蜻蜓的那隻手，雖然如此，仍無損於這件事的真實性。

我回眸向上望，我們正接近款冬和茅草叢，包圍住城堡四面的荊棘和蔓藤讓前方更難穿越，瑪蒂妲仍緊盯著前方。等她終於開口，她悄聲說：「你還能感覺到她嗎？」

「喔，這個妳就相信，卻不信發生在我房間的事？」

「我——」她結結巴巴。「我不知道，也許吧，我不確定，我不知道。」

「我從來沒有騙過妳，瑪蒂妲，我幹嘛要編造這種事？」

瑪蒂妲嘆口氣。「她曾經是——**現在還是**——我們的朋友，我認識她一輩子了，你也認識她一輩子了，她從來沒有傷害過我們，她一直把我們當自己的孩子一樣照顧。」她頓了一秒，搜尋著妥當的說法。「你對她的描述，把她說成了怪物，像惡夢裡的東西，那麼恐怖的撲向你，然後呢？她叫你睡覺？你自己看看，你幾個月都下不了床，我就想不起來有哪一次你是自己一個人出來過，可是不到一天的時間，你就從死亡的邊緣變成跟我差不多的健康，這是因為她嗎？如果是的話，她為什麼會想傷害你？」

「我不覺得她是故意要傷害我。」

「還有你的胳臂。」瑪蒂妲接著說。「水蛭咬傷的地方消失得這麼徹底，不可能，可是偏偏發生了，我猜你腿上的傷口也不見了吧？」

我點頭。

「怎麼會？」

「我要是知道就好了。」

不過卻會癢，癢個不停，我發現自己又在抓手臂了。

「而且還癢個不停？」瑪蒂妲跺著腳向前走。「我一點也搞不懂。」

我垂下手臂，追上去，推開茂密的草叢。

瑪蒂妲停下來瞪著夜空中的雄偉城堡。「你還沒回答我的第一個問題。」

「什麼問題？」

「你能不能感覺到她？」

我靜止不動，凝視森嚴的城堡。飽經風霜的石頭上長滿了蔓藤和青苔，我專心去看，看見石牆上有小螞蟻在爬，敏捷地跑來跑去，只有牠們自己知道是在忙什麼，不過牠們如此活躍卻不自然，因為天氣寒冷。也有蜘蛛，幾百隻，在蔓藤的葉子之間編織蛛網，希望能捕捉到蒼蠅。我看見了這些事，知道瑪蒂妲是看不見的，她立在我身邊，在冰冷的空氣中發抖，仰望著城堡空洞的窗戶。

我閉上眼睛，想著愛倫保姆。我沒感覺昨晚的那條繩子，更別提繩子的拉扯了。一想到這裡，我就覺得被拋棄了。她拋棄了我們家，沒錯，可是我總覺得她沒拋棄我，不過她不在這裡，我什麼也感應不到。

我搖頭。

「那就走吧。」瑪蒂妲說，順著方塔的周邊繞到正面的拱形入口。

入口將近十二呎高八呎寬，散發出濕土與黴菌的臭味。我看到遠處角落有一隻老鼠，人立著，不客氣地瞪著我們這兩個入侵了牠的領地的外人，我看著牠匆匆跑開，消失在石頭裂縫中。從前，這個位置曾立著一扇高大的門，但是早已腐朽了，地上仍散落著腐朽的木頭，餵養白蟻。大金屬鎖許久以前就給踢到一邊，挨著左邊的牆漸漸鏽蝕。

入口左側的城堡仍保持完整：一層樓的方形建築，將近八十呎長三十呎深，牆壁至少有十五呎高，可現在只剩下斷垣殘壁。這幢崩毀的建築屋頂早已不見了，樹木和雜草長滿了曾是大廳的地方，松利比較小的時候常到這裡玩耍，他在做完家事之後就會一個人過來，玩上幾小時，他把這地方叫做國王的城堡，瑪蒂妲都取笑他是倒塌城堡的國王，氣得松利把她趕走。

我跟瑪蒂妲站在這裡，兩個小小的人影迷失在巨大的入口，然後我們兩個握住彼此的手，踏入黑暗，丟下了後面的樹林。

現在

約莫一個小時過去了，布拉姆才鼓起了勇氣去點亮油燈，讓光線再次照亮房間。他屏氣凝神看著油燈恢復了生氣，終於強迫陰影撤退。

布拉姆等著那隻陰影生物回來，等了個空。門外也不再有動靜，整個房間落入了徹底的寂靜，靜到布拉姆居然打開了窗板，希望能領略一丁點的自然世界。他把身體探出窗外，吸入令人心曠神怡的夜晚空氣，他發現月亮去得更遠，黑夜過了將近一半了。

他回到房間中央的椅子那兒，坐下來，從大衣口袋中掏出小扁瓶。他不該喝酒的，他知道，尤其是這樣的夜晚，可是腎上腺素一消退，他突然覺得不舒服，需要暖暖身子。布拉姆扭開瓶蓋，舉瓶就口，細細品味每一滴的李子白蘭地，任酒汁溫暖他的食道，進入他的胃，然後他把蓋子旋緊，把扁瓶放回口袋，再端起步槍，槍管對著門。

他放在門檻的上一枝玫瑰變成了污穢石板上腐朽的一團黑，要不是他早知道那乾枯的東西是玫瑰，他是沒有辦法辨識得出來的。他考慮要再放一枝，又改變了主意；迅速一瞥他發現只剩下四朵，聖水幾乎全空了，他把最後的聖餐餅攪成糨糊，封住了門。但是用處不大，內室中的邪惡就讓糨糊變乾，化為粉塵。即使是現在，他瞪著門，都看見一塊聖餐餅從左上角掉落，跌在地上摔成了齏粉。然後是又一塊，再一塊。餘下的聖餐餅也很快就會剝落，到時候除了門中段的金屬大鎖以及底部的玫瑰之外，再沒有什麼能讓木門牢牢關閉的了。

布拉姆的眼皮越來越重，他搖了搖頭。

睡眠召喚他，像女妖在歌唱。

我不會傷害你的，布拉姆，我不該說會傷害你。

聲音又一次從他自己的腦海中浮現，不似早先的濁重，而是溫柔、像兒童的聲音，女性的，是天使的聲音。

布拉姆不理睬，什麼也不願承認。

這裡好冷喔，布拉姆。也好孤單，我從來沒看過這麼淒涼的地方。要是你打開門，讓我進來，我有好多好多可以跟你分享，那麼多不可思議的知識，我讓你看過之前你一定不會相信，等你看過之後，你就再也不能否認了。

布拉姆坐直了，舉起槍管，槍管漸漸向下垂了，舉著這麼一把沉重的武器對他疲累的雙手來說是越來越困難了。

你希望我讓你看這些事情，對不對，布拉姆？把你畢生都在探尋的答案給你？你知道是真的，不然你為什麼要寫那些東西？你童年的經歷——非常了不起——你跟你可愛的姐姐的冒險。瑪蒂妲好嗎？我好想她喔。

聲音在這時改變了，稍微低沉，很耳熟，是瑪蒂妲的聲音。

你不會這樣對我的，是不是？把我鎖在房間裡，希望死神在半夜三更把我帶走？媽會很不高興，對淑女這麼沒禮貌，要是讓爸發現了，他會怎麼樣！喔，他會把你按在他的大腿上，鞭打你的屁股，好像你還是小孩子，他會要你哭著回房間，回你的小閣樓，近幾年那麼多冒險的源頭，可剛開始，這也是那麼多病痛的地方。我真高興你在寫那段時光，那些記憶。我每一點都記得，清楚得就像昨天才發生的一樣，而且我覺得有需要指出來，你省略了一大堆。我知道你在趕時

間，可是故事要說得好就不能留下空白，我覺得你最好還是回頭去想想遺漏了什麼。乾脆，我來幫你！打開門，我會陪你把每一頁都仔細看一遍，幫助你回想。記不記得沼澤中的那隻手？你不想知道是誰的手嗎？你以為是愛倫，可是你能確定嗎？我可以告訴你。等等——我可以讓你看！我可以握著你的手，帶你回去，我們可以一起走向那片沼澤的岸邊，用新鮮的視角注視混濁的水，我們也可以再去城堡。想想看，回去那裡，跟童年的你說你現在知道的事情！你能想像出這種事嗎？我們可以跪在水邊，握住那隻手，把她拉過來，把她拉出水面。然後我們可以讓她用牙齒咬進我們的小臂吸血，你不是這麼渴望的嗎？這麼一來你就不會再癢了，我保證。

布拉姆伸手到籃子裡，拿了一朵玫瑰，對準門就丟了過去，他看著玫瑰撞上木門，緩緩滑落，彷彿在空中盤桓，騎乘著塵土，飄浮向石板。

門後暴出一聲笑，嚇得他步槍脫手，摔在地上。布拉姆手忙腳亂拾起了槍，槍管瞄準了笑聲來處。

你越來越不小心了，布拉姆，你忘了要祝聖你的花了，一定是太累了。

布拉姆驚恐地看著花瓣掉落，一片接一片，最後只剩下帶刺的莖。整團的花瓣就在他的眼前變黑，皺縮枯萎。門後又傳來笑聲，接著是很響的撞門聲。這一撞又撞掉了更多的聖餐餅糊，布拉姆重重坐回椅子上，覺得一顆心往下沉。

笑聲消逝，房間再次一片岑寂，緊接著他的腦海中又響起了說話聲，他姐姐的聲音。

以前我們住在科隆塔孚，我最愛在我們家外面的公共綠地上摘花了，記得嗎？我們家外面就有公園，再過去就是港口，阿爾闐在後面。媽常常帶我沿著海岸線散步，我們會野餐，看著船隻入港，那些時光很特別。當然啦，那時你已經生病了，你只是一個好像一縷煙的小男生，虛弱到如果從床上摔下來就可能會摔死。

我記得愛倫保姆每天晚上都幫你塞被子，說故事給你聽，有時候她也會讓我一起聽，可是就算她不讓，我也能從我的房間聽到，我會仔細聽每一個字。你覺得討厭嗎，布拉姆？我偷聽你私密的時刻，你覺得討厭嗎？

布拉姆不吭聲。

她說的故事好刺激喔，我實在沒辦法抗拒，要我說啊，說給你聽真是浪費了。你一半的時間都在發高燒，根本不知道自己在哪裡，更別提有什麼反應了。就算偶爾你聽了，你也早在結局以前就睡著了，我敢打賭你沒有一次聽到過結局，可是我有，我知道了故事是怎麼結尾的，每一個故事。那晚她從天花板上跳到你身上？我知道那個故事是怎麼結尾的，要不要我告訴你？

布拉姆深深吸了一口氣，再從嘴巴吐出來。睡眠想要俘虜他，他的眼皮也快撐不住了。他站起來，繞了房間三圈才又坐下，他想再喝一口白蘭地，但這麼做並不明智，白蘭地只會讓他更疲憊。

「你又來了，故事聽一半就又睡著了。」

這一次的聲音是愛倫保姆的，與他的童年記憶一模一樣，而且聲音再不像是來自他的腦海了，這一次聲音來自門後，被厚重的橡木板削弱了。

「那晚我不想離開，我真的不想，可是你跟你姐姐沒給我多少餘地。你們不應該進我的房間的，那是我私人的地方，與你們無關，我就不會偷偷摸摸進你的臥室，我也絕對不會像小偷一樣翻箱倒櫃，窺探你的私人物品。我愛你——你，還有你姐姐。」

布拉姆覺得眼睛漸漸闔上了，他硬生生瞪大眼睛，深吸一口氣。霉味好濃，加上濕冷的塵土，害他的喉嚨很癢，他伸手到口袋裡，掏出扁瓶，又喝了一口。

「你能長大成人坐在那裡，都是我的功勞，布拉姆。你知道的，對不對？那晚我可以看著你死，可是我沒有，我看出了你那個巫師醫生叔叔在搞什麼鬼，而我挺身壓制了他的巫術，你媽和你爸，滾一邊去吧，你一點也不曉得我因此而給自己惹了多少麻煩，是不是？我做那些事是因為我愛你，我當你是自己的孩子一樣愛，現在仍然是。」

布拉姆不理她。白蘭地讓她的聲音變得模糊，只是一點點。但是卻驅散了他腦中的煙霧，給他疲憊的骨頭注入溫暖，他把扁瓶收回口袋。

「你記不記得我們在你房間裡度過的時光，只有我們兩個？躺在你的床上說故事。喔，我們笑得多開心啊！我相信我也嚇到了你，有些故事真的滿邪惡的，記得嘉勒格杜的故事嗎？我跟你說的時候你有點發燒。」

聽起來耳熟，可是他想不起故事內容來。

「她被困在房間裡，跟這個不一樣，看看她怎麼了，看看那些把她關在那裡的人怎麼了。喔，我真不願意看見你遭受那樣的命運，要是你把門打開，你就再也不用擔心那些事了，我可以讓你平平安安的。」

又有一塊聖餐糊從門緣剝落，在石板上摔成了十幾片，布拉姆幾乎沒注意，他現在滿腦子只想著睡眠，他有多想睡覺，他又是多麼不能屈服——這是一場在沉重的眼皮之後進行的鏖戰。

「也許你該小睡一下，只是打個盹，讓你的頭腦能清楚。我相信等你醒來之後，你就會了解你犯了一個大錯。睡吧，閉上眼睛，我會看顧你的。就跟你小時候一樣。」

步槍從布拉姆的手上滑落，掉在他的腳邊。他想把槍撿起來，手臂卻好沉重，步槍好沉重，他的眼皮好……

「睡吧，布拉姆，睡吧，有我在呢。」

布拉姆・史托克的日記

一八五四年十月——我們步入了阿爾闐塔，我立刻就注意到溫度下降。瑪蒂妲的手在發抖，我知道她也發覺了，通過入口就是一間方形大房間，起碼有二十呎來長，石樓梯，又窄又陡，突出在外牆上，看不見支架，像是懸空的。往上看讓人頭昏眼花，我抬頭仰望，全身都跟著搖晃。沒有欄杆，只有平滑的階梯，每一級都僅有兩呎寬，有些還不足，因為年代久遠而龜裂破損，而且每一級的彎度都很大，向上旋繞。而且石階多到我都不敢數，我也不想知道究竟有多少階。我們從外面看到的窗戶這裡可以看見兩扇，卻看不見第三扇。我猜想石階是通到最頂端的房間的，可以俯瞰阿爾闐谷以及周遭的森林，高塔的原始設計是為了防禦，所以這樣的地理位置占有優勢，方圓一哩內都逃不出高塔的視界。

沿著牆壁，每隔七步就有一支蠟燭，燭焰是不自然的藍色，我走向第一支蠟燭，想看個仔細，燭芯的火焰舞動，好像還朝我伸展，我覺得奇怪透了，因為這地方根本就沒有風。然而，我的手一靠近火焰，它也彎腰歡迎我。我走開，火焰也跟著移開，恢復了直立的姿勢。更怪的是，藍色火焰通常表示溫度極高，可是這裡的卻一點也不燙，連一點熱氣都沒有，我彷彿是看著火焰的倒映而不是真正的火焰。

「她一定是剛剛才把蠟燭點燃的，我沒看到有融化的蠟，蠟燭沒有燒多久。」瑪蒂妲在我的旁邊指出。

她說得沒錯。連一滴燭淚都沒有，燭台上也沒有累積的融蠟，若不是蠟燭是第一次點燃，就是有人在點燃這一支之前清理過燭台。

我又一次閉上眼睛搜尋愛倫保姆，她一定就在附近——可是我什麼也感應不到，完全沒有她的蹤跡。

我睜開眼睛，發現瑪蒂妲立在第八階上，小心測試著搖搖欲墜的石頭，石階似乎能撐住她的體重。「我覺得安全。」

她這句話剛說完，就有某個既大又黑的東西從高塔俯衝而下，速度極快，而且不懷好意，我還沒反應過來，牠就颯颯飛過，又飛回上面。瑪蒂妲愕然尖叫，從石階上摔下來，我衝過去想接住她，我們兩個人在石階底層摔成一團。

「受傷了嗎？」我問。

她從我身上翻身爬起。「應該沒有，那是什麼？」

我站起來，撢掉大衣上的泥土。「我覺得是蝙蝠，很大的一隻。」

「你流血了。」

我順著她的視線看著我的掌心，約莫一吋長的傷口泌出鮮紅色血液，在淡藍光中閃閃發光。

我用另一隻手輕碰手掌。「不痛，應該沒有很深。」

我從長褲口袋拉出手帕，包住手掌。

大蝙蝠又俯衝而下，先是在高處繞圈，然後對準我們倆的中間就衝了過來。瑪蒂妲跟我都後退，閃躲那隻生物，牠只差幾吋就會擦到我們的眼睛，我看著黑蝙蝠又向上飛，停在一根距我們頭頂大約十呎高的木樑上。惡毒的傢伙睜著兩隻紅色小眼兇巴巴瞪著我們，愛倫保姆的影像又竄進了我的腦海裡，我連忙把它甩掉。

我以為瑪蒂妲會想要離開，結果她又一次抓緊我的手，拖著我就準備爬石階，蝙蝠震懾不住她。

我動也不動。「萬一我們爬上去牠又飛下來呢？」我問，指著我們頭頂上的樓梯。「從那麼高跌下來一定會摔死。」

「那我們就不要摔倒。」她說。

我還是不動。

瑪蒂妲拉我的手。「我們會小心看著牠的，我被嚇到一次，不會被嚇到第二次。」

一隻老鼠從我們的腳邊跑過，在我們和高塔入口之間停了下來，這隻老鼠實在是太肥了，差不多像耗子了。牠在啃什麼，我看不出究竟是什麼，為了證明她的說法，瑪蒂妲看到老鼠也沒畏縮，而是穩穩地站在原地。

我點頭，做了一次深呼吸，我們兩個就開始爬樓梯，而蠟燭也似乎變得更明亮了。

我們挨著牆走，雙手摸索，在凹凸不平的石牆上尋找類似扶手的東西，這兒的石階不足一呎寬，表面極其平滑，是幾個世代來走動頻繁而磨平的。向上攀爬時，我時時留意著那隻蝙蝠，那隻生物高高在上，密切地監視我們，在我們經過時飛起，落在另一根樑上，拍翅聲在古老的石壁間迴盪，讓房間裡像是有一百隻蝙蝠在振翅互擊。第二次經過蝙蝠時，我聽到小小的牙齒嗒嗒響，想起了剛才見到的那隻老鼠。

我不敢向下看，石頭地板至少在二十呎之下。每邁一步我都聽見腳底的小石頭鬆落，滾落到底下，瑪蒂妲緊緊握住我的手，隨即放開。下一階不足六吋寬，壓根就只是牆面突出的一點石瘤，她戰戰兢兢把一隻腳踩上去，慌忙跨上另一級完整的台階，站在那兒等我依樣畫葫蘆。我深吸一口氣，跟在她後面，謹慎地踩住她剛才的落足點，一路向上爬我們發覺有些石階很搖晃，雖然沒有一級石階坍塌，卻有不少感覺隨時會坍塌。

我抬頭望。「一半了。」我嘟囔著說。

蝙蝠一定是聽到了我的話受了刺激，因為牠又拍打翅膀，飛過我們身邊，距離之近我都能感覺到拍翅鼓動的風拂過我的臉，我往旁邊閃，以免牠撞到我。

瑪蒂妲小聲尖叫，也閃躲蝙蝠，雙手緊緊抓住牆面，以免摔落。我以為蝙蝠還會再飛過來，卻料錯了，牠反而落在石階頂端一扇大橡木門上方。

「牠在阻擋我們。」瑪蒂妲說。

「牠會讓我們過去的。」我說，不確定自己怎會這麼說，但就是有這個把握。不止如此。雖然我感應不到愛倫保姆，卻很肯定她以前到過這裡，她在每一級石階、牆面上的每一個支撐點上都留下了她的氣味，她的呼吸就留存在空氣中。我敢說她最近來過，而且就是今晚。這一次我也納悶她是否也能感應到我，這種奇異的牽絆是否是雙向的，而如果她就像我感應到她一樣能夠感應到我，那麼她是否有能力掩蓋我們共有的第六感，憑意志力躲避我？看來似乎如此。一想到此，我忍不住打哆嗦——我又一次看見她，從天花板上向我撲來，只不過這一次我們不是在我的閣樓房間裡，而是就站在這些石階上——我想像著她從高塔頂端朝我們俯衝，四肢張開，飛掠時抓住了我和瑪蒂妲，拖著我們兩個一路下墜。

「繼續走。」瑪蒂妲說。我一抬頭就看見她已領先我幾乎十級，快到頂上的平台了，而那隻蝙蝠就高踞在她頭頂幾呎處。

我伸手扶著牆面，邁步跟上，步步留心，怕會在搖晃的石階上打滑。我們一溜煙爬完了剩下的幾階，發現已經上到了頂端，面對著一道大橡木門，門上箍著鐵帶。我們走過去，蝙蝠又一次起飛，落在我們對面的窗台上。我目不轉睛，看著又一隻蝙蝠落在牠旁邊，然後是又一隻——一隻比一隻大，底下那隻老鼠都要相形見絀了。三隻蝙蝠啾啾叫，紅色小眼發出兇光，長長的白牙滴下口水，落在動個不停的爪子上。
瑪蒂妲焦慮地看著牠們，可我卻不肯露出怯色，反倒背對著牠們，打量大木門。
門一定有九呎寬，而且像是用一整片橡木製作的，儘管很不可能。寬鐵帶包覆住上端、底端、中央的表面，而在中間這裡好似有個古老的栓孔，可能是某種鎖頭。我覺得奇怪，這扇門居然是從外面加鎖的，而不是裡面，不由得揣想是為了什麼。
我伸手去把門栓推開，這麼古老的裝置照理說會吱嘎響，但是金屬栓卻很容易就推開了，最後還隱約聽見一聲喀，像是某個看不見的圓柱脫離了。這個裝置解開之後，門就打開了一條縫，可以自由推開了。一股沉悶惡臭的空氣從門縫中湧出，臭到不能再臭——我忍不住發出作嘔聲。我旁邊的瑪蒂妲別開了臉，以外套衣袖摀住口鼻，眼睛被熏得流淚。我聞過死亡的氣味，這個就是；汙穢惡濁，是早已腐爛的東西被關在小空間裡，污染了周邊的空氣。
瑪蒂妲用另一隻手做了我做不到的事，推開了門，門板向室內旋動。
雖然最遠端的牆上有窗戶，卻被磚頭砌死了，封擋住夜色以及月光，不過月光進不來也沒有多大關係，因為四面牆上也和樓梯一樣排列著蠟燭，而且燭光明亮，火焰在燭芯上舞動。這一次我仍然沒看到新的蠟燭，蠟燭雖然燃燒，卻不見消耗，沒有散發出煙，也無臭無味，就只是放送出奇異的藍光。
我覺得瑪蒂妲是以為會找到愛倫保姆，因為她一個箭步就衝進了房間，想要給房間中人來個出其不意。不過我們卻沒看到人。
門敞開著，髒臭的空氣彷彿是困頓了幾世紀終於找到了宣洩口，對準我們就撲。而在惡臭之中，我也察覺到一種深沉的土味，房間比我估計的要大，起碼十二呎深，除了門之外，整個是圓形結構。天花板至少有十呎高，屋頂是石磚，以粗木樑支撐；粗木樑跟我們在石階上看見的類似。

蜘蛛網和灰塵極厚，不知情的人會覺得恐怕有一百年沒有人踏入過這個地方了，我想到了愛倫保姆的房間以及地板上的泥土，我跟瑪蒂妲留下了那麼多的腳印，她卻不留絲毫痕跡。

我知道愛倫保姆來過這裡，因為就在房間中央立著一個大木箱，大約三呎深、三呎寬，高度幾乎和爸一樣。木箱頂板被撬開過，放在一邊，而惡臭的味道就是從這裡擴散而出的，泥土覆蓋了整個地板，跟保姆的房間酷似。

乍看之下，我就覺得木箱很古怪。房間裡頭滿是蜘蛛網，蜘蛛絲垂掛在天花板和四壁上，宛如最濃密的沼澤中一棵古老的垂柳，糾結交纏，密不透風。我們把門再推開一些，蛛網鬆脫，掉落在地板上，小小的八腳生物一回過神來就慌張尋找掩蔽，鑽進厚厚的泥土與積垢中，這麼大的箱子是怎麼抬上來的？

瑪蒂妲仍摀著口鼻，小心翼翼走入房間，兩眼直盯著大木箱。她先隔著幾呎繞圈，然後才接近，揮開旁邊的蛛網，她從木箱邊緣往裡看，一看見裡頭的東西，就皺起了眉頭；接著她搖頭退開，發出尖叫，叫聲卻被她的衣袖遮掩了。

「什麼東西？」

她的臉色蒼白，一時間我還以為她要嘔吐了，可是她忍住了。她說不出話，只是指著木箱的開口，手指在發抖。

我想向後轉，我想抓住她的手，衝到門外，跑下樓梯，奔過田野，回我們家，而我會爬到安全的床上，假裝我只是又作了個惡夢——可是我知道我沒辦法。我們冒險犯難來到這個地方，尋找愛倫保姆，尋找答案，我必須勇敢堅定。

我強迫兩條腿移動，但我的腿一點也不想動，我又哄又勸，一次邁一步，最後我發現自己立在大木箱邊。我感覺到瑪蒂妲的手按著我的背，險些就嚇得跳起來，我倏地轉頭面對她，只看見她無聲地說對不起，就又立刻轉回來看著木箱，探身窺探裡面。

箱子裡的泥土滿到了邊緣——跟我們在愛倫保姆床舖底下發現的泥土一樣，爬滿了蚯蚓，個個都有我的手指那麼粗，黑蟲大軍上下蠕動，最後又鑽入了泥土中。而泥土的表面佈滿了幾百隻的蛆，又小又白的軀體在明滅不定的藍色燭光中閃爍著黏液的光。儘管噁心，卻不是瑪蒂妲尖叫的原因，因為這還不是箱子裡最恐怖的東西——到目前為止還不是。

近中央之處，厚厚的一層泥土遮蓋之下，隱約可見一具支離破碎的貓屍。它的喉嚨有一道不規則的傷口，粉紅色的肌肉和黃色脂肪外露，骨骸泛黃乾枯，但只是最輕微的程度。

我瞪著泥土，這才發覺不是只有貓屍，黑色泥土上還散落著十來隻死耗子，皮毛極其骯髒，我險些就誤以為只是泥巴。這個味道應該是會讓我反胃的，可是我竟發現它有安撫的作用。

一想到此，我的胳臂就又癢了起來，我退後一步，發現瑪蒂妲瞪著我。「是愛倫保姆殺掉那些動物的嗎？」

我在心裡看見她在天花板上怒瞪著我，紅眼露出恨意與饑渴，我知道她做得出來這種事，即使我不想相信。冷不防間，我想到了一種更糟的可能。「妳說松利拿了一個袋子去給愛倫保姆，袋子裡面的東西好像是活的……」我沒把話說完，不願意把我的想法宣之於口。

「松利才不會做這種事。」瑪蒂妲堅定地說。

我想到了雞圈的慘狀，他興奮的表情。**是狐狸**，他當時是這麼說的。**是狐狸弄的**。

「這個到底有什麼用處？」瑪蒂妲指著斜倚著木箱的蓋子。「蓋子上鑽了好多洞。讓空氣進去嗎？有可能並不是要弄死那些動物，只是牠們沒能在搬運的過程中活下來。」

「箱子裡的泥土裝得很滿，什麼東西都活不了。」我在木箱旁跪下來，詳細檢查蓋子。蓋子邊緣佈滿了抓痕，但抓痕儘管濃密，卻沒能穿透木板，因為指甲被剪掉了。也就是說是假的指甲，只給了你指甲仍在的幻覺。我在蓋子的內側找到了六個搭扣。我站起來，再把木箱打量一遍。

「那些碰鎖是設計來勾住這些鉤環的。我覺得設計成這樣是要讓人能從裡面把蓋子鎖死。假的抓痕讓人家覺得箱子是用錘子釘死的，不過當然是假的。」

「一點道理也沒有。」

「這裡有哪裡是有道理的嗎？」我說，手揮了一圈。

「看你的手。」瑪蒂妲低聲說。

我剛才用來包住手的手帕鬆脫了，露出了我的手掌。

「傷口不見了。」

我舉手就著燭光，想要掩飾從我的心臟竄出一路直通我胳臂的輕微震顫。皮膚癒合了，完全不見傷疤。「只是很小的傷嘛。」我聽見自己說，卻在話聲通過嘴唇時就知道我說的是廢話。

瑪蒂妲抓起我的手，翻來覆去地看。「傷口很大。現在卻一點疤都沒有，什麼也沒有。」

我甩開了她的手。

她皺眉。「我們得談一談。」

「現在不行。」

「她把你怎麼了？」

「愛倫保姆隨時都可能會回來。」

「你不是說感覺不到她了嗎？你怎麼知道她在這裡？」

「我們昨天看到她了。」我說。

「布拉姆，你一定要跟我說實話。你感覺得出來嗎？她今天晚上在這裡嗎？」

我沒有理由騙她，於是點了頭。「對，就在這個房間裡，就是一個小時前。」

我看著瑪蒂妲環顧那一堆蜘蛛網和厚厚的塵土，我明白她心裡在想什麼。「我不確定她怎麼能夠在這裡面移動卻不留痕跡，可是我很肯定她辦得到，她在自己的房間裡走動也都沒有在塵土和積垢上留下痕跡。」

我轉回去看木箱，有東西吸引了我的注意，在泥土的下面。瑪蒂妲還沒來得及阻止我，我就用指尖把泥土掃開了，我的手指摸到了又冰又白的肌膚，我連忙縮回手。「喔，不。」

瑪蒂妲抓緊我的肩膀，看著箱子裡面。「是她嗎？」

我倆視線交會，我的心臟咚咚亂跳。

我又要伸手到箱子裡，手腕卻被瑪蒂妲一把抓住。「不要——」

我還是伸了進去，挖掘泥土，把土撥開，露出了——

「是一隻手。」瑪蒂妲說。

我再往下挖，挖到手腕附近，發現了一條白骨手臂——

瑪蒂妲別開了臉，發出嘔吐聲。我也差不多，看見了它，看見了破碎的皮膚和肌肉，突出碎裂的白骨——這隻手從肘關節切斷，埋進這個箱子裡，埋進土裡。

「不是愛倫保姆。」我硬生生擠出聲音來，因為這隻手顯然是男人的；比女人的大多了，雖然纖細的手指很光滑。不是在農地裡幹活的人，可能是坐辦公桌的，手指甲長得很異樣，突出於指尖半吋左右，而且銼得很尖。

「裡面還有嗎？」瑪蒂妲在我身邊問。「她殺了個人把他埋在這裡？」

「他還抓著什麼。」我說。

我把手指一次掰開一根，每一根都又乾又脆，我很怕手指會折斷，不過很快掌心就露了出來，中央有個閃亮的東西。「是戒指。」我說，把戒指拿了出來。

瑪蒂妲湊過來，我把戒指舉起來就著燭光。戒指很粗，是男人的，用銀或白銅打造的，我沒法確定。

「好像很古老了。」瑪蒂妲說。

我轉動戒指。戒指的做工非常細，內外兩圈都雕刻了不同的符號，我不認得，兩邊的寬肩各有兩個符號，看來像是某個家族的徽紋。而戒面則是一隻龍，周邊鑲碎鑽，碎鑽極小，不像是一個個寶石，倒像是發光的星塵。龍只露出一隻眼睛，閃著紅光，大概是紅寶石。這枚戒指顯然有年代了，可是工藝卻能媲美現代最優秀的珠寶匠，我從來沒看過類似的東西。

「我可以看嗎？」瑪蒂妲問。

我把戒指放在她的掌心上，她舉起來對著最近的蠟燭，注視著戒指的內圍。「這裡寫了什麼字……在裡面。」

「寫什麼？」

「Casa lui Dracul（德古拉之家）。」

我覺得在她唸的時候看到了手指抽動。

我們嚇得拔腿就跑。

Part 2

世界必須向強者鞠躬。

——《黑暗的力量》布拉姆・史托克

現在

布拉姆驀然驚醒，身體抖動得太厲害，險些從椅子上栽倒——他的日記卻摔在地板上。

他睡了多久？

幾分鐘？

幾小時？

他不知道。

他轉向窗戶。

月亮仍高掛空中，卻顯然更向東方偏移。月光揮灑，卻被來自遠處山脈的深灰暴雨雲遮掩了，但是月亮確實移動了，這一點他很有把握。

布拉姆的步槍就在腳邊，而木門……

木門開著！

布拉姆抄起步槍，一下子站了起來，心臟狂跳。

門並沒有開多大，只有寸許，卻終究是開著的。他用來彌封縫隙的聖餐糊散落在地板上，化成了一堆堆的粉塵和碎塊。他之前放的玫瑰也在原處，只剩枯萎的殘骸。

他緩緩接近門口，一手握著槍托一手握著槍管，手心都是汗。

門後石地板上傳出了刮擦聲，接著是說話聲，虛弱細薄，是他母親的聲音。

你不會想傷害我的，是不是，布拉姆？把槍放下，免得傷到我，我需要你幫忙，我覺得不舒

服，拜託快點。

刮擦聲變大，更慌亂，小小的指甲敲得石板嗒嗒響。

布拉姆靜止不動，眼睛從房門飄向那籃玫瑰，僅剩三朵，他硬著頭皮朝房門前進。

好癢，我沒想到會這麼癢。

他右手持槍，左手伸向門的一角，把門朝外拉，沉重的橡木門懶洋洋地轉動，金屬樞紐互相刮擦，吱嘎亂叫。從裡面飄出來的臭氣迎面撲來，熏得他險些暈倒——那是一股混合了死亡與腐爛的惡臭，他再熟悉不過了。

起先，他只看見裡頭一團陰暗，但很快就看見了眼睛，兩隻鮮紅的眼睛，從暗處回瞪著他。可能就近在咫尺，因為兩隻眼睛似乎變得更亮，他忍住後退、把門摔上的衝動，反而舉高了槍管，瞄準兩隻眼珠，逼著自己要對準，即使他的胳臂和手都不聽話地在發抖。

我不想死，布拉姆。他母親的聲音說。

布拉姆扣動扳機，槍托撞上了他的肩，子彈隨著一團白煙發射。

他聽到了陰暗中發出慘叫聲，發紅的眼睛向上彈跳，子彈命中目標。

你怎麼可以這樣對待你的母親，布拉姆。

聲音不再是他母親的了，變成了他父親濃重的愛爾蘭腔。一聲咆哮，紅眼向他衝來，以迅雷不及掩耳的速度衝破了那團黑雲。在那頭怪獸躍起之前，布拉姆看見了一頭大灰狼從陰影中躍出，他想跳向一邊躲避，但是大灰狼的速度太快了，牠從石板上彈起，破空而來，猛然撞上他，把他撞得仰天飛了出去，滑到了房間的另一端，巨獸的一隻巨爪踩著他的胸膛。他仰視牠龐大的口鼻，滴著口水和刺鼻的血，巨狼大聲嘶嗥，連牆壁都為之震動，然後牠對準布拉姆的頸子就咬，白牙撕開了皮肉，好像只是一層紙。熱血噴向空中，布拉姆想尖叫，卻發不出一點聲音——

他霍地張開眼睛，從椅子上摔到了堅硬的石板上，喉嚨發出深沉的呻吟。他以兩手去推拒巨狼，卻推了個空。布拉姆一轉身，跳了起來，抽出了身側的開山刀，左劈右砍，卻發現只有他一個人。

他踅身面對著木門，準備攻擊。

但是門是關著的。

他以另一隻手摸脖子，沒摸到傷口。

布拉姆深吸了一口氣。

是夢。

他走向房門，檢查門縫。周邊的聖餐糊大致完整，上一朵玫瑰也如他所記凋萎成一團，至少這部分是真的。研判月亮的位置，現在至少是半夜三點。

就算他之前很疲倦，此刻他卻覺得自己極為清醒，而且果決地伸手去拿花，這一次沒忘了先祈神祝聖再擺在門縫下。

他的袋子一角露出了一摞信，布拉姆抽了出來，再回到椅子上。第一封是瑪蒂妲寫的，不過還有別人寫的。

布拉姆讀著瑪蒂妲的信，再讀一遍，這才夾進他的日記，夾在之前寫的幾頁裡，然後又拿起筆就著油燈慘澹的燈光繼續寫。

他還有好多話要說，時間卻太不足了。

瑪蒂妲給愛倫．柯榮的信

一八六八年八月八日

最最親愛的愛倫保姆：

或者我該叫妳愛倫？畢竟我現在已經長大了，妳能想像嗎？長大成人了，二十二歲了，還是個老處女！有時我覺得很難相信時光流逝得這麼快。該從何說起呢？我知道有人會覺得寫信給一個絕對收不到信的人很傻，可是自從妳離開我們之後發生了那麼多的事，重重的壓在我的心頭，我可以說我好想妳嗎？不知為何，一直以來我都好想妳。

我常常想起妳，儘管我努力想忘記妳。

喔，我在語無倫次了，我不是有意的，我大概是因為把這些話用白紙黑字寫下來而有點慌亂吧，因為寫下來會讓它更真實，但是我卻不得不寫，去思考並且記述發生的一切也是我的一種自白，是我在接受過去的一切。我相信妳會要我相信，我在童年想像的陰影只不過是隨著時間而放大了，可是，我知道不是這樣的，這些年來的反省給了我從幻想中抽出真相的洞察力，我或許不是以布拉姆的那種方式認識妳，但是，相信我，我很了解妳。

雖然我極力想要遺忘妳在我們家的最後時光，回憶卻驅之不去，反而停駐在我心底的一個小房間裡，門就要關上了，燭芯就要吹滅了，回憶卻湧了出來。我會作夢，晚上的惡夢和失眠時的夢都有，偶爾回憶會在光天化日下嘶吼，淹沒了我四周的一切。

妳去了哪裡？

妳變成了什麼？

多年來，我一直在納悶妳是否真的走入了沼澤，消失在水下，或者那只是我童年的想像。還有那個木箱，在阿爾闐堡的恐怖東西，以及駭人的內容物，讓我至今無法忘懷，發現了那個木箱之後，我有好幾週都夜不成眠。

我們什麼都說了，我們不得不說。

我們從城堡逃出來——那些石階很可能會要了我們的命——像駕著風似地跑回了家。我們立刻就叫醒了爸媽，氣喘如牛地把我們的發現告訴了他們，很清楚我們出去的時間以及跑出去這件事就足以讓他們驚嚇不已，可是我們還是說個不停，我跟布拉姆不在乎自己會受到什麼懲罰；這個故事比起我們違反家規的後果要重要多了。我們一五一十都說了，我們在妳的床鋪發現的泥土、我們觀察妳吃飯——應該說是假裝吃飯，我們甚至說了是如何跟蹤妳，而妳又如何消失在沼澤中。可最要緊的是，我們說了高塔中的木箱以及其中的斷肢，媽和爸靜靜地聽，眼睛從布拉姆身上跳到我身上，再跳回去，等我們說完，他們仍然默默看著我們。媽先開口，話說得很短，帶著濃濃的睡意。她轉向爸，輕拍他的胳臂，「也許你應該去看一下，亞伯拉罕。」

我跟布拉姆仍穿著大衣，頻頻點頭，馬上就從他們的床鋪跳向門口。爸卻沒有跟上來，只是又躺回床上。「等天亮。」他說。「天一亮我們就去。」

「爸，我們現在就得走！她可能還在附近！」我大喊。

爸疲憊地舉起一隻手，指著窗子。「外面在下雨，下雨天我們不能半夜三更到外面去到處亂跑，妳弟弟根本就不應該下床。你們兩個，都回房間去。」

他們太睏了，所以才沒想到他們病懨懨的兒子是為了什麼緣故下床的——如今回想起來，他們可能以為是**他們**在作夢。

我是願意冒雨出門的，我相信布拉姆也是，我想爭辯，可是爸已經在打呼，聽不到我的話了。媽指著他們的房門，以嘴型說：**你們都聽到了，回房間去**。

布拉姆站在我旁邊，一聲不吭，拉了拉我的手，點個頭。

我跟布拉姆都沒睡，我們甚至沒有換上睡衣。這一晚我倆坐在他的床上，默不作聲。黎明時分，我們兩個站在我父母的臥室門口，不願意讓爸丟下我們兩個自己出去。他咕噥一聲起床了，叫我們到廚房等他，讓他先盥洗。

他進房時一臉的不高興。「你們說她的床鋪裡有泥巴？我什麼也沒看到，她的床鋪滿了乾草，跟你們的一樣。」

我開口想告訴爸妳昨天離開前把泥巴清除了，可是我還沒能說話，他就朝門口走了。

「帶我到城堡那邊，讓我看看你們找到了什麼。」

我一看見布拉姆的眼神，一顆心就往下沉，因為我恍然大悟，和他一樣──妳能神不知鬼不覺清除泥土，高塔的房間也會被清理乾淨。

我考慮要告訴爸我們只是在編謊，或是作了一個太過真實的夢，我們現在知道是假的了，可是我就是說不出口，我需要親眼看見。我從椅子上站起來，套上大衣，走出門，向阿爾闐田野而去，向城堡而去。剛邁出頭幾步時，我甚至不確定爸和布拉姆是否會跟上來。我不願轉身，一心一意要查個水落石出，就算只有我一個人也無所謂，不過他們跟了上來，我們三個一齊穿過泥濘的田野到森林邊緣的高聳城堡去。

等我們爬上了石階頂端，爸幾乎喘不過氣來，但是他擔心的是布拉姆的狀況。而這份擔憂壓倒了一切，他並沒有對城堡的殘破或是爬到頂上來可能會有的危險多置一詞。爸把沉重的木門推開，迎面而來的只是空落落的房間。
我們什麼也沒找到。
高塔房間空無一物。
蒙塵的地板上連我們的腳印都消失了，房間就像是空了幾百年，連味道也一樣。
妳是如何辦到的？
妳是如何掩藏的？
這麼多的問題，可是妳卻走了，妳走了好久好久。
我猜妳大概想知道布拉姆的消息。
妳就那樣丟下了他。
妳就那樣丟下了我們。
那是很久以前了，爸和媽似乎什麼都不記得，儘管他們的作風保守，仍然允許我自己到歐洲旅行，我剛從巴黎回到都柏林。
喔，巴黎，真是個美麗的城市，可惜我不能住下來。我白天到羅浮宮，晚上則在塞納河畔消磨，那裡的餐廳和商店提供最奢華的東西——沒有我買得起的，不過我可以看個飽，我是去那裡領獎的，青年藝術家獎的寫生獎。妳一直都鼓勵我作畫，為此，我感謝妳，妳和媽。要不是妳鼓勵我，很難說這些年來我會追求創作的欲望，我可能仍在畫素描，不過我絕對不會有展出作品的勇氣。這幅畫是一幅油畫，畫的是一位金髮飄逸、藍眸美麗動人的女性。他們問我模特兒是誰，我說不是某一個女人，而是糅合了許許多多女人的圖像。我沒說實話，但也不算說謊。是這樣的，這幅油畫我根據的是小時候我幫妳畫的素描，幾十張的肖像，都是同一個女人，卻又不盡相同，我總是很困擾，直到今天，我仍無法在畫布上捕捉妳的神韻。我畫的女人都很美，卻不是妳，不夠像，就連現在還是，要是這封信能寄出去，我會附上一幅畫，但是，唉，寄不出去的。

我又在語無倫次了。

布拉姆。

讓我告訴妳布拉姆的近況。

他長成了一個英俊瀟灑的青年！

他沒有一次在街上走而不會有淑女轉頭看他。他又高又壯，三一學院的人都說他是明星運動員——橄欖球、競走、划船、體操，我看他沒有一種運動不精通。他長大之後就沒有生過病，自從妳……妳……妳那晚做了什麼？

妳對我的弟弟做了什麼？

他仍是我的弟弟嗎？

他自己不提。

一個字也不提。

從我們跟爸回到城堡那一刻起，直到今天，就好像過往的事不曾發生過。是愛德華叔叔治好了他，愛德華叔叔以及他的水蛭。

無論是誰問起，他都這麼回答，媽以及所有人也都支持他的說法。

我們卻知道另有隱情，不是嗎？

妳跟我？

要不是妳進入了我們的生活，今天我還能有布拉姆嗎？

他還是我的布拉姆嗎？我的弟弟？

我見過妳，妳知道。

就在巴黎。我在香榭麗舍大道，我看見妳站在一家小糕點鋪的遮陽棚下。妳的髮型不一樣，但即使我站在對街，我也知道就是妳。我想過街去找妳，可是那個時間的人群太多了，我就在熙來攘往的巴黎人中失去了妳。

妳看見我了嗎？

妳是不是刻意躲我？

要是我拿我的畫給人群中的人看，他們是否能認出妳，指引妳消失的方向？抑或是他們只搖搖頭，繼續他們的路程？我敢說是後者。

妳都去過什麼地方？妳去了哪裡？我今天寫這封信時，妳在哪裡？

松利現在在教授醫學！人人都說他的前途不可限量，我知道他也從來就沒想過要從事別的行業，他自高威的女王學院畢業之後又進入外科皇家學院研究，在都柏林市立醫院擔任外科醫生，在理奇蒙醫院教學，大多時間都待在斯維夫特精神病醫院，他對這種疾病極其著迷。他一直很忙——太忙了，一點也不像那個半夜送活生生的包裹到妳房裡的小男生。

狄克也效仿他，急於從瑞斯曼中學畢業去研習醫學，在妳心中他應該還是理查寶寶，因為妳上次看到他時他才兩歲。

湯瑪斯天生就坐不住，明年他從三一學院畢業他就要加入孟加拉文官隊伍，妳想像得到嗎？爸說他在參加公務員考試之前還有許多書要讀，可是湯瑪斯想的不是這個。妳當然不了解他，妳丟下我們的那時他只是個半大不小的孩子，而瑪格麗特和喬治根本都還沒出生呢！

那都是陳年往事了，可是感覺上卻仍像昨晚，我想像不出妳去了哪裡，一直在做什麼。

在巴黎的那人是妳嗎？我不得不告訴自己不是的。畢竟，妳的模樣絲毫不見老態，甚至還更年輕，興許妳是找到了龐塞．德萊昂的青春之泉，喝了泉水？女生不應該把這種秘密占為己有，而應該彼此分享，妳不覺得嗎？妳的皮膚一向最美，勝過最純白的象牙。

我又來了！

胡說八道一通。

我知道妳想知道布拉姆的消息。他一向就是妳的最愛，不是嗎？沒關係，跟我說沒關係，我不會生氣。在所有的手足中，他也是我最愛的一個，他一直是媽的寵兒，但可能不是爸的。要是爸有什麼軟心腸，也會給了松利和狄克，醫師以及未來的醫師——承繼了所有史托克家那些醫生的衣缽，布拉姆很努力要取悅他，而且似乎也遵循爸的意願，可是他和爸畢竟是不同的，最近更是意見分歧。

爸鼓勵布拉姆參加公務員考試，他也考了。他的成績排名第二，所以取得了都柏林堡的簡易法庭的五個職缺之一，他開始在罰金與懲罰科上班，而他恨透了這份工作！

他說簡易法庭枯燥無聊到可以看見無聊凝結成一團污濁的灰雲在空中飄浮，試圖逃出城堡，他昨天回家來，自稱在他離開時踩住了一些無聊，以免它溜出門檻，消失在都柏林的街道上。

妳跟我都知道布拉姆寧可日日夜夜都在劇院裡，跟演員和舞台工作人員摩肩接踵，他就算是坐在廉價票區，重複看同樣的一場戲也絕不會膩。

當然啦，爸認定了舞台上的人全是「窩囊廢」，儘管他喜歡賣弄知識的戲劇，他仍覺得劇場工作是上不了檯面的——他記得從前的滑稽歌舞雜劇，就假設布拉姆會跟不入流的人為伍，他的兒子絕不准端劇場這碗飯！

這麼多的人失業，布拉姆難道不覺得自己慶幸在都柏林堡已經鋪好了一條路？憑他的教育程度，一定是步步高升，薪資增加。還有，我們大家都別忘了，爸就是十六歲起在都柏林堡工作的，而他必須工作存錢近三十年才結得起婚，養得起媽，所以布拉姆難道不該心存感激？他能追隨父親的腳步，應該是要欣喜若狂才對！

這類的談話讓布拉姆巴不得再次臥病不起。

喔，我的布拉姆。

妳一定會很驕傲的。

爸不肯聽他說要在劇場工作，可是布拉姆想出了另外的法子，他為《郵報晚報》寫劇評。諷刺的是，這是不支薪的差事，可是布拉姆當然是嚴肅以對，他的工作速度比別的職員快太多了，所以有時間能寫劇評，在上班的時候寫稿，他的老闆卻蒙在鼓裡。

布拉姆的文學熱情目前似乎還控制得住。

布拉姆跟爸有時甚至還連袂去看戲呢！布拉姆把爸變成了他的共鳴板，分析每一個細微差異以及令人厭惡之處。當然，爸認為布拉姆會安於現狀，可是我覺得不然。爸只要一鬆口，或是放手不管，布拉姆就會向舞台飛奔。

妳顯然也懂演戲，是吧？

我們目睹的事情有多少是真正的妳，多少是在演戲？

妳的真名就是愛倫．柯榮，或只是妳為了角色而取的藝名？布幕一落，妳也就拋掉的名字？

妳愛過我們嗎？

這麼多的問題，卻找不出答案。

唉，我今天還有好多事要做。我跟妳補足了我們的近況。這封無用的信，永遠不會寄出去，卻寫得詳盡完整。

想必妳也知道，我們不需要妳，我們從來就不需要妳。

可是我仍然想跟妳說話。

妳在哪裡？

摯愛妳的瑪蒂妲

布拉姆・史托克的日記

一八六八年八月八日下午五點三十一分——我覺得需要白紙黑字寫下來，只是想把我剛才目睹的怪事記錄下來，我住在下里森街十一號的公寓。我的室友，傑出的威廉・B・德雷尼，以為他是一個人默默站在公寓交誼廳的一角，從壁爐架上抓住一隻肥胖的黑蒼蠅，丟進玻璃瓶中，以下面有軟木圈的蓋子困住牠。雖然表面上看來這種行為很古怪，我卻可以第一個承認，我在成長中的某階段也做過同樣的事，可是我覺得還是必須指明，當時我可能只有八、九歲，在一年前親眼看過我哥哥松利捕捉倒楣的昆蟲，並且在之後的一年我連同湯瑪斯也大有斬獲。我覺得古怪的並不是捕捉蒼蠅，而是一名成年男子，已經二十二歲了，還會做出這樣的舉動，這就讓我覺得不止一點點怪異了。

從德雷尼的角度看不見我走入房間。我忍不住奇怪，如果他知道我在看，是否還會繼續捕捉這種會飛的害蟲？我傾向於相信答案是肯定的。他臉上的果斷神情、他的全神貫注，都讓我知道今天壁爐架上的蒼蠅是走了霉運。

好，他抓蒼蠅。

我很想說這就是我決定要記錄下來的古怪行徑，可是，唉，這樣就夠了嗎？我目擊的這種行為，真正讓我在意的地方是那隻肥胖的蒼蠅並不是瓶子裡唯一的一隻，牠還有同伴。

說到同伴，還真是眾多到令人難堪的地步。

瓶子大約五吋高三吋寬，裝滿了蒼蠅，你問我有多少？太多了，瓶子幾乎沒有空間了。

我只靠近了一點點，他的眼睛仍緊盯著他的獎品，仍然沒注意到我。他看著最新的俘虜爬在那些倒下的士兵身體上，那些都是在牠之前寄存在這個邪惡的戰場上的前輩。有一兩次，牠想飛出瓶子，卻只是撞上瓶蓋或玻璃，仰天墜落，再重振旗鼓。

我的視界更近之後，驚駭地發現至少有三分之一的蒼蠅仍活著，有些動作較慢，但仍活著。大部分的不是再也無法呼吸到空氣，就是已經向命運投降。

「威廉？你在幹嘛？」我輕聲說話，不想嚇到他，卻仍是嚇到了他，瓶子在他的手上搖搖欲墜，最終掉落。我俯衝過去，半空接住瓶子，只差幾吋瓶子就會在木地板上砸碎。

「給我。」威廉說。

我站起來，舉高瓶子就著光。「公寓應該不准養寵物。你把這些小傢伙帶回家來，問過房東了嗎？」

「我正在寫一篇弗朗切斯科．雷迪的論文，需要蒼蠅來做實驗。」

我把瓶子還給他，立刻就覺得應該要洗手。「哪種實驗？」

威廉翻了個白眼，像是我們這些智力較差的人老愛拿蠢問題來侮辱他自評的優越智慧。「一般認為雷迪是寄生蟲學之父，在他一六六八年的論文問世之前，大家都相信蛆蟲是自物自生的，而他證明了蛆是由蒼蠅的卵孵化的，我打算在我的論文裡記錄蒼蠅由卵孵化成蛆的生命週期。」

「把蒼蠅關在瓶子裡？」

又一個白眼。「是活體實驗，我向肉販購買了一片切壞了的牛肉，昨天就擺在陽台上，可是有人——或是別的東西——把肉偷走了。」

「我會賭是別的東西，而不是別人。」我反駁道。「這邊的街道有不少流浪狗，隨便哪一隻都會很感激這一頓大餐的。」

「請注意，這片樣品是報廢品，連三一學院的老廚子都不肯拿來餵學生。我把牛肉放在木板箱裡，側面的板條間隔是半吋，應該沒有東西能伸進去才對，除了蒼蠅之外。可是今天早晨我發現牛肉不見了，箱子卻毫髮無傷，如果是狗叼走的，那我倒真想見識見識。」

「你還是沒解釋為什麼需要一瓶蒼蠅。」我說。

德雷尼輕輕搖了瓶子一下。「牛肉很貴，我也沒有基金再買，後來我就想：如果有夠多的蒼蠅死在瓶子裡，它們會不會產卵，而卵會不會孵化為蛆，以便吞噬死掉的蒼蠅？」

我覺得左太陽穴後有點痛，每次我跟威廉說太多話就會這樣。「所以你是希望能延續昆蟲的同類殘殺現象？」

威廉的臉亮了起來，像個小娃把鼻子貼在糖果店的玻璃櫥窗上。「對！有趣極了，你不覺得嗎？」

「蒼蠅下蛋再孵化為蛆需要多久的時間？」

威廉凝視著瓶子，有一隻蒼蠅倒掛在瓶蓋下，緊張地轉圈。「可能已經有蛋了。卵孵化，變為幼蟲，再長到成蟲需要四天的時間，我希望能捕捉到完整的週期。」

我思索了一會兒。「我看出你的計畫中有一個缺點，就說是油膏中的蒼蠅好了。」

威廉皺眉。「缺點？怎麼會？我的計畫很周全。」

「你可曾停下來想過這些蒼蠅是為什麼而死的？」我輕敲瓶蓋。「你忘了在蓋子上鑽洞讓空氣進去。蒼蠅連呼吸都沒辦法，又要如何吞吃牠們的兄弟呢？」

威廉歪著頭，思忖我揭露的這一點。「不，空氣足夠。沒事。」他的眼睛又去追蹤窗台上的蒼蠅，人也走了過去，我抓緊時機離開，免得又要損失生命中的另一個十分鐘聽他胡說八道。我發現另一位室友赫伯．韋爾森坐在前廊上，赫伯的體型滿魁梧的——至少比我高兩吋，而我本身已經滿高的了。

赫伯一把揪住我的肩膀，把我拉到一旁。「他還在抓嗎？」

「是的，而且非常起勁。」我跟他說。

赫伯發出輕笑聲，指著門階旁的木箱。「昨晚，他放了一塊很棒的牛肉到箱子裡，我把它拿出來，藏在角落的櫥子裡，今天晚上我會再把肉放回箱子裡。」

「再見，赫伯。」我說，從他面前擠過去。

「你不想親眼看看會是什麼情況嗎？」

「不特別想，我要回我父母家。」

赫伯說：「說不定我會把肉放到他的床底下！他得好幾天才會查出臭味的來源。」

「拜託不要。」我和威廉同寢室，若是有隱藏起來的肉類腐爛，不但會是他的問題，也會是我的問題。

「幫我向瑪蒂姐問好！」他在我後面大聲喊。

我一手拋向天空，向他揮別，一溜煙就跑下了馬路。

媽跟爸在一八五八年夏天從海岸搬到了都柏林，一晃眼十年過去了。爸更老了，每天走那麼長的路到都柏林堡，漸漸讓他疲憊的身體感到吃不消，哈考特街四十三號距離他的工作地點只有一箭之遙。

下午的太陽開始西墜，我匆匆趕路，在議會大廈的建築和山丘後方走下坡路。街道忙忙碌碌，店主利用夕陽西下的這段時間收拾貨品，搬進裡間。我繞過皇家外科學院的轉角，向貝若科里夫先生揮手，他在聖史蒂芬綠地餵鴿子。他的作息非常規律，你可以用他來對時，因為他每天都站在這裡，風雨無阻。事實上，他準時到如果你先他抵達，你還可以目睹鴿子聚集，在小瀑布附近的湖岸上等候。

我走向哈考特街，老遠就放慢腳步，趁機撫平頭髮，這才跨過我父母家的門檻。

我發現媽跟小妹瑪格麗特在廚房裡準備晚餐，瑪格麗特一看到我就燦然微笑。「看是誰回來填飽肚子了！」

媽今年滿五十歲了，雖然黑髮不敵灰髮的攻勢而節節敗退，在我眼中仍是那位在我小時候讀書給我聽的火爆少婦，瑪格麗特比我小十三歲，心智卻像三十歲的婦人，每次我看到她，她的個子似乎又抽高了一些。

媽向我點頭，從爐子裡拿出金黃澄亮的蘋果派，放到桌上。「我猜你在宿舍一定是靠走味麵包和麥酒果腹，你現在好像又比上次餓得皮包骨，回家來又掉了七磅。有時候我真懷疑你是愛我呢，還是愛我做的菜。」

「絕對是妳做的菜，媽，我的求生本能會把我往家帶。」蘋果派的氣味充盈了我的鼻孔，我的胃大聲咕嚕叫，每個人都聽到了，我們三個捧腹大笑。「大家夥呢？」

「喬治和理查在上學，湯瑪斯跟你爸在客廳裡，激烈討論他想跑到印度去，幫別人的戰爭收拾爛攤子的事，瑪蒂妲在樓上房間裡。」

我走向蘋果派，想把手指插進派皮下，就被媽打手。「等晚餐以後，布拉姆，派又不會跑。」

「最好是不會。」我說，先對瑪格麗特眨眨眼，這才往客廳走，發現湯瑪斯倚著壁爐，而爸坐在他最愛的椅子上，手裡拿著菸斗。他滿臉通紅，而且眉頭深鎖，我進去時誰也沒開口，爸朝我弟弟沮喪地揮揮手，又吸了口菸斗。

「媽說你仍然鐵了心，要在二十歲生日之前讓腦袋瓜挨子彈。」我說。
湯瑪斯立刻一臉不服氣。「你也站在他們那邊嗎，布拉姆？我還以為你最能了解呢。」
「我為什麼最能了解？」
「你不要明知故問。」
爸拿開嘴裡的菸斗，吐了個煙圈，這才開口，聲音隱忍嚴肅。「他說我摧毀了你的精神，用辦公桌的工作束縛住你，說我也想要對他如法炮製，而他是絕對不會忍受的。」
「我的情況與你不能相提並論。」我說，知道有一半是假話。「我在簡易法庭的職位很有前途，而且可以提供我上劇院的資金以及別的花費。」
「可是你是寧可在劇場裡**工作**的吧，布拉姆？」
對這問題，我不置可否。我沒看爸，但是我能感覺到他的目光落在我身上。
湯瑪斯接著說：「要是有機會，我猜你一定會毫不猶豫地離開城堡，變成演員！想想看那種生活：到各個城市、各個國家旅行，那麼多遙遠的地方和陌生的人們，大家都來看著名的布拉姆．史托克在他們簡樸的舞台上演出，他們會大聲吶喊你的名字，圍在劇院外，等著在表演過後多看你一眼，請你幫他們在節目單上簽名。」
「胡說。」我說。
「是真的。」
「這跟你要遊蕩到印度去又有什麼關係？」爸嘟囔著說。
湯瑪斯嘆口氣。「唉，要是你有機會參加反法戰爭，你不覺得可以讓你變得更好嗎？」
「那個時代連我都還沒趕上呢，孩子。我唯一打過的仗是在我們政府的議事廳裡，不過也一樣慘烈。」

「在印度，重建英國利益正面臨艱鉅的挑戰，政府、司法……是一片空白，我會為正確的事情而奮戰，就跟你一樣，唯一的差別是戰場。」

「未必。」爸嘲弄道。「你會變成當地人的箭靶。」

「我不過就去兩年，等我回來，我會照你的意思接受城堡裡的職位，你可以把我跟布拉姆一樣拴在辦公桌上。或者，更好，等他終於跑到劇院以後，我會接替他的位置。」湯瑪斯說。

聽到這裡，我笑了。「乾脆我給你的腦袋瓜一槍，幫大家省掉這些麻煩。」

「我看過你射擊，我覺得沒什麼好擔心的。」

爸咯咯笑。「這一點我不得不附和他，布拉姆，你的準頭實在是太差了。」

媽探進頭來。「吃晚餐之前誰也不准開槍射誰，上桌吃飯了。」

爸站了起來，拍拍湯瑪斯的背。「等會兒我們再接著討論。」

湯瑪斯沒搭腔，只是越過他往餐廳走。

他走了之後，爸轉向我。「他一定會去，我們誰都沒法阻止他，他眼裡的那團火就跟我當年一樣，進軍隊可能真的對他有幫助，讓他有管道能宣洩在心裡燃燒的勇武之氣。不過他這一走，我是睡不著覺了，你母親也一樣。我現在就能看到她每天跑去取郵件，等著收到詳述她兒子最後一天的信件。」

「你不該這麼想，我相信他不會有事的，湯瑪斯能照顧自己。他小時候你就教他放槍，我們都一樣，而且他是個鬥士，我還沒看過有誰打敗過他呢。」

「我覺得我能撂倒他。」

聲音來自我背後，我一轉身就看到瑪蒂妲對著我們兩個微笑。「瑪蒂妲！」我一把抱住她，轉了兩圈，她的裙襬飛舞。

「放我下來！」

我又轉了兩圈，這才把她放下來。「巴黎如何？」

「別讓你們的母親等太久。」爸說，率先走向餐廳。

瑪蒂妲挨過來，以最低沉的耳語說：「我們得談一談。」

一八六八年八月八日晚六點四十八分——晚餐算得上順利。席間爸和湯瑪斯始終怒目以對，兩人的沉默讓人聯想到一對聾啞人，媽盡量打圓場，讓我們想到幾年前她送了份論文到統計與社會調查學會，敦促政府為愛爾蘭聾啞人士提供教育。這是許多她大力支持的社會議題之一，而雖然該學會的會員完全是男性，沒有女性能夠在那裡發表論文，但是媽可不會被僅限男性這種小事嚇退，如果他們不邀請她進去，她會站在他們的會堂外，大聲疾呼。自那次之後，媽就成了非正式會員，提交了許多論文，大多有關工廠的女性移工。

我出席了她的第一次演說，而學會的會長龍斐爾法官把我拉到一邊，說媽的演說極其精采。我後來得知有十二名會員拒絕出席，只因為媽是女性，而其他人出席恰恰是因為主講人是女性，媽有一股穩重的氣質，就連最頑強的紳士都不得不敬佩。

瑪蒂妲跟我們描述她的巴黎之旅，說她希望能盡快再去。爸一想到就皺眉，無疑是擔心花費，可是我沒看過她這麼神采飛揚過，而她臉上的笑容值得任何的代價，她談著畫廊和食物、街上熙來攘往的人群。「不像都柏林。」她說。「巴黎隨處可見幾十個國家的人，好像來度假的人比當地人還要多。」

「妳是跟美術班一起去的嗎？」我問。

瑪蒂妲點頭。「一共二十三個。二十個學生，三位老師：拉許摩太太、湯瑪斯・瓊斯爵士、費雪小姐。」
爸瞇起了眼睛。「湯瑪斯．瓊斯？這趟旅行還有男人？」
瑪蒂姐瞄了媽一眼，又低眉看著盤子。「對，是有幾位紳士，而且他們的表現也名副其實：很紳士。湯瑪斯．瓊斯爵士負責男士，費雪小姐負責女士，瓊斯太太也一齊去了。拉許摩太太是都柏林藝術學校人物寫生計畫的負責人，由她監督行程。無論男女都有人伴護，而且互相區隔，我幾乎不覺得有男性同行。」
「嗯。」爸咕噥了一聲。
媽一隻手按住爸的手。「你的女兒已經長大了，亞伯拉罕，你不能一輩子把她拴在你的腳邊。」
「誰說不可以。」
媽不理他。「這類的旅行正好可以讓她找到未來的先生，這一點我倒是有把握。」
「我愛死羅浮宮了。」瑪蒂妲說，聲如銀鈴。「親眼欣賞《蒙娜麗莎》和《米洛的維納斯》，言語根本不足以形容那種美。」
「我可以先告退嗎？」湯瑪斯說。
媽皺起了眉頭。「你有什麼事要緊到不能等我們大家全都吃完飯？」
「今天晚上三一學院有一場非正式的橄欖球賽。」
「晚上比？你要下場嗎？」我問。「我跟你去。」
瑪蒂妲在桌下踢了我一腳，還瞪著我，嘴唇抿成一條線。
湯瑪斯說：「不，我只當觀眾，上次比賽撞傷了肩，現在還沒好，這一場我不打。」
「那你還想去打仗？」爸嘟囔著說。「關節痛還是最無足輕重的小事呢。」
「夠了，亞伯拉罕。」媽說。「別在餐桌上說。」她轉向湯瑪斯。「去吧，好好玩。」

有了媽的許可，湯瑪斯椅子一推就站了起來，看了我一眼。「要來嗎？」
瑪蒂妲兩隻眼睛熊熊燒灼著我，我搖頭。「晚一點吧，瑪蒂妲要跟我說說巴黎的事。」
湯瑪斯聳聳肩。「隨便你。」他一分鐘後就出了門，手上還拿著一塊蘋果派。
瑪蒂妲轉向媽。「我跟布拉姆也可以告退了嗎？我想讓他看我這趟旅行畫的素描。」
爸朝我們兩個揮手，然後就伸手到口袋裡去掏菸斗。

一八六八年八月八日晚七點〇三分——我在瑪蒂妲和瑪格麗特共用的房間裡，看著她再檢查了走廊一眼，這才關上房門。
「是她的事，對不對？」我問，坐在她床上。「妳為什麼還老是想著這些事？她都走了。」
瑪蒂妲轉過身，靠著房門。她開口時，聲音就像耳語。「我看見她了。」
「在巴黎嗎？」
瑪蒂妲使勁點頭。「在香榭麗舍大道。我在對街，有一小群人，可是我知道是她。」
「她怎麼會在巴黎？」
「不知道。」
「妳確定是她？」
她再次點頭。「百分之百肯定。」
我沉吟了一會兒，我們兩個都有將近十四年沒見過愛倫保姆了，感覺像是上輩子的事了。她不告而別，她跑到城堡，沼澤，她又是——
「還有呢。」瑪蒂妲說，抿緊了唇。她像是不確定該如何啟齒，隨即脫口而出：「她的樣子就跟她離開那天一樣，甚至還更年輕，我敢說她看起來比我還年輕。」

我搖頭。「那就一定是別人，跟她長得很像的人。」

「是她。我用生命發誓。」

「我也常常覺得看到了她，總是在人群裡，總是隔著一段距離。不過等我一靠近，我就知道我只是看見了別的女人，五官和她類似，我相信妳也是看見了一個酷似她的人，而妳立刻就把這名陌生人聯想到愛倫。」

「**就是**她沒錯。」

「妳是要我相信我們失蹤多年的保姆現在定居巴黎，而且十四年來一點也沒老？」

「對。」

我握住了瑪蒂妲的一隻手。「妳想她，我也是，可是那個人不是她，不可能是，絕對只是光線讓妳看花了眼。」

「喔，才怪，我百分之百確定自己看見了什麼。」

「那妳過去找她了嗎？跟她說話了？」

瑪蒂妲嘆了口氣。「我是很想，可是我好不容易穿過人群，走到她那邊，她已經不見了。我知道你在想什麼，布拉姆，可是我一點疑問也沒有，就是愛倫保姆，而且她一點也沒老。」瑪蒂妲拿起了梳妝台上一個小音樂盒，撫過雕工精美的盒身。「你記得她的樣子，尤其是最後一週，最後那幾天她就像個老婦人，在那之前，她的外表就像個小姑娘，一個年輕的女人。你要是請路人猜測她的年紀，每一個人的答案可能都不一樣，沒有一個人能夠具體描述她的樣貌，就跟我沒辦法把她畫出來一樣。」

「妳一定得忘掉她。」

「我沒辦法。」

「妳這麼折磨自己一點好處也沒有，對過去這麼念念不忘。我們那時還小，我們看什麼都覺得神秘，還記得我們說過的故事嗎？妖怪和可怕的事情，都是我們捏造出來嚇唬彼此的？」

瑪蒂妲仍盯著手上的音樂盒，一聲不吭。

「在那個年紀，真實和幻想會混攪在一起，合而為一。愛倫保姆跟我們說妖怪的故事，所以在我們的心裡她也變成了妖怪，我們的想像力以這些故事為養分，進而扭曲編造，我們想要相信，所以我們就相信了。可是再怎麼樣也無法把它變成真的。」

瑪蒂妲把音樂盒放回梳妝台上。「我們看見她走入沼澤，沒有出來。」

「那不是真的。」

「她床下的泥土、阿爾閴塔上的木箱、那隻枯手，那隻可怕的枯手。」

「都是想像出來的，是過度活躍的年輕心靈天馬行空的創造，如此而已。」我說。

瑪蒂妲氣沖沖走過來，擄起我的袖子。「如果一切都是想像的，那這個呢？」她怒瞪著我的手腕。「為什麼這麼多年了傷口還沒有癒合？」

我的眼睛落到了手腕內側血管上方的兩個紅點，都才剛結痂，立刻把衣袖拉下來蓋住。「是我抓的，就這樣，只要我不去抓，就會像別的傷口一樣漸漸消失。」

「那我們何不來談談這件事？」瑪蒂妲面紅耳赤，我看得出來她想對我尖叫，可是她仍控制住聲音，以免有人偷聽。「你最近一次生病是在什麼時候？你最近一次受傷又是在什麼時候？」她問。「嗯？我們何不談一談？」

「妳知道是為什麼。我非常走運，自從愛德華叔叔——」

「愛德華叔叔什麼也沒做！」

這句話既響亮又犀利，我以為媽或爸會破門而入，卻都沒有，我豎起一根手指壓著嘴唇。

瑪蒂妲往下說：「你以為他們不知道？他們全都知道，他們只是不說。偽君子，一家子都是！」

「噓。」

「我就是要說！」

我站起來，俯視她。「瑪蒂妲，妳現在就像小孩子在使性子！」

我還未及反應，她就拿著拆信刀揮向我的左手背；她一定是剛才從梳妝台上拿的，金屬刀刃劃出了一道紅色傷痕。我想用右手去遮蓋，卻被她抓住了。我們兩個眼睜睜看著傷口合攏，一開始只剩下一條粉紅色的線，接著連這條線也消失了，除了血珠在閃光，毫無痕跡，傷口在短短幾秒鐘內消失無蹤，瑪蒂妲把血擦掉，兩眼憂愁地看著我。「她對你怎麼了，我可憐的布拉姆？」

我把手縮回來，插進口袋裡。

「藏起來也不能眼不見為淨。」瑪蒂妲跟我說，語氣已絲毫不帶憤怒。「你難道不想弄清楚？」

我的心思飛轉。我感覺到血液在我的雙頰下燃燒，我的心臟在胸腔中跳動。

我不想知道。

我不想去想這些事。

現在不想，永遠也不想。

「如果她在附近，」瑪蒂妲低聲說，「你會知道嗎？」

我有許多年不曾想過這件事了。

愛倫保姆從天花板上居高臨下瞪著我，眼睛如燃燒的火焰，那麼的亮，幾乎足以照亮房間，

然後她墜落，墜落在我身上。

多年來第一次，我的胳臂發癢。

現在

布拉姆放下日記，聲音仍在他的心中迴盪。

一頭狼，錯不了，可是狼嗥不是來自門後，而是來自戶外。

布拉姆從椅子上起身，走向窗邊，凝視著戶外。起初，他什麼也沒看見，但很快就看到一條極大的影子緩緩穿過灌木叢，分開長草，影子繞著塔底慢慢移動，然後抬起頭，斜睨布拉姆。

布拉姆一眼就認出了這匹狼，他說不上來是為什麼，但這匹狼就是早先夢見的那一匹，從門後攻擊他的那一匹。只不過現在，最兇猛的野獸並不是困在門後，而是壓根就沒困住。牠自由自在地在戶外遊蕩，而布拉姆反倒是被困在高高樹上的獵物。

那匹狼以夢中的那雙紅眼惡狠狠瞪著他，發出野蠻的嚎叫，這樣的狼嗥照理說一定會驚動鎮民，他們會端著槍跑來，但是卻沒有人來，而惡狼來回踱步，把雜草都踩平了，直踩出了一條小徑。

布拉姆仍一瞬不瞬盯著窗戶，反手抓住了步槍，步槍已在待發狀態，他把步槍架在窗台的平扁石頭上，以槍管追循野狼的動態，緩緩隨著牠左右移動。惡狼停步，又抬頭瞪他，布拉姆趁機扣下扳機。

步槍向後撞上他的肩膀，子彈出膛。

他聽見了慘叫聲，卻不是發自底下——而是來自門後，隨即是軀體落地的聲音。

布拉姆走向房門，耳朵貼上了木板。什麼也沒聽見。

一分鐘後，他回到窗邊，注視底下——狼消失了。

他是真看見了嗎？也許純粹是他想像出來的。但是，不，方才狼所立之處，雜草仍然是扁平的。沒錯，確實是有那匹狼，也許牠這會兒溜到哪兒去死了，布拉姆衡量著是否要下樓去檢查，但是他知道這麼做絕對是愚不可及，他不能離開房間。

門上有抓刮聲，緊接著是輕輕的哀鳴，是一隻受傷的狗的聲音。

這一定又是一種鬼蜮伎倆。

他想把門打開，他想親眼看一看。

他發現自己回到門口，伸手去摸鎖，另一隻手在口袋裡翻找，他要把門打開，然後——不。

布拉姆使勁後退，匆匆退到對面。

這是另一種詭計。

接著是嚎叫聲，又是從戶外傳來的。

他回到窗邊，發現了兩匹狼——一黑一灰——立在他底下的草叢中，兩隻都兇惡地瞪著他。他在灰狼的身上看見了一塊紅斑——是他剛才射傷的那頭。黑狼走向灰狼，舔牠的傷口，隨即抬頭發出兇惡的叫聲。

而門後的東西也隨之呼應——發出的叫聲介於狼和極度痛苦的人類之間。

聲音方起，底下又有一匹狼嗥叫呼應。緊接著更多，是一群狼，個個都瞪著發紅的眼睛。

布拉姆・史托克的日記

一八六八年八月十日下午四點〇六分——我在都柏林堡的辦公室簡陋陽春，沒有窗戶，氣溫寒冷，塞了九張辦公桌、九張椅子，各式櫃架上的舊檔案舊文件多到外溢，都是前輩留下的。然而，我們簡易庭裡的八個人卻是個愉快的小團體，我們往往從早晨九點工作到晚上十點，而多數的城堡員工，包括我們的上司李察・溫菲爾閣下（治安法官）都在比較文明的時間下班，我們也就自行安排各自的時間了。

回想起來，溫菲爾先生極少出現在辦公室裡，偶爾進來，也總是遲到早退，任由我們自行其是。在那些漫長的上班日，資深職員托瑪斯・塔格會為我們做晚餐，燒烤我們之一捕獵的鷸或野鴨，搭配胡蘿蔔或防風，不過有一次的假期，他烤了隻火雞，還有各式各樣的蔬菜、沙拉、李子布丁，我們都帶了飲料來——潘趣酒、雪莉、波特、香檳、啤酒、紅酒、橙皮酒、咖啡。我們把餐桌覆上黏合在一起的吸墨紙，舉杯互敬，也敬女王，吃吃喝喝直到午夜過後。那晚，一個很大的壁櫥鋪滿了舊衣服，讓幾個醉得走不穩的年輕小伙子過夜。

溫菲爾先生最常在午餐之前晃進辦公室，那時大家都在埋頭苦幹，辦公室似乎一切正常。我倒是很想說正常意味著井然有序，事實卻並非如此，我的辦公桌當然是一片狼藉，但是我知道每一支鋼筆、鉛筆、迴紋針或是紙條的位置。如果有人想幫我整理我這些不值錢的物品，反而是在給我添亂。

我們早晨一般都戮力從公，其他職員都默不作聲，我則利用機會寫完我的《白衣女郎》劇評，我昨晚在都柏林的皇家劇院看的戲：

小說的基調沉重，而W. C.先生無疑是想保留它的特色，可是卻忽略了一點：戲劇的行動極其集中，極其懸疑，觀眾在心智與感情上的張力極其緊繃，偶爾也需要放鬆一下。就連《哈姆雷特》都需要掘墓人，《李爾王》也需要傻子。

我寫得聚精會神，沒聽見辦公室的跑腿小廝邁可．莫菲過來我這一角，直到他清喉嚨我才抬頭，發現他瞪著我，拿信封輕敲我的桌角。

「我的電報嗎？」

他抬頭。「只是紙條，那位女士要我直接送來給你，她說如果我的動作夠快，你會給我一筆很大方的小費。」

「什麼女士？」

「我的工作不包括認人問姓，先生，我只負責傳達。」他伸出了手。

我伸手到口袋裡，掏出一枚兩先令硬幣，放在他的掌心。

他低頭看著銅板，輕嘆了一聲，把信封遞給我。我接下來，揮手打發走他。

信封裡只有一張紙，四角向內折。我打開來，舉高就著辦公桌上的檯燈。

到馬什找我，六點。

——瑪蒂妲

一八六八年八月十日晚六點——馬什圖書館建立於十八世紀早期，創始人是納西瑟斯・馬什主教。坐落在聖派屈克胡同外，建築體低調樸實，幾乎被大教堂擋住。我還在三一學院求學時，馬什圖書館是我經常造訪之處，可是後來的幾年我到圖書館的時間越來越少，這個時段的圖書館一位難求，不僅是學生，還有工作了一整天之後各行各業的人。

我做了個深呼吸，吸入舊皮裝書的氣味就覺得心滿意足，圖書館裡有許許多多的皮裝書，號稱將近兩萬冊的收藏，主題從醫學到科學、宗教、歷史概論，涵蓋極廣，許多都是原版書，是主教本人蒐集的，每一本都備受呵護。圖書館的四壁排列著金屬籠，三一學院的學生稱之為「牢房」。如果你要借閱某一本善本書，你就會被關進一間牢房裡，在裡頭把這本巨卷讀完，然後管理員才會來把籠門打開，書籍絕對不會離開圖書館的保護。

我的眼睛適應了馬什圖書館的昏暗燈光，發現瑪蒂妲藏身在後面的一個籠子裡，門開著，也就是說她特意挑選了這樣的地點，卻沒有借閱善本書，否則的話，她會被鎖在籠內。我發現她的四周擺著報紙，而不是手稿，她還在素描簿上振筆疾書，是在寫字，而不是繪畫，纖細的筆跡幾乎寫滿了一頁。我接近時，她抬頭看，合上了簿子，我好奇的眼睛無緣一瞥她寫的東西。

我惦記著昨天的談話，直覺拉了拉衣袖，把兩個小紅點遮住。「啊，我親愛的姐姐，這樣子讓我從案牘勞形中脫身真是聰明，妳就不能大駕光臨我的辦公室嗎？」

「你的辦公室還能再容納一個人嗎?印象中你不願意有訪客，因為你寧可不要他們站在你的肩膀上。」

我考慮要回嘴，可是我計畫好上劇院，不希望因為這個突如其來的插曲而遲到。「願意說說看我為什麼被宣召來妳的巢穴嗎？」

瑪蒂妲比了比旁邊的椅子，我就坐了下來。

她說：「你還記得派崔克．俄奎夫嗎？」

我想了一會兒才想起來。「他幾乎殺光了全家人，然後又想自盡，那一晚他也殺了他雇主的土地管理人，也可能是在那天的白天。除此之外，我真的什麼也不記得了，我覺得是爸跟媽不讓我們知道，他們可能覺得我們年紀太小了，不適合聽那種事情。」

瑪蒂妲指著左邊的一疊報紙，全都是《桑德斯通訊報》。「我把每一份提到那宗案子的報紙都蒐集起來了。」

「有什麼緣故嗎？」

她伸手去拿了三份報紙到我面前，把每一個頭條都唸出來。「這是我們看到的三份：『馬拉海德滅門血案』、『桑特里莊園土地管理人因口角遇害』和『馬拉海德大屠殺桑特里莊園命案父親涉嫌』。最後一份是一八五四年十月十日。」

瑪蒂妲把另一疊往前拉，手指輕敲。「這三份比較晚。你先看一遍，文章不長。」

「為什麼？」

「看就對了，布拉姆。」

我嘆口氣，把第一份報紙拉過來。跟別的一樣，俄奎夫案占據了頭版。

皇家警察拼湊線索
當地命案疑似都有關聯

馬拉海德的派崔克．俄奎夫即將因殺害桑特里莊園土地管理人柯內勒斯．希利被起訴。此外，俄奎夫先生雖一度被判定為被害人，也將因蓄意殺害他的妻子與兩個孩子而被起訴。兇殘的滅門命案極可能由唯一倖存的女兒瑪姬．俄奎夫提出確證，警方決定，儘管她年紀幼小，卻足以作證，而且她的書面證詞將會列入證物。

我抬頭看瑪蒂妲，還沒說話，她就拿起了第二份報紙，擺在我面前。

命案開庭

皇家警察對近日發生於桑特里與馬拉海德之命案發佈聲明。

桑特里莊園土地管理人柯內勒斯．希利命案，派崔克．俄奎夫先生將會被控過失殺人。公設辯護律師西蒙．史蒂芬斯提出請求，以合理自衛為理論基礎，布萊恩．卡拉漢進一步指出俄奎夫妻兒的三宗命案是在困苦無以自拔的環境以及醉酒的情況下造成的，因此將以故意殺人的罪名受審。史蒂芬斯先生宣稱俄奎夫先生是因為無力餵飽一家人而陷入絕望，他想在工作地點購買穀物遭拒，只好偷竊，卻被希利先生無情鞭打，造成他的不理性反應，與希利先生揮拳相向。「遺憾的是，」史蒂芬斯先生說，「俄奎夫先生覺得殺死全家是減輕他們的苦難的合理方法。」史蒂芬斯隨即請求德莫特．麥基利卡迪法官撤銷告訴，因為俄奎夫先生使全家人置於如此悲慘之困境，可見得其神志失常。

「天啊，真是太糟糕了。」我咕噥著說。

瑪蒂妲又遞過來一份報紙。

俄奎夫被控傷害罪，而非殺人

驗屍官發現柯內勒斯・希利之死出於意外，根據證人的說詞，希利先生在公平的打鬥中滑跤，頭部撞上石頭。法官更指出拒絕俄奎夫先生購買穀物餵養挨餓的一家人，同時卻把穀物運出愛爾蘭並不足以為殺人提供正當理由，但是卻有可能驅使一名必須供養全家的男人鋌而走險，俄奎夫先生被判服刑五年。

瑪蒂姐把最後一份報紙遞給我。派崔克・俄奎夫又上了頭條。

俄奎夫自殺

皇家律師正在為俄奎夫先生殺害妻兒的第一天審判謀求對策，俄奎夫先生卻在牢房中自縊身亡，律師的神志失常理由所引起的爭辯也就此告終。

我放下了報紙，轉向姐姐。「跟我們猜測的一樣，他為了食物殺死了雇主，再殺死全家人，以免看著一家人餓死。」

「但是他的女兒瑪姬卻逃過了死劫。她當時六歲半，今天應該是二十一歲了。」瑪蒂姐說。

「她不知道變成什麼樣子了。」我說。

瑪蒂姐不理會我的話，反而又在我面前放下了一份檔案。「我找到了他的死亡紀錄。」

「妳為什麼要——」我的聲音稍大了一點，一些使用圖書館的人生氣地透過籠子欄杆看我。

我抱歉地一笑，壓低聲音。「妳幹嘛要弄到他的死亡紀錄？」

她從檔案中抽出一張紙，唸出來給我們兩個聽。「派崔克．俄奎夫十月九日早晨六點二十六分被發現自縊於牢房，他將床單絞成一股，穿過唯一一扇窗的鐵欄杆，再重複纏繞住頸子。窗戶距地面僅五呎高，俄奎夫身高五呎十一吋，所以他可能以背靠牆，抬起雙腿，向前伸出，他的身體重量使套環拉緊，最後使他窒息而死。過程中他隨時可以把腳放下，救自己一命，但是他一心求死，毫不動搖，查驗屍體後斷定死因是絞殺，而不是頸椎錯位。他手臂上的傷口感染，必定非常痛，我在右臂上數到了不下六處撕裂傷，從手腕開始，幾乎蔓延到手肘。左臂有四處大小類似的傷口，分佈在整條前臂上。雖然巴特利．盧比以氯化物為他治療，傷口四周的皮膚卻變為紫黃色，即使在死亡後，感染的臭味仍未消散。因為俄奎夫是死於自盡，他將不會在聖若翰教堂下葬，而是送往主墓園後的自殺塚，願天父垂憐他的靈魂。」

我嘆息了一聲。「真的非常有趣，瑪蒂妲，可是我還是不知道妳為什麼要拿給我看，這些事件已經是陳年往事了。」

瑪蒂妲又從她那邊的一摞紙裡抽出一張，這次是一八六八年八月九日的《都柏林晨間新聞報》。「這是昨天的報紙。看——」她輕敲頭條。

流浪漢從汽船落水
溺斃於利菲河

昨晚「羅斯康芒號」最後一次的航行中，一名身分不明的男士，年紀介於三十至四十之間，在甲板上散步，卻一個趔趄。他雖試圖恢復平衡，不幸卻翻過護欄，摔入冰冷的河水。一名男性乘客躍入水中救援，把他拖上了岸，但為時已晚。同船的其他乘客告訴記者，死者懇求船長讓他上船，至少有三名乘客為他籌資付船票，而在船離岸時他變得極度焦躁。「我們一出碼頭，他就在船上跑上跑下，整個人驚慌失措，相信船隻隨時會沉沒。」一名乘客說。「有好幾次他衝向護欄，看著水面，滿臉恐懼。」

「羅斯康芒號」預計開往霍利黑德，現被港口警察羈留，直待調查結束。我們取得了許可，刊登出這名無名氏的相片，如有民眾知道該人身分，請與史帝文斯醫院的驗屍官聯繫。

瑪蒂妲把報紙折起來，讓我看相片。

是派崔克．俄奎夫。

我瞪著報紙。「不可能。」

「就是他。」瑪蒂妲說。「你看他的手臂。」

那人沒穿襯衫，所以兩條胳臂都外露，而且每一條都是從手腕到手肘佈滿了長疤。

「右臂六道傷口，左臂四道，跟俄奎夫的死亡紀錄上的記述一模一樣。」她說。

「這只是巧合，不可能有別的解釋。」

「唯一的解釋就是最簡單的解釋：他是派崔克．俄奎夫。」

「可能是他兒子或是近親。」

「俄奎夫一家只有他們的女兒瑪姬活了下來，派崔克把他的獨生子殺了。」

「那就是堂兄弟？」我把報紙拿起來，把相片湊近檯燈。畫質粗糙，沒錯，可我還是認出了那張面孔。儘管我極想否認，可是那個空洞的眼中包含著死亡的男人就是派崔克．俄奎夫。我伸手去拿裝有俄奎夫死亡紀錄的檔案，把文件又重讀了一遍，忽然，我有個想法。「要是他假死呢？」

「上吊嗎？」

「對，說不定他有幫手：某個人，或是一群人，同情他。」

「誰會同情一個殺了太太和孩子的人？」

「可能是有人很慶幸柯內勒斯．希利死掉。」

「土地管理人？」

我點頭。「可能他在桑特里莊園有朋友，或是也有人對希利懷恨在心，很高興他死掉，既然他不肯賣穀物給俄奎夫，我想應該不止他一個，他們很可能幫他假死，再把他偷渡出監獄。」

瑪蒂妲在搖頭。「他還有下葬的紀錄呢。」

「同一批人也可以偷天換日啊，塞給喪葬社幾先令，就能埋一具空棺。」

「那可是勞師動眾的陰謀，牽扯太多人了。不過姑且說你猜對了好了，這些人幫他假死，偽造警方的紀錄，再收買喪葬社埋空棺。如果，經過這一番折騰，他在都柏林找到了新的生活，又在十四年之後溺死，那你要如何解釋他又出現？」她伸手到那疊報紙裡，抽出第一份，上頭提到他的審判開庭，擺在昨天的報紙旁，指著兩張俄奎夫的相片。「兩張相片他一點也不顯老，十四年過去了，兩張相片卻像是只相隔一天。」

這一次她又說對了，昨天報紙上的那個人甚至比之前的那張相片還要年輕一點。我不想聽她說這些話，可我還是問了，我別無選擇。「妳要如何解釋相似的地方？」

「你明知故問。」

「首先，妳跟我說妳看見了我們以前的保姆，而十四年來她一點也沒老，現在妳又相信這個人也是一樣。接下來是誰？牛奶場的鄧尼太太？那個老是在田野裡對著母牛唱歌的酒鬼賴席？大家都會老，他們不會從墳墓裡爬出來就為了再死一遍。」

「可是，證據卻在這裡。」她說，指了指報紙和滿桌的文件。「而且我很肯定我在巴黎看到了愛倫保姆。」

我握住她的手，壓低聲音。「瑪蒂妲，妳是個聰明美麗、才華洋溢的女人，不應該把頭腦和時間浪費在這種事情上，這些是小孩子的幻想，是童話故事。」

她捏捏我的手。「我們小時候，你跟我說你看到的東西，我不相信你，即使目睹了愛倫保姆走入沼澤沒再出來，我也不相信你。我們在她的床底下發現了噁心的泥土，而泥土又在一天之後消失，我跟自己說全是我們自己想像出來的。等我們爬上了城堡的樓梯，發現了那個有……就那個……的木箱，你跟我說愛倫保姆不久之前來過，我花了好幾年的時間說服自己沒有一件事是真的，可是我不能再撒謊了，不能再對我自己撒謊，我不能不知道她對你做了什麼，她又變成了什麼，我不能懵懵懂懂的死去，我有一股火燙的渴望，需要找出這些事的答案，而且除非是找出了答案，否則我只怕沒有辦法丟下不管，我相信你也跟我一樣有同樣的感覺。」

我搖頭。「我小時候就把那些懸疑的事都遺忘了。」

瑪蒂妲歪著頭。「現在也是嗎？」

「對。」

「那麼你何不告訴我那枚戒指怎麼了？就解釋這一點，滿足我的好奇心，我們就可以假裝今天沒見面，還記得那枚戒指嗎，可愛的弟弟？我們發現握在枯手裡的那個？」

我的胸口緊縮，呼吸不暢。

「這個人，俄奎夫，跟愛倫保姆有關係。我很肯定，不過只要你說你不知道戒指的下落，這件事就算揭過去了，我會假裝那晚沒看見你拿了戒指，你可以回去過你的日子，我會回去過我的日子，我們兩個都繼續蒙昧無知。」瑪蒂妲說。「來吧，布拉姆，作個了斷。」

我長嘆一聲，伸手去拉頸間的銀鍊，從襯衫底下拉出來，戒指就掛在上面。它有將近十四年跟我形影不離。

瑪蒂妲以手指彈戒指。「有時我們最深沉的恐懼就是最貼近內心的恐懼，我一直都相信，你只是不承認自己相信。」

我把戒指又塞回襯衫下，沉默了許久。最後，我比了比桌上的報紙。「我不知道該如何解釋，可是我願意承認我很好奇，如果這人當真是派崔克·俄奎夫，如果妳見到的人真的是愛倫，如果我們有機會找到她，問她是如何治好我的，問她究竟對我做了什麼，我需要……我想要知道。」

瑪蒂妲微笑，開始把報紙疊成整齊的一摞。「這才是我認識、我愛的那個愛刨根問底的弟弟。」

她伸手拿素描簿，翻到將近中間。「你還記得這些嗎？」

我把素描簿拉過來，心臟怦怦跳。「地圖……」

「對，地圖。」她一頁一頁地翻。「全部七張。」

「我都不記得了。」

她歪著頭。「是嗎？我怎麼不覺得。」

「畫得真仔細，妳那麼小怎麼會畫得那麼好……這樣的才華永遠能讓我讚嘆。」

她把素描簿再翻回來，輕敲地圖，奧地利的那一幅。「你知道我覺得最驚異的是在哪裡嗎？這些記號，出現在每一張地圖上的記號，我知道是代表什麼。」

「什麼？」

「墓園，每一個都是，而且不是隨便的墓園，全都是年代最悠久的墓園，一個比一個悠久。」她回頭俯視地圖。「這一個是維也納的中央公墓，起先我很疑惑，因為大多數的刊物說公墓是在一八六三年啟用的，不過才幾年前，其實不然，它是在一八六三年才正式成為公墓的，但是這塊墓地有將近兩百年的歷史了。」她翻頁。底下寫著「海格特——倫敦」。「這一個，海格特，也是一樣，最近才正式啟用，一八三九年英格蘭國教會奉獻了十五畝的土地做為墓地，另外隔出兩畝地給其他教派的人，我發現這些墓地最耐人尋味，因為跟維也納的中央公墓一樣，這塊墓地最早的紀錄可以追溯到十七世紀。死者下葬，卻不是在聖化的土地上。」

我看著瑪蒂妲翻頁，她的語氣越來越興奮。

「羅馬的新教徒墓園——一七一六年正式啟用，毗鄰塞斯提伍斯金字塔，金字塔可以追溯到紀元前十八至十二年，一千多年來死者都葬在這裡，早在墓地聖化之前。」她說。

她與我視線相遇，聲音降低像在密謀。「我必須承認，弟弟，我去巴黎並不只是為了去欣賞藝術，我也去了拉雪茲神父公墓，這裡也和別的公墓一樣，先是墓園，後來才在一八〇四年正式聖化，可是墓園原址只是一棟小教堂，最早的墳墓可以追溯到一六八二年，原始的十三座墳始終沒有得到教會祝聖，因為不知道裡頭埋的是誰。」

「科隆塔孚的聖若翰教堂。」我輕聲說。「我們小時候常說的自殺塚，那片墓地到今天也沒有得到教會祝聖。」

瑪蒂妲點頭。「她的地圖裡的每一處墓園都有類似的墳墓，始終沒有得到教會祝聖的墳地。」

「可是她為什麼會感興趣？」

瑪蒂妲向後靠著椅背。「地圖上的記號我記得清清楚楚，墓園都圈了起來，只有惠特比的是一個叉，我覺得她都去過了。」

「為什麼？」

「據我猜想，不是去找什麼東西，就是去放什麼東西。」

我想了想。「那又跟妳發現的俄奎夫線索有什麼關聯？」

瑪蒂妲灰心地嘆口氣。「這我就不知道了，可是我覺得有關係，**感覺上**有關係，這一切感覺就像是拼圖裡的一片，可是整體的圖案卻仍是未知數。」

我姐姐翻著素描簿，翻過了許許多多小時候她為愛倫保姆畫的肖像，卻每一張都不相同，同樣的女人，卻有不同的面貌，她翻到了一張新作，停了下來，畫的是派崔克·俄奎夫，他胳臂上的疤痕還以紅色凸顯。「愛倫、俄奎夫、地圖。」她說。「全都有關聯。」

她合上了素描簿，視線與我相會。「可能有一個人多少知道一點端倪。」

我只能點頭。

「妳跟我一定得找松利談一談。」我聽見自己說。

松利・史托克的日記

（以速記記錄，抄錄如下。）

一八六八年八月十日晚八點——愛蜜莉終於睡熟了，為此我很感激。我在她的酒裡摻了相當分量的鴉片酊才能讓她睡熟，我發現自己瞪著我美麗妻子的臉孔，如此安祥滿足，她的皮膚在燈光下散發出上等瓷器的光澤，她的胸部在柔軟的棉布被單底下上下起伏，規律有致。我不由自主，只能盯著她看。

誰能別得開臉呢？

這個情況與兩小時之前有如天壤之別，我一回想起來就害怕，她在書房裡對著我吼叫，把一冊又一冊的書扔進壁爐的熊熊火焰中，高聲喊叫：「魔鬼在這些書裡呼吸！是撒旦本人的聲音！」我想告訴她她錯了，因為她手上拿的那本書只是一本醫學日誌，可是她把書翻開，讀了幾頁，眼睛瞪得銅鈴大，我知道跟她講道理是講不通的。「巴塞洛繆將雙唇貼著艾美麗亞的胸口，吸入死亡的臭氣，而鮮血從她張開的嘴巴和耳朵中湧出！」她讀著這兩行，眼睛卻已經掠過別頁，我知道這些話是她自己的心編造出來的。

這一本也是醫學日誌，我看見了她拇指壓住的那頁，標題是**以硫酸鹽治療發酵病之觀察**報告。然而，她卻繼續讀出想像中的文字，聲音之大，我不得不摀住耳朵。「他最渴望的是她的生命、她的靈魂精髓，而他抱著她，直到完全汲取一空，這才丟下她，任她倒在他的腳邊，而他的雙眼又在夜色中搜尋下一個！」

彷彿是在為最後一句作註腳，她砰地合上書，往等待中的火焰丟去。

我衝過去，想要制止她，她卻跟我打鬥。喔，她簡直像個潑婦！她的意志力賦予她的力量抵得過十個大男人！我一點也沒有誇張，她一出手就把我甩開，我倒飛向後，撞上了躺椅，幸好椅墊軟綿綿的，若是再向左偏個兩呎，我就會撞上茶几。茶几上擺滿了小瓷器，我可能會受傷，而愛蜜莉的護士芙蘿倫絲．達格戴爾早已經下班回家了。

我一恢復過來，就發現愛蜜莉瞪著我，嘴巴大開。一會兒，她轉過身去，似乎把我忘了，又從書架上抽出一本書。她把那麼多書丟進了火裡，火焰被悶住了，房間裡開始瀰漫著灰色的濃煙以及皮革悶燒的臭味。這時，我抓起了桌上的水瓶，照著她的臉就潑了過去。她驚呼一聲，冰冷的水澆得她身體抽動，無神的眼睛眨了眨，困惑地左右轉頭。我認出那種神情，就走過去，一把抱住她。「好了，好了，我的愛蜜莉，沒事了。我在這裡，沒事了。」

她在我耳邊響起的聲音有如受驚的小孩，淺促的呼吸幾乎讓她說不清話。「他的眼睛又紅了，一模一樣。」

「誰，親愛的？妳說的是誰？」

「他會來找你，你知道。要是你傷害我，他會來，而且會把熊熊怒火發洩到你這種人身上。」她說。

「愛蜜莉，我不知道妳在說什麼，妳是在胡言亂語。」我把她摟緊，感覺到她的心跳劇烈地貼著我的胸口。「我絕對不會傷害妳，吾愛。」

她發出輕笑聲，病態的咯咯笑。「他在盯著你，此時此刻，他的眼睛看著你，而且他很不高興。」

我知道她一旦落入這種狀態遲早就會又變得暴戾，這短暫的停歇只不過是一點點的延緩，於是我輕輕帶著她到躺椅邊。「在這裡等，吾愛，我馬上回來。」

我奔向廚房，趕緊倒了兩杯酒，再從食品室拿了那一小瓶鴉片酊，在愛蜜莉的酒中摻了比平常多了將近雙倍的分量，攪拌之後就返回書房，發現愛蜜莉坐在地板上，裙子撩在腰際，像個遊戲中的小女孩。她抬頭看我，滿眼是淚，眼睛又紅又腫。「拜託你治好我，松利，我不想再有這樣的感覺了。」

她的神志恢復了，但是能恢復多久，我說不準。我把酒杯交給她，也坐在她身邊。「我會竭盡所能，我親愛的愛蜜莉，我們會擊敗這個疾病，把它打回它來的地方，我保證。」

聽到我的話，她擠出虛弱的一笑。

我看著她喝了口酒，再一口，又一口，她臉上的憤怒與迷惑線條逐漸消失，很快她就會昏眩，等她終於垂下眼皮，我才一手梳理過她飄垂的黑髮。「把酒喝完，我會扶妳上樓。妳需要休息，今晚很漫長。」

「確實是。」她說。語聲就像耳語，含糊不清。

我幫著她把酒杯舉到唇邊，再把酒杯從她虛弱的手上拿開，放在我旁邊的桌子上。「來，我們站起來上樓去，親愛的。」

她點頭，說了什麼我沒聽出來，我扶著她站起來，承擔她大部分的重量。五呎高的她輕如無物，即使是在這種虛軟的狀態，我們走到了書房的門口，我把她抱起來，捧在懷裡，她的頭靠著我的肩，然後我把她抱上了樓，躺在現在躺的床上。

她的呼吸沉重，胸膛有節奏地起伏著，我伸手到她的床頭几上，拿起小節拍器上發條，然後放開擺錘，讓它擺動起來，穩定的滴答聲總能夠為她帶來安慰。

而我則想起了過去快樂的時光。

她有將近一年沒有在客廳彈鋼琴了，琴鍵都已走音蒙塵了，鋼琴上放的燭台已經幾個月都不曾點燃了。客廳似乎是片荒地，散發著霉味，而我也極少再進去了。

喔，我多想要我的愛蜜莉回來啊！

那個讓我徹頭徹尾愛上的女人去了哪裡？這個日復一日偷偷占據她身體的東西又是誰？

昨夜，我發現她立在黑暗中俯視我。她伸長雙手，手指發抖，彎成怪異的角度，她立在那兒俯視我，一隻手掌懸在我的額頭上方，另一隻在我的肚子上方，從她口中吐出我聽不懂的話，不過我很確定她是在說話，串連在一起，組成前後不連貫的句子。我只看見她的眼白，瞳孔向上翻，隱藏在裡面。

她發覺我醒了，整個插曲立刻結束，她只是放下胳臂，走回她那一邊的床舖，爬進被子底下，背對著我，我忍不住以為整件事是出於我自己的想像，是某個驚醒我的夢，但是感覺太真實，不可能是我自己虛構出來的。我醒來發現她矗立在我上方所經歷的恐怖並未消退，不像大多數作夢引起的恐懼會在清醒之後消散，這份恐怖卻與時俱增，而就在那一刻，我恍然大悟：我怕自己的妻子。我親愛的、甜美的、可愛的愛蜜莉——我怕她。那晚接下來的時間，以及此後的每一晚，我的枕頭下都藏著一把手術刀，我的心裡充滿了恐懼，深怕不得不使用刀子的那一刻會到來。

我從口袋裡掏出紙條，紙張現在已變薄，因為折疊太多次而變脆，親愛的愛蜜莉的漂亮字跡被我的手指磨損，今晚更因眼淚而模糊不清：

我的愛，我第一個也是唯一的真愛，我的心今天以及永遠都是你的，我的手握在你的手裡，在你開始這次冒險時。

——愛

她在我到高威的女王學院任教的第一天，把字條塞進了我的鞋子裡。我沒有一天不拿出來讀，可是寫這封信的女人卻漸漸從我的手心溜走了。

前門很響的一聲咚把我從沉思中驚醒，我連聲咒罵這個深夜的訪客。

我趕緊把紙條收好，把被子從床尾拉上來蓋住我妻子的下巴，四角塞好，這才關上臥室門，匆匆下樓。

我打開前門，發現是我的弟弟妹妹立在門階上，兩人都被冰冷的夜雨淋成了落湯雞，雨一定是剛才我在樓上時下的。

「你們知道現在幾點了嗎？」我問他們。「妳不是在巴黎嗎？幾時回來的？」

瑪蒂妲不理睬我的問題，逕自推開我，立在玄關，身上的水滴在大理石地板上，聚成一小攤。「我們得談一談。」她只這麼說，說完就脫掉大衣，掛在架子上。

布拉姆仍站在雨中，直到我朝他點頭，向玄關歪頭，他才把濕靴子在石板上跺了跺，跟著姐姐進屋。

門外，狂風呼嘯，雨滴先側飄，然後才落地。我關上門，把門鎖好。

「屋裡為什麼煙霧瀰漫？」布拉姆問，邁步就朝書房走。「你的煙道沒打開嗎？」

「等等！」我大喊，沒想到聲音會那麼大。

布拉姆停下來，回頭看我。

我不希望讓他們發現壁爐中的書籍殘骸，或是書房的凌亂狀態，生怕必須解釋。

瑪蒂妲卻是一眼就看穿了，跺著腳就往書房走，布拉姆緊跟在後。我們發現她跪在壁爐前，注視著燃燒室。「原來我對高等教育的厭惡也找上你了，大哥。燒掉書本……我沒想到你的休閒時間都是這麼過的，我看我以後得多多不請自來，你現在變得有趣太多了。」

「愛蜜莉跟我吵架——嗯，意見不同。她覺得需要強調她的論點，就毀了我的一些書。」

布拉姆訕笑道：「她就不能扔盤子，跟正常女人一樣？」

我伸手到燃燒室，從四本冒煙的書裡搶救出三本，放在壁爐邊。第四本救不得了，但是這三本還有希望。「她現在終於睡著了，所以拜託聲音放低一點，免得吵醒她，她需要休息。」

我並沒有讓別人知道我們的麻煩，我嚴禁僕人在家門之外談論這些事，我不希望讓別人擔心，尤其是我的家人。我會找出藥方來解決她的病痛，而且是在不驚動別人的情況之下，我最不需要的就是讓鎮民得知愛蜜莉的病況而閒言閒語，萬一傳揚出去，我的醫療事業只怕尚未萌芽就會夭折。

我硬生生把這些想法驅逐出腦海，戴上假笑，轉向我的手足。「你們怎麼會挑這麼美好的一晚跑到我家來啊？」

「瑪蒂妲認為她在巴黎看見了愛倫保姆。」布拉姆脫口就說。「還有派崔克・俄奎夫忽然死而復生，卻又死了一次，不然還會有什麼好理由讓我們來找你？」

布拉姆．史托克的日記

一八六八年八月十日晚八點十五分——我哥的臉又長又累，我立刻就後悔做了不速之客。我更後悔的是脫口說出愛倫保姆以及俄奎夫的事，因為話一出口，他頰上的顏色盡失，我還以為他會昏過去。我立馬走過去，把他的一條手臂架在我的肩上。「幫我把他扶到沙發上。」我跟瑪蒂妲說。

她也注意到了他的反應，我發現她側目看了我一眼，這才攙住我們大哥的另一邊，幫我把他扶向房間對面。

松利彷彿是酒鬼撞上了人行道，重重倒在沙發上，瞪著我們兩個，嘴唇微分，卻可能有一分鐘都沒出聲。等他終於能夠開口，他卻不像我預料中會否認，反而是——

「什麼時候？」

我皺起了眉頭。「什麼什麼時候？」

「兩件事的時間。」他靜靜地說。他的聲音多了一點沙啞，每一天都更像爸的口音。「妳上次是幾時見到愛倫保姆的？俄奎夫又是幾時又死了？」

瑪蒂妲坐在他旁邊。「我是在上星期看見愛倫保姆的，在馬路對面，我相信她也看見我了，可是我走過去時卻在人群中跟丟了，不過我很確定是她，我跟布拉姆解釋過了。」她最後一句話說得略帶遲疑，一部分的她等著辯駁，就如早先對我一樣，所以松利並不追問，她反而疑惑了。

「俄奎夫呢？」

瑪蒂妲瞄了我一眼，我除了聳肩之外又能怎樣。她伸手到皮包裡，掏出了昨天的報紙，霎時間，我還以為她是把《桑特里通訊報》從馬什圖書館裡偷出來了，但看見她的皮包裡沒別的東西，這才鬆了口氣。她把報紙放在桌上，指著報導。

松利從口袋裡掏出眼鏡，掛在鼻樑上，俯身看報。他看了好一會兒，足以看兩遍。他向後靠著椅背，摘掉眼鏡，拉起襯衫下襬擦拭，再放回口袋裡。「布拉姆，能不能把你旁邊的那杯酒遞給我？」

一只空水晶玻璃瓶旁立著一杯滿滿的紅酒——我把它交給大哥，看著他一口氣把酒喝乾。

松利把酒杯放在報紙旁邊，凝視我們兩個，深深一嘆。「他最近一直出現在我夢裡，派崔克．俄奎夫。我猜他所做的事，儘管恐怖，這些年來卻盤據我的心頭，也許就是因為他我才到現在還沒有當父親。一想到殺害全家人，你自己的妻兒，只不過是因為無力餵飽那幾張嘴，我就覺得害怕。」

「只在你的夢裡？你見過他嗎？」瑪蒂妲問。

松利把玩著空酒杯。「不是他，不是，至少一開始不是。」

我的心咚咚跳。「一開始不是？可是你見過……」

我打算要去看的戲現在被我拋到了九霄雲外，我看著大哥從沙發上站起來，穿過房間到餐具櫥那兒，拿出一瓶威士忌，向我伸來，我搖頭，他聳聳肩，為自己斟了半杯，再封好酒瓶，拿著酒杯顫巍巍地晃了晃，看著琥珀色液體裹覆杯壁，再流回底部，松利回到沙發上，輕呷一口，又嘆了口氣。

「我第一次遇見她，」他說，「是在她離開我們幾年後，我幫媽去碼頭買東西，走在城堡大道上，時間很早，陽光都還沒把露水烘乾，我還記得露水把我的鞋子都沾濕了。可是感覺很好，能離開家，離開那些雜務，幫家裡跑腿。媽給了我兩先令，要我買鱈魚，說找的零錢給我，所以我很仔細地挑選魚的大小，既能符合她的晚餐需求，又能留下幾便士到我的口袋裡。

「我進了羅德瑞糖果店，要了四分之一袋的鹹太妃糖，櫻桃口味的，我的最愛，我到今天仍能嚐到那個滋味。我一邊數六個便士，一邊瞄了窗戶一眼，就看到了她，愛倫保姆，站在玻璃窗外，也看著我，她站得很挺，像是生怕我會沒發現是她。我也差一點就沒發覺，因為我的心不肯相信會是她，怎麼可能？可等我了解就是她站在窗外之後，我就把零錢放在櫃台上，忘了我的太妃糖，衝出去見她，胳臂上掛著媽的帆布袋，晃來晃去，我以為會看到愛倫保姆站在那裡，等著我，張開雙臂，臉上掛著笑容。可是等我跑到店外，卻到處都不見她的人影。也不過就差了一秒，她就消失了，我在整條街上找，我可以把左右兩邊都看得很清楚，可就是看不到她，她絕對沒有時間走進別家店裡——說真的，她沒有時間能走掉——可是她就是走掉了，我自己說是我的想像，是光線反射在櫥窗上造成的錯覺，我走路回家時一遍又一遍跟自己重複這個說法，最後我才發覺我把零錢和太妃糖都忘在櫃台上了，可是我不在乎，愛倫驚醒了我內心深處的什麼東西。」

「你以前為什麼都沒說？」瑪蒂妲問。

「跟誰說？爸跟媽不會相信，而我們三個當時幾乎不講話，我沒有人可說。等我到家門口後，我說服了自己一切都是我自己的想像。」松利說。

我改變主意了，自行斟了二指的威士忌，還把酒瓶遞給瑪蒂妲，她一個頭搖得像博浪鼓，所以我就端著酒回到沙發上，把酒瓶放到小桌上。「你說『第一次』看到她，所以還有第二次？」

松利把酒瓶拿過來，又倒了一杯。「第二次看見愛倫保姆是我十九歲的時候，我記得很清楚，就像是一星期前的事，那天是星期六，我在三一學院圖書館裡，占了後面的小桌子，那裡的窗戶可以看見院士花園。我有將近兩天沒睡覺了，因為星期一女王學院有解剖學考試，那一整天差不多都在下大雨，我記得我還在想除非是雨停了，不然方庭一定會積水，我聽到兩位老師在午餐時談論這場雨，說是最多雨的一個秋天，他們認為惡劣天氣會持續到冬天，冬天也會同樣嚴峻。我個人倒是覺得這雨來得正是時候，因為壞天氣讓我不能打橄欖球，只能乖乖唸書，正是我需要做的事，我瞪著課本那麼久，缺乏睡眠的代價終於出現了——我需要站起來走一走。我發現自己不知不覺走向一扇大窗，立在那兒好久，兩眼盯著豆子大的雨滴打在深深的積水中。整個地面都因此而舞動。沒有人在外頭走動，天氣太差了，學生和教職員都躲在教室裡，關著門。後來我看見有個女孩站在方庭對面，我愣住了，她並沒有從一道門衝向另一道門，反而是文風不動地站在那裡，面對著我，兩臂輕鬆地垂在身側。不知情的話，我還以為她是在監視我，她的姿態讓我依稀覺得眼熟。儘管她距離我太遠，沒辦法清楚看見她的臉，我還是相信我認識她。

「我們就那樣動也不動對立了很久，我注視著暴風雨，而她回視著我，我也不確定怎麼會知道她是愛倫保姆的，可是這念頭一出現，就怎麼也甩不掉了——我有把握，就跟我現在是在跟你們兩個說話一樣有把握。我一接受這個了悟，就向窗戶靠近，兩隻手掌貼著玻璃，冰冷的暴風雨像咬了我一口，而且在那一刻玻璃似乎特別薄。然後她就過來了——前一刻她還在方庭對面，下一刻就距我只有幾吋，中間只隔著玻璃。」

「是愛倫嗎？」瑪蒂妲問。

松利點頭。「就是她，她跟我的距離就像我跟你們一樣，說不定還更近，她的眼睛是最深的藍色，她的皮膚潔白無瑕，我覺得我第一眼就先注意到這裡，我看著雨滴從她完美的臉頰滴落。我在玻璃上看見了我自己的倒影，猛地想到自己好老，至少比她老，我覺得我的頭腦在費力解決這道計算題，純粹是因為上次我看到愛倫保姆時，我還是個孩子，而現在我已經是快成年了，我可以在我自己的臉上看出那些個歲月的痕跡，在她的臉上卻看不到，她的樣子就跟她離開的那天一樣，彷彿連一天都沒老。

「她也舉起手貼著玻璃，我發誓窗戶變得更冷了，她又大又藍的眼睛訴說著一種深深的哀愁，我發覺自己眼淚都快要掉下來了，怎麼也無法別開臉，然後她就消失了，就這樣。也許我眨眼了，也許我沒有，反正她一瞬間就消失了，我能看見整個方庭，就跟多年前在糖果店的情況一樣，沒有地方可以躲藏，可是她就是走掉了，不留一絲痕跡。」

松利說完了，端詳著他的空酒杯，我伸手去拿威士忌，又為大哥倒了一杯。

我問：「那是你最後一次看到她嗎？」

松利搖頭。「最後一次是三天前，可是這次的經驗卻更類似第一次。愛蜜莉跟我星期五晚上去看《世襲階級》，我覺得我看到愛倫從最底層樓廳的前排位子出去，不過只是匆匆一瞥，因為我們是在包廂裡，可是我確定是她。她穿了一件華麗的紅色長袍，似乎還有一位紳士同行，我考慮要去找她，可是我不知道該如何向愛蜜莉解釋，而且我很快就明白我只會白費力氣——她無疑會在我靠近時消失，就像其他兩次。」松利喝了一大口酒，又接著說：「我覺得跟她同行的人可能是俄奎夫，我記得一看見他我就有這個想法，可是我相信他已經死了，所以認定這個想法太荒唐。可是，現在……」

「你有多大的把握？」我問他。

「我不能肯定，光線昏暗，我們又隔得很遠，可是那人的身形很眼熟，髮式也一樣。」他頓了頓，又說：「還有一個孩子。」

「孩子？」

松利點頭。「穿著漂亮的小禮服，像個小玩偶，她讓我想起了俄奎夫的女兒，沒死的那一個。」

「瑪姬？」瑪蒂妲說。

「啊，對，瑪姬，就是她。」他又喝了一口酒。「當然不可能是她，她現在應該二十幾歲了。我記得，命案發生時她大概是六、七歲。」

這一切都讓我摸不著頭腦。「愛倫認識俄奎夫一家嗎？我不記得我們小時候她提過他們，就連那一次俄奎夫家來我們家吃飯，他們也好像只是剛認識。」

瑪蒂妲說：「我們那時還小，如果他們很熟，我們看得出來嗎？」

「媽會知道。」松利指出。

「千萬別把媽扯進來。」我說。「還有爸。」

松利乾了威士忌。「扯進來什麼？我都不知道這些事有什麼意義。」

「意義是愛倫保姆沒有真正離開過我們，這一切都表示她這些年來一直在我們左右。」瑪蒂妲說。「無論她是誰或是什麼東西。」

松利粗嘎地一笑。「這是什麼意思？『無論她是什麼東西』？」

瑪蒂妲看著我，我當下就明白了她在想什麼，我們從來都沒有跟松利說過在愛倫保姆離開我們的那晚我們在城堡高塔上發現了什麼，也沒跟他說過我們在她的房間、她的床鋪下發現了什麼。我們只告訴了爸跟媽，而他們都不當一回事。隔天什麼也沒找到，這些奧秘也就再也沒提起過了。

我朝瑪蒂妲點頭。「告訴他。」

於是她說了。幾近一小時過去了，松利跟我兩個人就快把威士忌喝光了。她說完後，我們三個都瞪著壁爐的餘燼，我把火再燒旺，而瑪蒂妲則把所有事件再梳理一遍。

松利轉向我。「你沒有再見過她？她最喜歡的人是你啊。」

「沒有，一次也沒有。」

瑪蒂妲瞅了我一眼，再回頭看大哥。「布拉姆可能是她的最愛，可是你卻跟她有點關係，對不對？」

他蹙眉以對。「這是什麼意思？」

「我有一次看見你拎著一個袋子到她的房間去，袋子裡的東西還在動。」

松利舉起酒杯，又喝了一大口，他盯著琥珀液體，搜尋答案。一個也沒找到，他終於又開口了。「愛倫有時會叫我抓雞給她，我沒問她原因，我不想知道原因，我只是到雞圈去，抓了雞送到她房間去，而且一個字也不說。」

這時我心裡忽然生起了一個疑團，我趁著勇氣消散之前開口了。「那天你帶我去看雞圈，死了一堆雞，是狐狸嗎？還是你殺的？」

松利氣呼呼地說：「我做不出那種事情，我猜是狐狸，我到雞圈的時候就發現是那個樣子了，跟我帶你去看的情況一樣。」他因為喝多了而兩眼無神，可是他說話仍清楚。「我覺得我知道當年她為什麼會找我，為什麼她現在仍然來找我。」他說。他伸手到口袋裡，掏出了一方手帕，手帕包著什麼。他放到桌上，小心攤開來，手帕中央是一綹金髮，還綁著皮繩。

我倏地睜大眼。「是她的嗎？」

松利點頭。「我那時候才三歲吧，她送給我的，就在你，布拉姆，出生後一年左右。前一天我在森林裡迷路了——爸動員了半個鎮的人來找我，他們發現我在一處沼澤附近，拿著臨時做的釣魚竿，只是一根樹枝綁著線，沒有魚餌。我跟他們說我要釣晚餐，媽可真是嚇著了，好幾天一看見我就哭，還威脅說我再亂跑就要把我綁在她的腿上。那天晚上愛倫送我上床，就給了我這綹頭髮，叫我要放到口袋裡，只要我放在身邊，她就能夠找到我，保證我安全，我知道很傻，可是從那之後，我每天都帶在口袋裡。」

「這倒是可以解釋她為什麼會來找你，可是我呢？」瑪蒂妲問。「她為什麼會在巴黎？」

「地圖。」我說。「拉雪茲神父公墓。」

「公墓？」松利問。「什麼地圖？」

我朝瑪蒂妲點頭，她就把小時候畫下來的地圖拿給松利看，再說明我們是如何找到地圖的。

「俄奎夫可能是關鍵。」討論過後松利大聲說出心中的想法，以空酒杯輕拍報紙。「愛倫這些年來下落不明是因為她不想讓別人找到，可是我們卻知道去哪裡可以找到俄奎夫。」

「哪裡？」我問。

「他的屍體會送到最近的醫院去解剖，為了查明死因。」

「斯維夫特最近。」瑪蒂妲說。「你工作的醫院。」

松利搖頭。「斯維夫特隔壁的史帝文斯醫院更有可能，我們是合作的醫院。停屍間在那邊。」

一根柴火嗶剝響，嚇了我們三個一跳。我把空杯放到桌上，今晚不能再喝了。「我們去檢查他的屍體是以為能找到什麼嗎？」

松利一根手指在空中揮了揮。「不是『我們』，小弟，如果要捏造個理由堂而皇之去停屍間，那就只能我一個人去。」

瑪蒂妲的脾氣顯然要上來了。「我們一定得一起去！」

「她說得對，松利，我們應該一起去。」

「用什麼藉口？我是醫院的員工，起碼我有理由到停屍間去。你們兩個憑什麼去？」

瑪蒂妲皺眉。「少臭美了，大哥，你是治療瘋子的，不是搞屍體的，你也沒有藉口去那裡，我們三個無論誰去都會讓人起疑。」

「妳又知道醫院內部是如何運作的了？」松利頂了回去。

「夠了。」我說。「我們三個今晚去，員工會很少，松利可以讓我們進去，要是有人問起，我們就說瑪蒂妲覺得她認得報上的人，而我們認為最好是趁著夜色帶她來指認，而不是直接去找警察，以免產生什麼醜聞。我們就說我們不願讓我們的姐妹捲入警方調查，除非我們能百分之百確定她認識這個人，隨便你的哪個同事也都會願意為自家姐妹這麼做的，只要他們能夠取得進出的許可。」

松利思忖了一會兒，終於點頭。「要是行不通，我們還可以推託是喝多了威士忌，害我們的判斷偏差了。」

「你**確實**是混身酒氣。」瑪蒂妲竊笑道。

就在這時，鈴聲貫穿了整棟房屋，這種銀鈴聲我只在小時候聽過，那時我會搖鈴召喚幫手來扶我離開病床的禁錮。

松利全身緊繃，看著樓梯。「愛蜜莉醒了，你們兩個得走了。」一小時後在醫院的南門跟我會合，那邊的馬路有條長椅可以眺望公園，坐在那裡不會有人詢問。」

說完，我大哥就急急忙忙把我們送出門；瑪蒂妲跟我就站在寒冷的夜色中了。

一八六八年八月十日晚十一點半，聖派屈克教堂的鐘聲在三十分鐘後準時響起，只有一聲，表示一個鐘頭已過了一半。我總覺得奇怪，為什麼這一聲鐘響會在夜深人靜時更洪亮。白天，鐘響為城市的喧擾提供的是朦朧的背景伴奏，但是在入夜後就會變得更分明。

鐘聲一響，瑪蒂妲就猛地向後靠，再在我們共坐的公園長椅上欠動，我們提早十分鐘抵達了史帝文斯醫院，也找到了松利所說的南門附近的長椅。長椅面對著一個小池塘，顯然是為了讓訪客舒心的風景，我就是那種完全不想靠近醫院的人，光是看到醫院就會讓我又想起小時候吃的苦頭，隔著牆壁我都幾乎能聞到各種藥劑和萬靈丹的味道，就跟置身其中一樣，多年前愛倫終於治好我之後，我就發誓絕不會再變成病懨懨的樣子，我會極盡所能保持健康，所以我希望造訪醫院，無論我們今晚到此的理由是什麼都不會影響了我的決心。

「我覺得應該餵鴿子。」瑪蒂妲說。「才不會讓我們顯得可疑。」

斯維夫特精神病院就在我左邊的綠地對面，高高的石牆黝黑陰森，史帝文斯醫院這裡的院區受到悉心照顧，花朵爭奇鬥豔，斯維夫特的草皮卻因疏於管理而枯黃，而且醫院唯一的顏色就是爬滿了牆壁的長春藤。大多數的窗都是黑色的，我只數到三扇窗有燈光穿透了內部的陰暗，但是整棟醫院並沒有安然沉睡——尖叫聲不時響起。有些是男人，有些是女人，還有些簡直不像是人類的聲音。

我思索著大哥如何能夠在這樣的地方耗那麼多的時間，被那麼多的暴行包圍。萬一有病人送抵史帝文斯醫院已是耗弱狀態，或是另有其他的傳統疾病，比方說是心臟衰竭，應該會有執行計畫，行動準則，治療方法，但是心理疾病則不然。松利寧選心理上的疾病而不是生理上的，或許該歸功於他樂於接受挑戰的天性。不過，他要如何處理那種尖叫聲——

「有人站在那裡。」瑪蒂妲壓低的聲音打斷了我的思緒，她緊抓著我的手臂。「那邊，那棵梣樹底下。」

我順著她的視線看過去，發現了一條陰影。是女人，披著斗篷，立在枝椏下，面孔掩在兜帽中，這不是都柏林女性上街的傳統裝扮，無論她是有公事或是私事，我不認為她是晚上出來討生活的流鶯，因為她們總待在熱鬧的街區，醫院這裡不見人跡，我們抵達之後就沒看到別人。

「愛倫保姆？」瑪蒂妲說。

即使斗篷遮掩了她大半的面孔，我也能肯定她不是愛倫保姆，我只看見嘴唇和下巴，一點點鼻頭——她的眼睛掩埋在兜帽的陰影中，她的皮膚似乎是以月光為食，吸收光線，使她掩藏的五官多出了一圈柔和的光芒。

「不是愛倫。」我說，站了起來。「她太矮了。」

瑪蒂妲隨著我站起來，仍緊抓著我的胳臂。我把她的手剝開。「在這裡等。」

她卻搖頭。「你不能過去。」

「我馬上就回來。」

我邁步朝那株樗樹、那個女人而去，她仍不動如山，雙手垂在身側。我覺得很奇怪，我只能隱約看見她，即使我們之間的距離在縮短，自從愛倫治好我之後，我的夜間視力多年來有長足的進步，我能看見路面的每一小顆砂礫，我能看見標識利菲河的記號，可我卻似乎鎖定不了這名女子。還是少女？甚至是兒童？我逐漸靠近，隱隱覺得她比我預設的年紀要輕。每次我瞄準了特定的一點，她似乎就更沉入夜色，甚至從我的視線消失，而她文風不動就做到了這一點，事實上，從我們看見她起，她就沒有動過，而是由陰影將她圍裹住。

「妳是誰？」我終於鼓起勇氣發問，她距我至少十五呎，但是我確定她聽得見。她的嘴唇分開，牙齒被月光照亮——白得不能再白，幾近白熱。

「布拉姆！」

這聲耳語來自我的背後，我猝然踅身，發現松利站在瑪蒂妲身邊。等我再轉回來，女人已消失無蹤，我急忙搜尋街道以及草地對面，卻不見人跡。我沮喪地向松利和瑪蒂妲揮手，然後快步繞了樗樹一圈，覺得她可能是躲在樹後，卻一無所得，她站立之處的空氣變得冰冷，既冰又厚，宛如港口吹過來的冷冽濃霧。

「布拉姆，我們得趕快了！」松利催我，盡量不拉高嗓門，引起不必要的注意。

我跑了回去。

瑪蒂妲問：「她是誰？」

「不知道，她不見了。」

「誰？」松利問。

我朝那棵梣樹點頭。「有個女孩站在那棵樹下。」

「這麼晚了？」

「她一句話也沒說，就站在那裡，看著我們。」

「會不會是醫院的護士？很多員工會到院區散步，讓頭腦清醒。」松利解釋道。

「她不是護士。」瑪蒂妲說。

「妳又不能肯定。」

「是愛倫。」瑪蒂妲一口咬定。

我搖頭。「不是愛倫，太年輕了。」

松利打量我們後方的建築。「我們得趕快。」他又說一次。「午夜交班，跟我來——」

松利帶領我們走下一條碎石小路，到了史帝文斯醫院的南門。為小亭提供夜間照明的煤氣燈不是尚未點亮，就是被熄滅了——我傾向於相信是後者。醫院的這一側被高大的樹籬包圍，遮擋住斯維夫特精神病院，卻阻擋不了尖叫聲。我們越靠近門口，叫聲就越響亮，彷彿關在斯維夫特的人察覺到我們的存在，隔著黑暗的原野向我們呼叫，但就算松利聽見了陣陣叫聲，他也不動聲色。他走向門口，同時扭頭查看後方，眼神警戒。他轉動門把，發現鎖住了，就從口袋裡掏出一大串鑰匙。「我們行政部門都有醫院的鑰匙，同樣的，他們也保留一串斯維夫特醫院的鑰匙，我們兩所醫院的關係相當融洽，互通有無。我剛到斯維夫特的時候，也在這裡值班，交叉訓練，大多數的格局我都很熟，萬一有人發現我在停屍間或是其他部門，也不太可能會引人懷疑，不過我不確定他們看見你們兩個會有何反應。」

「要是被攔住，就用那一套說法。」瑪蒂妲說。

松利跟我都點頭同意。

我看著他試了幾把鑰匙，最後才找到正確的，鑰匙插入了鎖眼。

✣

一八六八年八月十日晚十一點三十六分——從南門入口進去是一條狹窄的走道，只有遠端的一盞燈。我們每一步都會揚起灰塵，由此可見，鮮少有人利用這條通道。我們關上了門，跟著松利。他的影子好似拉長了至少十二呎，而在接近彼端時又開始縮短。謝天謝地，尖叫聲被關在門外，雖然仍在我的腦子裡響個不停。

我們在走廊盡頭左轉，幾乎撞上一名短小精壯的男人，他拖著一輛滿載的貨車，上頭覆蓋了褐色防水布，我不敢想像底下是什麼，那人茫然的眼神也看不出個所以然來。我等著他停下來，問我們來此的原因，但他只是朝松利點頭，就從我和瑪蒂妲面前走過，好似沒看見我們兩個。我們放慢腳步，等到他消失在走廊一半的對開門後，這才加快步伐，跟著松利朝那人的來處前進。起先，我沒注意到地板微微傾斜，但是越往裡走，角度就越大，我們其實是在下坡，當然了，停屍間在地下室是情理之常，如果用樓梯，運送屍體會極其困難，所以築成斜坡，而且只有一個髮夾彎，可以輕鬆走到較下層。

來到門口，松利示意我們停步。「在這裡等，我想先看看有沒有人。」他推開了門，進去後隨手關上。

「這底下好冷喔。」瑪蒂妲說。

我不得不同意。我們順著走廊過來，溫度下降得很明顯，我連呼吸都冒白煙了。「我們不會待很久的。」我想不出別的話可說，這個時間我們兩個都應該在床上呼呼大睡，可是我們卻跑到醫院的地下室來，準備要辨認一具可能死過兩次的男人的屍體，兩次的間隔將近十四年。

松利幾分鐘後回來，招手要我們跟他進去，他把著門讓我們通過。

我立刻就被房間的寬敞震懾住，我相信這裡占了整個醫院的面積，而且我發現這裡安靜得令人發毛，唯有一盞煤氣燈的嘶嘶聲打破寂靜。這裡擺著一排又一排的檯子，房間散發出病氣，濕黏的空氣中懸浮著一團濃濃的醋霧，嗆得我的眼睛流淚。不過，令我們止步的還是底下的氣味：一種甜膩的氣味，帶著明顯的金屬味。

「這邊。」松利說，邁步向裡間走。

「為什麼這麼多床？」瑪蒂妲問。

「停屍間原本是在二樓，霍亂疫情爆發的那幾年，管理部門把死者送到地下室這邊來，有一段時間，醫院裡死人多到容納不下，而且不止是這裡，走廊上、庭院裡，甚至是屋頂上都排滿了屍體，不過今天那些地方都很少用到了。」我們經過時，他拍了拍一張舊病床，拍起了一大團灰塵。「他們把舊床都存放在這裡，以免又一次疫疾發生。緊急時候，容納不下的病人可以在這裡醫療，後面就是停屍間，我有一次聽人家說『萬一史帝文斯的死人床位都滿了，一定就會有末日降臨』。」

「但願不會有那一天。」我嘟囔著說。光是這一條通道我就數到了三十張床，後來我也懶得數了。

松利接著說：「這底下還有一層，醫院的鍋爐和其他設備都在底下。這棟建築已經有超過百年的歷史了，可以算是現代科技的奇蹟了，整個都柏林再找不出比這裡的員工更知識淵博的了，說不定還是整個歐洲呢。」

他帶著我們走過病床，在最後一排右轉。我們看到了可移動的牆——每一段都至少八呎寬，從底部的輪子算起，將近十呎高，與天花板的拱樑只有幾吋的縫隙。我沒看到門，只有在兩段可移式牆面中間出現一個約莫五呎的開口，左側掛著小牌，寫著**停屍間 閒人禁入**。

一名年長的男士坐在入口旁的凳子上，手裡拿本書，他的臉上佈滿了歲月的痕跡，而且他似乎很虛弱，虛弱到不該值班，然而他卻坐在這裡。我們一接近他就警戒地抬起了頭，把書放在大腿上。「這麼晚了不適合有訪客，我能為三位做什麼呢？」

松利對他微笑。「啊，艾波雅先生，我不知道你現在是在這裡工作呢，我想你還記得我吧？我是斯維夫特那邊的，我妹妹覺得她可能認識昨天報上的那個無名氏，我們希望趁人少的時候看看屍體，以免是她弄錯了。」他壓低了聲音。「你也知道，這種事情需要謹慎，我可以陪她進去嗎？」他說完還從皮夾抽出一張一英鎊鈔票，塞了過去。

艾波雅原本猶豫不決，之後隨即收起鈔票，塞進口袋裡。「既然如此，我就多謝你的好意了。」他說，眼睛掃過我姐姐，然後是我。他的眼睛是混濁的灰色，因白內障而模糊不清，可是他的眼睛卻似乎比某些兒童清亮的眼睛更精明，他朝入口點頭，示意我們進入。

我們通過了開口，發現我們立在死者的國度中。這裡的空氣停滯，完全不流動，聲響似乎都被牆壁吞沒，寂靜得我連瑪蒂妲的屏息聲都聽得到。

我數出一共是四十八張床，十八張上有屍體，每一具都小心地覆蓋著白色亞麻床單，每張床單下都露出一截繩子，連結一只小鈴鐺，鈴鐺掛在床的左側柱頂。我走向最近的一張床，一手拂過繩子。

「繩子綁在死者的手上，萬一有人相信某具屍體並沒有死，手一動鈴鐺就會響，員工就會知道。」松利說。

「真讓人毛骨悚然。」瑪蒂妲說。

松利往下說：「其實這種事還真有。我就親眼目睹過，病人沒有了呼吸，連心跳都停止了，卻突然在床上坐起來，一連尖叫幾個小時，屍體送到停屍間之後，鈴鐺必須要繫上二十四小時，完全沒有發出聲響，才能開始解剖。我的好朋友羅倫斯醫生兩週前就遇到過這麼一個病人，他相信她因為心臟衰竭而死亡，完全沒有生命跡象。她的鈴鐺安靜了將近三十小時，等他動手解剖，解剖刀正要割開她的乳房，卻聽到輕微的喘氣聲。他要人拿了一杯水來，掰開她的嘴巴，把水灌進她的食道，她嗆到，把水吐了出來，一名護士嚇壞了，當場暈倒。不到一分鐘，病人就睜開了眼睛，她幾天來第一次用上了眼睛，完全不知道自己人在何處，又是如何過來的。」松利彈了彈最近一張床的繩子，鈴鐺輕響。「就和生命一樣，我們對於死亡還有許許多多不了解的地方。」

瑪蒂妲的臉色慘白。她瞄了一遍覆著白布的屍體，我緊盯著她的眼睛。

「既然她的醫生相信她是心臟衰竭，為什麼要解剖？」我問。

「她很年輕，才二十三歲，不應該有這種病，所以這種情況總會解剖檢查。死因可疑或是意外死亡都一樣，比如說我們的俄奎夫先生。」松利朝遠處牆上的時鐘點點頭，時針指著十一點四十五分。「第三班十五分鐘後輪值。開始檢查卡片吧，我們要找的是沒有姓名的男性。」

我們三個分散開來，有系統地開始查閱貼在床腳的卡片。我從沒看過屍體，而知道一下子有這麼多死屍在旁邊，實在讓人惶惶不安。我不由得回想起多年前我跟瑪蒂妲在城堡高塔發現的那隻手，手指伸向空中，還會彎曲，一隻應該已枯死的手，卻沒有，一隻被詛咒的手。

我打了個冷顫，專心去讀卡片，盡量不去看床單，不去想底下是屍體。

「找到了——」瑪蒂妲說。

她立在最遠角落的一具屍體旁，檯子的一端有條很粗的排水管，床單向上折，只覆住臉部，我不確定是瑪蒂妲移動了床單，或是她發現時就是這個樣子，我匆匆走過去，松利落後我僅僅一步。

瑪蒂妲摀住口鼻，指著面前的屍體，我循著她的指頭望過去，忍不住打哆嗦。

屍體躺在我們面前，手腳呈大字形，毫無尊嚴可言，因為他一絲不掛。他的胸膛被剖開了，一條長長的割痕從肚臍之下開始，在胸骨下部分岔，兩條割痕再延伸到兩邊的肩關節，形成了一個大大的丫。肋骨從中間打開，用某種鋸子割開的，被一個木架撐開來。

「他的器官被摘除了。」我說，瞪著空空的屍骸。

「這邊。」瑪蒂妲指著她旁邊桌上一排鉢。

松利不理她，而是忙著檢查屍體。「很新鮮，大概不到一小時。」

「看他的胳臂。」我小聲說。割痕就在那兒，右臂六道疤，左臂四道，與瑪蒂妲在馬什圖書館給我看的俄奎夫檔案紀錄吻合。很顯然這些是舊傷疤，多年前就癒合了，肌肉粗糙，顏色暗沉，與四周蒼白的皮膚形成強烈對比。他的指甲長，銼得很尖，我發現這一點很值得注意，因為如果我小時候看到過，我一定會記得這種細節，我想不出指甲整理成這樣有什麼實際上的用途。

松利伸手去掀屍體臉上的床單，我感覺到瑪蒂妲抓住了我的胳臂，用力壓。床單掀開，她驚呼一聲。

錯不了，絕對是派崔克·俄奎夫的臉，他的樣子跟多年前到我們家來吃飯時毫無二致，你可以說他是昨天從我們家出來就直接進了這個房間。

「他連一天都沒變老。」瑪蒂妲低聲說。

松利緩緩搖頭。「不可能，這個人一定是他的親戚，我敢肯定，可是他不可能是我們小時候認識的那個派崔克．俄奎夫。」

「你到現在還相信這是什麼惡作劇？」瑪蒂妲問。

「我不知道該相信什麼了。」我忽然有個想法，就開始搜尋桌子。

「你在找什麼？」松利問。

「他的衣服和個人物品，說不定有什麼東西能指認出他的身分。」

瑪蒂妲皺眉。「我敢說警方已經徹底詳盡地搜查過他了，他們什麼也沒找到。」

「是沒找到能指認他姓名的東西，可是可能有我們眼熟的東西，我們能認出來的東西。」

松利從桌子底下拉出一個布袋，上頭貼著號碼牌，二八七七三號，跟屍體的辨識卡上的編號一樣，他把袋子的繫繩拉開，把東西都倒在地板上。

除了濕衣服之外別無長物，我們翻找口袋，卻是空的。

瑪蒂妲忽然尖叫，既銳利又高亢，有如手術刀刺穿了靜寂的停屍間。

我轉頭發現她在盛裝俄奎夫內臟的瓶瓶罐罐間徘徊，指著其中一罐，我走過去，雙手按著她的肩膀。「怎麼了？」

她搖手指，指著裝心臟的瓶子。

「剛才跳了。」

現在

五匹狼在窗下踱步，抬頭瞪著布拉姆，滿眼都是饑餓。

布拉姆寫個幾行就停筆，站起來，走到窗前一探究竟。這時，他已經輪流射擊了每一頭狼，卻沒有什麼作用，子彈貫穿了牠們厚厚的毛皮，鮮血噴濺，卻傷不了這些邪惡畜牲一絲一毫。不出幾分鐘，傷口就癒合，除了毛皮上的乾涸的紅色血塊之外，不留一絲痕跡，他開始懷疑狼群的真正用意是吸引他開槍——要他分心，說不定是想讓他虛耗彈藥。

野狼盯著他，而他盯著牠們。

灰色那頭是領袖，布拉姆很確定，牠總是第一個行動，其他的則起而仿效——為了什麼，他不確定。

我的寵物愛你，你知道。

愛倫的聲音，模糊不清，在門後。布拉姆回頭瞧了一眼，卻不搭腔。

你何不下樓去自我介紹？還是寧可讓牠們上來？牠們好愛玩喔。

布拉姆相信這些動物沒辦法橫跨小路到這個房間來，卻無法確定。這些狼不是自然的生物，無法得知究竟有什麼本領。正這麼想時，一隻黑狼走向牆邊，人立起來，厚厚的前掌向上伸展，想搆著布拉姆。狼的耳朵向後貼，長舌舔著鼻子，凶狠地瞪著他，發出哀鳴聲。

氣溫忽地變冷，布拉姆拉緊了大衣。

他聽見了咯咯笑——不是女人的笑聲，而是女孩的。

狼喜歡寒冷，牠們的皮毛可以抵禦，無論是熱是冷。熱天牠們就透過腳墊排汗，皮毛可以絕緣，保持涼爽。不過冷天呢，牠們會成長茁壯，牠們的皮毛在冬季會變重，下層的絨毛會生長。

室內氣溫更往下掉，布拉姆都能看見自己的呼吸。手中的步槍感覺像是一塊冰，他把槍放下，兩手塞進口袋裡。

等天氣真的變得很冷，狼會回到巢穴，相擁取暖。大多數的狼會先打獵，再把獵物拖回巢穴裡，餵飽別隻狼跟牠們的孩子。

布拉姆又回到窗前。狼群似乎有無窮的精力，哀鳴中又加入了嗥叫。

我的寵物餓了，布拉姆，牠們好想吃新鮮的肉，要是你下去，牠們就可以吃上好幾天。

又是咯咯笑，這次更大聲。

布拉姆打冷顫。

牠們的巢穴好溫暖喔，布拉姆。想想看，跟著牠們回去，牠們暖烘烘的身體會貼著你，包圍你，那麼暖和。你會死得一點也不痛，我可以擔保，牠們可以讓你死得很快……只要我要求。

室溫持續下降，布拉姆從袋子裡拿出最後一瓶聖水，舉高就著燈光。聖水幾乎結冰了，瓶子裡充滿了冰屑。他的手發抖，而且他覺得很難握住瓶子，手指痠痛，他摸索著瓶蓋，轉了三次才轉開，然後就回到窗邊。

五匹狼依偎成一團，全都靜止不動，抬頭看著窗裡的他。

布拉姆把瓶子朝狼群的方向扔，瞄準了旁邊的石頭，瓶子擊中石頭，爆裂成一片玻璃、冰和水。狼群四散，嚎叫聲穿透了夜空。

你只是讓牠們更生氣，我親愛的布拉姆。

不過布拉姆成就的卻不僅於此，氣溫開始回升，魔咒打破了，他動動手指，握拳再放開，感覺漸漸回來了。如果狼群仍在附近，他也沒看見。

聲音變了，變得低沉，是布拉姆沒聽過的男性聲音。

他要來了，布拉姆，他很快就到了。

瑪蒂妲給愛倫．柯榮的信

一八六八年八月十一日

最親愛的愛倫：

我是在夜深人靜時寫的，因為睡眠距離我好遠好遠。

我很確定自己看見了什麼！妳問是什麼？嗯，我會告訴妳的，我看見了派崔克．俄奎夫的心臟在跳，不僅是在他「死亡」後十四年，更是在他旁邊的瓶子裡，而不是在他的胸腔裡！

我那兩個觀察力不及我的兄弟都認為是我的想像力作祟，被停屍間的恐怖氣氛影響，那裡的氣味與聲響弄得我產生了幻覺，可是我可以發誓不是的。我直勾勾看著俄奎夫的心臟，而且我目睹了它第一次收縮，再擴張，迅速一跳。我甚至看見了心臟從一根被切斷的動脈切口送出血液，力道之大足以使暗紅色血液流到瓶子裡，積存在瓶底。那個血幾近黑色，濃稠得像糖蜜，在我想像中它的味道像潰瘍、壞掉的牛肉。

他的心臟只跳了一下。我從頭到尾都盯著看，即使在警衛進來，要求我們離開之時。布拉姆和松利把我拉走，我的眼睛仍不肯離開，連一秒鐘都不肯，可是心臟沒有再跳。不過，我敢說它還會再跳，我到現在仍確定，我相信他被切除的心臟即便是此時此刻也仍在跳動，可能會比正常的脈搏慢一點，但還是會跳，因為讓俄奎夫活過這麼多年的邪惡就駐紮在他的心臟裡，因為沒有人在現場目擊這種事，並不能就抹殺了它的千真萬確。

因為我的那聲尖叫，警衛匆匆把我們請出了停屍間，松利帶領我們離開醫院，最後我們又站在南門的外頭，過去的一小時感覺更像是夢。

之前是妳立在梣樹下嗎？是妳在監視我們嗎？

我覺得是妳，可布拉姆卻說我們看見的女人是別人，他相信是個女孩子，可能只是路人。顯然，今晚我的看法都沒有人當一回事。

離開醫院之後，我們三個也站在同一棵樹下爭論，我毫不懷疑屍體是派崔克‧俄奎夫，我說不上來是如何知道的，可我就是確定。布拉姆和松利卻不作如是想，他們兩人都相信他是俄奎夫的遠親，甚至是他的兒子，只是我們小時候不知道他還有這麼一個兒子，但是我認為他們的推測純粹是胡扯。

很明顯就是他！

我百分之百肯定。

我會找出證據的。

在激烈爭論之後，我說服了兩個兄弟，唯一的解決之道就是回去科隆塔孚，進一步調查俄奎夫。

他的心臟怎麼會跳？妳知道幕後的真相吧？

我覺得妳知道。

要是妳的心臟被割除，擺在盤子上，它還會繼續跳動嗎？

我明白這類的想法很病態，也不是淑女該有的想法，可是無論我願不願意，它都在我心底跟我喋喋不休，懇求我解答，因此除了帶著這些想法到科隆塔孚之外，我別無選擇。好，我說出來了，就算他們不准我去，我還是會去。

我沒法相信他們，真的，這是我要去的主要原因。我不懷疑他們會去科隆塔孚，可是他們探索真相究竟會有多認真？足以找出答案，或只是敷衍我？若是想認真調查，唯一的方式就是我親自跑一趟。雖然柯隆塔夫不算遠（我們住在那兒時，爸總是走路上班，而他是在都柏林堡工作的），淑女也不該獨自出行，因此，我要求有兄弟陪伴，我也怕一個人去，恐怕有些問題難以得到答案，尤其是向男人詢問，有時男人簡直就是豬腦袋。對，我不能，也不願，獨自前往，他們也不能，我會和他們同行，無論他們願不願意。

妳和派崔克・俄奎夫有什麼關係？

是他的情人嗎？

我敢這麼想嗎？

可是有那麼多的夜晚，妳趁著夜色掩護潛行，年輕的女人不是投入情人的懷抱，還能去哪裡？

如果是這樣，太傷風敗俗了！我連想到都臉紅，已婚的男人欸，已婚還有孩子，我認為妳不至於如此，因此，我不相信是這樣，我不希望是這樣。

不然呢？

如果不是妳的情人，那他是妳的什麼人？他跟妳有什麼關係？現在他死了，妳為他哀悼嗎？如果是恰恰相反呢？妳對他深惡痛絕，所以想要他從船上跌入海裡淹死？說不定是妳把他推下去的。

妳跟這個人究竟有什麼關聯？

妳的秘密太多了，我親愛的愛倫保姆，而我敢說，我會一個一個拆解開來的。

我們今晚出發，等布拉姆下班之後，我會跟他們一起去，要我偷渡也行。

摯愛妳的瑪蒂妲

松利・史托克的日記

（以速記記錄，抄錄如下。）

一八六八年八月十一日晚九點二十一分──喔，把發生的事白紙黑字記錄下來！即便是此刻，在今晚的事件發生過後僅僅幾分鐘之隔，感覺已經像是夢，而不是真實的事件，是編造來嚇唬孩子的故事。唯有現在，回到安全的家裡，我才考慮要停下來記錄發生的事，我覺得需要這麼做──不，我該說是我被要求這麼做嗎？不把這些事記錄下來是不負責任，因為必須要讓別人知道。

我晚上六點之後從精神病院回家，跟平常一樣，卻發現愛蜜莉雕像般立在玄關，兩眼向前，盯著門，一手握著從臥室牆上摘下來的銀十字架，緊緊揝著，指縫間都流出鮮血了。

我一跨過門檻，愛蜜莉的護士達格戴爾小姐就走過來，滿臉擔憂。「她從今天早晨開始就這樣一動不動，也不肯說話，我試了兩次想把她帶回客廳，可是我一碰到她，她就尖叫，我也不敢再試第三次了。」

我投給達格戴爾小姐同情的一眼，感謝她的努力，我不是第一次發現我的配偶這個樣子了，上次發生時，要打破魔咒唯有靠時間，我請達格戴爾小姐離開，她走後，我走向妻子，緩緩繞著她走了一圈。

就算之前她都沉默不語，現在可不一樣了。我湊過去，聽見她在喃喃自語，音量很小，我聽不出她說的是什麼，我認為可能是主禱文，但不能肯定。我小心翼翼伸出手，去摸她揝著十字架的手，輕輕握住。她並沒有像對達格戴爾小姐一樣放聲尖叫，反而不再低語，倒抽了一口氣。

我靠過去。「妳該上床了，親愛的。今天很漫長。等明天天光一亮，妳就會覺得好多了。」說完，我就想把她攙向樓梯，她卻不肯移動——她的腳釘在大理石地板上，彷彿也化為石頭。「怎麼了？是哪裡不高興？」

我知道她聽見了我的話，我從她的眼神看得出來，可她就是不作聲。被我抓住的手更加握緊十字架，又割破了一根手指，她的熱血從我的手背上流過。我想掰開她的手，一聲尖叫從她的喉間湧出，我不敢再用強，我會等她鎮定下來之後再拿。

「他又把那個人拼回去了。」她輕聲說。愛蜜莉緊接著哈一聲笑。「蛋頭人坐在牆頭，蛋頭人摔了個大跟頭，可是黑衣人能把他拼回去，黑衣人能讓他煥然一新。」她的五官扭曲，露出驚駭的表情，轉向我，瞪著大眼，嘴巴微微張開。「你必須阻止他。」

「阻止誰？我不懂。」

「你不能讓他把那個人又拼回去。」

「誰？」

在這個節骨眼上，她哼起歌來了，但是並不是歌，而是一個單音，拖得老長，彷彿她不需要呼吸，我不知道如何是好，只好按住她的肩膀，猛烈搖晃她，只求能打破這個令人恍惚的魔咒。

「妳說的是誰，愛蜜莉？」

「那個從牆上摔下來粉身碎骨的人，那個跌了個大跟頭的人。」

我忽地靈機一動。「妳是說派崔克．俄奎夫？」

她把銀十字架舉到唇邊親吻。「天主捨棄他了，是黑衣人造成的。」

我睜大眼睛。「妳怎麼會知道派崔克．俄奎夫的？」

我知道我沒跟她提起過這個人，無論是這些年來或是昨天。說不定昨晚我以為她睡了，其實她卻聽見了我們在談他？我猜這倒是有可能，可是我們的臥室距離書房相當遠，門又都關著，實在不可能，說不定她偷溜下樓來而我們沒聽見。可是我給她服下了那麼多的鴉片酊，我實在無法想像她能走路，遑論下樓梯。

這時，她的手臂變得軟綿綿的，她開始拖著腳向樓梯走，我抓住機會攙扶住她，很難說她幾時又會不願意再移動，可是我不想今晚又給她用藥。我扶著她上樓，為她寬衣，我幫她解開領子鈕釦，手指卻又濕又黏，我舉手就著燈光打量，是血。

我讓愛蜜莉在床上坐下，舉燈靠近，她的肩膀和頸子相交之處有兩粒針頭般大小的紅點，看來不像新的，可能有一兩天了，最可能的是她的衣服布料摩擦了傷口，讓傷口再次裂開。

「妳把自己怎麼了，親愛的愛蜜莉？」

她空著的那隻手向上摸，按摩傷口，隨即落到大腿上，可是她從頭到尾不吭聲。

我把她其他的衣服脫掉，不是很順利，因為她死揩著十字架不放，我得繞著十字架幫她脫下衣袖。然後我讓她躺上床。她把十字架放在胸口，閉上了眼睛。我正要朝門口走，她忽然以平靜的聲音說：「死神來找我們大家了，一定會很奇妙。」我的妻子說完就飄入了最安靜的夢鄉。

一會兒之後，有人敲大門，我知道是我弟弟來找我一塊去科隆塔孚，我覺得一股深刻的似曾相識之感淹沒了我，我匆忙下樓，讓他進來，以免他又敲門。一看見瑪蒂妲站在他旁邊，我嚇了一跳。

「妳怎麼會來？」

她自行進門，布拉姆跟在後面。「我說過我要去，我不想再多費唇舌了。」

我轉向布拉姆，打算爭辯，一看他聳肩，就打消了主意。「她顯然是不相信我們兩個會認認真真的調查。」

「也許這樣反倒好，我沒辦法去了。」

布拉姆皺著眉頭。「為什麼？」

「愛蜜莉的狀況不太好，恐怕沒辦法把她一個人丟在家裡。」

瑪蒂妲看了眼玄關。「你總有人可以照顧她吧。」

在此之前，我絲毫不想讓別人知道我妻子的情況，可是有鑑於她剛才說的話，我認為有必要讓他們知道。等我說完之後，我們三人都陷入沉默。

還是瑪蒂妲先開口。「可是黑衣人又是誰？她說『把他拼回去』是什麼意思？」

「問倒我了。」

「我們是不是漏掉了什麼？」布拉姆問。「屍體上的東西？」

「你們是假設她說的話真的有意義，可是她是在囈語，最有可能是她昨晚聽見了我們的談話，下意識裡把它扭曲成某種假的記憶，如此而已。」

我從弟妹的表情看得出他們不相信我的說法，他們認為她的話意義深遠。雖然我也不確定該怎麼看，卻同意他們的看法。她說話時，我清楚地感受到她說的是真話，儘管深奧難解，那段話卻不像她通常發病時混淆不清的胡話，而是有一股堅信，隱隱然讓我想起那個我娶的堅強女人，那個我希望仍然活在她心底的女人。

我忽地知道應該要怎麼做了。

「你們兩個，到科隆塔孚去，我會請達格戴爾小姐回來照顧愛蜜莉，然後我會再到醫院去查看屍體。」

「守衛會讓你進去嗎？」

「金錢可以叫開許多的門，親愛的妹妹。」我轉向布拉姆。「你們計劃怎麼去？」

「走路去，」他說，「才幾哩路。」

「胡鬧，讓我的車夫送你們去。」

他們想抗辯，可是我說這次的行動必須要快，再者夜深人靜在外走動可不是最安全的做法。叫醒我的車夫後（他喜歡跟馬匹睡在馬廄裡），他們很快就上路了。我披上風衣，出了門，只在達格戴爾小姐的小屋子前暫留，跟她說我有急事要處理，請她去陪愛蜜莉，她抹去眼中的睡意，同意了。

我掏出史帝文斯醫院提供給斯維夫特精神病院的鑰匙，一面穿過開闊的草地來到南入口，像昨晚一樣，自行開門進入。我急忙前往停屍間，沒在走廊看見人影，連守衛的位置都空空如也，昨晚艾波雅坐的凳子上攤開著一本書，卻不見他的蹤跡。最有可能是他去處理私事，馬上就會回來，我考慮要等他回來，又決定最好還是趕快。

我進入停屍間，衝到後面角落我們發現疑似派崔克·俄奎夫屍體的那裡。鋼檯上空空如也，盛裝他內臟的瓶子也是空的，不過房間的狀態有些奇怪，解剖台上佈滿了血液和穢物，還瀰漫著腐肉的臭味，彷彿這一片狼藉潰爛了一週而不是一天。在解剖完屍體之後，標準程序是清理消毒，為下一次的解剖做好準備。任由解剖台和裝備亂七八糟鐵定會害某人惹上麻煩。我繞著檯子走，每一步鞋子都會發出噁心的吸吮聲，起初，我不敢往下看，可是我知道非看不可，所以硬著頭皮向下瞄——血淋淋的腳印散落在大理石地板上，許多是赤腳的腳印。好似繞著解剖台，然後又在偏右排的病床那兒踩出了一條路，越遠越模糊，最後在第三張病床終止。那張床貼著的卡片編號是二八七七三——俄奎夫的——跟裝著俄奎夫個人物品的袋子同樣的編號，可是我發現袋子不見了。

床上有屍體，覆著白床單。

我的心揪成一團。

你不能讓他把那個人又拼回去。

妻子的話在我的心裡迴響，我把它甩開。

必定是俄奎夫的器官又放回了他的胸腔中，而他的屍身則放回病床，這是解剖的標準程序，血淋淋的腳印可能沒什麼，只是粗心的醫生留下的。

血淋淋、沒穿鞋的腳印，妻子的聲音在我耳畔低語。

他從檯子走下來，回到床上，他的心臟一放回去，他就又完整了——有了心臟就有血，有了血就有生命，血就是生命。

她當然不會是這個意思，不可能是她的意思。

說時遲那時快，床單動了。

不是陡然一動，甚至不是什麼大動作，只是床單微微歪了歪；中央凸起了一下，一眨眼的工夫就消失了，好像底下的屍體想要側翻，又作罷。

胡說！

是光線的作用，也可能是有股風從樓上吹了下來。

床單又動了，這一次還伴隨著輕輕的呻吟。

我向前一步。

我不想接近它……我連一丁點的打算都沒有……可是我的腳卻越靠越近。起初是一步，隨即又一步、再一步，循著帶血的腳印從解剖台走向病床，走向在底下抖動的東西。

在我心裡，我看見俄奎夫的器官放在缽裡，心臟卻搏動著生命，搏動得那麼厲害，連缽都跟著在桌上震動，就像我透過聽診器太常聽到的雙重啪嗒聲。每一次的收縮之後就是血液釋出，既濃又黑，不健康的血液，還帶著血塊。那些血團爬到了缽的邊緣，竟然靠自己的意志力爬了出來，逃離了邪惡的心臟，汩汩流出，朝我而來。而在缽中的心臟旁邊，肺葉充氣了，有如充滿黏液的黃色布袋，吸入周遭的空氣，再吐出，發出水淋淋的喘息聲。

我硬是閉上眼睛，搖了搖頭，把這些想法驅逐出去。我知道不是真的，我知道純粹是我的想像，可就是甩不掉。

等我睜開眼睛，器官不見了，血淋淋的缽又空了，我嘆了一口氣。

床單動了，我很肯定，靠近中央的部位出現了一個小紅點。

我的兩隻腳又朝病床邁了一步，強迫我跟上。

我又聽見了肺葉的聲音、心臟不規律的咚咚聲，不過這一次聲音不是來自我背後缽裡的鬼魅器官，而是來自我面前的床單下，距我僅有幾吋，我不知不覺間又更靠近了，我伸手抓床單，拎住一角，手一振就掀了開來。

我壓住尖叫。

床上的人是艾波雅先生，制服襯衫被血浸透了，臉孔比我之前見過的還要白，幾乎像雪花石膏。他想說話，嘴角卻流出血泡。他兩眼無神，像灌滿液體的大理石，但是仍有生命，他的眼珠鎖定了我一會兒，又翻進了頭顱裡。他的頸子上有一道傷口噴出血液，皮肉軟軟地垂掛著，他一吸氣我才發現了那個聲音的來源，不是缽裡的肺臟，是空氣從傷口漏出來。傷口流出紅色唾沫，浸透了他身下已吸飽了血的床墊。

身為醫師，我很想立刻就著手搶救這個人，拯救他受損嚴重的軀體和仍然殘存的生命，可是我沒有。我反而杵在那裡，兩眼盯著他，四肢動彈不得。我僵直不動，看著他的最後一口氣從頸子的大洞溜走，他終於找到了安寧。

房間再度陷入寂靜，寂靜得我覺得聽見了老鼠在壁間穿梭，我自己的心臟繼續以極高的頻率在跳動。我立在那兒，一手緊揪著床單，另一手虛軟地垂著，無法不去看他頸子上的傷口。很像是動物咬傷的，但是不可能，在這裡不可能，這裡是醫院的地下室。那會是什麼？絕對不是人，因為哪種器具才能造成如此的撕裂傷？絕不是刀子，可其他選項實在是匪夷所思。

不過一定是人，因為艾波雅不是自己爬上床躲在床單下的。

冷不防間，又一個想法浮現，一個我巴不得能立刻驅散的想法，一個害我被全新的恐懼嚇出一身冷汗的想法。

做出這件事的人在哪裡？傷口很新，是在我抵達之前幾分鐘造成的。加害人仍在附近，要是他離開了，我會在通往地下室的走廊上遇見他，可我一個人也沒看到。

他會不會就在這裡，監視我？

這個想法足以讓我把視線從警衛的屍身上拔開，掃描四周，掃描幾十張病床。我覺悟到我不是獨自一人，不真的是。這些床上有許多都有屍體——至少二十具——每一具都寂然不動。

兇手會躲在其中嗎？看準時機出擊？

我的左邊傳來叮噹聲，我猝然轉身，看見了九張有屍體的床，我立馬查看每一條綁在屍體手上的繩子，但是繩子另一端的鈴鐺全都沒有動靜。又一聲叮噹，在我背後，我再次踅身，只看見更多毫無動靜的床，更多等待中的屍首。我的右邊又傳來鈴鐺響，接著是左邊兩聲，又跑到我背後。不出片刻，房間裡有幾十個鈴鐺在響，越來越大聲。我兩手摀住耳朵，東轉西轉，因為聲音越來越響，叮噹叮噹，到處都是。

我察覺到左邊的床鋪有動靜。起先只是隱隱的一動，覆蓋住屍體的床單略搖了搖，卻足以吸引我的目光。手臂輕輕抽動，扯動了繩子，帶動了鈴鐺，加入了其他的鈴鐺聲。

這一個會是兇手嗎？

我搜尋房間尋找武器，發現解剖台後方架上有把骨鋸——血淋淋的、未清洗，就跟解剖台一樣。我急忙走過去，抄起了鋸子，再回到我看見床單移動的那張床鋪。我牢牢握著鋸子，高舉過頭，一把扯開床單。

一隻巨大無比的黑老鼠抬眼看我，牠把屍體的大腿咬穿了一個洞，利齒上還掛著一條肌肉。牠怒目瞪我，毫不畏懼，又回頭去吃大餐，再撕開了一塊肉，力道極大，足以讓繫在手上的繩子抽動，我發現自己在抗拒嘔吐的衝動。

我的四周有幾十個鈴鐺在響，我驚恐地看著老鼠從各個床單下鑽出來，滿嘴是腐肉，然後消失在床下，躲進了牆腳的陰影中。這些掠食動物雖然消失了，卻又換上了援軍，從同樣的藏身處衝出來，快速爬上了床鋪，消失在床單下，繼續無窮盡的褻瀆循環。而每一具屍體被偷走一塊肉就會傳來一次叮噹聲，而房間內鈴鐺聲盈耳，我只能想像發生在白色床單下的大屠殺是如何的慘烈。

我拔腿就跑，我使盡了吃奶的力氣跑出停屍間，跑出地下室，跑入了漆黑的夜裡，丟下了史帝文斯醫院。我一口氣跑到大運河，這才停下來喘氣。

我考慮要回去，起碼該把那種無法想像的恐怖情況通知員工，可是我想起了俄奎夫的屍體失蹤，而艾波雅慘遭殺害。要是我回去，我反倒會被扣上罪名。畢竟，我無權進入停屍間。說到底，我也並不是史帝文斯醫院的員工，難保警方不會懷疑是我殺害了警衛，儘管我並沒有殺人動機，卻無法解釋我何以潛入醫院，我見過有人因為更微不足道的事而問絞。

直到此時，我才發現我還握著骨鋸，血淋淋的鋸刃在月光下閃光，銀色金屬上有一條條的黑紋，我想也不想就丟進了運河裡，看著它沉入水底。

我實在是太粗心大意了，因為我壓根沒想到附近是否有人，直到鋸子沉入水中我才來回檢查詹姆斯街，看有沒有好奇的眼睛。雖然我什麼也沒看到，卻覺得有個陌生人在盯著我。我豎起風衣衣領，包住脖子，慌忙朝家的方向走，我朝史帝文斯醫院緣地前進，希望能夠引出跟蹤我的人。五分鐘過去了，一個人也沒看到，我希望焦慮能減輕，非但沒能如願，反而還多了一股極強烈的委靡不振，而且頸背的寒毛倒豎。等我走到湯姆斯街與法蘭西斯街的轉角，我冷不防止步，霍地轉身，想逮到在跟蹤我的人。我看見了一個非常高、一身黑、戴高帽、持手杖的人，他也停了下來，一動不動，距離我約三十呎。雖然四周都有煤氣燈，這個人卻幾乎籠罩在陰影中，我完全看不見他的五官，他的頭髮既黑又長，框住了他幾近白色的蒼白皮膚（只露出了一小塊）。

「我看見你了，先生！」我以最權威的聲音說。「你為什麼跟蹤我？」

沒有回答，只見他的頭微微一歪。

「你再跟蹤我，我就要報警了！」

他看見我把骨鋸丟掉嗎？

他看見我從醫院裡飛奔而出嗎？

我不能確定。

我轉回去，繼續沿著法蘭西斯街走，豎起耳朵聽後面的聲音。我聽見那人的手杖敲在地上，而不是鞋底碰地的聲音，他似乎走在鵝卵石地面上卻足不沾地。這下子我真後悔把鋸子丟了，我身上沒有武器，雖然我可以赤手空拳迎戰，可是這個人比我高出半個頭，肩也很寬。隔著一段距離，我又焦慮不安，也不可能看出他的年紀。可是他個子又高，站姿又穩，沒有上了年紀的彎腰駝背，所以我猜想他不比我大，而且是個強勁的對手。

我加快步伐，雖不至於讓我像是狼狽而逃，但也足以拉大我們之間的距離。他走得比我慢，我能從規律的手杖敲地聲中聽出來。這時，我估計我的步速大約比他快一倍，可是他的步態卻有點不正常——以這樣的速度，兩人之間的距離拉大，我應該會注意到手杖敲地聲逐漸變小，結果反而是更大聲，好像他漸漸追上我了，儘管他的步速只有我的一半多。

我靠近了聖派屈克大教堂，停下來，再次轉身，發現我的恐懼獲得了證實。我第一次看見他時，他在我後面約三十呎遠，然而現在他卻縮短了超過一半的距離。我不動他也不動，又一次文風不動地站著，只有在我的目光落在他身上時，頭微微一歪。現在距離夠近，我能夠看見他的五官，忍不住打了個冷顫。他的皮膚幾近透明，細小的紅色血管似乎能吸收街燈的光線，隨著跳動的火焰閃爍，他的鼻子是鷹鉤鼻，鼻樑極挺，鼻尖微彎，但是比例並不突兀。他的眉毛是最濃密的黑色，壓在高帽底下的長髮幾乎及肩。他的鬍子稀疏，雖不算蓬亂，卻足以掩蓋他的臉孔，因為它好似能抓住四周的陰影，讓陰影向他的頭合攏。不過，那對眼睛！天啊，那對眼睛。他那對如黑刺李一樣黑的眸子是死神的眼睛，卻又富於生命。他歪著頭，我敢用靈魂發誓他的眼睛放出紅光，然後才又恢復為兩潭無底深淵，他的嘴唇顏色如紅寶石，被黑髮與雪白的皮膚襯托得更加紅豔，而且雙唇微分，彷彿是要吸入空氣，卻沒有發出吸氣聲。

我可以說最讓我害怕的是他的牙齒，因為他嘴唇分開，我看見了他的牙齒突出來，白得不得了，而且似乎銼得很尖，更像是犬類的牙齒，而不是人類的。

「如果你是要錢，我有。」話說出口，我才發現自己說話了。我覺得孤立無援，在大街上任人宰割，因為四周沒有一條人影，我願意傾盡一切來換一把刀子或是槍，只要能讓我拿來自衛就好。

「我不要你的錢。」那人說。喔，那個聲音！他的聲音低沉渾厚，每一個音都發得很仔細。

同時也帶著一種口音，我認為一定是東歐口音，而且多年來周遊列國。

「那就走你自己的路，我過了非常漫長的一天，只希望能舒舒服服躺在床上，喝杯熱茶。」我說。

「而我只是深夜出來散步，卻沒想到這麼晚了還會看到別人，尤其是一個匆匆忙忙離開醫院的人，我忍不住覺得這種人很有意思。」他握著手杖頭的手指伸了伸，手指很長，指甲修剪得很仔細，有如音樂家，我想到了俄奎夫冰冷死寂的手，指甲銼得很尖。「我也剛離開醫院，我去看個老朋友。」

我發現自己迷失在他目光之中，呆呆地凝視，那對眼睛有催眠的魔力，我覺得像是瞪著地上的一個無底洞，這個洞深到穿入了地獄，再從另一頭穿出來。那對眼睛是洶湧的海洋組成的，無情嚴酷的波浪在沒有月亮的黑夜中不停推擠。迷人，驚奇，我不確定自己就這麼站了多久才回過神來。

「希望你跟你的朋友都平安無事。」我跟他說，往下瞄了我的皮鞋一眼。「我得走了。」說完，我就轉身走上康登路，始終感覺到那雙眼睛落在我的背上，同時側耳傾聽他的手杖聲。

「也許你也認識我的朋友？」

我足足走了十步他才開口，可是我一停下來，轉身看他，就發現他距我僅有幾呎，比剛才還要近，這次沒有手杖敲地聲，沒有鞋底拖在鵝卵石地上的聲音，他就這麼神不知鬼不覺地來到了我的一臂之遙之處。雖然他仍是動也不動，黑色斗篷的紅色絲襯裡卻在他的身後擺動，像波浪一樣搖曳，彷彿有生命，四周根本就沒風，連微風都沒有，唯有冷冷的空氣，而且似乎因為他的存在而變得更冷，唯有搖擺的斗篷證實了他移動過。

他微微咧開嘴，我又看見那種牙齒，那種恐怖的利牙。

我的腦海中浮現出艾波雅躺在俄奎夫的床上，喉嚨被撕裂，眼前的恐怖利齒輕易就能造成這樣的傷口。剎那間，我又看到這個人俯在屍體上方，嘴巴咬住皮肉，猶如一頭殘忍的野獸。我把這醜陋的一幕甩開，回頭盯著他，希望骨子裡的焦慮並沒有洩漏。「你朋友叫什麼名字？」我問，知道那個人的口中只要吐出**派崔克．俄奎夫**這幾個字，我就要拔腿狂奔，以最快的速度衝到馬路的另一頭。我從這裡可以看見我家，巍峨的山牆高出於其他的屋頂，但是那個避風港卻像是荒漠。

他的微笑擴大，頭又向旁一偏，彷彿我問的是最深奧的問題。等他終於開口，說出來的卻不是我預計的名字。「咦，當然是愛倫．柯榮啊。」

我心裡咯噔一聲，雖然設法掩飾，但我知道他必定聽出了我的驚訝。這一次，他的雙眸又鎖住了我，而我發現很難躲開。喔，他的震懾力啊！那雙眼睛好似能伸入我的思維中，採擷他想要的東西，讓我乖乖地任他予取予求，我想起了小時候看過的弄蛇人。那人催眠了一條眼鏡王蛇，什麼憑仗都沒有，只靠他的一雙眼睛以及他的頭和身體的動作，他把蛇徹底催眠，隨手把蛇拿起來，讓蛇頭對著自己的臉幾吋近，也不怕被咬，而在過程中，他始終盯著蛇不放。我不由得想，要是他別開臉，即使只有一瞬間，魔咒是否就打破了？眼鏡蛇是否就會攻擊？

我想要別開臉。

我全心全意想別開臉，可就是做不到，我跟石頭一樣杵在那兒，彷彿頭是被那人瘦骨嶙峋的手捧住，定在一臂之遠處，眼睛對眼睛。

「你上次是什麼時候見到柯榮小姐的？」他以那個渾厚絲滑的聲音問。

「長大之後就沒見過。」我輕聲回答。開口之前，我還告訴自己我要說不認識這個人，我不打算要告訴這個人，這個陌生人，這個會催眠的弄蛇人，任何事情。「我還只是個少年，她就離開了。」話從我的口中溜出，我宛如在夢中，是個局外人，我這麼說是因為我知道我就算想說別的也是無能為力，我真的想說別的，可是我卻不再有主控權。

喔，那對眼睛！那對恐怖邪惡的眼睛，燒穿了我，以不能再黑的黑暗刺穿了我的靈魂的每一寸。我的皮膚深處爆出極癢的感覺，有如螞蟻爬滿了我的骨頭，我想逃跑，我好想逃跑，可是我的意志力卻命令不了我的身體，唯有這個人能讓我動彈不得，逼迫我說出違反我的意願的話。

「如果你見過她，你會告訴我的，對嗎？」

我聽見了他的話，不是耳朵聽見，而是心裡聽見。我跟他說了小時候在糖果店遇見她，上大學又見過一次，最後我告訴他我認為幾天前在劇院見過她，等我說完，他的嘴唇彎出最陰險的笑容，而他制住我的力量也隨即消散，我的身體軟趴趴的，肌肉也因疲憊而痠痛。

他一手伸向我肩膀，捏了捏，幾乎是個關愛的動作，力道卻足以引發疼痛。「我有許多年沒見過她了，得拜訪一次，要是你再遇見她，替我致意，好嗎？」

「可是你的名字，」我聽見自己說。「我不知道你的名字。」

一聽這話，他就放開了我的肩，又掛上那種笑容。我不由自主，又去看那副牙，那副野蠻的牙齒，閃爍著白光，被暗紅色嘴唇和蒼白、佈滿血管的肌膚襯托得極白的牙齒。「你應該趕快回家，你太太需要你。」

說完他就消失了，我不知道是我恍惚了，還是他就憑空消失了，因為這樣的邂逅就連這麼瘋狂的想法都不算離譜，前一秒鐘他還站在這裡，距我僅僅幾吋，下一秒鐘就連一絲蹤跡都沒有，我在整條街上梭巡，一無所獲。我的房子在遠處向我招手，我衷心歡迎。

我又一次拔腿就跑。

我盡全力邁著兩條疲累的腿，而且從頭至尾都感覺有雙眼睛盯著我的背，我推開了門，立刻關上。門一關就有一股強大的力量撞上來，力道大得連屋裡的燈具都為之一震。我把門邊的窗帘拉開，看見了一頭黑狗，我此生見過最大的狗。牠穿過了我的院子，消失在樹林間，那頭生物惡狠狠瞪著我，眼睛發出紅光，這才消失。

樓上，愛蜜莉大叫。

布拉姆・史托克的日記

一八六八年八月十一日晚九點半——我撫摸大哥馬車裡的柔軟天鵝絨座椅。「松利是功成名就了。」

瑪蒂妲也在打量內部，眼睛從精美的雕花飄向泛著光澤的桃花心木，木頭是美麗的紅褐色。

松利劍及履及，命令馬車立刻就緒，然後我們就啟程前往科隆塔孚，不曾多作耽擱。他的車夫預備了四匹馬，亟言一點也不麻煩，反而能加快速度。我也觀察他在馬車後放了一把鏟子，無疑是松利的要求，因為我跟瑪蒂妲都沒有想到這一點。鏟子讓我想起手頭的驚悚任務，我盡量甩掉其中的意涵，卻是揮之不去。如果瑪蒂妲也有所顧慮，外表上卻是看不出來，她一派鎮定，忙著書寫，只偶爾瞥一眼窗外。這個時間沒有什麼可看的，大多數的人都跟家人窩在大門緊閉的屋子裡。馬車的彈簧很粗，左右搖擺，像一艘船。我發現這種節奏滿舒服的，不過我睡不著，焦慮在心底燃燒，我使盡了全力才沒有跳下馬車，拔足狂奔，消耗掉這股精力。

我們經過了到阿爾闐館的道路，接著是馬里諾彎——莊嚴的喬治亞式住宅——以及十五號，我出生的地方，我忽然有一股擋不住的鄉愁，雖然我們並沒有搬多遠，我卻極少回來，因為這個地方只會引起我臥病的回憶，躺在床上猜測我是否能活到第二天。而瑪蒂妲卻帶著我無法感同身受的愛戀之情看著外頭，我這樣錯了嗎？也許吧，這裡畢竟只是一個地方，地方會蘊藏回憶嗎？我常常覺得會，好的壞的回憶都會被牆壁吸收，我忍不住納悶現在是誰住在那兒。有別的小男孩住在我的小閣樓房間裡，也從我眺望無數次的窗戶向外眺望嗎？說不定他現在就看著我們的馬車馳過公園，沒入白霧中。

我看見了遠處聖若翰教堂的尖頂，覺得全身肌肉緊繃，知道我們快到了。

瑪蒂妲必定是察覺到了，她放下了簾子，再次看著窗外。「他埋在主墓園外的自殺塚。」她說。「我沒跟你說過，可是我小時候來看過他，就在愛倫離開我們之後不久，我也不知道是為什麼，可是我被吸引了過來。我猜是看了報紙，我想要親眼看一看。」

「墳墓有標記嗎？」

她點頭。「一塊粗糙的石頭，刻了他的名字。」

車夫駛入了城堡大道旁的小巷中，把我們帶到了墓園的外圍，石牆頂上是黑色鍛鐵欄杆，似乎沒有盡頭，森嚴可怖，不是我們在這種夜闌人靜的時刻應該來的地方。而儘管我有一陣子都沒發覺有人了，害怕被逮的心態卻彷彿觸手可及。

我們停在一叢白楊樹中，從馬路看不見這裡，車夫敲了兩下車頂。

「妳確定我們要這麼做？」我問。

瑪蒂妲已經半個身子下了馬車了，車夫戴著手套的大手伸上來扶她下階梯。

我下車後，車夫把鏟子交給我，緊張地瞅著金科拉巷的兩頭。「我不能把馬車丟在這裡，我會盡量引開他們的注意，等你們準備要走了，就回那裡會合。」他瞅著鏟子。「我很想幫忙，可是我覺得如果我把馬車丟在這裡，可能會引來不必要的注意。」

「我了解。」

「布拉姆！走啦！」瑪蒂妲以響亮的耳語說。她攀爬上了牆的一半高處，注視另一邊，內衣在底下搖擺。

「她還真是精力充沛。」車夫說。

「的確。」我看了眼空蕩的馬路。「回科隆塔孚路去，繞個半小時，時間應該就夠了，我們會聽馬車回城堡大道的聲音，你如果待在市場區和港口附近，應該就不會引起注意，這兩個地方即使是晚上也滿熱鬧的。」

「是，先生。」車夫頂帽行禮，爬回座位迅速駕車離開，規律的馬蹄聲漸行漸遠。

「布拉姆！」

我轉過身，正好看到瑪蒂妲翻過牆頭，咚的一聲落地。「天啊，妳沒事吧？」

我走向圍牆，從裂縫中看。瑪蒂妲立在牆的令一邊，拂掉裙子上的泥巴。「沒事。」她壓低聲音說。「把鏟子丟給我。」

我把鏟子擲過牆，擲向她的右邊，然後先查看馬路兩側，再筆直起跳，抓住牆頭上的鐵尖柱，把自己往上拉，小心迴避，以免衣服勾住了鐵尖柱，爬上了牆頭。腳下一蹬，就跳了下去，雙足落地。

「我還以為你會直接跳過圍牆呢。」瑪蒂妲嘲笑道。

「下次吧。」我瀏覽了墓地一眼，陰鬱的草地連綿起伏，還籠罩著神秘的霧氣。「在哪裡？」

她指著南邊。「傳統的墓園以那條走道為界，自殺塚是在老教堂圍牆的另一邊。」我姐姐邁步就往那邊走。

「小心！」

我撿起鏟子，追了上去，空氣感覺非常滯悶——柳樹林連一絲微風都沒有——樹枝都沉沉入睡，每一根都在地上投下了又密又黑的陰影，唯一的光線來自月光，因為墓園在晚間八點閉園之後就會熄滅煤氣燈，林區的鼠類在周遭奔竄，氣憤受到驚擾，眼睛盯著我們，隔著安全距離跟著我們。

「有守衛嗎？」

瑪蒂妲想了想。「我覺得有。」

我的眼睛飄向左側的教堂，此刻是一片闇黑靜謐，如果有人在裡頭，我也沒偵察到動靜，我從這裡也能看見大門，門外也沒有動靜，「他可能在巡視墓園。」

松利到醫學院求學之後，跟我說許多學生會到墓園來偷屍體去解剖，我覺得駭人聽聞，可是他說學生也是無可奈何，學校與醫院提供的屍體不足，而且都是出身富裕的學生才買得起。我們家看似比大多數人家有錢，卻不足以取得一具屍體，雖然松利從沒有直言承認參與過這種恐怖的行動，他也並沒有否認過。在我的想像中，他在墓園潛行，跟我們現在差不多，一手抓著鏟子，希望能以科學的名義取得一具新鮮的樣本，說不定就是這一把鏟子呢。

「盜墓人最愛在沒有月光的晚上出來，今天晚上的光線太亮了，很容易就會被逮到。像這樣的夜晚守衛最安心，他現在可能昏睡在某座墓碑前，手上還握著一瓶蘭姆酒，另一隻手也許會拿著一本書。」瑪蒂妲說。

「希望妳說得對。」

「不然他可能就跟在我們後面，準備要賞你的屁股一輪子彈。」

「妳為什麼覺得他會只對我開槍？」

「因為，」瑪蒂妲說，「正直的男人是絕對不會朝淑女開槍的，所以你當然會是他的首選。」

「有道理，」我同意，「前提是他是個正直的男人。」

我們謹慎地接近原始教堂的廢墟。石頭結構立在傳統墓園的後方，儘管荒廢多年，四面牆壁仍屹立不倒，而屋頂，大致上是茅草，早已腐朽了。西邊的牆高挺——目前這是最叫人讚嘆的部分，高聳入雲，從前曾是鐘塔。北面和南面的牆各有四面大窗，頂點是圓形的，窗台平扁，另外靠近教堂的門面還有一扇較小的窗戶。後面，面東的牆既高又尖，有入口，從前有一扇對開大木門，但自從教堂荒棄之後，大木門就變成了一道鐵欄杆單門了。我父母若是見到教堂淪落到今天的光景，必然會流淚，因為他們的每個孩子都在這裡行過受洗禮，可是幾年前就判定教堂不安全，於是著手起造新教堂。新教堂在兩年前竣工，而舊教堂也正式棄置了。

我透過鐵欄杆看著裡頭的中殿，石地板與大段的牆壁崩塌，野草與藤蔓爭相恣生，競逐陽光，原始的長木椅只剩下兩張，第三張傾倒在地上，被無情的風雨摧殘腐朽了，我拉扯門——鎖住了。我想進去，想從內部看看這個地方，可是今晚卻不得其門而入，我得改在哪個白天過來。

「走吧，他的墳就在這道牆外。」瑪蒂妲說。

我立刻聽命，尾隨著她，最後再看了一眼墓園的主區，這才繞過轉角。

在廢墟的牆外，我們發現了更多的墳墓，有些墓碑之大，我還真沒見過。瑪蒂妲指出這一區仍屬於原始的墓園，因為這裡是聖地，所以教堂的牧師都葬在這裡。我們經過了這些墳墓，涉過茂密的雜草，看到了一段小許多的牆，也是石牆，只剩下約四呎高，其餘的部分被打掉了。

「這是教堂原來的牆。自殺塚就在另一邊。」她跨過了牆，倚著一段變黑的木樁。「他們埋葬俄奎夫時，這一邊的土地還不算是教堂的，這塊地沒有祝聖過，埋葬在這裡的人在教會以及他們家人的心裡都是迷失的靈魂。」

「我記得那些故事。」

「兩年前新教堂完工，他們把新牆一路延伸到這裡，也圍住了這塊土地，不過我不相信這裡有祝聖過，我找不到紀錄。對許多人而言，這塊地早已湮滅了，少了祝聖，新牆毫無意義，聖地的終點就在這裡。」她指著剩餘的石牆，眼下只是一堆踏腳石。「俄奎夫的墳在那邊。」

我循著我姐姐的手指看過去，約莫十呎外的一塊小墓碑，靠近後牆。雜草叢生，有些及腰高——苜蓿、蒲公英、薺菜。我走了過去，很留意腳下亂七八糟的石頭，有多少人葬在這裡，卻連個標誌都沒有？我是否就踩在上面？不僅是罪犯以及那些因自殺而受天譴的人，還有兒童。把未受洗的兒童、死胎等等埋葬在這裡是風俗，我走到墓碑前，跪了下來。我發現墓碑不是傳統的，就是一塊直徑約一呎的石頭，它的表面曾經打磨過，但現在完全不是舊時樣了。要不是上頭刻了**俄奎夫**幾個字，我會以為是隨便的一塊石頭，他的名字刻鑿得不平均，部分被青苔蓋住，被歲月磨損，沒有存歿的日期，只是粗略地刻下他的姓氏。沒有人的後事應該如此草率，就連罪犯都一樣。我小心地鏟掉了覆蓋住墳墓的青草，轉向瑪蒂妲。「這些年來沒有人來過，妳確定我們要這麼做？」

「你不挖的話，我自己挖。」

誰也沒辦法跟她辯，她早在我們離開都柏林時就下定了決心，我捲起了袖子，再一次握住鏟子。「注意有沒有守衛。」

於是我開始挖。

挖掘工事進度緩慢，為了防止盜墓人，掘墓人會在土壤中混入乾草，而鏟子每鏟一下，就會挖出更多的乾草。感覺像在挖地毯，我覺得不把乾草先移除，實在是不可能往下挖。沒多久，瑪蒂妲也過來幫忙，拔走乾草，堆在一旁。我不止一次告訴她我寧可她注意守衛，她充耳不聞，一逕說要不是兩個人一塊動手，挖到天亮也挖不完，所以我們就繼續，只要偶爾停下來休息就會偷瞄轉角一眼。一個多小時過去了，我覺得鏟子打到了俄奎夫的棺材，我想到了車夫——他現在可能已經繞過兩次了，沒想到這樁工程這麼耗時。

棺木腐爛了，是便宜的多結松木，而且棺木一入土，泥土就開始腐蝕木板。我不得不放棄鏟子，生怕打穿了棺蓋。我改用手捧起泥土，把土丟到洞外，泥巴堆積得將近五呎高了。

棺材終於挖出來之後，我拂過邊緣，尋找某種把手，一無所得。棺蓋是從頂上釘死的，總共六根釘子，四角各一根，兩側的中央各一根。松木腫脹脆弱，我不敢站在上面，只好一腳踩著一邊，把鏟子插入棺蓋下。我轉向姐姐，默默要求她打消此念，甩手而去，可是她不為所動，只果斷地向我點頭。

我用力壓住鏟子的木柄，讓鏟子插入木頭，然後輕輕轉動，讓鏟子更深入，再往下壓。這一次，棺蓋微微鬆動，靠近鏟子的釘子吱吱響，露出了一條縫，足以讓我的手指伸入。我把鏟子拋在一旁，抓住蓋子，使出全身的力氣，向上抬，向側拉，棺蓋發出恐怖的聲音，每根釘子都在尖聲抗議。

棺蓋和棺材分家，一堆蟑螂湧出，有幾千隻之多。速度極快，肥胖的身體往上竄，漫過了棺側，一隻踩著一隻，一隻比一隻快，又小又黑的腳動個不停，感覺像揉搓一摞紙，蟑螂爬滿了我的腿、我的胸、我的胳臂，我聽見瑪蒂妲的尖叫，蟑螂從墓裡爬出來，四散在落葉間，她跺著腳踩蟑螂。

我急忙從洞裡爬出來，撢掉蟑螂，太多了，我能感覺到身上的每一寸都有蟑螂在爬。我不敢開口大叫，唯恐有一隻會趁機溜進我的嘴巴裡，光是想到有隻蟑螂爬進了我的喉管、我的胃，到處亂鑽……

蟑螂大軍的大遷徙終於結束之後，我才發現我幾乎離敞開的墳洞有十呎遠。瑪蒂妲離得更遠，差不多跑到了教堂廢墟的前部，跺著腳，態度堅毅，直到最後一隻蟑螂不是死了就是逃了，我用手梳理頭髮，再轉過身去。她拂開我肩上的一隻蟑螂，以鞋尖踩死，這才宣佈我身上沒有蟑螂了，我也沒在她的身上看到。

我們兩人一起小心翼翼走回墳坑，臭氣熏天，我以大衣衣領掩住了口鼻，注視著洞裡。

屍體裹著橙色裹屍布，至少樣子像橙色的，最有可能是多年來吸收了屍體釋放的物質而變成這種顏色，泥土覆蓋了棺材的底部，是本來就有的，還是木板腐爛而滲進來的，我就不得而知了。我忍不住想起我們在愛倫保姆床下找到的泥土，散發出那麼濃的死亡氣味，卻又飽含生命。

屍體周邊有各種的個人物品——一本書、一面鏡子、一把梳子、一些衣服……真是非常怪異的組合。

「他下葬時會用這些東西陪葬嗎？」瑪蒂妲問。

「看來就是如此。」

「蟑螂被埋在棺材裡要怎麼呼吸？」

這個問題我無法回答。蟑螂會呼吸嗎？我覺得會，可是我沒研究過蟑螂的生理結構，最有可能是蟑螂能夠在地底下存活，或者是蟑螂會來回鑽土，也可能蟑螂就像玻璃瓶裡的蒼蠅。

「我們得靠近一點。」

「妳待在這兒，我來——」

可是她已經行動了，從壁邊溜下去，輕巧地落在泥地上，鞋子又壓死了幾隻蟑螂。

我低聲暗罵，也滑了下去，小心避開被我挖斷的粗樹根，這些樹根現在像憤怒的手指突伸而出，試圖抓住任何通過的東西。

「我得看他的臉。」瑪蒂妲在我的身邊說，幽深的洞裡幾乎看不見人。「拜託，布拉姆。」

我的注意力卻在別處。不對勁，屍身不對勁。形狀、四肢的長度、比例，全都不對勁，我把手伸向頭部的橙色裹屍布，揪住一角，忍不住一陣哆嗦。裹屍布的觸感濕潤，彷彿覆著某種膽汁或黏液，非常酷似伸進了某種死物的體腔，抓住了胃。

我把裹屍布從頭顱底下抽掉，剝開，頭顱漸漸顯現，聽見瑪蒂妲的吸氣聲。我一看見了頭顱，就把整張裹屍布抽掉，拋在地上。

「石頭，只有石頭。」我姐姐說。

應該是裹著屍體的，卻只看見石頭，排列出人體的形狀。被裹屍布包著就創造出人形的假象。再把棺蓋釘死，重量也相當。

「他的屍體是被偷了，然後換上石頭嗎？」

「是盜墓人偷走屍體的話，根本就不用這麼費事。他們會把棺蓋蓋上，直接再把墓穴填滿土，那還是他們大發慈悲呢。」瑪蒂妲說。「這具棺材自始至終就沒裝過屍體，有人把石頭放進來，以免那些負責埋葬俄奎夫的人起疑。」

「有可能。」

「你覺得是怎麼回事？」瑪蒂妲撿起了空棺裡的鏡子，媽也有一面這種鏡子，她說那是她的窺鏡，這面鏡子很像是金銀打造的，儘管光澤盡失，仍看得出工藝極精美。

「背後有字，就在把手上方。看得到嗎？」

她把鏡子翻過來，舉高就著上方照射下來的月光。

「Um meine Liebe, die Gräfin Gräfin Dolingen von Gratz。」

「是德文。『致吾愛，多林恩．馮．葛拉斯伯爵夫人』。」我翻譯了出來。

「那是誰？」

「不知道。」

她撿起了梳子。「這裡也刻了一樣的字。」

我接過來，手指拂過銘刻。

「會不會是什麼傳家之寶?」瑪蒂妲說。

「這些是女人的東西，我不知道為什麼會給派崔克．俄奎夫陪葬。會不會是他太太的東西，有人放了進來，讓他時時記住他做的事?也可能——」

「布拉姆。」瑪蒂妲打斷了我的話。

「嗄?」

她舉起一件黑斗篷，原本是捲成一束，擺在棺材底部，充當假腿的。「這是媽的斗篷。我們跟蹤愛倫保姆到沼澤的那天晚上，她就披著這一件。」

我尚未能開口，她就把一根手指穿過了右袖的一個小孔，這個小孔我也認得，布料雖然黯淡磨損，卻很眼熟。

「怎麼可能?」我聽見自己說。「他不是在那晚之前就下葬了嗎?」

「我得再確認日期，不過我覺得是。」

我們兩人都瞪著斗篷，誰也不知該說什麼，這一切都不合常理，瑪蒂妲緊張地摸索斗篷。「口袋裡有東西。」

她伸手進去拉出了一條項鍊，金鍊子，墜子是一顆大到出乎意料的紅寶石，四周綴滿了閃亮的鑽石。

「太奇怪了。讓我看看?」

瑪蒂妲把項鍊遞給我。珠寶拿在手裡沉甸甸的，出乎我的意料，而且光芒璀璨!我幾乎無法移開視線。珠寶的品質極高，並且是由高明的工匠打造的，因為我怎麼也看不出他用的是什麼手法，紅寶石是深紅色的，我瞪著掌心中的寶石，忍不住覺得是一滴血浮在光之海上。這條項鍊值多少錢，我連想都不敢想。

我把項鍊還給瑪蒂妲，她小心地放回棺材裡，擺在斗篷上面。「書呢？」

我雖然被項鍊迷住，她的思緒卻顯然仍集中在媽的斗篷上，仍緊張地摸索著斗篷，她略微遲疑地放開了手，去拿那本小書——也很舊，我隔著一段距離也看得出來，紙頁都泛黃了。瑪蒂妲翻到扉頁，掃描內容，先是瞪大眼睛，繼而瞇成一條縫，翻到下一頁，再一頁。

「什麼書？」

「是愛倫保姆的筆跡，可是我不認得這種文字。」瑪蒂妲說。

「我看看。」

她把書交給我，我研究著內容。我也認出是愛倫保姆的筆跡，錯不了，是她那種特別的迴轉寫法。我小時候在許多的字條信件上看過，可是我也一樣猜不出是哪一種文字。

我翻動書頁，發現幾乎寫滿了半本。我翻回首頁，停下來看第一行，因為即便是陌生的文字，我也能猜出是什麼意思。那是一個日期：

一六五四年十月十二日。

瑪蒂妲寫給愛倫・柯榮的信

一八六八年八月十一日

我最親愛的愛倫：

哎呀，該從何說起呢！

今晚，我跟布拉姆做了幾週之前我會覺得駭人聽聞的事情，我們挖開了派崔克・俄奎夫的墳！我們不但做了如此駭人的事情，而且還是趁著墓園關閉之後摸黑做的，我們提心吊膽，唯恐被守衛發現，不過我得說，守衛實在是怠忽職守，因為我們連他的一根頭髮都沒看見，一次也沒有。我發現這種偷偷摸摸的事相當刺激。

可以說我們發現了松木棺裡裝著最離奇的物品，我會稍後再細述，不過首先我要指出我們沒在棺木中找到的東西——派崔克・俄奎夫的屍體。正如我的懷疑，俄奎夫先生顯然沒有出席他自己的葬禮！有人花時間把棺材裝上了石塊，草草地取代屍體，裹在裹屍布中，就這樣。不必是聰明人也看得出裡頭裝的不是人，會在棺材裡放石頭唯一的目的就是要騙過埋棺的人——那些扛著棺到墓地，放進墓穴的人——事情經過一定就是如此。

我毫不懷疑最近在都柏林死亡的那個人就是理應埋進這座墳墓的派崔克・俄奎夫，至於他為什麼沒死，我還無法斷定，我也想不通他如何假死，又如何能夠這麼多年過去卻完全不老，我猜妳應該會知道。等我們找到妳，我們可以促膝長談，這一點我可以保證。

好了，先花一點時間來討論我們在俄奎夫先生「非最後的」安息地**找到**了什麼吧，首先是媽的斗篷，一件顯然是被妳偷走的斗篷怎會跑到這座墳裡？妳是如何弄過去的？又是為了什麼？還有那面鏡子和那把梳子呢？都是妳的東西嗎？是的話，妳是否竊自多林恩·馮·葛拉斯伯爵夫人呢？她是誰？我們一回到都柏林我就要去馬什圖書館查明究竟。

我猜她會想把項鍊要回去，那麼精緻！

我們很接近妳了，我親愛的愛倫保姆，我們每一分鐘都更接近。

最令人困惑的東西只怕就是那本書了，是妳的筆跡，可是日期卻是在幾百年前，如果我是一年前看到，我會猜只是誰的惡作劇，可是我最近的親身經歷……

書對妳很重要嗎？那些東西對妳有什麼私人的價值嗎？

我要妳知道東西是我們拿了，斗篷、鏡子、梳子、項鍊、書——我們全都拿了，布拉姆雖然不高興，我還是用媽的斗篷把東西全部打包了。

不過我們並沒有讓那些石頭孤零零的安息——我把寫給妳的每一封信都留在了墳裡，要是妳改天回來拿妳的東西，就會發現我的信在等著妳。

我跟布拉姆匆匆忙忙把墳墓填上了，然後快步回到我們和松利的車夫說好的會合點，爬牆時我們就發現馬車停在白楊林中，卻不見車夫的蹤影。馬匹似乎開始不耐煩，直跺馬蹄，可見已經等了一段時間了。

布拉姆要我留在馬車邊，他去附近尋找車夫。我看著他走向馬路，繞到墓園的另一頭，消失了蹤影。我查看車廂，卻沒找到車夫留下的字條，我又爬上駕駛座，也沒看到字條。我發現馬匹的轠繩沒有綁，而是落在底板上，彷彿是在驚慌之中失手掉落的。就在這時，我發現了血跡。座位上只有幾滴，踏板也有，但已足以讓人擔憂，血滴很新鮮，不超過一個小時。

我立刻就考慮到各種的可能：車夫不是弄傷了自己，跑去求援了，就是在扭打中受了傷，並且被帶走了。除了血跡之外，我沒有理由相信發生過打鬥，可是我的心卻咬定了這一種可能，死不鬆口。

我從馬車上跳下來，準備去找布拉姆。就在這時，我看見了她。

那個女孩不過六、七歲，褐色頭髮，綠眸炯炯有神。她立在馬路中央，動也不動，凝視著我。我沒聽到她過來，她也沒發出聲音，就只是沉默地立在那兒。她穿了暗褐色的斗篷，兜帽蓋住了頭，但不至於把她的臉隱藏在陰影中。正相反，她的臉發光，彷彿皮膚吸收了月光，隨之發光。她的眼睛，明亮如星辰，一直盯著我，眼都不眨。

我當下就知道，她是我們在史帝文斯醫院看見的，那一個站在梣樹下的女孩。

「妳是誰？」我問她，希望聲音不會洩漏了偷偷爬上心頭的惴慄不安，她的凝視誘發了我某種極深的本能，叫我逃跑的本能。現在回想起來，我忍不住覺得這個眼神像是貓在盯著老鼠，像是一頭野獸在打量牠的獵物。

「妳為什麼來打擾我父親的墳墓？」她的話飄了過來，聲音像音樂。

「妳父親？」我當時就聯想到了，我的心回到了多年前的報紙。「妳是瑪姬．俄奎夫？」

女孩一言不發，深邃的眼睛鎖定了我。我大著膽子朝她跨了一步，我向前一步，她就退開一步。不過她並不是靠雙腳移動的，我壓根就沒看見她的腿動作。她完全是在飄行，彷彿乘著一張空氣毯。我忍不住驚呼，而這個女孩覺得我的反應很好玩，嘴唇上揚，露出牙齒。她露出來的牙齒非常白，白得不自然。她的皮膚也讓我覺得奇怪——白得像死人，甚至可以看到微血管。她的臉頰我第一眼看到時是紅潤的，現在也慢慢褪了顏色。

我的思緒回到了失蹤的車夫身上，會是這個女孩嗎？當然是無稽之談。車夫可能比布拉姆還重，而她只是一個小不點，可是她有種氛圍，讓我的寒毛倒豎。

「妳父親不在墳墓裡，瑪姬，妳知道是為什麼嗎？」

聽到這句話，她的嘴唇分得更開。「搞不好他就站在妳後面喔？」

說這麼可怕的話，我知道她只是想要嚇唬我，我不肯轉身看背後，我可不要讓她得逞。

「搞不好他就站在妳後面，準備要把妳的漂亮小身體裡的血吸乾。」她剛才還飄離我，這會兒卻向我靠近，立在我面前幾呎處。她全身上下只有斗篷微微搖曳，整個人文風不動，我們四周的空氣越來越安靜。我聽不見城市的聲響，也聽不見黑夜中的生物，甚至連蟋蟀都不叫。

在這樣的距離下，我發現她的眼睛銳利饑渴，具有催眠的力量。我想別開臉，卻發現做不到。我除了回瞪著她，無法有其他反應。

「我父親會喜歡妳的。」她說，聲音只是耳語。「他一向就喜歡妳這樣的女生。」

「愛倫．柯榮在哪裡？」我硬著頭皮說出這句話，不願意讓聲音洩露了我的恐懼。就算她認出了妳的名字，表情也沒有絲毫變化，她仍是一動不動，我盡量不去想我從派崔克．俄奎夫的墳中取出的東西。不知為什麼，我覺得如果我去想，這女孩就會知道，她會把思緒從我的腦袋中拔出來，拿走馬車中的東西，而我無力阻止她。所以我的心思只要一往那些東西飄，我就趕緊驅散，反而專心想著布拉姆，我的弟弟，我親愛的弟弟。我就在那時喊他的名字，我的聲音撞上了黑夜的圍牆，我扯開嗓門大喊，一群烏鴉被我驚飛，散入黑夜中。

這個女孩，這個像是瑪姬．俄奎夫的東西，又向後飄，但只是飄出一點點，仍在我能觸及的範圍之外。見此，我趕緊握住了我戴在脖子上的銀十字架，冰冷的金屬刺痛我的胸口，但是我歡迎這種冰涼的刺激，覺得很舒心。我的下意識要我逃跑，翻過圍牆，衝向教堂，躲在裡面等待日光攻占天空，但是我卻一動不動，兩腳像生了根。

這時，我看見了布拉姆。他繞過了街角，正朝我奔來，我只把視線從瑪姬．俄奎夫身上移開一秒，再回頭，她卻不見了，沒有留下一絲痕跡。

「我找不到他。」布拉姆說。「他無論去了哪裡，都沒留下蹤跡。」

我走向瑪姬．俄奎夫方才所立之處，緩緩轉了一圈，注視著林間與周遭的花木。「你看見她了嗎？」

布拉姆沒看見她，一時間我還以為整個邂逅完全出於我自己的想像。但是我還是跟他說了，盡量不漏掉一丁點的細節。

「她從頭到尾都在監視我們嗎？」

我搖頭。「不知道，我覺得不是。」

「她還是個女孩子？小女孩？」

我點頭。

然後我帶他去看馬車上的血跡，這時已逐漸變乾了，只是黑色皮革上陰暗的斑點。布拉姆用毛毯蓋住。「我們不能丟下車夫自己離開，我覺得我們應該先到卡若蘭客棧住下，如果天亮之後他還沒出現，就報警說他失蹤了。」

我樂於接受他的提議，我一點也不想今晚趕回都柏林，我想要被人群包圍，離開這個孤立的地方越遠越好。卡若蘭客棧在豪斯街上，距離墓地不遠，客棧的馬廄規模不小，可以給馬匹很好的照顧。如果車夫只是去遊蕩，他很輕易就能看見馬車。

這些事發生在兩個小時前，此時我坐在我們共用的房間角落小桌前給妳寫信，因為我太緊張，不想自己一個人。布拉姆在床上大聲打呼，可憐的傢伙今天累壞了。不過，我卻連一絲睡意也沒有。

所以我在給妳寫信，而我們從俄奎夫的墳裡取出的東西則擺在我面前的桌上，每一樣都勾引出更多的問題。

如果妳想把這些東西要回去，妳知道到哪裡找我們。

在那之前，我會想辦法休息。明天，我計畫要去查出這位多林恩・馮・葛拉斯伯爵夫人是誰，然後我會找到一個人來翻譯妳的書。

我希望妳找到了我其他的信，現在埋在地下七呎深處。我希望妳會讀到，然後來找我，我相信妳就在附近，我能感覺得到。

抑或是那個俄奎夫家的女孩？

摯愛妳的瑪蒂妲

布拉姆・史托克的日記

一八六八年八月十二日凌晨兩點二十三分——雷聲吵醒了我。

一聲霹靂深入了我的夢，一下子把我拽了回來。起先，我不知道身在何處，陌生的房間、陌生的床。直到我的眼睛適應了黑暗，睡意消散，我才想起了我們決定要在客棧過夜。

科隆塔孚。

我是在科隆塔孚。

我感到喉嚨痛，好像快感冒了。但這應該是我的想像力作祟，因為我再也不會生病了。

我坐起來，雨水開始拍打窗戶，一開始只是幾滴，隨即雨勢變大，不出幾分鐘，滂沱大雨傾瀉而下。陣陣閃電照亮了房間，我看見瑪蒂妲趴在門邊的小桌上睡覺，早先她點的一枝蠟燭早已熄滅，現在盤子裡積了一攤乾掉的蠟。

我一開始睡不著，我得承認我喝了不止一口白蘭地才終於休息，這晚發生的事好像只是一場惡夢，但我心知肚明。天一亮，我們就得去找松利的車夫，我不相信車夫會跑去遊蕩，而且瑪蒂妲在他的座位上發現的血跡也令人不安。如果加上俄奎夫的墳墓和其中的東西，情況就更是幽微難明。

我從床上起身，走向瑪蒂妲，她的呼吸平穩。她雖然在入睡前仍想到封好信封，手上的鋼筆卻忘了放掉，我小心把筆拔出來，再把她抱起來。她略動了動，卻沒醒。我把她抱到床上，輕輕放下，拉起厚被子蓋住她，我都忘了這個時節科隆塔孚會有多冷，尤其是這麼靠近水邊。

我發現自己站到窗前，透過雨幕眺望港口。我的手臂癢了起來，一開始很輕微，可是越來越癢，我只好去抓。雖然酥癢的感覺一直蔓延到手肘，但最癢的部位還是手腕，有兩點疤痕的地方。

布拉姆，來找我，布拉姆。

我一聽見聲音就轉身，以為會看見她在房間裡，可是房中只有瑪蒂妲，在幾呎外沉睡。是她的聲音，錯不了。

「愛倫保姆？」

我說出她的名字，一聽見自己的聲音，我就豁然醒悟。她的聲音來自我的心裡，我的聲音雖然在斗室中顯得薄弱，她的聲音卻像是來自四面八方，無法精準定位。

「妳在哪裡？」

我看著房門，是上鎖的，房間裡無處可躲。

我猛地回頭，瞪著天花板，童年那恐怖的一幕又襲上心頭，我什麼也沒看見，只有龜裂的灰泥和蜘蛛網。

我在外面，布拉姆，窗外。

我一轉身就看見了她，她的臉孔距離窗戶只有幾吋。雨從她的頭髮滴落，流過她的皮膚，她好蒼白，比我記憶中的任何時刻都還要蒼白，她一點也沒老，瑪蒂妲和松利說得沒錯，她就像離開的那天一樣青春。

可是她是不可能在窗外的，我們的房間在二樓，沒有陽台，沒有可立足之處。客棧的正面號稱沒有走道或壁架，只有粗糙的磚牆。

她舉起雙手貼住玻璃，手指緩緩移動，似乎在抓剝。我想靠近一步，恐懼卻讓我滯留在原地。我只是看著她，盯著她的一舉一動。

另一張臉也出現在她旁邊，我倒抽冷氣，是那個有一頭暗色長髮的女孩，我一眼就認出是醫院外的那個人。根據瑪蒂妲的說法，我一點也不懷疑她是瑪姬．俄奎夫。

你一定得出來，布拉姆，我需要跟你談一談，好久好久了。

我的手臂癢死了。

愛倫拉扯著我，跟我小時候感受到的拉力一樣，那次我被拉著穿過田野和樹林去尋找她。我一步步退向門口，一步比一步謹慎，直到我進了走廊，直到我下了樓，我默默走過客棧，最後發現自己步入冷雨中。

愛倫跟那個女孩不在窗邊了，我發現她們站在對街，手牽著手。兩人都披著斗篷，被暴雨打得濕透。我這才發覺我沒穿外套，只穿著襯衫站在雨中，赤腳踩著鵝卵石。

啊，我的布拉姆！過來我們這裡，讓我幫你。

她的聲音好甜美，有如瓊漿玉液，我好想再聽。

幫我？怎麼幫我？我只猜疑了短短數秒，就發現自己穿過馬路，被她們吸引了過去，宛如被遙遠的童年回憶中的那條緊繃的繩子拉過去。

除了依偎在她們的懷裡，我想不出我有更想去的地方。

現在

獨自一人。

狼群沒有回來——即使有，布拉姆也沒看見。他在窗邊警戒，振筆疾書日記，希望能趁著還有時間之際記錄下一切。

不過他能聽見狼群的聲音，陰鬱的嘶嚎從四面八方打破寂靜的夜，門後的東西也偶爾應和，有時也嗥叫一聲，或是喪氣地咕噥，或是腳焦躁地挪動。有一次，它又嗅了門框，從底下開始，漸漸向上，居然還高過了門楣——比布拉姆的頭還高。布拉姆完全猜不透它是如何辦到的，他索性就盡量根本不要去想。

此時那個東西又在抓門了。不像是狗用爪子抓扒，而是人用長指甲從門頂刮到底部，再往上刮。布拉姆一想到那些指甲刮出的碎木片就是一陣哆嗦，然而那個東西卻更用力了，無視於疼痛。它一遍又一遍地刮。好不容易，聲音停止了，房間恢復寂靜。

就在此時，布拉姆看見了他。

孤獨的一個人，立在剛才他打破聖水的石頭上。那人個子高，一身緇衣。又長又黑的頭髮襯托出一張蒼白的臉孔，頭上戴著黑色高帽。斗篷罩住了全身，在夜空中搖擺，在他的腳下抖動，布拉姆看不見他的臉。那人看著地面，陰影遮住了他的面貌，他轉頭，陰影似乎也隨著他的臉部輪廓移動，時時讓他隱沒在黑暗中。

布拉姆向後退，握住步槍。單單是碰觸冰冷的鋼鐵就給他帶來了安慰，雖然他知道這個武器的作用不大，無論這個人是誰、是什麼東西，都不會懼怕子彈。

他是衝著我們來的，布拉姆。他要我，可是他更想要的是你，我們沒有那麼不同，你跟我，我們的血管裡都流著別人的血。

這一次的聲音是男性的，很陌生。

只要你釋放我，說不定他會饒了你。

布拉姆可沒那麼傻。

他放下了步槍，從籃子裡拿出最後的兩朵玫瑰，先祝聖過，再在兩處窗台上各放了一朵。

那人可能是被他的動作或是他的行為吸引，抬起了頭。窄薄的紅唇上露出一抹冷笑，布拉姆看見白光一閃，想起了那群狼，饑餓的獠牙滴著口水。

門後又傳來小孩的咯咯笑。

那人抬頭瞪著他，雕像一樣，眼睛在月光下閃爍。接著他舉起了手，指著他——修長的手指伸直，越過了兩人之間的距離，向布拉姆伸來。

布拉姆的手臂忽然癢得難以形容。一開始是那兩點咬痕，接著向小臂蔓延，一路癢到肩膀。之前除了愛倫保姆之外，沒有人能讓他這麼癢。他閉上眼睛，努力搜尋她，搜尋愛倫，卻找不到她，唯有**他**，這個瞪著布拉姆的奇異男人。

布拉姆腳下的地板抖動，他險些摔倒。

那人的手指筆直指著布拉姆，指尖只輕輕一點，就又讓房間震動一次。牆上的十字架震動，兩個摔到了地上，鏡子也嘎嘎響。等那人再指一次，有一面鏡子就脫離了釘子，砸向布拉姆的腳邊。天花板上的塵土如瀑布般湧落，房間震動，布拉姆緊張地看著他貼在門框的聖餐餅糊一塊塊崩落。

「下來，就饒了你。」那人說。他的聲音低沉，可是布拉姆卻聽得清清楚楚。很像門後的聲音，那人的聲音也直接穿透布拉姆的腦海。

布拉姆閉上眼睛，開始反擊。他想像出一個隱形的大氣泡，先包圍住自己，再包圍住整個房間，氣泡極其堅韌，步槍都打不穿。他不停反擊，最後房間靜止，男人的聲音消散，而他也感覺不到門後的東西。

說時遲那時快，布拉姆聽見了蛇發出嘶嘶聲。

郵局電報

發報人：瑪．史托克
卡若蘭客棧
科隆塔孚豪斯路一〇七號

收報人：松利．史托克醫師
都柏林哈考特街四十三號
一八六八年八月十二日晨三點十二分

最親愛的哥哥——
發生可怕的事。
如預期中嚴重。

布拉姆受傷。
車夫失蹤。
可能有人追趕。
我們返回前收到，派幫手來。

——瑪

松利・史托克的日記

（以速記記錄，抄錄如下。）

一八六八年八月十三日晚六點四十三分——我覺得有需要把發生的事都記錄下來。幾天來事情太多，我不知該從何落筆，所以決定從今天的事寫起。

我又是被敲門聲吵醒。約莫在夜裡，我在椅子上睡著了，我抱著步槍坐在前門。更深人靜的時刻，那頭大狗折返了無數次，每一次都繞著我家，一次比一次近。儘管在屋內很安全，可是那隻狗一停在屋前的走道上，紅色大眼瞪著我，我還是全身發抖。我聽見牠饑餓的咆吼，極其低沉，但是我只敢偷瞄窗外一次，雖說我手上拿著強大的武器，那頭畜牲的動作絕對會比我快得多。

但是，如我所言，我在門口醒來，日光射入，那隻狗不見了。日光洗盡了一切黑暗，而有人在捶打我的大門。

我打開來發現瑪蒂妲和布拉姆又立在門外，可是我在他們的眼中看見了幾小時前我感受到的恐懼，所以我匆匆讓他們進屋。他們兩人一起複述了到科隆塔孚的旅程以及他們在俄奎夫墳中的發現，他們找到的東西就擺在我的桌上，我失蹤的車夫依然下落不明，而布拉姆出的事——

✣

「再跟我說一遍。」我說。

瑪蒂妲深吸一口氣。「我一醒來就看見房門開著，布拉姆不見了，外頭風狂雨驟，我就到窗邊，看到他……」

「拜託，瑪蒂妲，別停。」

瑪蒂妲瞅了布拉姆一眼，看他點頭，就繼續說：「俄奎夫家的女兒抓著他，而愛倫在吸他的手腕。布拉姆……」

她滿眼是淚，想要甩掉，不肯向情緒屈服。「……布拉姆自己的嘴貼著愛倫的手腕。他……愛倫在喝他的血，而他在喝她的。」

我使出最大的自制力，勉強看著弟弟，不是我想看，一想到他做出這種事情來，我簡直是五味雜陳，不知該如何是好。可是，這是我第三次要她敘述，一個字也沒改，無論我是多麼的希望。

「而你一點也不記得？」我說。

布拉姆搖頭。「我記得醒過來，把瑪蒂妲抱到床上，我記得下起了雨，可是之後就什麼都不記得了，只知道後來瑪蒂妲尖聲大喊我的名字。」

「我衝到對街。」她說。「差一點就滑倒，我的視線只離開他一秒，等我再看，他已經倒在地上，不省人事，愛倫跟瑪姬．俄奎夫都不見蹤影。」

「那布拉姆呢？」

「我剛才就說了。他的嘴唇和手腕上都是血，可是很快就被雨水沖掉了。我叫不醒他，我足足叫了他十分鐘。兩個要到港口的人很好心，幫我把他抬到我們的房間，我跟他們說他在酒館裡喝得太多。他睡覺的時候，我請客棧老闆幫忙，找來了另一個車夫，天一亮就出發了。這時候布拉姆已經醒了，可是整個人昏昏沉沉的，花了一點工夫才把他哄上馬車，天光大亮加上新鮮空氣，他也就慢慢清醒過來了。」

布拉姆遲疑了片刻，伸出了胳臂，翻過來。

手腕上的血管有兩個小孔，清晰可見，卻不像是新的。要不是瑪蒂妲的說明，我會以為這是舊傷口，都快痊癒了，我小心翼翼地摸了摸。「痛嗎？」

「不痛。」布拉姆說。「很癢，一直都很癢。」

他的答覆倒使我一愣。「之前就是？」

我妹妹和布拉姆互瞅了一眼，我弟弟點頭。「第一次是小時候我大病復元，從那時起就一直會癢。」

「你為什麼都不說？」

「我知道……」瑪蒂妲吞吞吐吐地說。「從小就知道。」

我一點也不意外，布拉姆跟我小時候就不親近，我跟瑪蒂妲也一樣。

「還不止呢。」瑪蒂妲從我的桌上拿了一把拆信刀，交給我弟弟。「讓他看，布拉姆。」

布拉姆接下了刀子，二話不說就在胳臂上割出一道三吋長的傷口。

「你幹什麼？」我大喊，急忙抽出胸前口袋的手帕，包住傷口。

布拉姆鎮定地把拆信刀放回茶几上。「不需要。」他拿掉手帕，手帕已經被他的血浸濕了，他卻拿來擦拭傷口。

我驚駭地瞪大眼，傷口消失了！除了一條粉紅色的細線之外，不見其他痕跡。而且不出一分鐘，連那條細線也消失了。

「怎麼可能？」

布拉姆坐在沙發邊緣。「一直都是這樣，至少是在愛倫治好我之後。」

「他就沒生過病，一天都沒有。」瑪蒂妲指出。「從那天晚上開始。」

我的眉毛擰在一塊。「那麼昨晚是，怎麼，某種治療嗎？交換血液？」

誰也沒回答，不需要，我們都了解是真的。我做個深呼吸，也準備說出自己的一個秘密。

「我有東西要讓你們兩個看。」

我帶領他們穿過屋子，登上主樓梯到主臥室去，愛蜜莉睡得很熟，沒蓋被子。瑪蒂妲和布拉姆都猶豫著不肯進門，我招手要他們進來，圍在床邊。床頭几上有盞油燈，我把油燈點燃，舉向我妻子的頸子。兩顆小點上有乾涸的血液。「我是星期二晚上才看見的，好像在癒合，可是昨晚傷口又破了，留下了新的痕跡。我回來的時候聽到她尖叫，發現她昏倒在床邊，流著血。」

布拉姆更靠近。「很像是我的，只是比較不平整，好像癒合得比較慢，她有沒有給你看過什麼像我剛才讓你看的東西？」

我搖頭。「完全沒有，恰恰相反。看到她臉頰上的小傷口了嗎？她昨天跌倒的時候割到的，我覺得她是撞到了床柱，差不多根本就沒有癒合。我花了好大的工夫才給她止住血——一點也不像你那樣。今天她一直在床上，動也不動，似乎是陷入了很深沉的睡眠，稍早我想叫醒她，就是叫不醒。她沒發燒，也沒有什麼病徵，可是有時候呼吸似乎很吃力，而且她這一個星期都抱怨頭痛。即使是現在，她也文風不動。幾小時前她說夢話，可是沒有意義，她好像很煩躁很焦慮。她的手腳會亂揮亂踢，力道之大連我都按不住，我叫了兩個僕人來幫忙。等她終於平靜下來，就又開始沉睡，而且她的心智似乎越飄越遠，無論她是怎麼了，都只是每況愈下。」

瑪蒂妲俯身去檢查傷口。「我不覺得是愛倫，她不會有時間，她跟著我們到科隆塔孚了。」

「我也不相信是愛倫。」我跟她說。「我那晚很不幸遇見了愛蜜莉口中的『黑衣人』。來，到書房來，我還有話沒說完。」

一小時後，被我的藏書包圍住——我說的是逃過愛蜜莉怒火的那些——我把那晚發生的事和盤托出，包括守衛死亡，以及我邂逅黑衣人。

「所以派崔克．俄奎夫的屍體現在在這個人手裡？」瑪蒂妲問。

「我覺得是。不是他，就是別人捷足先登了。」

「為什麼呢？」

我聳聳肩。

布拉姆撥弄爐火，添上新柴。柴火嗶剝一聲，掉進了舊木柴裡。「這個人為什麼要找愛倫？他又怎麼會知道你認識她？」

我還是沒有答案。

「不過這一切都有關聯。」瑪蒂妲說。「俄奎夫，這個人，愛倫，無論她對布拉姆做了什麼。」

「無論其中哪個人對我的愛蜜莉做了什麼。」我說。

「對，還有愛蜜莉。」

我看著瑪蒂妲走過房間，拿起他們從俄奎夫墳中取得的黑色斗篷。她把斗篷披在我椅子旁的圓茶几上，仔細攤開來，露出了裡頭的東西：一面鏡子、一把梳子、一條項鍊、一本書。她把書交給我。「你認得是什麼文字嗎？」

我打開書，翻了翻。「愛倫寫的？」

「我們覺得是。」布拉姆說。「筆跡就算沒有百分之百吻合，也跟她的很類似。」

「可是日期？」

「跟內容一樣不合常理。」布拉姆說，雙手一攤。

「你知道是哪種文字嗎？」瑪蒂妲追問道。

我確實是覺得這種文字眼熟，不是我鑽研過的，但絕對是我見過的。「我覺得可能是匈牙利文，我有一本醫學書——」我站起來，走向東牆的書架。從右邊第三排的最高處取下了一本書。回到桌前，我把書擺在從墳裡發現的手寫本旁邊。「這是一本《醫務工作者週刊》，幾年前我在外國唸書時買的。」我拂過兩本書，開始辨認文字。「很多字都很眼熟。對，我相信這是匈牙利文。」

「你看得懂嗎？」布拉姆問。

「看不懂。」我說。「可是我認識看得懂的人，他或許能夠幫我們解惑。」

「誰？」

我合上了兩本書。「你們聽過地獄之火俱樂部嗎？」

一八六八年八月十三日晚九點五十一分——我很詫異，布拉姆居然知道地獄之火俱樂部，不過他不知道地點。他聽說的俱樂部成員是一群喧鬧的紳士，經常光顧都柏林堡附近的老鷹酒館。這些傢伙會在晚上狂歡，喝一種威士忌與牛油的調酒，直喝到醉眼昏花，然後就在都柏林遊晃，到處惡作劇。警察對他們也忌憚三分，因為他們人多勢眾，而且行動越來越激烈，不過今晚我要引介給布拉姆和妹妹的俱樂部卻不是這一個。布拉姆聽說的地獄之火俱樂部只是障眼法，是真正的會員刻意設計出來的煙幕彈，為的是萬一在公開場合有人提起俱樂部可以轉移注意。

正牌的地獄之火俱樂部是一幢石獵屋，高踞在芒佩利耶山頂，有近一百年的歷史，由曾擔任愛爾蘭下議院院長的威廉．康納利起造。地點非常獨特，因為從石屋可以眺望都柏林市，但是從山下仰望卻看不見石屋——而且通往石屋的道路也掩蔽得當，並且有人守衛。

我剛成為斯維夫特精神病院的醫生之後，就由同事查爾斯．柯洛克醫師引介，進了俱樂部。他看出我有股好奇心與欲望，並不滿足於我在女王學院所受的現代醫學訓練，他相信我能夠從地獄之火俱樂部的深夜交談與辯論之中受益，尤其是上層的廳室，未經邀請是無法進入的。這些談話往往會偏向超自然、玄奧的一面，而且醫學理論上的討論也走極端，連瑪麗・雪萊[1]的見解都會相形見絀。

我並不常參與這類討論，因為我發現主題太驚心，只要一場討論就能讓我幾天睡不著覺。而我也就是在其中的一場圓桌論談上認識了這一位今晚我想找到的人，他叫阿米涅思・范博利，是一位匈牙利教授。

「你相信這個阿米涅思・范博利會幫助我們？」瑪蒂妲問，打破了馬車中窒悶的沉默。我的車夫仍然是行蹤成謎，遺下的職位由他的兒子遞補，我示意瑪蒂妲壓低聲量，因為我不了解這個孩子以及他的父親，覺得最好還是別讓他聽到我們的計畫。

我拍了拍瑪蒂妲與布拉姆從俄奎夫棺材中取得的書。「我相信這是匈牙利文，而范博利輕而易舉就能翻譯，他對於黑暗之術也了解甚多。」

「你相信他？」瑪蒂妲問。「敢讓他看這個？」

我點頭。「我從唸書起就認識他了，這些年來他跟我說過許多詭奇的故事，我也跟他說過一些秘密，而這些秘密從來就沒有從他的嘴裡洩漏過，我願意以生命託付他。」

「你為什麼從來沒有提過他？」布拉姆問。

「在地獄之火俱樂部中討論的事項絕不外傳，這是金科玉律。談論在地獄之火得知的事情會被終身驅逐，有時後果還會更壞。」

「更壞的後果？」

我壓低聲音。「傳聞有人只因為提到了會員的姓名就消失無蹤，更別說是討論在俱樂部中得

1. 瑪麗・雪萊（Mary Shelley, 1797-1851）寫出了《科學怪人》而被譽為科幻小說之母。

知的主題了，有時會發現上流社會的人士向勞工階級暢所欲言，偶爾還有皇室在場。他們會共飲麥酒，談論在其他圈子裡的禁忌話題，可是隔天早晨你如果在街上碰到他們，他們連向你頷首為禮都不會，一切僅限於俱樂部中，沒有例外。」

瑪蒂妲眉頭緊鎖。「既然這一個『俱樂部』這麼的隱秘，那麼你是打算怎麼把我和布拉姆弄進去？」

「你們只要跟我在一起，我就能讓你們進去，這點倒不用擔心。」

瑪蒂妲揶揄道：「我們的大哥居然成了貴族呢，想當年你在科隆塔孚鏟馬糞的時候，誰想得到呢？」

馬車繞過了山頂的彎路，放慢速度，隨即在第一個檢查哨停下。有人連敲了兩下車門，我以連敲五下回應，對方立刻又敲了一下，我再敲三下。一會兒之後，馬車就又向前移動。布拉姆和瑪蒂妲都瞪著我，瑪蒂妲笑得就像俗諺中那隻吞了金絲雀的貓。五分鐘後，到達第二個檢查哨，馬車又一次停下。這一次只有一個人在門外問：「暗號？」

我傾身說出暗號：「手套。」

馬車繼續前進。

瑪蒂妲說：「他們不用開門嗎？他們怎麼知道車裡是誰？」

「關鍵就在這裡：誰也不會知道哪輛馬車裡坐的是什麼人，這樣的預防措施就是為了確保隱秘；除非你安全地進了俱樂部，否則就不會有人真正看見你的臉孔，離開時也一樣。許多訪客都租用雙輪馬車，而不乘坐自己的馬車，就是怕特定的交通工具會洩漏他們的身分。」

瑪蒂妲的兩條眉毛絞在一塊。「這些人是躲在樹叢裡呢，還是這一路的崗哨比較少？」

我聳肩。「我聽到的戒律是不准看，所以我就不看。」

「男生最愛玩怪裡怪氣的遊戲了。」瑪蒂妲說，從車窗的窗帘後偷看。

馬車抵達山頂，我感覺到我們繞過了屋子，停在側門。我伸手去握門把。「走吧。」

從馬車上下來，我伸手給瑪蒂妲要扶她下車。

布拉姆瞄了封閉的莊園一眼。「還是神神秘秘的。」

他沒說錯。地獄之火俱樂部的側門開在圍牆上，而且屋頂就突出於馬車之上，厚重的帘子隔離了外在世界，讓好奇的眼睛無法刺探。

「俱樂部的地點是秘密，這個側門可以讓會員把客人帶進去而不洩漏俱樂部的地址。來，這邊走。」

進去之後，我帶領他們穿過了一條短隧道，兩邊的石牆上都有煤氣燈照明。前方，眾聲喧譁，至少有十二個人。我總覺得很難斷定人數，因為聲音會在石牆上反彈。

我們進入了一樓的主廳，許多人盯著我們，尤其是盯著瑪蒂妲和布拉姆，因為有些會員認出我是老面孔。無人出聲招呼，這不是會員的習慣，至多只是微微點頭。

「那是……」瑪蒂妲輕聲說。

我循著她的視線望過去，看到一名相當吸引人的男士立在四人之中，似乎正在激烈討論。我聽不出他說什麼，但從他漲紅的臉孔來看，恐怕不是什麼愉快的話題。「沒錯，那是亞瑟·健力士，跟他說話的人是威廉·王爾德[2]，威利和奧斯卡的父親，這下子可有趣了。」

「天啊。」布拉姆在我後面嘟囔。

我轉向他。「怎麼了？」

2. 威廉·王爾德（William Wilde, 1815-1876）是愛爾蘭外科醫生，出版過許多重要醫學著作。他的長子威利是記者，也是維多利亞時代的詩人，而次子奧斯卡則是著名的劇作家，也是英國唯美主義藝術運動的倡導者。

「那個剛才在角落的人，在抽雪茄的，是雪利登．拉．芬努。」

「《每日郵報》的業主？」

布拉姆點頭。「也是主編。最好別讓他看見我在這兒，我還欠他一篇劇評。」

我拉住布拉姆和瑪蒂妲的胳臂，帶他們穿過人群，刻意拉開和拉．芬努的距離，走向裡間的樓梯。有個戴黑色常禮帽的魁梧大漢立在樓梯口，擋住了我們的去路。他好奇地打量我們三人，目光在我妹妹的身上逗留得稍久了些，他的眉毛和八字鬍都又黑又密，雖然以髮蠟整理，仍然有些毛髮乖張地翹出來。他不停以手去撥，想鎮壓住叛兵，卻只是弄巧成拙。「只有特別會員才能夠上樓。」他終於說，一口的愛爾蘭腔。

「我們是來找阿米涅思．范博利的。」我跟他說。「他在等我們。」

這人想了想。「稍等。」

他爬上樓，右腿有些跛。

「你送信給范博利了嗎？他怎麼可能已在等我們？」瑪蒂妲問。

「送信給范博利就跟燒狼煙然後要煙在山頂向西轉一樣不可能，他沒有永久住址，或是信箱，無法收信、電報或是留言。誰也不知道他疲憊的腦袋晚上都在哪裡休息，他曾跟我說過從不在同一個地點過夜兩次。我甚至覺得范博利也不是他的真正姓名，大多數人相信他是間諜，為政府工作，可是當然無法推翻或是印證這種說法。他似乎總是知道最不為人知的真相，所以才在一些高等學習的機構擔任導師。事實上，跟他談話有點像是跟一座人體圖書館說話，我至今還沒發現有哪個話題是他不能侃侃而談的。」

戴常禮帽的男人回來了，小心地下樓以免讓那條傷腿負擔太重。「范博利先生在綠室。」

他放我們通行，我們也就拾級而上。

綠室在走廊的末端，是范博利到地獄之火俱樂部最喜歡的房間。我們發現他在裡面，坐在大桌的首位，還有另外兩名我不認識的紳士，我們進入房間，兩人都站起來，掉頭離開，既沒有招呼，也沒有道別。他們走過我們面前，進了走廊，準備下樓。

「進來，朋友！」范博利說。「再見面真是太好了。」

范博利的身高與我相當，看似比我年長十歲。他的黑髮剪得很短，八字鬍和下巴的鬍子也是，我曾聽說他的鬍子都是假的，全是用膠水黏上的，如此一來他就能在極短的時間內改變面貌。但是以我跟他相處的經驗，我從來就看不出他的鬍子有什麼蹊蹺。

「拜託，把門關上。」他說。

布拉姆照做，門鎖喀的一聲扣上了。

范博利伸出手，握住瑪蒂妲的手，舉到唇邊。「這位年輕的美人是誰呢？」

瑪蒂妲紅了臉。「我以為在這棟小俱樂部裡是不能提名道姓的？」

范博利聳聳肩。「沉悶的老會員想讓我們遵守這條小小的規矩，可是我呢，我是寧可知道談話的對象是誰的，尤其是像妳這麼光彩耀眼的同伴。」

「這是舍妹瑪蒂妲。」我跟他說。「這是布拉姆。」

他覆住了瑪蒂妲的手。「幸會。」接著轉向布拉姆。「你在都柏林堡還勝任愉快嗎？」

布拉姆歪著頭。「你怎麼知道我在哪裡工作？」

「我一定會把每一位有公務員身分的人打聽清楚，上自最高層，下至辦事員。至於你，布拉姆，我聽到的都是讚譽；看來你可能會給簡易法庭帶來一點秩序，我很期待你的表現，我也非常喜歡令尊，他是我非常敬重的人，還有你的兄長，都柏林沒有比他更好的醫師了。」

一名僕役從房間後方的門走進來，放下了托盤，上頭有各色肉品與乳酪，以及三副杯碟和一只黑色水壺，壺嘴還冒著熱氣。「請跟我一塊喝茶。」范博利說。「我在巴爾幹半島旅行時喜歡上了這種特殊的香料茶，從此之後無論我的行李有多簡便，我總不忘帶上小水壺和杯碟，請品嘗。如果不喜歡，我再讓他們煮咖啡。」

我發覺茶相當可口，也這麼說了。瑪蒂妲與布拉姆都有同感。

他比了比桌子。「來，請坐，告訴我我能幫上什麼忙。」

問題很客氣，但是像這樣的事，該從何說起？我轉向瑪蒂妲與布拉姆，兩人都看著我，沒有人確定該從何開始，我們在桌後落座。

差不多一分鐘之後，范博利打破了沉默。「我在這個星球上活了這麼多年，殺了七個男人，五個是自衛，另外兩個則是，嗯，不同的情況。」

我偷瞄了右邊一眼——布拉姆的眼睛也飄過來與我交會。瑪蒂妲張開了嘴巴，馬上又合上。就算范博利注意到了，也不動聲色，一口氣又接著往下說。

「我親眼目睹了恐怖到不能在女士面前細述的罪行，我遭遇過一般認為只存在於兒童的惡夢中的生物。我見過腦容量只有豌豆那麼一點大的國王，以及衣櫃裡的白骨比掘墓人老婆的衣櫃還多的政客。我為某些政府和人士刺探過其他政府和人士的秘辛，而且也因此而獲得相當的報償。我見過許多世面，但是我知道這世上還有許許多多見識不完的東西，因此我迎接每一天，希望每天都能蒐集到新知。」他俯身，喝了口茶。「我跟你們說這些不是為了炫耀，而是為了安慰三位，在這裡沒有秘密，有什麼問題只管說，因為我有百分之百的把握，在這個房間裡聽到的話絕對不會跑進別人的耳朵裡。」他把茶杯放到桌上，向後靠著椅背。「我在三位的面前承認了自己殺過人。好，現在你們三位都要輪流坦白，說一件通常絕對不會讓別人知道的事，讓我們能夠當作某種鑰匙，這把鑰匙可以打開把我們都禁錮住，此生不渝的鎖，因為把這些秘密說給別人聽就等於是打開了鎖，揭露了我們每一個人的秘密。」

這類協議在地獄之火俱樂部很常見，我之前也聽過范博利的說法。不過，我得承認，他上一次是承認殺了六個人。

我轉向布拉姆和瑪蒂妲。「我在唸醫學院時，跟另外三個學生挖出了一個死亡不久的人，叫赫曼·霍惠瑟，還把他的屍體運到了一間廢棄的倉庫，就在都柏林郊區，為了研究需要，我們在裡面待了三天，解剖這個可憐人，先是想確認他的死因，後來又研究他的內部結構。我們是想要以最高的敬意以及最嫻熟的技術來進行的，可是因為這是我們第一次解剖，所以落了個慘敗。坦白說，我們把赫曼·霍惠瑟先生糟蹋得不成人形。在完成我們拙劣的工作之後，我們還是沒查出他的死因，雖然研究他的器官成果豐富，可是我們反而多出了更多的問題。在下一個週末，我們又回到墓園，挖掘出一具叫莉莉·巴特勒的女屍，她是本地的妓女，十六歲就死了，死因不明。我們把她運到同一間倉庫，動手解剖，這一次比第一次手穩。很遺憾，這類突襲持續了大半年。可是我們別無選擇，皇家外科學院只提供少數的屍體，三十名學生才能分到一具，而沒有這些額外的研究機會，我是不可能學到這些技術的，我每年都會回到墓園，在我偷挖過的墳上擺一朵玫瑰，為我侵犯的每一條靈魂禱告，希望他們能夠體諒，我從他們身上學得到知識讓我能夠拯救生命。」

等我說完，我不敢看弟妹，只是瞪著空杯的底部，想遏阻恐怖的記憶，那些影像年復一年糾纏著我，是我渴望遺忘的想法。

瑪蒂妲接著開口，而她的聲音讓我想起了她小時候，而不是現在這個年輕的女子。「我十七歲那年到倫斯特府去參加皇家都柏林學會的舞會。爸媽不曉得我去了，我跟他們說是去看朋友菲莉芭．佛格森，而她跟她的父母說要在我們家過夜，我們打算黎明之後才回來。我不喜歡跟爸媽撒謊，也很少撒謊，可是他們有時候實在是管得太緊了，我只能以這種方式來贏得些許自由。

「我跟菲莉芭穿著跟她姐姐愛蜜麗亞借來的禮服，為彼此弄頭髮，把臉頰捏得紅通通的。打扮完畢之後，我們的樣子都比實際年齡大了七歲——至少我們是這麼相信的。我們坐租來的馬車去舞會。菲莉芭本來就很美，可是這晚她尤其明豔照人。我大概也有點容光煥發吧，因為沒多久就有一長排的追求者想請我們跳舞。在這個當口，我們沒時間彼此留意，我很快就在人叢中失去了她的蹤影，可是我玩得好開心，也沒有多想。菲莉芭不會跑太遠的，我猜她只是跳著跳著不知跳到哪兒去了，大概三個小時過去了，然後是四個小時。這時，我開始擔心了。時間很晚了，尋歡作樂的人也變少了，可是我還是找不到我的朋友。我去詢問稍早邀她共舞的紳士，每一個都說他們好長一段時間沒看到她了。午夜的鐘聲敲響，舞會要結束了，我還是找不著她。我想搭乘出租馬車回她家，可是我知道她不會丟下我一個人自己走，所以我就在遼闊的花園裡穿梭。我在靠近花園後牆的地方聽見了她在哭。起初我不知道她的哭聲來自哪裡，還以為是出於我自己的想像，可是後來我看見她在玫瑰園旁的涼亭裡抱成一團。我趕緊過去，摟住了她，好高興找到了她，可我一碰她她就躲，眼裡閃著恐懼。等她發現是我，她的表情就變了，淚珠潸然落下，抱住了我，全身抖個不停。我們就這樣摟抱著不動，也不知道過了多久，等她終於能夠開口，她跟我說了一個極恐怖的經過。一個追求她的人，一個自稱托瑪斯．霍爾的人，把她帶到花園來散步，她說一開始很美好，兩人在花叢中手牽手漫步，聽他談他的旅遊，他走遍了愛爾蘭和英國，還去了美國，去了美國三次，他很想下次帶她一塊去。兩人共處的這短短的時間裡，他讓菲莉芭覺得兩人像多年的老友。走到涼亭之後，他抱住她，親吻她，很激情的一吻，每個女孩夢中的那種吻，菲莉芭覺得她找到了真愛。第一吻結束後，他又吻了她，然後是又一個吻，沒多久他的嘴唇就在她的頸子和乳房上迂迴。菲莉芭雖然深受他吸引，還是知道必須要守禮，也這麼說了，可是他卻不聽，他不肯，反而抓緊她的胳臂，又強吻了她一次。

「我這時才看見她的禮服撕破了，胸部的布料被她的手按住，而且她跟我說了他對她做的可怕事情，而她從頭到尾都在哀求他住手。她一次又一次哀求他，他卻一次又一次不理睬，最後他摑了她耳光，叫她不准出聲，否則就殺了她，就在這個涼亭的地上殺了她。前後持續了二十多分鐘，我的朋友菲莉芭一聲也不敢吭。等到終於結束之後，他叫她待在這裡等樂隊演奏完畢，而且她絕不可以提起隻字片語，否則的話，他說他會把她找出來，活活勒死她。丟下這句威脅之後，他就離開了，把她丟在涼亭裡，自己消失在夜色中。菲莉芭乖乖照做，留在涼亭裡，直到我找到她。」

瑪蒂妲的眼圈越來越紅，充滿了淚水，可是她仍壓抑住哽咽，接著往下說。「要是我跟她在一起，要是我看著她，照我們的約定，這件事就不會發生了。我知道是我的錯，即使菲莉芭一再跟我保證不是。我們那晚在客棧過夜，早晨才回她家。到了之後，她洗了臉，梳好頭髮，燒了那件禮服，再爬上自己的床，然後才請我離開，後來的那個星期我去看了她兩次，她都不肯見我。雖然她說不怪我，我知道她心裡是怪我的，因為我馬上就自認是我的錯。一個月後，她到倫敦去跟她的姑姑住，我再也沒有見過她了，可是我時時刻刻都想著她。」

布拉姆覆住瑪蒂妲的手，按了按。「不是妳的錯，妳又不會未卜先知，我只慶幸不是發生在妳身上。」

「我真希望是發生在我身上。」瑪蒂妲說。「那會比這樣的愧疚好多了，真正的朋友是不會背棄彼此的，我會帶著這份心痛到墳墓裡。」

「我們不批評對錯，只有坦白。」范博利說。「妳很堅強，告訴我們這個故事，我很榮幸能與妳結識。」

范博利轉向我弟弟。「你呢？你既然是松利．史托克的弟弟，那麼我想你的一生一定有一大堆的事要坦白吧？」

布拉姆凝視著一盞煤氣燈，又再看了我們每個人一眼。「我小時候病得很厲害，我常常覺得就在死亡的門邊。我父母請來了許多醫生，沒有一個診斷得出我的病，疾病使我足不出戶，無法下床。七歲那年，那一晚，我很可能熬不過去了，我發現我一個人跟我的……」他頓了一秒，瞧了瞧瑪蒂妲跟我。「跟**我們**的保姆在房間裡，她要我信任她，我答應了，我在高燒的狀態下答應了。然後她就咬了我的手腕，從我的血管吸血，她吸了好多血，我還以為我會因為失血太多而死亡。然後，我的視線像是被一層黑紗蒙住，她抬起了她的手腕到我的嘴邊。她割破了皮肉，讓血流出來，而，上帝垂憐，我喝了她的血，我一直喝，喝到再也喝不下為止。等第二天早上我醒來，我的病就治好了。我比以前都還要健康，我們的保姆沒多久就離開了我們。我從此再也不會生病，就算感覺出一點點生病的徵兆，徵兆也很快就會消失。」

瑪蒂妲伸手要按布拉姆的手，卻被他甩開。「還有呢，這件事我始終沒有告訴別人，我一直想告訴你們，卻一直鼓不起勇氣。可是如果現在不說，恐怕一輩子都不會說了。」

「什麼事？」瑪蒂妲問。

「那晚之後她來找過我許多次。」淚水湧上了他的眼睛。「我親愛的、甜蜜的姐姐，昨天晚上妳看見我們兩個在雨中，妳看見她喝我的血而我喝她的血……那不是第一次。這些年來，她來找我的次數多得我都數不清了，是她的血讓我不會生病。如果不是她，我早就死了，這一點我敢確定。」

我們四個人都陷入了沉默，瑪蒂妲的臉色灰白，因為她和布拉姆極其親近，無話不談。得知了這麼嚴重的事情，而且是在如此的情況下，得知他直到現在都不願意跟她推心置腹——她站了起來，背對著我們，眼睛盯著門。

范博利伸手去抓布拉姆的手。「可以嗎？」

布拉姆點頭，翻轉了手腕，把衣袖拉起來，露出了兩點小孔。

范博利把一盞燈拿過來照明。「你覺得她有多常來找你？」

布拉姆聳肩。「很難說，她只在晚上我睡著之後來，我經常不確定是真的或是作夢。有許多年我都覺得是作夢，可是年紀越大，我就懂了，傷口始終都不會癒合，她來找我以及對我的健康的重要性都是真的。」

「你跟她說話嗎？」瑪蒂妲問。「這些年來你一直跟她說話卻不讓我知道？你還有多少事情瞞著我？」

布拉姆搖頭。「根本就算不上是說話，我只有模糊的記憶，她來就像作夢。我會醒過來，納悶究竟是不是有這回事。我很想告訴妳，妳一定要相信我。」

「硬要你猜的話，有多頻繁？一週一次？一個月一次？」范博利追問道。

「一年裡可能有五、六次。」

「你卻守口如瓶。」瑪蒂妲低聲說。「我跟你說她來找我，你還瞪著我，活像我是瘋子，那天晚上，松利承認看見了她，你也沒吭聲，你為什麼不信任我們？」

「我真的很抱歉，我想是因為我說服了自己那不是真的，我不能告訴你們，我是害怕跟自己承認。」

范博利說：「我們今晚都坦承了秘密，而現在秘密讓我們結合為一，這些秘密我們都會帶進墳墓裡。我很榮幸認識你們三位，信任你們，迎接你們到我的生命中來。」他朝瑪蒂妲揮手。

「請回來坐下，加入我們，我猜我們還有許多事情要討論。」

瑪蒂妲不情願地聽從了，而且她似乎覺得很難看著布拉姆，布拉姆也很難看著她，一名僕人回來添滿茶杯，我相信我們都歡迎他的打岔；沉默讓我們有時間組織我們的思緒。

僕人離開後，范博利轉向我。「要我如何效勞呢，老朋友？」

接下來的一個小時，我們把我們所知的一切娓娓道來，我先由我歷次看見愛倫說起，接著布拉姆和瑪蒂妲述說童年記憶，以及在阿爾闐堡的恐怖發現，他們也說了在愛倫房間找到的地圖。我們又告訴他俄奎夫的事，我的車夫失蹤，布拉姆和瑪蒂妲在墳墓中找到的事物，最後由我敘述醫院的經歷，我在街上遇見的陌生人，跟著我回家的黑狗。范博利凝神諦聽，只偶爾發問，我從沒見過他做筆記，這次也一樣，但是他把一切都記在腦子裡。我看見他的心思翻轉，組織事實與臆測，整理出一個前後連貫的敘述。

等我們都說完後，范博利才向後坐，十指交叉，放在頭頂。「這個女孩，俄奎夫的女兒，你們覺得她和車夫失蹤脫不了關係？」

「那晚除了她之外，我們沒見到別人。」瑪蒂妲說。

「不過，妳相信她也是他們一夥的？像你們的愛倫？像俄奎夫？可她只是孩子？」

「她的動作很不自然。」瑪蒂妲說明。「我覺得我的面前是一頭猛獸。如果不是布拉姆在那時回來，我覺得她很可能也會傷害我。」

「可是愛倫飲血時她只是抓著布拉姆，不是嗎？她為什麼要放過到手的機會？」

「我雖然沒有親眼目睹她飲血，但並不等於她就沒有。」瑪蒂妲反駁道。

「我身上唯一的傷痕就是手腕上的；要是她喝了，不是應該有別的傷口？」布拉姆說。

「會不會是我不幸的馬夫已經把她餵飽了？」我指出。

范博利點頭。「松利，你的邏輯總是占上風。」

「你知道這是怎麼回事，對吧？」瑪蒂妲問他。「你以前見過？」

范博利湊向桌子，壓低聲音。「我周遊各地時聽過也見過許多事情，有些遠遠逾越了理性的範疇，你們的故事讓我想起了東歐的鄂圖曼人、羅馬尼亞人、斯拉夫人等等跟我說的故事。這些事以後再說，等我覺得時機適合時，可是現在我寧可聽你們說，只是想確定我的推論是正確的。」他的視線又落在我妹妹身上。「我可以看看你們從俄奎夫墳裡取得的物件嗎？」

瑪蒂妲把這些東西裝在小革囊裡，放在她的腳下。這時她把革囊拎起來，放到桌上，再一樣一樣拿出來，排列在我們面前。

范博利一看見項鍊就瞪大了眼睛，伸手去拿。「這個很精緻，而且價值不菲。顯然是羅馬尼亞的工藝，我從鑲嵌底座看得出來——這是非常高明的工匠親手打造的，我還沒見過這麼大的紅寶石，拜託把項鍊放回袋子裡，萬一讓小偷知道妳身上有這等的寶物，只怕於妳不利。地獄之火俱樂部很安全，但是話說回來，刺探的眼睛無所不在。」

我看著瑪蒂妲把項鍊收回來，放進小革囊內，范博利這才檢查鏡子。「這個有點古怪。」

「為什麼？」布拉姆問。

「單是找到一面鏡子就很奇怪了，可是這一個還是金銀的，就更加奇怪了。」他以一根手指拂過上頭的銘文。「這個銘文絕對很有用，我們必須花點時間來確認這位多林恩．馮．葛拉斯伯爵夫人是何方神聖。這面鏡子和項鍊一樣，非常古老，還有梳子也是；這樣的工藝唯有富人負擔得起。這些物品不會是區區一個保姆所有，也不會是你們口中的俄奎夫家供得起的。」

瑪蒂妲把斗篷交給他，說是我們母親的，卻出現在俄奎夫的墳中。

「妳確定？」

「絕對錯不了，看見衣袖的洞了嗎？」

「而上次妳看見的時候是妳的愛倫穿著？」

「在她不告而別的那晚。」瑪蒂妲說。

「這麼說，這些東西據猜測是屬於你們的前保姆的，卻藏在你們的前鄰居的墳中，墳墓裡卻沒有屍體。」

瑪蒂妲掏出了素描簿，翻出了愛爾蘭地圖，標示出聖若翰教堂的位置。「我相信墳墓的位置註記在這裡。」

范博利瞪大眼睛。「妳畫的？憑記憶？」

「是的。」

「了不起。」他研究地圖。「妳說墳墓是在自殺塚裡？」

瑪蒂妲點頭，再翻了幾頁，露出其他的地圖。「這些記號標出的都是墓園，不是自殺塚就是未經祝聖的亂葬崗。」

范博利從胸口口袋掏出了一支放大鏡，俯身在地圖上方。研究了幾分鐘之後，他再檢視下一幅，再下一幅。「這些地點我去過幾處，但是沒跑遍，愛倫提起過這些地方嗎？」

我們三人都搖頭。

「但顯然對她很重要。」他合上了素描簿，還給瑪蒂妲。「這些地圖的功用日後自會揭曉，總是這樣，這一點我有把握。在那之前，小心收好。」

范博利轉向松利。「你提到了一本書？我們今日相聚的原因。」

布拉姆取出了他們在派崔克．俄奎夫的空棺中發現的書，放在范博利面前，翻到第一頁。

「請看這個日期，整本書都是愛倫的筆跡。」

「一六五四年十月十二日。」他把書拿到鼻端，嗅了嗅，再檢查封皮。「製書方法是那個時代的，所以這本書至少有那麼久，可是卻無法斷定她是幾時寫的。」

「你看得懂嗎？」瑪蒂妲問。

「當然，這是我的母語匈牙利文，你們的保姆是匈牙利人嗎？」

「我一直以為她是愛爾蘭人。」我說。看著弟妹，顯然他們對愛倫的歷史也是所知無多。

我們茫然的眼神給了范博利答案。「如果她不是匈牙利人，那她選擇以匈牙利文寫日記倒是不尋常，大多數人會使用德文，或是跟自己的母語接近的文字。當然，除非是她不想讓某人看懂，那麼挑選這個語言就合情合理了。」

「原來這本書是日記？」瑪蒂妲問。

范博利從右胸口袋抽出眼鏡，架在鼻樑上，注意力回到面前的書頁上，默默讀了約三分鐘，這才開口；說話時，一手蓋著書。「這不僅是一本日記，朋友們——我一定得讀給你們聽。」

就在此時，僕人又回來了，為我們換上了新茶杯，添滿茶，這才退下。儘管前後不到一分鐘的時間，感覺卻像是過去了一個小時。等終於只剩下我們之後，范博利就翻開了第一頁，拉過來一盞燈。「我會盡全力翻譯，有不清楚的地方，請告訴我，我們再細細審查。」

他開始朗讀，室內鴉雀無聲。

> 「許多年前她住在南愛爾蘭的沃特福德附近，是傳說中的大美人，有最紅豔的櫻唇和淡金色長髮。她的真實姓名早已不可考，但是當時她的美貌卻是遠近馳名。男子長途跋涉而來，不僅是想一睹芳容，也想要抱得美人歸。據說她的人美，心更美，她有最亮麗的靈魂。她和她的父親相依為命，她母親難產過世了。

「這位美麗善良的女孩愛上了當地的一個農夫，他的姓名也一樣不復記憶，可是他無論在哪方面都匹配得上她，他英俊老實，是道地的紳士，卻獨缺這個美麗女孩的父親最重視的東西——錢。就和今日的社會一樣，金錢主導了一個人的社會地位，而她父親知道想讓家族姓氏提升，只能讓女兒嫁入豪門。由於這個農家小伙子永遠也不可能致富，因此也不能為她的家族帶來她父親企盼的地位，女孩被禁止嫁給他。

「美麗的女孩的父親一手安排，把她嫁給了一個很老的男人，這個老男人承諾給女孩的父親金山銀山，這個追求者殘忍邪惡，臭名遠播，但是女孩的父親不把這些缺點放在心裡，他被財富與地位蒙蔽了。他很快就忘了他可憐的女兒，而大多數的村民也一樣，女孩的丈夫把她囚禁在城堡中，阻絕了外在的聯繫。他很得意自己占有了一個眾人追索的寶物，欣喜地把寶物收為己有，在他冷血無情的手下，女孩承受了非人的折磨，無論是心理上或是生理上，他傷害她只是為了取樂，發現她的哭喊與哀怨帶給他莫大的歡樂。

「而儘管她被禁錮了，他施虐的傳聞仍然從他的僕役和訪客口中散播了出去。據說他喜歡看見她流血，在她如雪花石膏般的肌膚上割出小小的傷口。等他終於玩厭了，就把她關在城堡的高塔上，誰也聽不見她在深夜哭泣，而她只能一心一意等待著她的真愛，那個農家小伙子來解救她。

「一天變成了一週，一週變成了一月，她的希望漸漸破滅，她會站在牆上的小裂縫前，那是她唯一的窗戶，看著鄉野，搜尋著她的愛人。可是他始終沒來。到了第十一個月，她開始絕食，把腐臭的肉塊擲向端食物上來的僕人，還有發霉的麵包。她發誓要什麼也不吃，她漸漸瘦成了皮包骨。兩週之後，她連水都不喝了，沒多久就像個瘋子一樣生氣發怒，日漸衰竭的身體深受脫水的影響。

「她嫁給這個邪惡暴君滿一週年的那天，她把角落的凳子拉到窗邊，站在上面，瞭望著鄉野，最後一次希望能看見愛人。一無所獲之後，她爬上了壁架。她這時已經瘦骨嶙峋，瘦得像一根小樹枝，輕而易舉就從窄縫間穿了過去。她全心全意想著她的真愛，回憶著他凝視著她、撫摸著她的笑容，然後就奮力從高塔窗口躍下，撞死在底下的石堆中。三天之後才有人發現她破碎的殘骸。

「我經常在想她的真愛到哪裡去了，他為什麼不來找她？為什麼不來救她？後來我才知道女孩的丈夫，那個邪惡的暴君，許久之前就警告農家小伙子，只要他敢靠近城堡一步，女孩就會立刻送命。小伙子怕會害死她，始終不敢靠近。

「農家小伙子每一個清醒的時辰，以及幾乎每一個無眠的夜晚都在想辦法接近他的摯愛而不危及她的性命，可是城堡地勢隱密，居高臨下雄視村莊，後有大森林，四周則是開闊的田野與沼澤。想要無聲無息靠近完全不可能。他每天寫信給她，寫了幾百封，放進盒子裡，希望能找到某人幫他傳遞。可是始終等不到這麼一個人，而她卻先香消玉殞了。

「聽說她墜塔而死之前放棄了主，責怪祂以一個不慈愛的父親以及一個邪惡的丈夫來詛咒她，她誓言要狠狠報復那些錯待她的人。由於她是自盡的，她的靈魂絕對得不到安息，而是得承受永世的折磨煎熬。」

✣

「就像那些自殺塚裡的人。」瑪蒂妲說。

「跟那些自殺塚裡的人一模一樣。」布拉姆說。

「根據這份紀錄，她是埋葬在自殺塚之類的地方。」范博利說，然後繼續往下唸。

「她的愛人得知了她的死訊之後，就獨自去到了塔底為她收屍，把她帶到村裡的一處最後安息地，可是村民不准他把她埋葬在墓園、在聖地上。他不得已，只能把她葬在墓園後一塊孤零零的土地上。雖然習俗上會在新墳上堆壘石頭，他卻做不到，他心碎了，他想爬進墳裡陪她，而不是用石頭和泥土把她隔得更遠。所以他給她換上了他能取得的最好的衣服，在她的墳上放了一朵白玫瑰，誓言會每天來看她，然而這個誓言他卻兌現不了。

「即使她人已死，她邪惡的丈夫卻還不停止他的折磨。他也去到她的墳前，一看見玫瑰，就把花瓣一片片扯掉，他被花刺刺傷，指尖的鮮血滴入了他妻子的墳土，他就更加破口大罵。然後他將殘莖隨手一拋，發誓無論在她的墳上發現什麼都會一律破壞，他希望她死了也會跟生命的最後一年一樣孤苦無依。

「而就在那一晚，在她丈夫離開後不久，她從墓中復活，她的手指抓破了土壤，把泥土丟到一邊，爬出了墳墓，站在那裡，自從她父親嫁掉她之後頭一次獲得了自由。據說在她臨終前縈繞心頭的想法，那些扭曲的念頭，蒙蔽了她的心智，蒙蔽了她從前的善良，報復和仇恨流貫了她的血管。不過，她依舊貌美如花，事實上，她復活的那晚，她的外貌甚且勝過在世之時，可是她的心卻成為妖魔，月亮漸升，她踏著月光走向她丈夫在山頂的城堡。

「城堡的大門有守衛站崗，但是她步步接近，倒楣的守衛被她的美貌迷惑，變成了啞巴。即便他曾阻攔她，也無法證明，因為誰也沒聽見他揚聲示警，她就這麼翩然走來，嫣然一笑，守衛無力別開臉，只能愣愣杵在那裡，任由她湊過來，張口咬穿了他的頸部，吸盡了他的生命精華。她一路穿過城堡，死了八個人，不僅是守衛，還有她丈夫的廚子和兩名女僕，這兩個女僕都曾眼睜睜看著她受苦卻沒有人敢仗義執言，她從一個房間走到另一個房間，遇上了誰就殺誰，最後她找到了她丈夫的寢室。

「這時，她丈夫睡得很熟，她殺死了那麼多的人，卻沒有讓被害人有機會吐出一聲警告。她穿過寢室，走向床腳，惡狠狠俯視他，瞪著這個一手奪走她的生命，剝奪她的幸福的沉睡之人，這個人將她逼死，又讓她復生為一個鐵石心腸的人。她探身向前，呼吸冰冷，在他的耳邊低語：『我想你，親愛的。』看他醒來，她笑了。曾經美麗的衣服此時覆滿了鮮血，一滴滴都落在他的身上。

「雖然之前她讓每個人都死得很快，她卻希望要讓她的丈夫像她一樣受苦。所以她不在他的喉部俐落一咬，反而重複不斷地咬他，全身咬出幾百個傷口，讓他血如泉湧，浸濕了床單和床墊。黎明後不久被人發現，他還留著一口氣能述說經過，說完就癱倒在床上，皮膚灰白，一條條血跡閃爍著光芒，但是誰也找不到她，她早在太陽升起之前就逃走了。

「第二天晚上，她去找她的父親。他上酒館去了，踉蹌走進家門時已是醉醺醺的了，他用把女兒嫁給暴君丈夫的錢購置了一幢很大的房子。他拖著腳進去，忘了把大門關好，就重重坐在椅子上，烤著逐漸熄滅的爐火，手上拿著一大杯酒。

「等他的女兒出現在門口，他只瞪著她許久許久，朦朧的醉眼不能肯定是否眼花了。他一句話也不說，但也不害怕，他只是瞪著眼睛，酒杯始終在唇邊。最後先開口的人是她：『我想你，父親。我再也受不了見不著你的日子，所以我不得不回來。』

「她甜蜜的話嚇醒了他，這一刻之前，他一直以為她是幻影，但她一說話就變得真實了。他想站起來，卻險些跌倒，只能癱倒在柔軟的皮扶手椅中，喉嚨發出一聲笑。『女兒！我美麗的女兒！妳回家來看我了！』

「他的話模糊不清，可是她能聽懂，寶石般的紅唇彎出了一抹笑。」

「昨晚的殺戮噴濺在衣服上的血液已不復見，此刻她又是一身純白，未受死亡玷污。她真是美。飄逸的金髮隨著微風輕揚，月光將她蠟似的皮膚照得亮麗動人，她的牙齒就像衣服一樣雪白，她雙眼發光，她再開口，她父親抬頭看她，眼睛充血。『父親，好久了，而且外面又冷又寂寞，我可以進來用你的爐火取暖嗎？』

「她父親必定是覺察出哪裡不對勁，因為儘管他已爛醉，聽到她的要求他仍是愣住了，他打量立在這棟以不義之財而取得的房屋門檻外的女兒，又喝了一口酒，隨即說：『那妳為什麼自己不進來？誰攔著妳了？』

「她仍留在門外，望著屋內，卻不敢靠近一步。就在這時，他注意到了詭異的地方，雖然她的衣服與頭髮都隨風飄動，她身後幾呎的樹枝葉卻都文風不動。彷彿空氣只抓得住她，抓不住別的。他再次舉杯，但是卻沒有喝，恐懼逐漸在他的胸口凝聚，連酒精帶來的茫然都麻痺不了。『我女兒死了。』他恨恨地說。『她寧可跳樓撞死在石堆裡，也不肯像別的好妻子一樣服侍她的丈夫，她是我們家的恥辱，妳是這個家的恥辱。這裡不歡迎妳，不管妳變成了什麼東西。』

「他女兒立在那裡，無法進門，臉上的愛意化成了仇恨，眼睛散發出火焰餘燼的紅光。『既然你不歡迎我進來，那我就在外頭等你，我反正有的是時間。』

「我很有耐性，女兒，而且我也沒有出門的理由。」

「而他果真不出門。他待在屋子裡，有人送食物來給他，他也不敢冒險出去，即使他發覺他女兒只在晚上才來，日光一出，她就消失無蹤，不過他認為那是誘他出去的詭計。

「這個遊戲就這麼持續了一個月。每天晚上他都會打開大門，坐在爐火邊，等著她，可是他絕不會邀請她進屋。他們會隔著打開的門交談，而他一邊喝酒一邊以對她生前同樣的鄙夷咒罵死後的她。到了第三十一晚，情況有了變化，她沒有出現。他像平常一樣打開大門，瞪著夜色，卻沒等到人。到了早晨他才知道原因：她殺了那個幫他送食物來的男孩，他的屍體躺在街道中央，全身的血液都流乾了。

「她父親即使在大白天也不願離開屋子，只在台階上大喊：『誰幫我送吃的就有一枚金幣！』一名路過的農夫聽見了，同意了他的條件，他到市集去，買了一蒲式耳的蔬果，不到一小時就回去了，她父親立刻就付錢給農夫，指示他每隔兩天就送一批蔬果來，農夫高興地同意了。不過他卻沒有再來，那天晚上他女兒殺了農夫、農夫的妻子、他們的兩個孩子，就連放牧在農地上的牛群都沒放過，每一隻都成了血液流乾的空殼，她在她父親的房屋牆上以鮮血寫上餓死他幾個字，話很快就傳開來，誰敢幫助這個人就會被他女兒的鬼魂——嘉勒格杜——殘酷殺害。

「她又如之前一樣每天晚上到他敞開的大門前，站在門檻外等候他，誓言只要他邀請她入內，她就會結束他的苦難，可是他仍是不肯。鎮民也聚集過來，隔著一段距離觀看這條鬼魅監視她父親，後來她也開始殺害他們，一次殺一人，每晚殺一人，她責怪他們把她遺棄在城堡中。又過了三週，死了二十幾個人，她父親也從以前的那個肥胖的暴發戶變得形銷骨立，可他就是不出門，也不邀請她進屋。

「小鎮也慢慢死亡，很少人願意在白天出門，因為儘管只在夜間才會看見她出現在她父親的門口，有些人卻信誓旦旦地說白天也看到她，在城堡高高的城垛上踱步，而沒有人願意冒險與她相遇。

「到了第五十八夜，她被看見跨過了她父親屋子的門檻，進入屋內。不一會兒，最駭人的尖叫聲從屋內傳來，她俯視著她父親的屍首。他死於饑餓。在他的腳邊還留有一張紙，上頭是垂死之人潦草不穩的筆跡，寫著：**我早該在妳害死妳母親之後就淹死妳**。

「直到此時她才醒悟，何以她父親如此痛恨她——他怪她奪走了妻子的生命。而且他懷恨了一生。而仇恨只隨著她年紀漸長、越來越美而增加，因為這份美貌只有她母親能夠媲美，也日日夜夜讓他想起他因難產而失去的愛妻。

「嘉勒格杜明白了之後，在她心中熊熊燃燒的怒火，窒息了她心中光明的怒火漸漸變弱，換上的是內疚。她的雙親都死在她手上，還有幾十名其他的被害人，而這些報復沒有一個能夠填補她心中的缺口。死而復生後第一次，她想到了那個農家小伙子，她想到了她的真愛，渴望在他身邊，她只想要依偎在他的懷裡，逃離這一切的死亡。她離開了她父親的屋子，穿過小鎮廣場，越過田野，前往樹林中農家小伙子的小茅屋，鎮民從緊閉的窗板和門後縫隙看著她。

「她在午夜過後不久就來到了他的小屋，月亮高掛在天空，月光照亮了夜空，在他屋前的小空地上投下一道淡黃色的光。她發現他坐在小屋門廊，裹著毯子抵擋涼意，因為她昨晚才殺過人，喝過了被害人的鮮血，所以她的臉頰紅潤、皮膚溫暖。她的頭髮在背後拂動，披在肩上，披在飄逸的白袍上，是他在收殮她破碎的遺體時為她穿上的白袍。她美得驚人，比他記憶中還要明豔。他看著她接近，揮手請她坐在他身邊的長椅上。『我知道妳會來，妳來找我只是遲早的事。我不怕死，尤其是因為死亡可以讓我更靠近妳。』

「『我不是來殺你的。』她說。

「她的聲音好似來自四面八方，也像發自他的腦海，是他的摯愛的甜美嗓音，他以為再也無緣聽見的聲音。『可是我辜負了妳。』他說。『我沒能把妳從那個地方，那個人身邊救出來，我跟別人一樣壞，妳等於是死在我的手裡。』

「她一手按住他的手，他以為被她冰冷的手碰觸他會退縮，但是他沒有，反而與她十指交纏。他溫暖的手指——她能感覺到血液在裡頭搏動，喚醒了她心中的什麼。『我好想你。』她說。他微笑以對。『我也想妳，超出妳的想像。我不止一次想要爬到城堡頂上，跟妳一樣跳樓撞死，要是我知道那樣我就能躺在妳身邊，我一定會跳，可是我沒辦法確定。我很軟弱，我猶豫了，我什麼事也沒做，只是每天晚上坐在門廊上等妳來找我。』

「她只是凝視著他，好久好久，兩人十指交纏，她的眼睛流下了一滴眼淚，深紅色的淚滴。他幫她擦掉，自己也強忍著眼淚，她好開心能回到他的懷抱，並沒有看到他拿起了長椅旁的刀子，也沒發覺他幾個月前就擺在刀子旁邊的鎚子。冷不防間，他把銳利的刀子插入了她的乳房。她驚詫地向後倒，而他高舉鎚子，使出全身之力向下揮擊，將刀刃打入了她的心臟，而且勁勢不減，也釘住了長椅。不一會兒的工夫就結束了，她的身體靜止不動，而他一直哭到天光悄悄照亮樹林。

「他第二次埋葬了她，就葬在他的小屋南邊一株老柳樹下。這一次，他謹慎地在她的墳上堆疊石頭，之後的一年，他每晚都在石堆上擺一朵新鮮的白玫瑰，希望兩人終有一天能夠相守，但在此之前只能以她終於安息來自我安慰。」

范博利抬起頭來，我們四個都默默無言。還是瑪蒂妲先開口。「這是我聽過最悲慘的故事。」

范博利翻到最後一頁。「還有一點。」

他一直盯著最後幾行字，一開始默不作聲。我知道他有所遲疑，因為他不確定是否該告訴我們，知道會引出更多的疑問。等他終於出聲，他語帶保留。「上面說——

「三年之後她又一次死而復生，她疲倦的眼睛注視著一團黑暗，這裡只可能是城堡的內牆，房間與她邪惡的丈夫囚禁她的那一間極其酷似，一時間，她還以為一切只是一場夢，她又回到了那個可怕的地方。接著她看見了他；她看見這個男人俯身在她上方，抓著一隻兔子的腿，兔子的脖子割裂，鮮血從傷口流進她的嘴。她品嚐了甜美的每一口，她能感覺到血液流貫了全身，喚醒了四肢與肌肉與組織。

「『怎麼可能？』她以沙啞的聲音說。

「那人起先沒答腔，只是緊抓著兔子，另一手擠壓兔屍，瀝盡最後的一滴鮮血。等他開口，她發現他的聲音低沉渾厚，卻帶著濃濃的口音，她聽不出是哪個地方的。『我把妳從沉睡中喚醒，我讓妳死而復生。』

「一字一句都是我照著記憶寫下的。

「多林恩．馮．葛拉斯伯爵夫人，一六五四年十月十二日。」

范博利讀完了，把書滑到桌子中央，仍然翻到最後一頁，愛倫保姆的筆跡從泛黃的紙頁上回瞪著我們。

他拉鈴召喚僕役，這一次要了一瓶白蘭地。瑪蒂妲不喝酒，可是我跟布拉姆、范博利卻沒有這種良心譴責。我們三個各喝了一杯，再一杯，酒精的溫暖驅逐不了我骨子裡的寒意，不過，只怕也沒有什麼東西能。

「這個多林恩．馮．葛拉斯伯爵夫人是誰啊？」布拉姆問道。

「她顯然就是愛倫，或者說愛倫是她。」瑪蒂妲說。

我清清喉嚨，酒杯在指間轉。「我們要相信愛倫在兩百多年前寫下這個日記嗎？妳是不是這個意思？」

「如果真的是愛倫寫的，那是虛構的故事呢，或是她真正的經歷？」布拉姆說。

范博利輕敲書本。「我聽說過嘉勒格杜的故事，卻都沒有這麼詳細，只在帕維之間聽過。」

「帕維？」

「浪人……**洛赫特秀里**……流民……有很多種稱呼，他們是愛爾蘭的遊民，吉普賽人。」

我轉向范博利，我的朋友，問了他壓在我們心頭的一個問題。「我們要相信我們的愛倫保姆就是這個嘉勒格杜嗎？」

他搖頭。「我不知道該信什麼。」

「那不是傳說迷信嗎？」布拉姆說。「是用來在深夜唬嚇小孩的故事？」

「也許是，也許不是。」范博利說。「帕維相信是真的，而且……」他打住，閉上眼睛。隨後緩緩開口，每個字都說得很洪亮，同時心思轉動，緩緩地、慎重地。「你們小時候發現的箱子，你們說是在廢棄的城堡高塔裡，對吧？」

布拉姆點頭。「在阿爾闐堡的廢墟裡。」

「許多人相信嘉勒格杜是被囚禁在都柏林外的城堡裡，在海岸附近，很可能那座城堡跟阿爾闐的就是同一座。」范博利說。「那是由哈里伍德家族在十四世紀建造的，可是誰又知道一六五四年或是這個故事起源之前城堡的主人是誰呢？」

「也可能是真有其事，」瑪蒂妲指出，「如果故事是真的。」

「瑪蒂妲，還記得那把鎖嗎？」布拉姆問。「高塔房間的鎖是在外面的，也就是要把什麼關在裡頭。」

「我們必須立刻去一趟。」范博利說。

布拉姆．史托克的日記

一八六八年八月十四日零時二十一分——我只希望記下我們出發的情況，那是在深夜裡。

范博利召來他的馬車，我們離開地獄之火俱樂部的情形跟來時相同：穿過黑暗的通道，沒有一次能瞥見車外。松利選擇回家，而不是與我們同車，他已經把愛蜜莉丟給僕人太久，不能再讓她一個人了，我們的旅程相對沉默，每個人都沉浸在自己的思維中。

瑪蒂妲大多數時間都不理我。我想為欺騙她道歉，她卻只嘟囔幾句，依舊瞪著窗外。范博利倒好似沒注意，只是專心寫他的摘要，寫滿了一頁又一頁，毫不停頓。我忍不住羨慕他的下筆如行雲流水，因為有時我會發現自己在記述日記時總覺得詞窮，他在地獄之火俱樂部聽我們講述時壓根沒動筆，我只能猜想他是利用現在記錄，因為他寫作的這股勁只能是靠這樣一把火燒出來的。

摘自阿米涅思・范博利的筆記

（以密碼記錄，抄錄如下。）

一八六八年八月十四日零時二十一分——我以自己的速記法書寫，以免其他人窺看。我這麼做極其猶豫，因為這份紀錄若是落入了有心人之手，我毫不懷疑只要時間充分，他們就能夠破解我的密碼。究其實，我的速記法只能夠拖延他人理解的速度，但我感覺不記錄的風險遠遠大過了被發現的恐懼。

松利的弟弟此刻坐在我的對面，而我不敢將視線離開他，因為他喝過了不死人的血，這一點我很肯定，他親口承認的。他也帶著他們喝他血的印記，這種詭異的交換我尚無法了解。

他們述說的故事，再含蓄也只能用匪夷所思來形容，大多數人一個字也不會相信，可是我這一生的見識，卻讓我知道人生只有一件事是百分之百肯定的，那就是我們不知道的事情多著了。

他的血管中流著不死人的血，我很好奇天亮之後他會有什麼變化。他是否了解他自身的變化？是否了解若是這種異於常人之事繼續下去，他會變成什麼樣子？我認為不，他顯然應該在童年時即夭折，然而他與這個邪物的結盟給了他更多的時間……與惡魔交易，可能更糟，如果這種事有可能的話。他從前的善良會被驅逐，連同他的天真無邪以及是非觀念，但是最讓我擔心的是他的姐姐；整件事中她是最無辜的，然而她卻表現得像開路先鋒。她求知的欲望使她盲目，若是我保護不了她，她終將會因缺乏自保之念而死。等將來有一天需要清除她弟弟的邪惡，拯救他不朽的靈魂，她會是我的助力或是絆腳石？我很想相信冷靜的頭腦能夠勝出，可是事關愛情或是親人，理性往往鬥不過感性。

真可惜我沒帶件更有力的武器來。我身上只有隱藏在手杖中的劍，雖然劍身鍍銀，我卻知道想要對抗如此妖物終究是無用的，只能多拖延一點時間。

松利・史托克的日記

（以速記記錄，抄錄如下。）

一八六八年八月十四日零時二十一分——我的馬車將我送到前門，再駛入馬廄。我考慮要和他們一塊去阿爾闐堡。很傻，我知道，可我不想進自己的家，因為我害怕可能的情況。我沒有理由相信有地方不對勁，只除了在我骨子裡徘徊不去的焦慮，我不斷告訴自己這種驚懼毫沒來由，然而它就是不肯離開，還掙扎著要爬出來。

接近我家時，我發現自己在掃描樹叢和灌木，尋找昨晚的那隻狗。當然不會有，於是我開始納悶昨晚所見是否屬實。最近一連串的事件讓我心神不寧，再加上又缺乏睡眠，出現幻覺也在情理之中，我的許多病人在壓力更小的情況下都還會表現出更激烈的反應呢。

我立在前門，看著馬車駛入馬廄。我立在前門，傾聽著夜的聲音。我立在前門又一分鐘，這才找到了轉動門把踏入家門的勇氣。

屋裡寂靜無聲。僕人早就下班了。

「愛蜜莉？」

我不知道為什麼喊她的名字，我就是喊了，自己還覺得很傻，我在樓下的房間找，沒找到她。我查看了每一個房間，腳步緩慢，沒有一處遺漏。也真怪，夜色中每個地方都變得不一樣，生氣蕩然使得四壁似乎更收縮，也放大了每一種聲響。

我在一樓沒找到她，就上樓去，走入主臥室，我發現這裡也是空的。床單凌亂，全都堆在床尾，彷彿床上的人剛下床，床頭几上擺了一瓶水，還有一只空杯。我拿起杯子，就著月光——乾燥，沒用過。僕人為愛蜜莉做了燉菜，擺在托盤裡，放在杯子旁邊，早已冷了，也是原封未動。

窗戶開著，微風吹來，窗帘拂動，同時也包住了我，嚇了我一跳。風過後，我覺得好孤單，微風輕輕鬆鬆就能抓住你，隨即又拋下你，我心裡想。

「我的愛蜜莉，妳在哪裡？」

即使是我自己聽來，我的聲音都薄弱遙遠，不是我想要的權威聲音，反而更輕淡，是孩子作了惡夢呼喚母親的聲音。

我離開了臥室，繼續查看二樓的其他房間，每查看一間，我的心就更加沉重。如果愛蜜莉不在屋子裡，她會去哪裡？我一定得和達格戴爾小姐以及其他僕人談一談，我告訴自己，愛蜜莉不能獨自出門，再也不能了，除非能找到治療她的方法，如果我得離家，即使時間再短，他們都必須要輪班守候她。

樓下砰的一聲驚動了我，我走出房間，來到樓梯口，豎起耳朵聽，但是聲響沒有再出現。可是第一聲來自樓下，這點我很確定。

我回到臥室，從床頭櫃拿出我的韋伯利手槍，查看了槍膛。我不知道為什麼會覺得在自己家裡需要攜帶武器，但是握著槍使我安心。

我下樓。

又一聲砰，不像第一聲那麼響，我斷定是來自廚房後的地窖。我發現地窖門開著，老樞紐吱吱響。住宅裝設煤氣燈時，我們只裝設了上下兩層樓，地下室沒必要花這筆錢，我伸手去拿放在樓梯口的蠟燭，以廚房的燈點燃，再回到地窖門口。

我又呼喚了妻子的名字，話聲在石牆上反彈，被底下發霉的空氣吞沒。

她為什麼會下去，我不知道，我也不了解她為什麼會摸黑下去。要是她帶了蠟燭，從我站的地方就能看見光，可底下卻是漆黑一片，除了我這根蠟燭的光圈之外伸手不見五指。

不知為何，我又想起了那條狗。昨夜那條狗，我想相信牠不曾在我的門外，雖然我知道牠有。我想像那條狗躲在底下，等在樓梯口。很傻，肯定是我的心在叫我小心謹慎，可是這個畫面就是驅之不去。

我下了樓梯踏上了地窖，一手握著蠟燭，另一手揮打牆上和天花板上的蜘蛛網。燭火燒著了一些蛛絲，嘶嘶作響，隨即是毛髮燃燒的氣味混合了煤炭味、過冬的馬鈴薯以及這個黑暗濕冷的所在散發出的不知名氣味。

「愛蜜莉，親愛的，妳在這裡嗎？」

一說完，我就聽到左邊有拖腳聲。

我轉身，燭光拂過牆壁、低矮的天花板、泥土地面。燭光照見了我的妻，我險些沒看見，我的眼睛直接從她上方掃過，因為她蹲在地上，瘦弱的身軀僵硬不動，有如雕像。她縮在角落，背對著我，沒穿鞋，只披著一件薄薄的白色睡袍。

「妳在這裡做什麼？」我聽見自己問。

一聽見我的聲音，她的身體就抽動，隨即完全靜止。

我又一次想到那條狗，看到那隻黑色的健壯畜牲縮在我妻子所蹲之處，我甩開心裡的畫面，向她走去。

一聲咆哮。我覺得惶恐，這樣的警告聲居然會出於我可愛的愛蜜莉之口，可是我很確定沒聽錯，那是一種野性的聲音。

我一手按著她的肩膀，她猛地回頭，動作極快，好像壓根就沒有移動。我看見了她的嘴唇一圈紅，臉頰和下巴也都是紅色的，她手上抓著一隻老鼠的殘屍。頭扯掉了，然而小小的身體仍在她的指間抽搐，鮮血從殘骸上滴落。她的腳邊，腳跟下、堆了至少六隻的鼠屍，有一隻只剩下一條尾巴和一小塊肉。我看著她伸舌頭舔著血淋淋的鼠屍，然後再舔舔深紅色的嘴唇，一口把整隻老鼠吞了下去。

現在

嘶嘶聲來自右邊，房間的角落。

布拉姆掛在腰帶上的鮑伊刀出鞘。

那人仍然從底下的石頭上仰視他，仍伸長一隻手。他一言不發，但是烙印在臉上的表情就足以讓布拉姆了解。那人閉上眼，伸直手指，嘶嘶聲又刺穿沉寂。

布拉姆緊緊握著刀柄，拿起了油燈，戰戰兢兢朝角落靠近，他險些一腳踩上去，這才發現了那條蛇。牠昂起頭，朝他撲來，有如一條拱形閃電，布拉姆狼狽後退，險些跌倒。

蛇又嘶嘶叫。

布拉姆舉高燈光。

至少兩呎長，盤捲成圈，乍一看是黑色的，但布拉姆隨即發現是深褐色的。蛇身上還有之字形圖案，到頸部則變了一個顛倒的V，那隻眼睛黑得像炭。而且在那對深潭中，布拉姆自己的臉孔回瞪著他自己，蛇頭來回移動，有如鐘擺，伺機準備攻擊。

布拉姆不懂蛇性，因為愛爾蘭沒有蛇，但是他從讀過的書上認出這是一條蝰蛇。

蝰蛇是毒蛇，他知道，可他不確定是否致命。

又是嘶嘶叫，這一次來自後方。

布拉姆轉頭看見房間中央地板上有一條光滑的蛇，光滑的蛇無毒，他知道，他俐落的一刀，切掉了蛇頭。

布拉姆脫下大衣，包住左臂，撲向蝰蛇。蛇向前一躍，毒牙咬住急就章的護甲，布拉姆揮刀斬向蛇頸，殺死了牠。他抄起兩條蛇，丟出窗外，看著屍身落在底下那人的腳下。

布拉姆．史托克的日記

一八六八年八月十四日零時五十八分——馬車穿過科隆塔孚，向阿爾闐教區前進，我不得不叫醒瑪蒂妲，她在離開地獄之火俱樂部之後不久就打起了盹。這也不能怪她，我們兩個都有好幾天沒有好好休息過了，只能在狂亂的思緒暫歇時偷空打個盹。在我叫醒她之前，她的表情好平和，我幾乎要後悔吵醒她了。

范博利的話不多。他寫完筆記之後，就面向車窗，看著城市景物掠過，換上鄉間風景。我都忘了這裡有多寧靜了，甚至比科隆塔孚和海岸還要安靜。

通往阿爾闐堡的道路人盡皆知，車夫駕馭著四匹馬，速度飛快。馬車停止，馬兒噴鼻吐氣。帶頭的馬向前衝，被車輪羈束住，但是馬車仍搖晃。和在城市中受限的速度相比，四匹馬似乎都很享受這種費力的奔馳。

馬車門打開來，我們三人魚貫下車。

阿爾闐城堡不見了。

我瞪著廢墟曾屹立之處，想找出話語來形容我的感受，卻嗒然無語。塔樓不見了，只殘存著一小塊原始教堂，圍繞著幾塊歪斜龜裂的墓碑。

在城堡的原址上矗立著一座仍在施工中的巍峨建築，中央似乎有四層樓，兩翼有三層樓。整個地方都圍以籬笆，入口的柵門上釘著一塊告示：

阿爾闐天主教男子工業學校預定地

「不見了。」我聽見瑪蒂妲在我身邊說。「你有聽說這裡要蓋房子嗎？」

「沒有，」我說。「我要上班還要寫劇評，沒工夫管別的事。」

范博利更靠近些，以手杖輕點泥土。「我在這種地方待過，還在學走路時受了傷，一腿癱瘓。我六歲時我父親過世了，沒多久我母親再嫁，注意力都轉移到我繼父和他們生的孩子身上。我母親與我脫離關係——我等於是孤兒，有上百個男孩，許多十歲就成了罪犯。而我……一個需要拄枴杖的瘸子——你可以想像我的日子過得水深火熱。幸好，我滿聰明的，也是個好學生，被挑出來當別的男孩的小老師，不過，我仍然痛恨那個地方，我知道我就算流落街頭也總比被禁錮在那個凌虐的淵藪中要強。所以我十二歲時逃跑了，再也沒有回頭。」

我面對著教堂廢墟，這是原始建築唯一殘存的部分。「我們發現箱子的塔樓就在那裡。」

「你們自己說你們找到的東西都在隔天消失無蹤，即便今天城堡仍在，我們也可能找不到什麼重要的線索。」范博利說。

我轉向他，迷惑不解。「那我們為什麼要來？」

他轉向我們左側的森林，以手杖指著樹林。「你們一定得帶我到你們小時候發現的沼澤，城堡不見了，可是森林還是會原封不動。」

他一提起，我就自動想到水面伸出一隻手，半空抓住蜻蜓的畫面。我看見愛倫保姆從岸邊走入混濁的水裡，消失在水面下，我看見了多年來我不肯去看的點點滴滴。

「你記得是在哪裡嗎？」

上次我站在這裡，我是被愛倫保姆牽引，被她拖在身後，而瑪蒂妲跟在我的後面，我覺察到她在附近。而這一晚，我的心中感受不到牽引，感受不到繫著我跟她的那條繩索，沒有可供追蹤的線索。

雖然如此，我仍是朝森林邁去。我閉著眼睛也能找得到。「這邊。」瑪蒂妲給了我會意的一眼，小時候我倆攜手走上這趟途程，我在黑暗中也能像在白晝中一樣看得清楚，我想她是在猜現在是否也是。我給她的神情道盡了一切，然而我不敢說出口，我不用想也知道范博利會怎麼看我。

儘管多年過去了，我卻記得每一步，灌木叢裡的每一處轉彎，栲樹越長越高、越長越粗，然而每一株都那麼熟悉。我認出了樹皮上的螺旋，突出於濕土的樹根，夜間生物從灌木叢裡打量我們，我很好奇是否也是多年前我看見的那一些，抑或是牠們的子孫在祖先踏過的同一片土地上行走？范博利和瑪蒂妲驅趕著蚊子以及其他惱人的昆蟲，我卻不受騷擾，一隻也沒有。

沼澤映入眼簾，我用七歲的我的眼睛看見了陰暗的水面，這一次沒有愛倫保姆立在岸邊，這一次只有我們。

「就是這裡嗎？」范博利問。

我點頭。

「你確定？」

「確定。」

他走向水邊，以手指輕戳表面的苔蘚，苔蘚下瞬間露出了油亮的黑水。

「你是在哪裡看見手的？」

「那邊，那根大樹根的右邊。」

范博利循著我的視線望過去，隨即繞過沼澤，盡可能靠近邊緣，他把手杖插入水中，直至沒柄，卻仍插不到底部。「很深。」

「愛倫走進去那次，距離岸邊幾呎她就沒入水底了。」

范博利只微一點頭，表示聽見了，接著他從旁邊的樹拔下一根枯枝，也插入水裡，手指拂過水面。「還是沒到底，這根樹枝跟我一樣高，這麼估計，水深超過六呎。」

我想像著那隻手從水底伸出來，把樹枝拉進水裡，然後再伸上來，把范博利也抓了下去。前後只會一瞬間，水面只會有小小的波動，立刻就歸於岑寂，我把這種病態的想法甩開。

范博利放掉了樹枝，樹枝就沒入水下。「你能感覺到她嗎，布拉姆？」

「嗄？」

「你說小時候你能感覺到她，她現在在附近嗎？她就在沼澤的某處嗎？」

「我說不上來她是否在附近。」

「很可能她能夠阻斷聯繫你跟她的牽絆，我以前目睹過這種事，尤其是經驗豐富的，用某種的牆，切斷了牽繫。」

一隻蜻蜓飛過瑪蒂妲，她驚呼了一聲，我的眼睛立刻就跳向沼澤對岸，卻沒看見別的蜻蜓，不像上次。

范博利也看見了，也循著我的視線望過去。「他們有一些有能力駕馭大自然。不僅是小動物和昆蟲，大型哺乳類也可以，我甚至聽說過他們能呼風喚雨。」

「怎麼可能？」瑪蒂妲問。

「我不會假裝自己了解，我只能告訴你們我知道的事。他們會招募較軟弱的心智，讓他們發揮保護的功用，至於他們是如何控制天氣的，那就人言言殊了。」

我忽然冒出一個念頭。「她要保護什麼？我在水中看見的人嗎？」

「你看見的不是人，是一隻手，對吧？」

「對，可是——」

「你看見了一隻手抓住空中的蜻蜓，然後消失在水面下。」范博利說。

「手不會自己動。」

范博利只是揮揮手。「在我們的世界裡，或許是真的。告訴我，布拉姆，你看見的手跟高塔箱子裡的那一隻是同一隻手嗎？仔細回想，這點很重要，從沼澤深淵中伸出來的手是右手還是左手？在高塔中發現的那隻呢？右手還是左手？」

「塔裡的手是左手。」瑪蒂妲說。

「好。」范博利說。「另一個呢？」

我緊緊閉著眼睛，努力回想。我想像著五指突破水面，綠色泥炭漸漸滑落，露出了那隻手，手一動──

「右手，」我說，「是右手。」

「這樣啊。」范博利說，轉回去看著水面。「你們可願意做個小小的實驗？」

「只要有幫助。」

「我要你把你的手伸進水裡。」

我想到水裡的生物──鰻魚、青蛙、蟾蜍、蠑螈──水面浮著爛泥炭，阻隔了月光，不讓月光照亮潛伏在下的東西。沼澤很深，我們用手杖或樹枝都丈量不出。我想到那隻伸出來的手，抓住蜻蜓，往下拉。要是我去碰水，我也會是那種下場嗎？

「你只需要碰水面。」

「為什麼？這能證明什麼？」

范博利走向我，小心地把腳踩在較堅實的地面上，避開一窪窪的青苔。「你跟愛倫・柯榮所有的聯繫，你可曾試過去控制？或是增強？」

「沒有，我——」

「水可以導電，非常近似我們的頭腦，我相信水不只能捕獲能量加以傳導，而且還能儲存能量，我相信這個沼澤可能蘊藏了許多回憶。」

乍一聽，這種說法好似無稽，我也幾乎脫口而出，可是我從他的眼神看得出來他相信是真的。

「試一下又有何傷？」

我做了個深呼吸，準備辯駁，又打消了主意。我解開衣袖鈕釦，捲到手肘，在水邊跪下來。

「隨便哪裡都行嗎？」

「應該無所謂。」

我深吸口氣，把手指浸入冰冷的水中。接下來的事完全出乎我的意料之外。

我的身體像是有一股浪潮刷過，我想不出還能怎麼形容。一開始是從指尖，接著立刻就竄遍了身體的每一寸，使我的肌肉緊縮。炫目的白光令我眼花，隨即眼前一片黑，我姐姐和范博利都從眼前消失，換上的是混濁的油，黏稠的穢物在我的四周旋繞。接著我感應到她——這種牽繫比記憶中都要來得強，綁住我們的不是繩索，而是鐵鍊。因為在這一刻，她不是另外一個人，而是我的延展，而我是她的延展，我們兩個共用一副心智。我的想法就是她的想法，而她的想法也是我的想法。

接著我看見了沼澤。

我看見愛倫蹲在沼澤岸邊，身邊有一大截樹幹。時間是晚上，就像現在，不過並不是今晚，然後她就沒入了水中，我也進了水中。不是在水面上，而是站在沼澤泥濘的水底。各式各樣的生物鑽過，在水中覓食。牠們不怎麼理我這個站在牠們世界中的人，愛倫抬起雙手，伸展胳臂和指尖，伸展到極限。然後我聽見她說話，聲音來自空無卻又在我的四面八方。「過來，吾愛。」

話聲在水中迴盪，從岸邊反彈，傳回到我這兒。其中的力道無法比擬，我愣了愣才發現這是一句命令、一聲召喚。我腳下的沼澤底床在震動，我感覺到她的眼睛、我的眼睛，看著混濁的土，看著什麼東西在我們眼前破土而出。泥巴與泥炭被水沖走，我才發現那是一條腿，一條人腿。它從底層浮到水面，距離我的臉只有幾吋，我們的左邊浮起了一條胳臂，再來是另一條腿，一副軀幹，一個頭——頭髮亂舞，隨水漂浮。一眨眼間，我又站在沼澤的邊緣，我們站在沼澤的邊緣，而我看著愛倫伸手去撈，這些支離的軀體，溫柔地從水中撈出，再放到大樹幹中。

聯繫切斷了，愛倫的回憶與我的回憶之間的牽繫斷了，我發現自己躺在沼澤邊，頭枕在瑪蒂妲的大腿上，而范博利則跪在我的身邊。

「你一定得告訴我們你看見了什麼。」他壓低聲音說。

✣

一八六八年八月十四日凌晨一點四十二分——我們默默搭乘馬車到松利家，沼澤的橋段——我想不出還能如何形容——使我心神俱乏，我覺得自己可以睡上好幾天。

我把看見的事情說給范博利和瑪蒂妲聽：愛倫竟然立在沼澤底，召喚支離的肢體，然後肢體就浮上了水面，被她裝進樹幹裡。剛才在恍惚之中，這一幕似乎合情合理，可是現在，有了反思的時間，就比較像是發高燒的惡夢，每一秒鐘過去就變得更加荒詭。

瑪蒂妲坐在我旁邊，握著我的手，想安慰我，我之前的罪愆終於因為這可怖的一刻而獲得了寬宥。幾分鐘前，我還猛烈顫抖，幸好也終於停止了。范博利坐在我們對面，又在記錄，他要我描述樹幹，我全力以赴。

「是一塊暗色有污漬的木頭，平頂，有銀樞紐和鎖。」

「銀的？你確定？」

「顏色是銀的，可是我不能肯定是不是真的銀。」

「那尺寸呢？長寬？」

我想了想，心裡浮現出愛倫把一條腿放進樹幹中的畫面，空間很寬闊。「至少四呎長，兩呎深，可能也有兩呎寬。」

「有什麼記號或標籤嗎？」

「我沒看到。」

「不過可能有？」

「可能吧。」

瑪蒂妲始終沒出聲，似乎自己也在寫日記，可是等她舉起了素描簿，我才明白她是在繪畫。她畫得極其細緻，我一看見就認了出來。「就是這樣。」

范博利伸手拿瑪蒂妲的簿子。「可以嗎？」

我傾身研究圖畫。「樹幹上有個複雜的鏤花圖案，像是雕刻上去的，同樣的圖案重複出現。可是只在外圍，內部樸素，鋪著毛呢，也可能是天鵝絨。」

范博利記錄下來，再回頭看我。「這一點很重要，所以我希望你能閉上眼睛，仔細地想。先想樹幹的內部，因為那是你最深刻的記憶，在你心裡在每一個地方都描繪出來。」

我照他說的做，強迫自己專注在那個恐怖的圖像上：愛倫把肢體一塊接一塊放進樹幹。

范博利接著說：「等你把內部看得清清楚楚之後，我要你轉而注意樹幹的外部。心是一種奇妙的工具，它的能耐遠遠超過我們的理解。你不必像個被動的旁觀者，你專心的話，還可以讓畫面暫停。你可以更靠近樹幹，近到可以摸到，以指尖摩挲那些圖案。」

范博利的聲音越來越有韻律，越聽越舒服。他以刻意的平板聲調跟我說話，事後他跟我說明是用上了催眠術，我在三一學院時聽道登教授講解過。等我再聽到他的聲音，感覺很遙遠，我又看見了樹幹，可是這一次愛倫靜止不動，雙手正要把軀幹放進去，是男性的軀幹。她輕輕鬆鬆抱著軀幹，即使它可能重八十到九十磅。我靠近一步，又一步，最後我直接站在樹幹前，我發覺內容物的重量讓樹幹稍微陷入柔軟的土壤中，我忍不住好奇愛倫要如何搬動。她似乎在月光下發光，臉孔在這個回憶中凝滯，披著濕淋淋的長髮，她的眼睛在這晚是藍色的，深藍色，讓我想起了夕陽落入地平線，黑夜接手時的海洋，這是我童年時的愛倫，一點也沒有變，充滿了活力。只是，她滿臉關切，急著處理手邊的這件事。

「樹幹，布拉姆，專心看樹幹。」瑪蒂妲說，我突然感覺她在我身邊，溫暖的手又握著我的手。

我回頭去看樹幹的圖像，用力俯身。

我想像自己的手指滑過樹幹表面，刻紋感覺很真實，有如我就跪在旁邊。圖案既小又複雜，難以索解。說真的，只是一串的凹槽，都不足半吋長，一條接一條。覆滿了整個外皮，沒漏掉一個地方。「十字架，」我低聲說。「幾千個小十字架。」

我倏然睜眼，瑪蒂妲仍在我身邊。

馬車也正好停止，我們抵達松利家了。

一八六八年八月十四日凌晨兩點十八分——我們才剛踏上哈考特街的鵝卵石地面，松利就已經打開了門，匆匆迎我們進去。

「快，」他說。一手持槍，謹慎地掃描四周的樹叢。「牠在外面，我不確定牠跑哪兒去了。」

「什麼在外面？」

「趕快進來就對了。」他命令道，順手鎖上了門。

松利走向門邊的窗戶，凝視外面一會兒，旋即穿過走廊，到書房的一扇窗前，把窗帘拉上，眼睛一直盯著戶外的黑暗。

「你在找什麼？」我追問，也走向窗邊。

「我本以為是條狗，可現在我覺得可能是狼，全身黑。那晚我從醫院回來就看到了，不到一小時前，牠又出現了——立在我家的小道上，瞪著大門。天啊，布拉姆，牠好大一隻，我沒見過那麼大的狼，別跟我說愛爾蘭沒有狼，我知道我沒眼花，就是一匹狼。」

「你的第一印象，牠是一條狗，也可能是對的，最有可能是狗。」

「胡說，我說是一匹狼。」

我能聞到哥哥身上的白蘭地味，但我不認為他喝醉了。

「松利，愛蜜莉呢？」瑪蒂姐問。她立在樓梯底，檢查右手的手指，她舉手就光，看見是紅色的。「扶手上有血。」

我轉向哥哥。「松利，手槍給我可以嗎？」

松利低頭俯視手上的武器，隨即抬頭，眼睛從我身上跳到我們的姐妹身上。「你們是以為我做了什麼嗎？」

從進門起到現在，范博利始終一言不發，但是我看見他緩緩挪到松利的側面，緊握著手杖的杖頭。

松利把手槍放到我手上，我趕緊把子彈退出來，放進左邊口袋裡，再把手槍裝進右口袋。

瑪蒂姐飛奔上樓。

「等等！」松利大喊，追了上去。

我追在哥哥後面跑上樓，范博利殿後。這時我聽見了瑪蒂妲尖叫。

瑪蒂妲立在我哥哥的床腳。愛蜜莉躺在床單上，手腳都被綁在床柱上，嘴巴也被塞住。她的下巴和頸子覆滿了乾涸的血液，雙手、胳臂、衣服也都是。她瞪著我們，放聲尖叫，聲音被布蒙住。

「你這是在做什麼？」瑪蒂妲對松利吼叫，伸手就去解愛蜜莉的左腕。

松利搶前一步，把瑪蒂妲推開。「不能放開她！」

「她受傷了嗎？」我問，把血淋淋的物證收入眼底。不過我沒看見傷口。

「你們看見的不是她的血。」松利說，擋在愛蜜莉與我們三個之間。

「那是誰的血？」范博利質問道。

「她不舒服，她不舒服有一段時間了，她不知道自己做了什麼，我看她甚至不記得做了什麼。」

范博利向前一步，俯身看著愛蜜莉的臉。「她究竟是做了什麼？」

愛蜜莉在床上扭動掙扎，測試繩索的強度，努力要坐起來。床鋪吱嘎響，但是繩索綁得很牢，至少目前是如此。她的臉憤怒地漲紅，又試了一次。

松利從床頭櫃上的醫療包中掏出一支針管，扎入愛蜜莉的肩膀。她轉向他，再次想坐起來，以巨大的力量拉扯繩索，可是藥效發揮，她的掙扎很快變弱，倒在床墊上，飄入夢鄉。

「鴉片酊。」松利說。「好像只剩下這個有效了，不過效力也是越來越差了。我本來是加在酒裡的，現在只有注射有用。我給她的劑量通常能讓我這個體型的男人睡上六到八小時，她卻不到一小時就會再醒來。」

范博利小心翼翼拉掉了愛蜜莉口中的布，檢查她的牙齒。

「你在做什麼？」松利問。

「這種情形有多久了？」范博利說，剝開她的嘴唇，又再湊近一些。她的呼吸充滿腐臭味，我站在這兒都能聞到。

我哥哥轉身走開，想要掩飾淚水。「幾星期了，可是今晚情況最壞，之前她……沒這樣。」他雙手一攤，比著凝固的血污。

松利敘述了他在地下室發現她的情形，說她在吃老鼠。我一想到就差點嘔吐，瑪蒂妲也是，臉孔變得蒼白。只有范博利似乎不受影響，他研究著愛蜜莉頸子上的傷痕。「這個呢？你第一次發現是在何時？」

「幾天前。」松利說。

范博利從脖子上拉出一條項鍊，上頭掛著十字架。「這個十字架是用最純的銀打造的。四年前我去了一處修道院，在一個叫奧拉迪亞的小鎮，那是在匈牙利和羅馬尼亞之間，有位神父送給我的。」

他摘下項鍊，握住了十字架。小心翼翼用銀十字架貼住愛蜜莉的右手背，她的身體立刻就抽動，被十字架碰到的地方冒出了煙，我聞到肌肉燒炙味，驚恐地看著她的皮膚變紅，出現水泡。

「住手！」松利大喊，拍開了范博利的手。「你在傷害她？」

瑪蒂妲跟我都愕然呆立。

「她靠近過這個愛倫・柯榮嗎？」范博利問，纏繞項鍊，裝回十字架，戴回脖子上。「愛倫可能為了立威警告而折磨你的妻子，想要嚇退我們，不讓我們繼續調查。她曾和愛倫・柯榮接觸過嗎？」

「據我所知沒有。」松利說。伸手去溫柔地握住了妻子的手，手指輕撫傷口。「你能幫助她嗎？」

范博利長嘆一聲，瞅了我一眼，立刻又移開視線，但仍然被我發現了。「這些不死人，他們以咬人的方式散佈疾病，一旦被咬了，一旦疾病進入了血液，就回天乏術了。主要還是要看她被咬了幾次，她感染的有多深，我們得讓她多休息，多補充液體，只要她願意喝，最好是紅酒，幫她補充健康的血液，我們需要給她的身體需要的東西，來把感染驅逐出去。另外也需要確定她不會再被咬，這些生物往往會回頭找同一名受害人，以免他們洩漏行蹤，咬她的那一個還會再來，我們得不惜代價阻止它再來。」

「你以前遇到過這些禽獸，對吧？」瑪蒂妲說。「聽你說得好像是親身經驗，可是你卻多所隱瞞。」

范博利似乎被瑪蒂妲的話嚇到，我猜他是沒見過像我姐姐這麼直言無諱的女士，而且說真的，他可能也不會再遇到第二個。對於這一點我衷心感激，她問出了壓在我們心頭的問題。

我看著范博利坐在愛蜜莉床邊的椅子上，警戒地看著我的嫂子。「恐怕我能說的也不多，沒有一件事經過科學求證，只是多年來我自己從傳說和迷信拼湊出來的。我們在愛倫的書上讀到的故事，嘉勒格杜的故事，我只能說那不是獨一無二的故事，我在全世界的文化中都發現類似的故事，說這種魔鬼所生的生物以別人的鮮血為食。年輕時，我很懷疑這種事，可是我在世界的各個角落一次又一次聽說到，慢慢的我也信了。就連在最荒誕不經的傳說之中也能找到隱藏的真相，這種推論難道不合邏輯嗎？證據明擺在那裡，你們也親眼目睹了這一件。他們擁有召魂的力量，操縱死者，事實上，他們本人就是死者，不知如何受到詛咒，行走在地面上，無法找到真正的死亡。而這個詛咒還附帶了一種難以想像的力量，二十個大男人的體力、遠超過多數人的狡詐，結果就是長達數世紀的生存。他們非常像蜜蜂，我聽說還有階級制度。有工蜂，狀態跟這裡的年輕愛蜜莉很像——只會聽命行事，還有發號施令的——利用工蜂幫他們幹髒活。這些才是我們最該懼怕的，這些就像你們的寶貝愛倫保姆，嘉勒格杜，如果要認定她的故事是真的話。

「據說最強的可以變形，蝙蝠、狼、旋轉的霧，甚至是人類。他們可以很青春，或是極老邁，或是介於兩者之間。有些能操縱大自然，製造出霧、暴風雨、閃電雷擊。他們的動機至今成謎，可是有一點非常清楚：他們所到之處都死傷累累，不把人命當一回事，就像我們打死蒼蠅一樣。」

我俯視愛蜜莉，她現在睡得很沉，我看著她頸子的小孔，忍不住想到我自己手腕上的疤，我不敢去看，至少現在不敢看。「它們有什麼弱點？」我問，讓討論再深入。「我們要如何了結它們？」

范博利點頭。「儘管很多故事說的都是它們的力量，同樣的也有故事說的是它們的弱點。」

我看著他站起來，去拿愛蜜莉梳妝台上的鏡子，帶回床前，以某種角度照著她的臉。「看仔細了，你們看到什麼？」

我跟瑪蒂妲、松利都探身去看。

我姐姐倒抽一口氣。「我看見了她的倒映，可是不完整！我可以看到後面，好像她是透明的！」

我也一樣，看見她是透明的，顯然松利也看見了，因為他惶恐地後退，跌進了之前范博利坐的椅子裡。

范博利把鏡子放在床頭几上。「她還沒有完全轉化，所以我們才還能看見她。真正的不死人不會有倒影，也不會有影子。」

「那為什麼愛倫會有一面鏡子？」瑪蒂妲問。

范博利聳肩。「可能是懷舊，紀念她曾有過的人生，不過這也只是猜測。」

「還有呢？」我問。

「它們沒辦法靠自己渡過流水，以愛倫的例子來看，它們也無法進入生者的家，除非是得到邀請，它們的力量唯有在夜闌人靜時最強大。它們雖然可以在光天化日下行走，卻會極盡所能避開太陽，日光最強的時候是它們最脆弱的時候。而且它們唯有躺進了原生土地的土壤之中才能休息，因為它們是被某種邪惡不潔之物創造出來的，聖物，諸如十字架、聖餐餅、聖水，是它們的致命傷。它們也極忌憚大蒜，不過我不清楚是什麼緣故。野玫瑰也有同樣的效力——如果把一朵野玫瑰投在埋葬這些怯懦生物的墳墓上，在玫瑰完全枯萎之前，它就不能夠再爬出來。」

「它們殺得死嗎？」我哥哥問，聲音低沉，瞪著妻子不動的軀體。

范博利點頭。「只要用尖木樁刺穿心臟，就能殺死它們，然後一定要斬下首級，燒成灰燼，再把灰燼散向四面八方，少做一樣就會失去功效。」

松利雙手抱住頭。「愛倫為什麼要這麼做？」

范博利斜睨了我一眼，又迅速別開臉。「她不知如何跟你們家有關係，可是緣由只有她一個人知道，我們一定得找到她，阻止她。恐怕你的妻子再被咬一次，她的心臟就會停止，而她就會變成吸血鬼。愛倫絕對會回來完成轉化她的過程，並且歡迎她加入不死人的行列，到時我們會阻止她的。」

「換句話說，我們需要先找到愛倫。」我低聲說。「趁她休息時找到她，趁她最虛弱的時候，等她找上門來，等她力量最強，那就太愚蠢了。」

「我同意。」松利說。「我們需要積極進攻，我不會等她過來把我們一個一個殺了，我們必須找出她的休息之處。」

范博利思索了一會兒。「我認識一個人，他可能有辦法靠墳墓裡取得的物品——你們發現的那些屬於她的東西找到她，我可以把他帶來。」

一週來將近第一次，我哥哥有了笑容。「我還有比一些舊物更好的東西。」他伸手到口袋裡，掏出了愛倫保姆的一小綹頭髮，舉高就著光線。

摘自阿米涅思・范博利的筆記

（以密碼記錄，抄錄如下。）

一八六八年八月十四日凌晨四點〇八分——我一直到確認安全了才敢付諸文字。

我絕不能讓興奮之情凌駕了我的記述，我必須以清晰精確的文字記錄每一件事。絕不能有所遺漏，每一筆都必須翔實。

這晚線索層出不窮，沮喪失望之情也此起彼伏，讓我心力交瘁。不過我不能睡，不能在這裡，不能在這棟屋子裡，尤其是一隻夜之生物就躺在我眼前的床鋪上，而另一個則在這些鬧鬼的廳堂中走動，是他的兄長迎進來的客人。

我指示其他人休息，同時堅持由我在愛蜜莉與松利的房間中守夜。松利這時在床鋪右邊的椅子上沉睡，而我則占了最遠角落的窗下椅子。我親自檢查了綁縛愛蜜莉的繩子，很滿意於繩子的強韌，至少足以撐過今晚。惡疾在她的體內擴散，而且賦予了她巨大的力量。這些薄弱的繩索今晚或許足夠，可是明晚我會堅持以皮索替換，甚至是銀鍊。當然，前提是她能再活過二十四小時。放任她轉化對她的靈魂不公平，我不確定我願意冒這個風險，我已經看見鴉片酊的藥效在逐漸消失。她不停翻動，喃喃說夢話，而且一個小時來更加頻繁，不過目前她仍在休息。

另外兩人也默然無聲，我希望他們是睡了，卻不會作如是想。布拉姆尤其讓我想不通，所以只要有他在，我絕不會放下戒心。稍早，我拿鏡子來揭露愛蜜莉朦朧的映像，趁機也測試了布拉姆的倒影。儘管實驗的時間只有一秒，我卻能確定他的映像很清晰，我發現這一點尤其令人費解，鑑於他以及他的兄姐的說法。如果他果真被不死人咬過，被這個食屍鬼愛倫．柯榮咬過，而且次數如他所說的頻繁，他應該早在幾年前就轉化了。再者，他也喝了她的血！早先，他拿著柯榮的鏡子和梳子，毫無不適的跡象，即使兩者都是以銀打造的。我只能假設他找出了相應之道，足以對付我使用的測試方法，魔鬼是極狡猾的。說不定這是一種自然的進化，他發展出一種免疫力，不受一般不死人的弱點影響。果真如此的話，我的恓惶就更大了，因為時候一到，這種免疫力就無法遏制了。我打算要更進一步驗證，我很想知道布拉姆如果喝入聖水會有何反應，我會在他不知情的情況下把聖水拿給他，以便斷定這種免疫力是無意識的，或是事前能夠令他有所防範的。

我覺得我在欺騙我的朋友松利．史托克，可是這些事我不得不做，他的判斷力因為事關自己的妻子與弟弟而受到影響。他們帶的病絕不能擴散，如果我必須假意與帶原者為友才能確定這種疾病的弱點為何——然後加以毀滅，無論是疾病本身或是被感染者——那也只好如此了。

我很確定所有的關鍵都在這個愛倫．柯榮身上。

我派車夫去接奧利佛．司徒華。我認識司徒華多年，對他有百分之百的信任。他深諳黑暗之術，過去曾協助我尋物尋人，而且他為人謹慎，不會多問，我衷心期待他到來。

另外——

松利・史托克的日記

（以速記記錄，抄錄如下。）

一八六八年八月十四日凌晨四點十分——妹妹的尖叫聲驚醒了我。我嚇了一大跳，險些從椅子上栽倒，而范博利持著手杖跑了過去，衝進走廊，朝客房直奔而去。布拉姆衝上樓，險些和我相撞。我們闖進了瑪蒂妲敞著門的房間裡，發現她站在窗邊，手指比著草地。

「他在外面！」

「誰在外面？」布拉姆問。

范博利走向窗邊，凝視漆黑如墨的夜。

瑪蒂妲雙手摀住蒼白的臉，搖搖頭。「好恐怖！有人敲玻璃把我吵醒了，我走向窗戶，就看見派崔克・俄奎夫的臉貼著玻璃。他對我笑，用指甲敲玻璃，他的指甲又長又黃，好可怕。喔，還有他的牙齒！他的……牙齒不正常，他的嘴唇向後咧開，像是在咆哮的狗，而且他的牙齒像獠牙。他舔嘴唇，叫我的名字，聲音很小，好像只有嘴巴在動，可是我仍然清清楚楚聽見，好像他就站在我旁邊。天啊，好恐怖！」

「他仍然在外面。」范博利說，看著窗外。「而且不止是他。」

布拉姆跟我都走到窗邊，向外一看，果不其然。派崔克・俄奎夫，一個死了兩次的人，我親眼目睹過他的解剖，此時卻完完整整，立在底下的草地上。我毫不懷疑瑪蒂妲會在窗邊看到他，即使我們是在二樓，他從屋外無法爬上來。但是我也毫不懷疑這個人能夠輕輕鬆鬆就搆得著我們，就如我伸手就摸得到我身邊的弟弟一樣。

「他進不來，除非是得到邀請。」范博利說。「我比較擔心的是牠們。」我循著他的視線望過去，忍不住心裡打了個突。是兩頭大狼，如夜一樣黑，從側院瞪著我們，眼睛如紅寶石。一頭狼走向俄奎夫，坐在他身邊，自始至終都盯著我們。「我的槍哪兒去了？」我問布拉姆。

「子彈派不上用場。」范博利說。「只有銀子彈有用，而且還得要命中心臟，打中別處只會讓它們的速度變慢。」

「那我們該怎麼辦？」

「再一個小時就日出了，在那之前，我們就在安全的屋子裡等待。」范博利說。

布拉姆走向瑪蒂妲，摟住了她。「別看。」

又一聲尖叫。

這一聲來自走廊另一頭的愛蜜莉。喔，我們為什麼丟下她！即使只是一下子！

范博利立刻就跑到走廊上，從手杖中抽出了一把銀劍，布拉姆跟我追上去，瑪蒂妲也尾隨而來。我們發現愛蜜莉在床上坐了起來，幾分鐘前還綁著她的繩子已經解開了。她身後立著一個高個子黑衣人，就是週二晚上我遇見的那一個，他的臉孔一片死白，兩眼射出紅光。他抱起了愛蜜莉，一手攬著她，另一手固定她的頭。我的目光跳到她頸子上的小孔流下的兩道細細的血流，兩個小孔都又破了。那人的嘴唇上有血，我在月光下看得分明，因為鮮血的紅反襯出他長得不自然的白牙。

他一看見我們就嘶嘶叫，是動物的警告聲，而不是人類的，他的表情讓我想到一隻野狗。

「放開她！」范博利大吼，長劍破空，銀刃反射了月光，劍尖只差幾吋就削中了那人的臉。

范博利以另一隻手拉出了頸中的項鍊，摘下十字架，握在身前。那人又低聲嘶吼，憤怒地噴口水，濺得床單斑斑點點的紅色，他以令人眩目的速度放開了愛蜜莉，退後一步，愛蜜莉無知覺的身體軟軟地落在床上。

范博利向前撲，劍尖瞄準了那人的胸口。

眼看劍刃就要刺中，那人忽然一分為二——我實在找不到別的方法來形容。他從中爆裂，散成一團黑雲——幾千個小碎片向四面八方飛竄。小碎片撞擊我的身體，彈跳開來，非常刺痛，我本能地遮住了眼睛。

「蜜蜂！」布拉姆大喊。「他把自己變形成蜜蜂了！」

我就在此時聽到了嗡嗡聲，房間從一片寂靜變成震耳欲聾。

小時候我驚擾了蜂窩，被蜜蜂螫過，直到今天我仍記得蜜蜂離開安全的蜂巢追逐我而來的飛行聲——這種模糊的嗡嗡聲變得越來越響，最後釘上我。但是現在沒有累積的嗡嗡聲——起初什麼聲響也沒有，但是冷不防間我就像是站在蜂巢的正中央。

我覺得手臂有股被刀割的刺痛感，連忙拍打落在那兒的蜜蜂。牠立刻飛開，只留下長長的螫針，又一隻攻擊我的脖子，感覺像是有人拿刀刺我。

我看見其他人也在拍打大群的黃黑色蜜蜂，范博利最激烈。不知為何，蜜蜂的數量似乎在增加，每一隻都分成兩隻，再分裂為二。蜂群密到我幾乎看不見房間的另一頭。我透過緊瞇的眼睛看到了臥室門，急忙往那兒走，卻是一步比一步艱難。我後面的范博利開始吼叫，是某種的禱文，他拚命壓過蜂群的噪音。

「全能的主，賜我們恩典，讓我們驅逐黑暗之術，賜予我們光明的甲冑，爾子，耶穌基督，降臨此塵寰中，以莫大之謙卑，在最後之日——」

他的聲音陡地被另一聲叫喊打斷，這次是瑪蒂妲。我看見一隻蜜蜂螫她的手，但是我看不真切，她護著左臂，同時慌亂地揮舞另一隻手。

范博利又重唸禱文，這一次更大聲，我們也都加入，聲音蓋過了蜂鳴聲。幸好，蜂群就如來時那麼快，從打開的窗戶飛了出去，沒入黑夜，房間又陷入一片寂靜，只有我們費力的喘氣聲。

我走向愛蜜莉的床。

她不省人事，但是呼吸穩定。她閉著的眼瞼在快速顫動，作了什麼夢吧。我把她的腿拉直，把她的頭放到枕頭上，再在旁邊跪下來，輕撫她的頭髮。我忘了被六、七隻蜜蜂螫的痛。此時此刻，唯有我的愛，我的愛蜜莉。

其他人在我後面小心地拔掉自己身上以及彼此身上的刺。

「怎麼可能？」總是第一個開口的瑪蒂妲終於發聲了，她很顯然受到驚嚇，卻盡量掩飾。范博利的聲音疲憊。「我聽說過他們有的能夠轉化為霧或是各種不同的動物，可是成幾千隻小蜜蜂，再像他那樣攻擊，幻化為萬千卻又如一體……這樣的能耐會需要特別的力量。」

「那個人就是那晚從醫院跟著我回家的人，他問起愛倫，還想找她。」我說。愛蜜莉的手很冰冷，即使她把手浸到冰桶裡，也不會這麼僵硬。

「他非常老，有這樣的能力，他一定得非常老。」范博利敬畏地說。

「他是怎麼進屋來的？」

「一定是你太太邀請他的，就算不是今晚，也是之前。」

床邊有洗臉盆，我伸手去拿毛巾，把水擰乾，清洗她的頸子。兩個小孔跟之前不一樣了，現在紅腫發燙，不過都癒合了，好似已過了幾小時。

我撥開她的頭髮，檢查她的額頭。「她臉頰上的傷不見了，幾小時前還在的。」我瞧了布拉姆和瑪蒂妲一眼。「記得嗎？我給你們看過。」

「我記得。」布拉姆說，一手捂著他刻意割開的傷口。

范博利輕輕抬起愛蜜莉的手，撩起她的衣袖。「剛才被十字架燙傷的地方也痊癒了。」他擔憂地皺眉。「我們的時間不多了。」

「有辦法『不邀請』這個人嗎？」瑪蒂妲問。

范博利把愛蜜莉的手放回去。「已經不重要了，她的血混入了他的，他們現在合而為一了，她的意志已經不是她的了。」

「愛倫第一次咬我以後，」布拉姆說，「我能夠聽見她的想法，她也能聽見我的，我們在你太太旁邊說話要小心，親愛的大哥，這個人可能就在聽。」

「現在呢？」范博利問。「你跟這個愛倫．柯榮的聯繫還在嗎？」

布拉姆搖頭。「不像以前了，小時候我相信我能夠追蹤她到天涯海角，她也能夠，我有時會知道她在想什麼，就跟我知道我在想什麼一樣，但是這些年來卻不同了。」

「她能夠封鎖你。」范博利說明道。「你感受不到聯繫，未必見得她也感受不到。」

「我不認為是這種情況，她想窺探我的心靈，她自己就必須先敞開心靈——即使那扇門只打開一秒鐘，我不相信她能夠隱藏得住這種聯繫。在科隆塔孚那晚，我先感覺到她，然後才去找她，我現在很肯定，雖然那種聯繫轉瞬即逝。」

范博利忖度了一會兒。「她能封鎖你，你也能夠封鎖住她嗎？」

「我不知道。」

「這是很重要的線索。你得試一試。如果你有辦法控制，我們可以善加利用。否則的話，恐怕她會利用你來猜測我們的意圖，而這一點我們是絕不能容忍的。」范博利說。

愛蜜莉的手握緊了，呼吸也變得急促，不再是沉睡中的悠長呼吸，反而是急促的喘息，她的身體緊繃，隨即拱起了背。

「壓住她！」范博利大喊。

我加大了握住她手的力道，另一隻手按住她的肩。布拉姆和范博利過來按住她的腿。她卻把我們三個人揮開，彷彿我們是兒童的玩具，她倏地睜開眼睛，發出嘶嘶聲，一下子就坐了起來，動作快得讓人眼花。

范博利又拿出了銀十字架，朝她的臉揮舞。愛蜜莉迴避視線，在床上縮成一個球，一分鐘後，她又安靜了，呼吸正常，飄入夢鄉。

「她在抵抗感染，不過終究還是贏不了的。」他說。「她很快就會轉化。」

「我們能做什麼？」我握緊她的手，儘管我認為不可能，她的手卻更冰了。

「家裡有大蒜嗎？」

「廚房或是地窖可能有。」

「去拿來。還要一個攪拌盆。」

我跑下樓，帶了一個大碗和一整串新鮮大蒜回來。他接過去，放在床頭櫃上。我看著他把大蒜被倒進碗裡，再從他的皮包裡掏出一只小瓶子，還有一個綠布包裹。他把瓶子舉向光線。「這是聖彌額爾教堂的聖水。」范博利劃了個十字，打開瓶蓋，將聖水倒在大蒜上，我看著他小心翼翼打開綠包裹。

「這是祝聖過的聖餐餅嗎？」瑪蒂妲問。

范博利點頭。「聖體，是的，也是聖彌額爾教堂的。」

這些也放進了碗裡。

他用鮑伊刀的刀柄將聖餐餅壓碎，加上聖水，搗成了白色的糊。范博利把碗拿到窗邊，關上窗子，鎖好，再把糊抹在四周。「這應該能阻止那個人再進來，至少可以頂一陣子。」他把剩下的糊抹在床鋪四周，包圍住愛蜜莉。「她應該也跨不過這道屏障，雖然不是永久的屏障，不過應該能夠保護我們熬過剩下的一小時。」

我敬畏地瞪著范博利，心裡納悶他還藏了多少的秘密。

一八六八年八月十四日晨八點十五分——晨曦從東方悄悄爬上，急切地穿透了我家。我很想說我放下了一顆心，但這麼說並不是實話，我相信我們沒有一個人覺得放心了。布拉姆整夜都躺在書房的沙發上，而瑪蒂妲則蜷縮在他旁邊的扶手椅上，她不肯回客房，也不想落單。我跟范博利繼續看守愛蜜莉，沒有額外情況，她睡得很香。

第一道天光乍現不久范博利的車夫就回來了，說一個叫奧利佛·司徒華的人會在黃昏後抵達。瑪蒂妲反對這樣的延遲，指出等待會浪費一整天的時間，可是范博利說司徒華的方法在白天沒有效力，這時愛倫最有可能在休息，因此也找不到她。

最後我弟弟走回愛蜜莉的床邊，他兩眼佈滿血絲，眉頭緊鎖，眼下出現黑圈，我想我大概也差不多。

昨晚，范博利將大蒜、聖水混合之後，從我的五斗櫃裡拿了四條皮帶，綁住我妻子的手腳，換掉了我先前用的繩子。我問他皮帶是否夠強韌，他給了我肯定的答覆，但是眼神卻是另一回事。自從上一個事件發生之後，我也注意到他現在手杖不離身，他雖然將劍插回了手杖中，但是他已經證實了他抽劍的速度有多快，而且很顯然一旦他受到威脅，他就會長劍出鞘。唯一不確定的是，他認為威脅會來自窗外，或是來自我的妻子，因為他似乎對兩者都提高警覺。

范博利把調合的糨糊抹在床鋪四周，不慎灑了一些在布拉姆的手上——愛倫咬過的那隻手。我很確定這次的「意外」是某種的測試，那種刻意的動作並沒有逃過我們的眼睛。范博利在不慎潑灑的同時另一手握緊了手杖頭，我們全都轉向布拉姆，看他有沒有什麼變化。布拉姆倒是沒有多想，只是隨手擦掉，歪嘴對范博利一笑。如果布拉姆受感染了，很顯然這個疾病對他的影響跟對我的妻的影響是完全不同的層面。

布拉姆一進房間，愛蜜莉的眼睛就睜開來，吐出了五個字：「妖怪走了嗎？」

聽到她的聲音，我立刻躺到床上，抱住了她，我希望永遠不要放開她，她的身體冷得像冰塊！我的臉頰貼上了她的臉，簡直就像是在嚴寒的冬夜貼著玻璃窗。不過我並沒有後退，她需要知道自己並不是單打獨鬥，她需要知道我對她的愛。她說話可以前後連貫，但是昨晚的事並不記得多少。稍早我把她血淋淋的衣服換掉了，她沒提老鼠，我們也不提。范博利說她只談能夠給她帶來力量與快樂的事，而不是會令她想起她的病的事，這是好現象。

雖然我們都知道她病了，但撇開她下降的體溫不提，她並沒有什麼異樣。事實上，恰恰相反，她的皮膚從沒有這麼完美過，全身沒有一點瑕疵。連她的頭髮都變得更豐盈，鬈髮像有了生命，髮色也更深。我如果不是局中人，會以為她比實際年齡小了十歲。我想把窗帘拉開，可是愛蜜莉一見光就躲，說眼睛怕光，我只好不甘願地放棄。臥室的格局很大，可是時間漸長，四面牆好像漸漸收攏，最後我實在受不了，不得不出去繞著屋子散步，潮濕的地面上一點痕跡也不留——人類的、狼的，或是別的。

不知何時，瑪蒂妲端了一盤水果、一瓶冰水、一杯茶——洋甘菊，她的最愛——去給我的妻。愛蜜莉什麼也不肯吃，堅稱沒有胃口，卻叫瑪蒂妲把托盤留在床頭櫃上，等她想吃時再吃，她也在這時請瑪蒂妲解開她的綁縛。在此之前，她幾乎沒發覺自己被綁著，而在她發覺之後，她又是那麼不介意的態度，我倒覺得哭笑不得。范博利把我跟布拉姆拉到走廊上，商量對策，我們決定暫時解開她，但是在黃昏時需要再束縛她，愛蜜莉同意了，即使她仍看不出對昨晚有什麼記憶。

太陽一偏西，我們就又把她綁住，愛蜜莉沒有抗議。雖然白天她差不多都在睡，時間越晚她卻變得越警覺，同時也似乎是縮進了殼裡。她話很少，彷彿陷入了自己的思緒中，我很怕她隨時又會發作，我受不了目睹這樣的結果，就下樓去找其他人。

一如計畫，僕人都早早下班了，他們竊竊私語，今天誰也不准去看愛蜜莉，雖然他們認識我的弟妹，卻緊張地打量范博利，也不敢向我問起他。我不是那種有事會瞞著手下的人，但近來的發展顯然讓他們提心吊膽。

范博利又調合了更多的糨糊，再一次封住愛蜜莉的窗戶，矢言什麼也進不來，可以放心讓她獨自休息，我們則聚在樓下。

七點一到，奧利佛．司徒華也來了。

范博利開門請他進來，直接帶他到餐廳，餐桌特地為了他都清理乾淨了。我們捨棄了煤氣燈，改用蠟燭，而且四處焚香，室內燭光跳動，瀰漫著俗氣的香味。三張椅子搬開了，留下五張圍繞著圓桌，司徒華看了一眼，點頭。「可以了。」

司徒華進門後沒跟我們握手，布拉姆伸出手，他卻向後躲，雙手背到後面。

司徒華的外貌頗不尋常，身高不足五呎，范博利告訴我他在鞋裡加墊，幫他加高了一吋，此外還戴著一頂圓頂高帽。他長了一張國字臉，好似幼時某人朝他的頭頂打了一拳，硬是讓他的頭從橫向發展。要我猜他的年紀的話，我會說是五十幾歲。他戴白色皮手套，不肯脫下來，眼鏡的鏡片很厚，讓他的兩隻小眼比實際上大許多。他的眼珠子滴溜溜地轉，掃視房間的每一寸空間，和我們幾個倒少有視線接觸。

「奧利佛先生非常敏感。」范博利說。「單單是碰觸到別人，就會引發佈拉姆在沼澤的那種經驗，這會讓他相當不安，容易分散他的心神。所以，請尊重他的意願，除非是他要求，否則不要接觸任何東西或是任何人。」

「我並不是針對某人。」司徒華說，聲音怯生生的，眼睛飄向地板。

我記得在地獄之火俱樂部看過這個人至少一次，可是我們沒有交談。那次他的同伴也是范博利，我記得他們兩人匆匆穿過主廳到後面的樓梯，司徒華為了迴避站在房間中央的那麼多會員，差不多是貼著牆壁走路，那時他雙手插在口袋裡，眼睛緊盯著地板。

「那麼可以開始了嗎？」范博利說，為瑪蒂妲拉出了一張椅子，自己也在她旁邊坐下。

司徒華的視線在布拉姆身上徘徊了一會兒，接著也坐了下來，占了最遠的一張椅子。我坐在范博利旁邊的椅子，布拉姆坐在我和司徒華之間。司徒華從黑革囊中拿出一張都柏林以及附近鄉村的詳盡地圖，攤開在桌上。又從囊中取出一個小木盒，打開栓鎖，謹慎地掀開盒蓋，露出了內容物。「這個叫占卜球，我是差不多三十年前從我祖母那裡繼承來的，那時她發現了我有靈視，而她則是繼承自她的祖母。據我所知，這個有兩百年的歷史了。」

「靈視？」瑪蒂妲說。

司徒華瞧了她一眼，又回頭盯著小木盒子的東西。「誠如范博利先生的解釋，我碰到人或是物品時會出現視象，可能是片刻的記憶，也可能是他們當下的想法。更有些時候，視象太強烈，我會深陷其中，無法聚焦我的實際環境，而被視象控制。多年來，我學會了如何指引它，找出我想知道的訊息，無論是藏在某人內心深處的秘密或是遺失在潛意識中的事情。我也學會了利用這種靈視來找出某人或某物的確切地點，我相信范博利先生今晚請我過來就是為了這件事，是吧？」

「對。」瑪蒂妲說。「請你來是為了找到我們以前的保姆。」

「愛倫．柯榮。」我補充道。

「愛倫．柯榮，好。」司徒華複述一遍。

他伸手到小木盒裡，拿出了一個金色的器具。頂端是個細十字架，底下垂著金鍊，鍊子上掛著淚滴形的東西，也是金子打造的，尖端是黑色的。鍊墜跟他手上的十字架隔了六吋長，讓我想起了提線木偶。他把占卜球舉在桌子上方，任鍊墜來回擺動。「頭髮。」司徒華說。

眼前的一切讓我看痴了，竟沒發覺他是在跟我說話，所有人都看著我，我這才伸手到口袋裡，掏出了攜帶了一輩子的愛倫的頭髮，交給了司徒華。

「請放在桌上。」

「好，對不起。」我把頭髮放在攤開的地圖上。

司徒華瞪著看了好半晌，頭歪過來歪過去，接著他將手指放進嘴裡，以牙齒咬住手套，把手套脫下來丟在他旁邊桌上。然後伸展手指，小心地伸向頭髮，緊握在拳頭裡。

他閉眼吐氣，歪斜的牙齒間發出哨音。他的眼珠子在眼瞼下抖動，像在作夢。他的左手伸向地圖，占卜球垂懸在指下。他嘟囔了幾句陌生的語言，開始在都柏林的上方移動。占卜球的尖端指著不同的道路與建築，項鍊繃緊，仍不住搖晃。接下來的十分鐘，他在地圖上縱橫交錯，上下來回，最後經過了每一平方吋，然後再重複一次，又一次。幾乎一個小時過去了，毫無結果，我們都越來越坐立不安。

「她可能不在都柏林了。」布拉姆說，顯然他是信了這種雜耍，我則漸漸相信我們是在做蠢事。

司徒華睜開眼睛，把頭髮和占卜球都放在桌上。「我需要其他的地圖。」

一聽這話，挫折之情油然而生，我哼了一聲站了起來，走向書房，一分鐘後拿著瑪蒂妲的素描簿回來，翻到愛爾蘭地圖那一頁。「看你們能不能用這個找到她，我要去看看我太太。」

「別急，松利。」范博利說。「這個不是精確的科學。」

「科學？這哪算得上是科學？充其量只是譁眾取寵的戲法。」

「也許我應該離開了。」司徒華說，這可能是他進門來說過最有意義的話。

「不，你不能走。」瑪蒂妲說。「我們得繼續找。」

「頭髮可以讓我看嗎？」布拉姆說。

我聳聳肩。「有何不可？」

布拉姆伸手過去把頭髮握在手上，像司徒華一樣閉上眼睛。「妳在哪裡，愛倫？」我聽見他說。

屋外漸漸風狂雨驟，我走向窗戶，半以為會在前院草地上發現派崔克．俄奎夫和一群狼，但是什麼也沒有。遠處閃電破空，緊接著是霹靂雷鳴，震得我旁邊的古玩櫃中的瓷器玎玎響。

我只背對著桌子幾秒，如此而已，我很肯定。等我再回頭，就透過餐廳的門看見了愛蜜莉，站在樓梯的半途，一開始我還以為是眼花了，因為她文風不動，而且全身赤裸，她的一隻手腕上仍纏著皮帶。我們視線相遇，我惶悚地看著她從平台一躍而下，翻過扶欄，飛過了玄關和走廊，飛向餐廳，整個過程悄然無聲，一直等她飛越了門檻，其他人才看見。

范博利一驚之下推椅而起，椅子都翻倒了，瑪蒂妲尖叫，司徒華的眼睛立刻瞪得像銅鈴大，卻一動不動，恐懼得愣住了。只有布拉姆採取了行動，而且動得極迅捷，他似乎是半空中攔住了她，一晃眼的工夫就把她釘死在桌面上，按住她的脖子，她手腳亂揮。一腳踢中了我，力道之大，害我撞上了牆。我感覺到灰泥剝落，牆後的板條應聲折斷，我的背一陣痛，我硬撐著爬起來，范博利已抽出了劍，準備要一劍刺入我妻子的心臟。

「不行！」我大喊，撲到桌上，幸好范博利及時抽回了劍，只差一毫釐，就變成我自己的背部中劍了，我摔在他的腳邊。

「我按不住她了！」布拉姆大喊。他仍壓制著她，現在是按著肩，可是她在底下弓背抵抗，極力掙脫。

瑪蒂妲越過桌子，一把從司徒華手上搶過占卜球，把十字架似的支架舉在愛蜜莉的臉上。我的妻立刻恐懼地全身僵硬，頭偏向一側，死命閉著眼睛。「住手，否則我就放到妳的身上！」瑪蒂妲說，但是這句威脅是多餘的，愛蜜莉的身體整個變軟，她的官能恢復了，因為她揮舞的手臂現在遮住了乳房和私處，膝蓋也收到胸口，像個在尋求保護的孩子，剛才響亮的嘶吼聲也停止了，而且她懇求地看著我。「喔，他在呼喚我！他的聲音好美！」

「誰？」范博利問。

愛蜜莉不理他。「他也在找嘉勒格杜，他珍貴的伯爵夫人。」

布拉姆抓緊她的肩膀，搖晃她。「誰！」

「那個高個子男人。」愛蜜莉接著一笑。「他想跟我跳舞，我一定得去找他。」

司徒華從椅子上站起來，俯向她。「我們到哪裡可以找到愛倫．柯榮？」

愛蜜莉只看了他一秒，猝然伸手，抓住了他的手。司徒華的手指被她捏白了，他一臉痛苦，但是還沒尖叫，頭就猛地向後仰，眼睛向上翻，露出了眼白，被視象控制了。愛蜜莉也變得僵直，彷彿兩人在溝通。「我好愛跳舞喔。」愛蜜莉輕聲說。

我旁邊的布拉姆大喝一聲，我轉頭發現他異常痛苦，他放開了愛蜜莉，撕開襯衫，連衣料都撕破了。他的手落在頸中的鍊子上，一把扯斷，扔在桌上。是那枚戒指，他跟瑪蒂妲多年前發現的戒指，金屬散發出火紅色，燙得我站在這兒都能感覺得到。

「惠特比！」司徒華大喊，臉孔因劇痛而扭曲。

愛蜜莉放開了他的手，從桌上彈起。

一瞬間，她就衝破了餐廳的大窗，消失在暴風雨中。

布拉姆．史托克日記

一八六八年八月十四日晚十一點十九分——若不是被范博利攔住，我大哥就會跳窗去追大嫂了，我緊抓著燙傷的手和胸口，環顧四周，打死也不肯相信發生的事。

瑪蒂妲如雕像般杵在角落，雙手摀著嘴，一臉悚懼，我還以為她的頭髮會全部變白。她的目光從桌子跳向我，再跳向窗邊的松利和范博利，最後，聚焦在司徒華身上，他縮在地上，緊抓著手，發出細碎的聲音——其實是哀鳴聲。

瑪蒂妲這才回過神來，跪在他旁邊，握住他的胳臂，小心避開他的脖子或是手腕袒露出的皮膚。「惠特比有什麼？」她問。我倒吃了一驚，因為我以為她是要安慰他，結果她只是要他解釋。

「別碰——」司徒華輕聲說。

「妳得給他一些時間恢復。」范博利在窗邊說。「愛蜜莉一下子就和他直接接觸，他沒有心理準備，我知道這一點你我或許都覺得難以理解，可是像他這麼感官敏銳的人，卻是非常痛苦，甚至是有殺傷力的。」

「我沒事。」司徒華喃喃說。「可是拜託，瑪蒂妲小姐，拜託妳退後，我無意冒犯，可是妳太靠近我了。」

瑪蒂妲照做。

松利仍立在窗邊，這時哭了起來。我走向他，眺望屋外，打量夜色，不見愛蜜莉的蹤影，就算她在泥地上留下過足跡，也被雨水沖刷乾淨了，可是我極其懷疑她會留下痕跡。

「她孤零零一個人在外頭。」松利說。「我們一定得找到她，她沒法照顧自己。」

「我們會的，我保證。我把窗板關上吧，雨打進來了。」

松利心不在焉地看著他的餐廳地板上聚積的小水坑，朝我揮揮手，又走回桌子，倒在一張椅子上。

我最後打量了黑夜一眼，這才把窗板關上，扣上栓。我回到桌邊，范博利正拿著我的戒指就著光端詳。「這是什麼？」他的聲音多了一絲怒氣。

「我跟瑪蒂妲在阿爾闐堡發現的手上就握著這個。」我說。「我們跟你說過了。」

「你是跟我說過戒指，可是你們沒提上頭的銘文，也沒說戒指仍在你這裡，你不認為這些小地方很重要嗎？」范博利挨向司徒華，讓他讀戒指內環的文字。「你要拿嗎？」范博利問他。

司徒華露出苦瓜臉，顯然很不舒服。他手腳並用爬起來，伸手去拿手套。「我才不要，我要你的車夫立刻就送我回家。」

「你還不能走！」瑪蒂妲擋在他和門之間。「你一定要跟我們說惠特比有什麼。」她急忙去拿桌上的素描簿，翻開了英格蘭地圖，輕敲惠特比城旁的記號。「這是什麼地方？這個惠特比是什麼地方？」

「妳最好是把惠特比忘了，也別想去找妳的保姆。」他說，又轉向松利說：「而你應該把你的妻子忘了，她現在在他手上，你是別想要回來了。」

「**他**是誰？」

司徒華推開他就往大門走。「等你的車夫送我回家之後，我會叫他回來這裡。」

瑪蒂妲想追上他，但是我抓住她的手，搖了搖頭。

「讓他走吧。」范博利說。「你們對德古拉知道多少？」

「什麼也不知道。除了戒指的銘文之外，我沒聽過這個名字。」我說。

范博利比著空椅，我跟瑪蒂妲都坐下來，他這才拿起戒指，以大拇指和食指緊緊捏住。「這個能說明許多事情。」他說。「比你們想聽的還要多，可是如果你們要了解我們要對付的是誰，就非聽不可。」他占了一張椅子，把戒指擺到桌上。「德古拉家族歷史悠久，源自瓦雷齊亞山區，最初是農民，後來成為保護人民的領袖，最終統治了整片土地，幾世紀來擊退了眾多的入侵者，主要是土耳其人。據說他們的力量驚人，而且戰技令人骨寒，而且他們是因為與魔鬼本人結盟而繁盛強大的。據說這個家族的每一個成員都會跋涉到赫曼斯達湖邊的修羅曼斯，魔鬼的學校，去學習。那裡的學生會知道大自然的一切奧秘，學到動物的語言，學會數不清的咒語和符識，全都由魔鬼本人親授。

「每班學生限定十人，學習最後，九個學生可以回家，但是第十個會留下，作為支付魔鬼的報酬。據說幾世紀來德古拉家族至少有四個人中選。而這些『第十個學生』就變成了魔鬼的副官，他的私人學生，受到傳授的黑魔法比其他人都高深得多。他們學到了戰勝死亡的能力，操縱他人的心智，隨心所欲變化形體，他們變成了凡人中的神，可是代價卻極大，因為魔鬼擁有了他們的靈魂，天堂的大門對他們是永遠關閉的，因為他們最後的測試就是要棄絕天主，擁抱一切的邪惡。」

「這只是傳說，對吧？不是真的？」布拉姆問。

「這是千真萬確的事，就像你們的保姆寫在紙上的嘉勒格杜故事——我真切相信就是她的過去。畢竟，一切的傳說都會有事實基礎。」

「那你相信這個『高個子男人』就是德古拉家族的？」瑪蒂妲問。

范博利點頭。「對，我相信他就是德古拉**總督**。我在東歐各地都聽過他的傳說，有些地方稱他**復活幽魂**、**魔鬼**、**地獄**，我在布達佩斯看過的一本德文書甚至稱他**吸血鬼**。生理的描述都類似：高個子、黑髮、濃眉、鷹鉤鼻。我看過無數這個人的畫像，可每一張總會有些不同，但是基本的面貌都一樣。」

我想起了瑪蒂妲多年前幫愛倫畫像，總是捕捉不住她的真面目，每張肖像都和上一張不同。我發覺瑪蒂妲在看我，她也想著同一件事。

「最常見的圖像，」范博利接著說，「可以在紐倫堡的一本古冊裡找到，那是十四世紀出版的，他在裡頭是德古拉**總督**，但是我相信他有許多化名。」

「我不在乎他有什麼化名，或是他過去犯下了多少的暴行，這個邪惡的人奪走了我的妻子。」松利說。他又站到窗邊，窗板再次打開了一條縫，足以看見外頭的暴風雨。「我會追他到天涯海角把她救回來，如果愛倫跟我的愛蜜莉在一起，必要的話，我也會一刀刺穿她的心臟。」

「去追他的人只有一個下場：死亡。想想看你見證過的事情。」范博利說。「這個人在我們的眼前從一個人變化成一群蜜蜂，我相信我們可以假設是他讓派崔克．俄奎夫復活的，不止一次，而是兩次，第二次還是在他的屍體被解剖之後，單憑這一點就足以讓我們領教到他的邪惡力量。他以他血液中的惡疾感染了尊夫人，使她成為心甘情願的奴隸，令她捨棄了你，如果嘉勒格杜的故事屬實，你們的愛倫也在棄絕天主時加入了不死人的圈子，創造出德古拉的邪惡也在她的血管中流動，你們連對付一個都沒有機會，想對付他們兩個，不啻是天方夜譚。」

「他要如何到英格蘭來？你不是說他們無法渡河？」松利問。

「我說他們不能憑自己的力量渡過流水。」范博利反駁道。「可是德古拉富可敵國，他可以用錢來買通別人，那些肆無忌憚的人。」

「我們不能半途而廢。」我靜靜地說。「無論愛倫感染了我什麼，無論這個人對愛蜜莉怎麼了，兩件事都有關聯，這個詛咒從我們童年起就糾纏不放，我們得作個了斷。」

松利說：「我們怎麼能確定愛蜜莉去了惠特比？萬一我們都走了，而她又回來，屋子卻空無一人呢？」

我又拿起了戒指，緊緊搯在手裡。「愛蜜莉去找他了，而我們知道他去了惠特比，他今晚就是來帶她走的，我們只是拖延了他的速度。」

「那愛倫呢？」瑪蒂妲問。

「愛倫也往那兒去了，我敢肯定。」我說。

「你怎麼知道？」

我的胳臂奇癢無比，多年來第一次，牽繫住我和愛倫的繩子扯緊了，小時候我還以為這種牽繫純粹出於我自己的想像。

「我就是知道。」

但是我不知道的是我是在利用這副鐐銬來追蹤愛倫，抑或是愛倫利用它來引我過去，做為呈給這個德古拉的奉獻。無論如何，我都確定一件事：答案就埋在這條問題之路的終點。

范博利注視著我，卻一言不發，他盯著我的手，剛才燙傷的地方已不再痛，也不再化膿，而是已經癒合了。

松利回到桌邊，坐在他旁邊。「阿米涅思，你已經幫了我們很大的忙了，遠超過我的請求，我不能要求你跟我們去，那太沒有分寸了，你已經付出太多了。」

范博利說：「夠了！我當然會陪你們去，既然你們要去找死，我至少可以當見證人，不過我們需要裝備，我立刻就著手準備，我們應該在東方乍亮就能啟程。」

現在

那人惡狠狠瞪著他。

布拉姆的脊樑一陣哆嗦，彷彿這個黑暗的實體伸出了手，撫摸他的臉頰。

那人的腳下兩條蛇的斷軀在泥濘的草地上抽動，布拉姆驚恐地看著四周的泥濘開始冒泡，吞噬了蛇，一條蛇的黑色小眼鎖住了他，醜陋的頭消失在泥巴下。

這時霧氣出現，從仍在噴發的泥漿中升起，有如邪惡的蒸汽。一開始只凝聚在那人身邊，馬上就向外擴散，像畫同心圓一般越來越大，最後碰到了塔樓，開始包圍，宛如擁抱。布拉姆走向另一扇窗，看見城堡這一側的泥土也在冒泡，草地閃爍著蒸汽，隨即是霧氣噴發。神秘的霧懸浮在地面附近，升起不足一兩呎，但是十分鐘內整座建築都被覆蓋住了。

而自始至終那人都盯著布拉姆，雖然他好似在集中心神。他的雙手在身側伸展，曲起十指再伸直，長指甲指著地面。然後，他俐落地一矮身，指尖插入了土裡，霧在他的四周攪動，緩緩盤旋，然後速度變快。說是受到風助，布拉姆卻沒感覺到有風，塔內的空氣仍寂然不動。

一瞬間霧就消散了，布拉姆看著霧沒入地下，消失無蹤，被底下不知名的力量吸收，像吸入一口氣。

萬籟俱寂，聽不到一丁點聲音，所以門後有人開口，布拉姆嚇了好大一跳。

他來找你了。是那個小女孩的聲音。

話聲甫落，那人四周沸騰的土壤又翻攪了起來，蛇從地底竄出——幾千條，大小俱全，五顏六色，從底下的地獄爭先恐後向上鑽出。

瑪蒂妲給愛倫・柯榮的信

一八六八年八月十六日

我最親愛的愛倫：

我不會複述這兩天發生的事，因為妳一定知道了。我只能假設那個高個子男人，那個我們稱之為德古拉的人，通知了妳。我也相信布拉姆與妳之間的聯繫讓妳也能夠監視他，因此，妳一定知道我們正在趕往惠特比的途中。

我們在都柏林搭上了一艘「倫斯特」郵輪，橫渡了愛爾蘭海，航程倒也順利——麻煩的是范博利先生拖的兩只大行李箱，裡頭裝了各色各樣的衣物以及聖物。我只提了一個袋子，布拉姆和松利都認為輕裝旅行是上策。

郵輪送我們到利物浦，我們再轉搭火車到惠特比，途經曼徹斯特、里茲、約克，預計一個小時之內抵達。

可想而知，松利心情低落，他不想離開家，也差點就留下了。即使發生了這麼多的事，他仍堅信無論愛蜜莉感染了何種惡疾，都只存在於她的心裡，而她現在正神情恍惚在都柏林的街道上遊蕩，他一想到她回到家卻找不到他就受不了。費了一番口舌，布拉姆才讓他相信跟我們一起走才是對的，他指示僕人無論何時都不得鎖上門窗，若是愛蜜莉回來，就立刻拍電報到約克公爵旅店通知他。

布拉姆跟我們說妳也在惠特比，可是他不肯說明原因，妳是否跟那個高個子，這個德古拉，同行？抑或是他也同我們一樣跟蹤妳而去？妳到那麼荒僻的地方做什麼？

妳為什麼離開我們？或者該問妳是否在追逐我們？

妳的道路難道就沒有終點？

布拉姆一直在抓胳臂，我想他沒發覺我注意到了，但我的確注意到了。他在抓妳咬過的地方，一路抓到肩膀。惠特比就在不遠處了，這種「癢」似乎是離妳越近就越癢，他很少提，可是他顯然非常擔心。即使是現在，他瞪著車窗外，看著英格蘭的風景向後飛逝，他的心卻在別的地方，他的心在妳身上。

摯愛妳的瑪蒂妲

布拉姆．史托克的日記

一八六八年八月十七日零時零五分——旅行了三天，我們終於平安抵達惠特比小城，安頓了下來。我得承認，搭船橫渡愛爾蘭海令我心驚肉跳，那種禁閉讓我惴惴不安，還有四周淨是洶湧的海水。這個經驗讓我覺得自己好渺小、好脆弱。若不是我身心俱疲，我可能會胡思亂想，沒個了局，可是我睡著了。我以為夢裡會被愛倫和眼前的追尋填滿，但並沒有，唯有一片的黑，沒有景象，沒有聲響。我想只能用死亡來形容，我睡得就是這麼死。

抵達惠特比之後，范博利就召來一輛馬車，送我們到約克公爵旅店，旅店坐落在小城面西的峭壁上，我們已經預訂了房間。范博利和瑪蒂妲各住一間，我和松利同房，我覺得以他目前的情況，最好別讓他落單。此刻他躺在床上睡覺，卻睡得不安穩，翻來覆去，老是被床單纏住，而且不止一次喃喃說夢話。大多數都聽不懂，可是我能聽出大嫂的名字，她的什麼食物，還胡言亂語警察因為他殺害了史帝文斯醫院的守衛而追捕他。我知道那人死在他的眼前，可當然錯不在他；松利必然也了解，只是他的心卻放不下罪惡感。可能是因為他並沒有報警，也可能是最近接二連三出事，壓力以罪惡感的模樣浮現了。松利鑽研心智，我則否，可是我得承認心智的運作極其奧妙，我始終都有極大的興趣。

我坐在窗邊的扶手椅上寫日記，習習海風吹拂著我的皮膚，吸入帶鹹味的空氣讓我想起了多年前的科隆塔孚。惠特比的地理優美，小小的埃斯克河蜿蜒流過深谷，在入海處擴散。古城的屋宇全都是紅色屋頂，似乎一棟疊著一棟。而大修道院居高臨下，不過已經是廢墟了，在大修道院和城市之間是教區的教堂——我後來才知道是聖母堂，教堂周邊是一片寬敞的墓地，墓碑櫛比林立。俯視港口的山極其險峻，部分的峭壁掏空，危及了部分墳墓，我們一到范博利就指著這種可悲的情勢。「有許多墳墓都空了，留下的墓碑只是為了安撫那些落入海中的遺骸。」他的解釋卻無法抹去我腦海中的影像：山壁崩坍，而土中的屍體紛紛跌落在底下的大海中。

從街上走到墓園一定得登上一百九十九級階梯——可不是一件輕鬆的差事，因為山極陡，海風極強，而教堂與大修道院就屹立在階梯頂端。

山巔和大修道院都把我往那兒拉扯。

早在范博利留話給我和松利要我們到旅店大廳會合之前，我就知道我們遲早會登上這些階梯。

✣

一八六八年八月十七日下午四點十三分——「這幾個鐘頭我都在蒐集資料。」范博利跟我們說，「只要是我的人脈知道的、對我們有幫助的事情。」

我們四個在教堂街上一家戶外酒館圍桌而坐，遠處大修道院高高在上，稍早的藍天已不復見，換上了厚厚的灰雲。很快就會下雨，但現在仍不見一滴雨，霧氣籠罩住港口，隨時會席捲內陸。

「我可以陪你去的。」我說。

范博利揮揮手。「你需要休息，你們都是，為眼前之事養精蓄銳，我年輕時休息得夠多了，現在不太需要睡眠。」

「你在這裡有朋友？」我覺得瑪蒂妲的原意並不是要這麼多疑，所以她說完就臉紅了。

「我到處都有朋友，親愛的，在我這一行，朋友怎麼也不嫌多。」

到這個時候，我們也都知道了追問他是做哪一行的也是白費力氣，所以誰也沒多問。
「愛倫就在附近，我很肯定。」我說。
「那愛蜜莉呢？」松利問。
「我不知道。」這是老實話。我可以感應到愛倫就在附近，卻對愛蜜莉一籌莫展。「愛倫感覺就像是跟我們同桌而坐，我相信此時此刻她就在監視我們，日光讓她膽怯，讓她覺得脆弱，所以她躲在陰影裡，可是就在附近，非常近。」
「那個高個子，德古拉呢？」范博利問。「你能感應到他嗎？」
不能，我也照實說了。「可是只要我想到他，我相信愛倫就能感覺到他，坦白說，我**知道**愛倫能夠感覺到他。我認為他還沒來惠特比，可也很快就會到，她等著他抵達……對，她在監視我們，也在等他。」我把話說得很慢，因為思緒動得慢，我說不上來愛倫跟我之間的聯繫是怎麼回事，可是卻好似在增強，讓我能夠伸出觸角，從她的心裡擷取思維，我不由得好奇：若是她也如法炮製，我會知道嗎？
「我要你試試別的，布拉姆。我要你專心想著愛倫時去想愛蜜莉，就跟她想到德古拉一樣，從愛倫的心去想愛蜜莉，她知道愛蜜莉在哪裡嗎？」
我閉上眼睛，范博利把話說得像誘哄，沒有音調起伏，我發現他的語調讓我落入作夢似的狀態，似睡非睡。「把那個想法植入愛倫的心裡，然後設法捕獲結果。」
我照做，然後說：「對，愛蜜莉跟那個高個子在一起，是個黑暗陰沉的地方……等等，焦慮不安，不得安寧，搖晃，跟著海水搖晃？等等，不，不是了。是馬車，他們在坐馬車。」
「好，布拉姆，非常好，再來很重要，所以要仔細想，他們是何時離開都柏林的？」
我把念頭強行植入愛倫的心裡，就算她抗拒了，我也沒察覺到什麼壓力。答覆來得極快，是從流速極快的思潮中拔取的。「週六晚，搭船到利物浦，轉搭私人馬車，許多匹馬，速度很快，快極了，黑暗，她認為他們今晚會到，深夜裡。」

「你做得非常好，布拉姆。我要你再試一次。我知道你辦得到，所以讓你的心智鬆弛，接受這一點，這一次也非常容易，就像左右轉頭，或是喝茶一樣，懂了嗎？」

「懂。」我聽見自己的聲音，卻很遙遠，彷彿我是在對街聽到的。

「你說愛倫曾監視我們，你甚至說她此時此刻就在監視我們，我要你用愛倫的眼睛看，告訴我們她在哪裡，她是如何看的，從哪個方位——」

我倏然睜眼，腦子像有利刃切過。劇痛向前翻滾，感覺像有人使盡了力氣捏住我的眼皮。我險些呻吟，但我硬是吞了下去。

「吸氣，布拉姆，吸氣。」范博利緩慢而嚴肅地說，聲音在我的耳朵裡響。「結束了，放輕鬆。」

我眨眨眼，眼睛恢復了光明，即使頭頂烏雲蔽空，光線也亮得不得了。我兩肘都架在桌上，頭趴在手背上。

「她阻擋了你。愛倫發覺你在她的心中刺探，所以把你封鎖了。這是預料之中的事情。你知道她在哪裡了嗎？」

我想了想。「不知道，還是很近，可是她可能在隨便一棟屋子裡。」我們的周遭有數百扇窗戶，商店櫥窗、住家、我們的旅店、對面峭壁上的大修道院，比比皆是，我完全猜不透她在哪兒。

「不錯不錯，我們知道了許多事，我不認為這是她第一次來惠特比。事實上，我認為她已經來了不少時日了。」范博利說。

瑪蒂妲一手按著我的肩。「你為什麼這麼說？」

范博利比著港口。「這兩年來，居民見過一頭幽靈犬，又大又黑，在沼澤梭巡，當地人說那頭畜牲比一般的狗大太多，樣子像狼。這兩個星期來，看見的人變多了，次數也越頻繁，最近的一次是昨晚。」

「你覺得那頭狼是愛倫？」松利問。

「我有理由相信是的，還有呢。」他朝大修道院點頭。「另一個當地的傳說是有個白衣女人出現在大修道院的窗子裡，就在塔上。大修道院的管理人向我保證沒有人進得去那座塔，可是即使是他也在這個星期看過她，雖然各人的描述不同，但我相信這一個幽靈可能就是我們的愛倫．柯榮。」

「我們來了之後我就被那個地方吸引了。」我坦白說。「我不確定愛倫現在是否在那裡，可是卻有一股否認不了的熟悉感。」

「她利用派崔克．俄奎夫的墳墓隱藏物品，說不定她現在也是這樣。」瑪蒂妲說。「對於違逆死亡的人而言，把物件藏匿在某個荒涼的墳墓裡，當地人早已遺忘的地方，也就不會有人去打擾，倒是滿合理的，要把地圖藏起來就會是個再適合不過的地點了。」

「問題是她要如何進去？」松利指出。「那裡不是選定的聖地嗎？」

范博利聞言微笑。「我在惠特比圖書館也問了同樣的問題，結果發現了一段非常有趣的大修道院歷史，第一個修道院，是一千多年前諾桑比亞王國的奧斯威國王建造的，同時收容僧侶和修女。有一位撒克遜公主，叫希爾妲，曾擔任修道院院長。六六四年，召開了席納——」

瑪蒂妲蹙眉。「席納？」

「就是會議。」范博利解釋。「是教會史上最重要的一次會議，旨在調合不列顛諸島上羅馬天主教以及塞爾特教會的歧異。這個時候，鮮少有哪個地點比別的地點更神聖，到了十世紀，整棟修道院都毀於丹麥人之手，修道院又重建，也就是目前的這一座，成為本篤會僧侶的修道之處，活躍了將近五百年，後來亨利三世在一五三九年下令解散所有的修道院，於是這裡的建築和土地就被約克郡的一個大地主理查．孔姆立買下了。他的家族在此住到十八世紀，之後就荒廢了，接下來的部分我覺得最耐人尋味。」他頓了一秒，然後湊向桌子。「孔姆立先生利用了修道院的石頭來蓋他的房子。當時的傳統是，在他拆除一座聖所之前，建築體需要先由教會除聖，然後才能把部件拆下來建造私人住宅。」

「你確定嗎？」我問。

「百分之百確定，墓園以及殘餘的土地仍然在教堂的祝聖之內，可是大修道院卻沒有，它不再是神聖之地了。許多人相信那個白衣女子是希爾妲，以前的修道院院長，在她所愛的修道院遺跡上遊蕩，不過我剛才說過，我相信是這位柯榮小姐，為什麼不呢？如果你們相信嘉勒格杜的故事，對於某個棄絕天主的人而言，還有比大修道院，已經除聖的地方更合適的藏身處嗎？」

「一塊據信是神聖的，實際上卻不是的土地，就躲在別人的眼皮子底下。」松利說。「真聰明。」

說時遲那時快，范博利看見了什麼，站了起來。「請容我告退一下。」

我看著他離開桌位，走向橋街與教堂街的角落，有個花販子已經抵達，正在擺攤。她正在解開花束，放進沿路陳設的花籃中，兩人交談了幾句，女販子指著馬車，收下了錢，交給范博利一個籃子，他拎回來，放在桌子中央。

「如果我們果真在修道院裡找到了柯榮小姐，我想要送她這個禮物。」范博利說。「女人最愛鮮花了。」

我湊上去看著麥稈籃，裡頭裝滿了大朵的白色野玫瑰。

一八六八年八月十七日下午四點五十八分——我們登上了階梯到大修道院，從教堂街出發，迂迴而上，階梯的坡度緩緩上升。早先，范博利的行李箱安全地送入了他在約克公爵旅店的房間。他拿出了一些東西，裝滿了四只革囊，分配給我們攜帶。我並沒有看別人的內容物，我自己的裝著各種尺寸的鏡子和十字架，松利走在我前面，我看到一枝步槍槍管由他的革囊中突出來，他剛才讓我看過，是全新的史奈德馬克Ⅲ型，槍管縮短了，便於攜帶。我也看到范博利把玫瑰花放進了瑪蒂妲的革囊裡，我不確定他自己的革囊裝了什麼，不過無論是什麼，都顯得很沉——他每隔幾分鐘就會換肩揹。

不過半個小時，天空就變得更陰鬱，暴雨雲翻滾而來，我看得到遠處的港口，船隻這會兒都入港了。已經停泊的也綁好了纜繩，等待惡劣的天氣降臨。我們每攀登一階，空氣就變得更冷一些，霧也更近，最後我們只看得見籠罩住我們的霧氣。山下的世界，惠特比小城，只是氤氳一片。我忍不住想到范博利曾說德古拉能夠操縱天氣，不由得懷疑他是否已到了。等我們走到階梯的一半時，松利護著他的左膝——打橄欖球的舊傷，而范博利好似上氣不接下氣，我伸手去拿范博利的革囊，甩在自己肩上。「到了頂上再還你。」我跟他說。

范博利原想爭辯，卻只對我點了點頭。「我的腿是個負擔，尤其是像這種時候。」他說，現在已是由嘴巴呼吸。

「這上面的空氣稀薄，誰都很難受。」

「你卻不會。」

我沒搭腔，只是繼續走。他當然沒說錯，我一點也不覺得累，我願意的話，還可以用跑百米的速度衝上階梯。

「你感應得到她在上面嗎？」瑪蒂妲問。

我搖頭。「從她阻擋了我以後，我就什麼也感覺不到了，就算她在修道院裡，我也不會知道。」

我們再往上爬，只遇見了三個人，兩名年長的漁夫以及一個女人。三個人都緊張地打量天空，急忙下山。爬到山頂後，我們發現雜亂無章的墓園中唯有我們四人，左邊是聖母堂，前方是大修道院，緊鄰著一個大池塘。墓園延伸到山上，直抵峭壁，下方深處就是海洋，這裡比我的估計還要大。「我們要從哪裡找起？」

范博利要回他的革囊，我立刻就還給了他。他從革囊的前口袋裡抽出一張舊地圖，打開來，泛黃的紙張上畫著建築物與土地。「我們在這裡，」他說，指著地圖上由小城周邊蜿蜒而上的階梯。「聖母堂仍然是聖地，所以愛倫不可能在這裡，墓園泰半也仍是聖地。」

「那自殺塚呢？」瑪蒂妲問，研究著地圖。

「對，」范博利說，「在這邊和這邊。」他指著地圖上的兩個點——一個在修道院側面，一個則看似在懸崖邊上。「自殺塚不屬於教堂的土地，而是屬於修道院的土地。」

海面上閃電破空，連閃了三下，我們都恐懼地盯著看。

「趁暴風雨來襲之前，也許我們應該分散開來找。」范博利建議。「布拉姆跟我找修道院的內部，你們兩位去找自殺塚。」

「這樣安全嗎？也許我們應該待在一塊。」瑪蒂妲說。

「就算這些東西在白天出來，也沒有什麼力量，他們比凡人還不如。如果她在這裡，如果他們之中有誰在這裡，也最有可能是在休息。」范博利說明。「還有四個小時就天黑了，我們得盡量利用時間。」

瑪蒂妲伸手捏了捏我的手。「千萬要小心。」

「妳也一樣。」

范博利對松利說：「發現了什麼，就來找我們，我們就在附近。」

我看著瑪蒂妲和松利走過墓園入口的古老十字架，消失在大墓碑林中。

范博利把革囊拎起來。「來吧，年輕人，我們得趕快。」

修道院大多成了斷垣頹壁，可是殘存下來的部分卻氣勢宏偉——雕花精美的高聳石柱，龐大的石塊朝著天上盤旋的灰雲伸展。地面長滿了綠色植物，爭先恐後要占據這個建築，但是建築卻仍不願屈服，仍奮力戰鬥。我們經過了一處拱頂，由南袖廊進入修道院。中央的牆壁底下有一堆瓦礫，仍屹立著一座樓梯。

「這些迴廊沿著外牆繞行。」范博利跟我說。「往西通到中殿，東邊則是唱詩班席位、內室、聖殿。四角有圓塔，從樓梯可以上去，當地人最常來這裡，尤其是晚上，船隻在暴風雨時出海，需要制高點來引導船隻安全返航。」

「那個白衣女子是在哪裡被看見的？」

「在四個塔樓上，還有我們上方的這個中心塔的塔頂，在城垛後的主樓裡。」這時他仰望上方，天花板開了一個大洞，翻翻滾滾的暴雨雲清晰可見。「中央主塔的支撐建築大都崩塌了，其實，大約三十年前，這整個區域都消失了，包括樓梯。上層的房間都有安全問題，所以封閉了，如果愛倫在的話，我認為會是在上面。」

我往岔道走了一步，空氣因黴菌而腥臭，一個個的小水窪儲存著死水。雜草在許多石頭間生長，硬是鑽破了砂漿，我一指拂過牆上的石頭，石頭往下沉，我的手臂一陣酥麻，心頭浮現了一個名字，打哪兒來的，我也不知道，可是我仍低聲說了出來。「馬彌翁。」

范博利停步轉身。「你說什麼？」

「馬彌翁。」

「你是怎麼知道這個名字的？」

我聳肩。「不知道，我是說，我也不記得在哪裡聽過，它就自己冒出來了。」

范博利瞪著我。「是愛倫嗎？你從她的心裡擷取的？」

「可能吧。我還是不知道。有什麼意義嗎？」

「華特·司各特[3]寫了這個悲劇的傳說——一名修女愛上了騎士馬彌翁，最後他卻成了負心漢，她為了他打破了誓言。等這一對情侶被發現，她就被封死在磚牆後，就在這座修道院裡。」范博利說。

「後來有人發現她了嗎？」

「沒有，如果故事屬實，那麼她仍然在這裡。多年來有許多人來尋找過，卻找不到蛛絲馬跡。」我說：「如果是愛倫這麼想的，兩者又有什麼關聯呢？」

范博利沒有回答。

我一手摸牆，眼睛飄向天花板的缺口。「我們可以從那裡上去嗎？」

他搖頭。「那邊通向牢房，在上層的塔旁邊，是外層的庭院，可是就算有門也都以砂漿和石頭封死了，以免有人接近。」

岔口的外牆排列了許多的壁龕，在修道院仍未作廢前，無疑是為了擺放雕像或是書籍的。壁龕的間隔大約六呎，現在全都覆上蜘蛛絲，石頭脫落，積滿了大量的灰塵，有個壁爐殘骸仍昂然挺立在另一端的牆腳，爐火早已熄滅了。我的視線一落在那兒，手臂就又是一陣酥麻。

我走了過去。

壁爐約莫八呎寬，燃燒室就差不多有五呎寬，高度也差不多，我能聽見在裡面結巢的小鳥在高高的煙囪啁啾。我不確定自己是先看見燃燒室的左邊角落有一小堆土的，或是我聞到的，可是我立刻就認出了那種氣味，因為那跟多年之前我們在愛倫保姆的床下發現的腐土一模一樣。

3. 華特·司各特（Walter Scott, 1771-1832）是蘇格蘭著名歷史小說家及詩人。

松利・史托克的日記

（以速記記錄，抄錄如下。）

一八六八年八月十七日下午四點五十八分——我妹妹堅定地在墓園中穿梭，小心翼翼踩過腳下的死者，審查經過的每一塊墓碑，墓園的這一區並不讓她格外留意，她有興趣的是懸崖邊緣的自殺塚。我們逐漸接近，她繼續研究頭頂上翻翻滾滾的烏雲，幾分鐘之內，空氣就多了一份寒意，我的頭頂也滴到了第一批雨滴。

我們經過了一個大池塘，池塘的氣味飄散在整個墓園裡，發霉、陳腐、死滯，池水都是死水，只有雨滴落下才會打出幾圈漣漪。

「這裡。」她說，停下了腳步。「看到那一小堵石牆了嗎？我們在科隆塔孚也看過一樣的，用來分隔聖化的和未經聖化的土地。」

我在這裡發現地勢也有了變化。就在牆外，雜草顯得更茂密，墓碑上覆滿了爬藤，好似要把石碑包覆住，再拉倒到地面上。而石碑本身也小得多，我背後的墓碑都很高大，隨便都有二至六呎，自殺塚的石碑卻都是矮矮小小的。許多倒在地上，有些沒有銘文。這裡確實是那些不受待見、被人遺忘之人的葬身地。

「我們要找什麼？」我問妹妹，眼睛從這塊石頭跳到那塊石頭。

瑪蒂妲跪下來拔除一塊石碑前的雜草，隨即摩挲碑面上的文字，都已隨歲月漫漶了。「很難說，以俄奎夫的墓來說，墳土像是幾年都沒有翻動過了，可是我們卻在裡頭發現了愛倫的東西，范博利說這些生物具有變形的能力，甚至還能幻化成煙霧，這種能力也適用在他們的物品上。果真如此的話，她就可以透過最小的孔洞進出墳墓，小到我們可能看不見。」

「那可沒有多大用處，我的好妹妹。」

瑪蒂妲移向下一座墳。「或許有眼熟的名字，也可能是碑上的符號。如果愛倫利用墳墓來休息或是存放物品，我相信她一定會做上記號，你從那兒開始，我找這邊的，一路找到墓園的外面。」

我開始在墳墓間移動，尋找著任何的線索。懸崖矗立在眼前，我再一次注意到這些墳墓就立在峭壁上，這一片的墓地隨時都可能會被洶湧的大海討回去。

瑪蒂妲尖叫，向後躍開。

「怎麼了？」

「蛇！嚇了我一跳。」

在她驚叫之前，我一條蛇也沒看見，可是好像是聽到了信號似的，兩隻蛇從我面前鑽過。愛爾蘭沒有蛇，所以我不習慣看到蛇。說實話，蛇害我起雞皮疙瘩。

「這裡的土壤潮濕，很適合青草蛇，不過這種蛇沒有毒，妳要小心的是蝰蛇，蝰蛇雖然不會主動攻擊，可是萬一踩到了就會被咬，那種蛇有最致命的——」

「松利？」

我抬頭發現瑪蒂妲跪在一面小墓碑前。

「我想我發現什麼了。」

我走過去，在她身邊蹲下，看她忙著拔草。石頭上的銘文很模糊，但還辨識得出來，只簡單寫著**緬懷巴納比．斯維爾斯**，沒有日期。

「我不懂。這有什麼？我看過幾十個像這樣的，妳聽過這個名字嗎？」

瑪蒂妲搖頭。「上面只寫『緬懷……』。」

「這裡的很多石碑也一樣啊。」我說。「很多人都是在海上送命的，沒有屍骨可以埋葬，所以就立個這樣的碑，而不是寫『在此安息』。」

「自殺塚裡沒有一個墳墓是刻『緬懷某某人』的，只有這一個。其他的都在那邊。」她說，比著另一半的墓園。「為什麼自殺塚之中會有空墳？這可說不通。」

當然，她說得對。自殺塚就是為了埋葬教會認為非神聖、未經祝聖的屍體的，與聖化的土地區隔，是那些不能在教會土地上正式下葬的死者。遭到天譴的人是應該被遺忘的，埋葬之後就拋到腦後，再也無人提起，這裡不應該有空墳。「我去拿鏟子來。」

頭頂上，雲層再也遏止不了暴風雨了，肥大的雨滴開始不留情地抽打我們。

現在

布拉姆驚恐地看著塔底的土壤中鑽出一條條的蛇，每一隻都想要爬在另一隻的身上——太多蛇了，連地面都消失了，消失在扭動盤繞的蛇身之下。

而在中央則立著那個人，此時他伸長了胳臂，仍閉著眼睛，手指仍在抽動。布拉姆忍不住想到了指揮家與樂團，每一種樂器都隨著他的指揮棒而動。而這一切都進行得悄然無聲，布拉姆只聽見自己的呼吸聲。

他後面的門飄來了新翻的泥土味，這種墳墓的腐臭氣味現在對他已是再熟悉不過了，他只能想像它來自何處。接著他聽見了野獸的咕嚕聲，緊接著是小女孩的刺耳笑聲，全都來自門後。

他擺在門口的最後一朵玫瑰此時已皺縮枯萎，而他的籃子也已空了；他把最後兩朵放在窗台上，阻擋那個人——德古拉。他考慮移動一朵，卻知道這麼做可能正中那人的下懷——解除窗戶的武裝，允許他進入房間。

臭味越來越濃，布拉姆舉起衣袖摀住鼻子。

門框四周最後一塊聖餐餅糊就在他的眼前乾涸，落在石地板上。黑色的髒東西開始從門縫以及地板滲透，味道酸臭，還有蛆和蚯蚓。布拉姆脫掉大衣，想阻止噁心的液體，可它卻繞過了障礙物，爬過了他的大衣，進了每一條摺縫裡。布拉姆噁心地退開。

他回到窗邊，向下望。

那人又盯著他，臉上掛著大大的邪笑，四周的土地仍佈滿了爬行的蛇，他抬起長手臂，高舉過頭，指著敞開的窗子。

塔樓的石牆覆滿了爬藤和蔓生的植物，幾世紀來忙著覆蓋住古老的建築物正門，現在成了蛇的目的地，蛇群開始爬過茂密的植物。起初只是測試，隨即變得大膽，蛇群緩緩爬上了建築物的側面。爬藤和植物仍染指不了的地方，蛇群卻扭動著滾爬而過，不斷向上，一吋一吋爭取高度。

布拉姆拉扯窗板，窗板卻一碰成灰，不用懷疑，絕對是底下那個人施展了什麼邪惡的咒語。底下那人屈指成拳，門後的生物以極大的力道撞擊橡木門，污穢的液體從各個邊緣噴射而出，灑遍了房間。接著又從門楣往下滴，覆住了木門以及腐蝕的金屬鎖。

布拉姆跑向他的革囊，倒出內容物。他沒有聖水，也沒有聖餐餅了，沒有東西能夠保護自己，他摘下了牆上的一支十字架，握在左手中揮舞。

外頭，蛇群繼續攀爬，近得布拉姆都能聽見嘶嘶聲，聽見分叉的舌頭輕擊獠牙。

布拉姆·史托克的日記

一八六八年八月十七日下午五點十二分——「那是什麼？」范博利在我後面問。

我鑽進了燃燒室，向上看。「煙囪壁上嵌了一架梯子。」

范博利也擠了進來，也抬頭看。「我什麼也看不到，等等——」他消失了，回來時一手舉著蠟燭。

我伸手握住了梯子的第一條橫木。「在這裡，看見了嗎？」

他舉高了明滅不定的蠟燭。只見每隔幾呎就有塊石頭突出，呈之字形，從燃燒室的頂端展延到上一層樓，可能也是另一個壁爐。煙囪夠大，可以讓我站直，所以我就站了起來。革囊掛在我的肩上，我開始攀爬，范博利把他的手杖給我，也跟著爬上來，小心護著他的壞腿。

我從煙囪爬到上層的燃燒室，發現這個房間比下層的要小得多，也是一股霉味，蒙塵的地面上不見足跡，我卻察覺出這是刻意為之的情況，想起了阿爾闐堡或是愛倫保姆房間完全不留痕跡的樣子。

范博利悶哼一聲也爬了上來，撢著外套褲子，朝東有一扇窗，他向外眺望。「寢室在這一層，這一間最有可能是希爾妲淑女的。」他謹慎地挪步。「踩踏的時候小心，地板很脆弱，可能會崩塌。」房間另一頭有道窄門，他走過去。「塔樓在上面一層。」

我們發現殘餘的樓梯在斗室之外沿著走廊左彎右拐，往下的樓梯已不復存在，也已封閉，但向上的樓梯卻仍完整。范博利建議我緊貼著牆尾隨他而上，踩著他的落腳處，他在前引路，先用手杖測試階梯是否穩當。這部分的建築非常酷似紙牌屋，稍一不慎就會坍塌，我的腦海中浮現了我們兩個撞破了地板，摔落在一堆瓦礫中的畫面。

樓梯的盡頭有一扇大橡木門，木門洞開，門後是黑壓壓的房間。

松利・史托克的日記

（以速記記錄，抄錄如下。）

一八六八年八月十七日下午六點十九分——我們挖了三呎，找到了舊木盒。

一個舊柚木盒，約莫三呎長一呎寬，乍看之下我還以為是兒童的棺材，但是盒子出土之後，我馬上就知道太小了。

部分的我相信我們會發現愛蜜莉埋在這個墳墓裡，想像中她沉睡在這片厚厚的泥土毯之下，一伺夜晚來臨，她就會穿透令人窒息的土壤以及糾結的樹根和忙碌的蛆蟲蚯蚓，回到生人的國度。接著我又想到了她從我們家的餐廳縱身躍入黑暗前的模樣，她的雙眸驚懼，而嘴唇襯著蒼白的肌膚是那麼的紅豔。

我詛咒布拉姆以及其他人把這些念頭植入我的腦海，讓我相信我的妻子變成了一個怪物。

「幫我抬出來。」我聽見瑪蒂妲說。

我勉強把愛蜜莉驅逐出腦海，俯身側躺，伸長了手臂才搆得著盒子。我用力抓住一角，又拉又扯。盒子很沉，沒想到會這麼重。

這時雨勢變大了，墳坑的底部開始積水。我扯拽盒子，只聽噁心的一聲啪，盒子動了。我把手再往下伸，小心抬起角落，讓瑪蒂妲能夠抓住，把盒子往上提。她用上了兩隻手，仍是很勉強，我不得不幫忙。

我坐在長長的雜草叢中，俯視自己，我極其狼狽，全身都濕了，衣服也沾滿了泥濘。瑪蒂妲也好不到哪兒去，長髮黏在臉上，雙頰沾滿泥巴和污垢。若是被人看見，我們兩個鐵定會被當成流浪漢抓起來，甚至可能被控盜墓。萬一真那麼不幸，就憑我們倆的這副德行，只怕是跳進海裡也洗不清嫌疑。可是瑪蒂妲卻好似完全不放在心上——我看著她以手指梳理頭髮，在太陽穴上留下了一道污漬。

盒子釘死了，我得用鏟子把盒蓋撬開。

我一看見裡頭的東西，心裡就咯噔一下。

盒子裡淨是金幣銀幣、紙鈔、褪色的文件……瑪蒂妲視若無睹，逕自從最遠的一角拔出一束信箇，臉色發白。

「那是什麼？」

「我寫給愛倫的信，我留在科隆塔孚派崔克．俄奎夫的墳裡，我們把信埋在那裡了。」

「怎麼可能？」這個墳墓四周的土壤多年都沒有翻動過了。

雨滴拍打著她手上的信，墨水糊開了。「我們把這玩意搬進修道院裡去。」我說，想要把蓋子合上。

瑪蒂妲阻止了我，伸手到盒子裡，拉出了一張看似地契的文件。「這塊地在奧地利，是在多林恩伯爵夫人的名下。」

「最好放回去。」我說。「拿出來會毀掉。」

她終於點頭，把東西放了回去，我關上了蓋子，我們兩個急忙把盒子抬進修道院。

下雨之後天空就變暗了，又黑又密的暴雨雲翻攪個不停，遮斷了太陽。若是我轉身，我就會看到愛倫．柯榮從我們後方的池塘中升起，後面緊跟著瑪姬和派崔克．俄奎夫。我就會看到他們飄浮過水面，朝我們而來，朝修道院而來，利齒閃著森然白光，眼睛如火紅的煤炭。

現在

蛇群以不自然的速度攀爬，不像各行其是，而是齊心合力，一層又一層，同時扭動，讓下一組能夠再往上攀升一些。嘶嘶聲越來越響，門後的撞擊聲與之應和，每一次的撞擊都讓空氣中瀰漫更多的惡臭泥漿味。布拉姆看著窗台的玫瑰，悚懼地看著玫瑰枯萎，在他的眼前變黑。

頭兩條蛇直接出現在房間裡，布拉姆希望牠們只是應門後的東西召喚而來的，他本希望玫瑰能夠把邪惡擋在門外，雖是渺茫的希望，卻也是他僅有的希望。但是玫瑰凋謝枯萎，他的希望也隨之斷喪，他抄起了日記，塞進口袋深處，說不定將來會有人在他的屍體上找到。

第一條蛇爬過了房間另一頭的窗台，布拉姆衝過去，等蛇一落地，看準時機就以厚靴子踩踩蛇頭。又一條蛇爬過窗台，向他撲來，好似生了翅膀。布拉姆側身閃躲，揮刀反擊，看著兩截斷蛇摔到石頭地面，竟然還能滑行到房間另一邊。更多的蛇從另一扇窗進來——布拉姆想趕過去，但是蛇一落地就幻化為陰影，一個爬向他的袋子，一個爬到遠處的角落。又有三條蛇從他背後的窗子爬進來，布拉姆及時一閃，才躲開了蛇口，退回到房間的另一頭，百忙中他偷瞄了窗外一眼，看見更多毒蛇，數都數不清，全部在往房間裡爬。

他也用眼角看見了德古拉，這個黑暗的人，這個邪惡的東西，繼續仰頭瞪著他，黑斗篷在周遭飄揚，好似有生命，但是戶外卻連一絲風都沒有，而他的旁邊立著他的大嫂愛蜜莉。

六條蝰蛇從窗戶爬進來，落在他的腳邊，響亮的嘶嘶聲掩蓋了一切聲響。

布拉姆・史托克的日記

一八六八年八月十七日下午六點十九分——范博利率先走入房間，但在此之前他先抽出了手杖中的銀劍。他一下子就穿過了門，速度之快令我瞠目結舌，無論是什麼等候在門內，他都蓄勢待發。我立刻跟上，跨過門檻，手無寸鐵，憑仗的只有我的機智。喔，我願意用全部的身家來換松利帶著的那把史奈德步槍！

房間一片漆黑，死氣沉沉。

但是我們先嗅到的是那種腐臭味。

這種臭味我已經慢慢熟悉了——潮濕的泥土與死亡，黴菌與腐朽。

范博利立刻就摀住口鼻，同時旋轉，確認沒有外人。「這裡充斥著墳墓的味道，一定就是她休息的地方。」

除了窄窗旁的椅子之外，整個地方別無長物。

「墳墓不在這裡，」我說，「是在那邊。」我指著後面一道厚厚的橡木門。我的胳臂又癢得要命，而且我感覺到愛倫的牽引無所不在，我瞧了眼天花板，以為會發現她躲在木樑上，不過她不在那兒，上方唯一的生命就是幾百隻的小蜘蛛，附著在裝飾天花板的密密蛛網上。

范博利走向那扇門。「你確定嗎？她現在在裡面？」

我說不上來，也如實說了，我感覺到她的觸碰、她的氣息、她緩慢的心跳在我的周遭，包圍了我。要是我閉上眼睛，就彷彿她把我抱在懷中，把我拉向她的胸膛，我的眼前忽然一片烏黑，房間似乎逐漸遠離，只剩下我跟她。

「布拉姆！」

聽見我的名字就像是胸口挨了一腳，我猛地睜開眼睛，范博利立在橡木門前，怒瞪著我。

「跟著我，布拉姆。」他懇求道。「別受她控制。」

范博利轉身向著門，厚重的橡木門的正中央被一道沉甸甸的鐵鎖牢牢封住，左右兩邊的門框上都有插銷，跟記憶中阿爾闐堡的一樣。他跪下來，從鑰匙孔向裡窺視，只一秒，然後就把革囊放在一旁，翻找其中的一個口袋，取出兩片薄刃，開起了鎖來。

我突然覺得很痛，摔倒在地上，膝蓋猛然撞上冰冷的石頭。愛倫在捏我，我感覺到沉重的恐懼，為我自己，為范博利，也為——

「瑪蒂妲和松利。」我脫口說出他們的名字，范博利瞧了我一眼，又回頭去開鎖。

「他們怎樣？」他嘟囔著說，把一片薄刃插入鎖中扭動，鎖動了。

我掙扎著想呼吸，吸入空氣。

就在這時，派崔克．俄奎夫出現在門口，比我記憶中還高大，孔武有力，阻斷了我們離開房間的機會。他的皮膚跟白紙一樣白，眼睛發出不自然的紅光。

我衝過去拿范博利身邊的長劍，手還沒握住劍柄，瑪姬．俄奎夫就在房間裡了，她的動作流暢，像在飄浮而不是奔跑。她只一閃就到了我的面前，踢開長劍，然後我就被她舉了起來，活像一個拼布娃娃，被她小小的孩童之手釘死在石牆上，她的腳居然還是懸空的！我感覺到她冰冷的氣息吹在我的脖子上。

然後我看見了愛倫。我看見愛倫．柯榮從走廊走進來，有如憑虛御風，迅捷得幾乎像沒有移動，上一秒鐘人還不在，下一秒鐘就出現了，她紅色的眼睛怒瞪著范博利。

「別動那扇門！」她尖聲大叫。

一八六八年八月十七日下午六點五十四分——范博利跳向一邊，然後，愛倫就直逼到我面前來了，距離我僅僅幾吋，燃燒的紅眼盯著我。我又回到了童年，回到她從天花板上落下的那一刻。我動不了，也無法呼吸，我發不出一點聲音。她的手向上舉，按住我的太陽穴，世界就變成一團黝黑，房間漸漸褪色，我在另一個地方，另一段時間。愛倫的心向我敞開，她的想法，她的回憶，揭開了嘉勒格杜真正的命運，揭開了我面前這個女人的真實人生。

我第二次死而復生。三年前我的摯愛以匕首刺穿我的心臟，將我埋入墳中，墳上堆疊石塊，還有一朵白玫瑰，希望能讓我飽受折磨的靈魂獲得些許安寧。我疲憊的眼睛睜開來，凝視著陰暗的空間，這裡只可能是城堡的內部，和前世被我那個暴虐的丈夫囚禁的房間極其酷似。我以為只是一場夢，一場恐怖的惡夢，從我幼時就開始了，說不定我的父親，或是我的摯愛，會來拯救我，可後來我看見了他，這個高個子男人，在昏暗的光線中彎腰看著我，抓著一隻兔子的腿懸在我的嘴巴上。兔子的頸子被割開了，鮮血從傷口流進了我歡喜的口中。我品嚐每一滴的甘霖，感覺到溫熱的血流貫了我的肌肉、組織、四肢，它好像為我注入了生命，彷彿生命是什麼嶄新的東西。

「怎麼可能？」我聽見自己沙啞的聲音，我的喉嚨已經有許久許久沒有發出過聲音了。

那人起先沒說話，仍一手緊抓著兔子，另一隻手則擠捏著兔身，釋放最後一滴血液。等他開口，我發現他的聲音低沉渾厚，帶著濃濃的口音，我聽不出是哪個地方的。「我把妳從沉睡中喚醒，讓妳死而復生。」

我想坐起來，可是我太虛弱了，單單是把頭抬起來湊近他的臉就耗盡了力氣，可是我仍是做到了。我觸摸他的臉頰，感覺到的冰冷跟我一樣，是死亡的肌膚，不知他如何仍活著。「多久？」我勉強出聲詢問。

「妳的意思是妳睡了多久？」

我虛弱地點頭。

「妳被封進這座墳裡已經三年了。」

聽到這個消息，我一下子坐了起來，兔血進一步讓我的四肢更有活力。「只有三年？那，我的愛人，他仍活著？」

黑衣男子解決了兔子，先舔了這隻可憐的小東西的傷口，這才將它拋到一旁。「如果妳說的『愛人』指的是那個趁妳毫不懷疑時一刀刺穿妳的心臟，又把妳埋在他的屋子後面的男人，那麼，是的，他還活著，我允許他活著是因為我想妳會想要親手殺掉他。」

我使勁搖頭。「殺了他？絕不可能，他是我唯一愛過的人。」

我這才發覺我是躺在一個大木箱裡，裡頭裝滿了我的墳土。我仍穿著最後一抹記憶中的白衣，心臟的位置有個洞，現在覆上了乾涸的血液。我伸手去摸，探入底下的肌膚，我發現癒合得極好，一點傷疤也不留。「他只是希望我能在死亡中得到安詳。」

黑衣男子這時坐在箱子旁的椅子上，探身拂過我的頭髮。「凡人是不可能理解我們的，妳也不應該把他們放在心裡，他們對我們而言只不過就等於那隻倒楣的兔子。」他說，指著角落的兔屍。「他們就像是在我們的頭旁邊嗡嗡亂飛的蒼蠅，害蟲，最多只是我們的糧食，如此而已。」

「他是我的真愛。」

黑衣男子微笑。「他那種愛，不過就像出海一年多的水手上岸後吃到的第一塊牛排。」

我想站起來，想爬出箱子，可是我的腿仍沒有力氣。「我得去找他。」

「不准妳去。」

「我是囚犯嗎？」

對我的這句話，黑衣男子壓根就不回答，只是站起身，走向門口，略停住說：「休息吧。」隨即離開了房間，馬上我就聽見房門上了鎖，只剩下我一個人。

等我終於站起來，爬出了箱子，我悄悄走向窗邊，每一步都很謹慎，向外瞭望，我不認得這個郊野，高山、連綿的丘陵，完全不像我熟悉的愛爾蘭。我轉頭看著頭頂的星空，發現星座都不同，我這才明白他把我帶到了一個遙遠的地方——至於是哪裡，我不知道。

之後我就睡了——睡了多久，我說不上來。等我醒來，我又在箱子裡，家鄉的土壤撫慰著我，它的質地和氣味都讓我舒心，有個農家姑娘在房間裡，我想跟她說話，可是她聽不懂。她只是坐在那兒，緊張地朝我微笑，指著角落桌上一盆清水，盆邊有張紙條——

梳洗一下，到餐廳來，女孩是給妳的。

——德

我的房間有張四柱大床，床上擺著我見過最美麗的衣服，皇家藍布料觸手柔軟，暗色的蕾絲圖案精緻。衣服旁邊有一條項鍊，閃亮的鑽石圈住一枚很大的紅寶石。我連這樣一條項鍊的價值都估算不出來，因為上頭的大寶石我生平未見，甚至也想像不到。

小村姑從後面接近我，我感覺到她解開了我的斂衣的帶子，白色袍子已變成了褐色，沾滿了泥土與血漬。衣服落在地上，推到一邊。她用水盆裡的布仔仔細細把我擦洗了一遍，等我終於變得乾淨之後，她協助我穿上藍色袍子，衣服極合身。我真希望能照照鏡子，這是我改不了的習慣，可是房間裡沒有，不過也無所謂，她伸手去拿那條紅寶石項鍊，幫我戴上，再退後一步欣賞成果。她露出微笑，微微鞠躬。我謝了她，非常清楚她聽不懂我的話，然後我就朝門口走，卻被她攔下，只見她舉高了手腕，從那兒一路到手肘都有一連串小小的咬痕，我再清楚不過的記號。

一想到她的鮮血，我的體內就湧起一股需索，一股急迫，我原希望這種病態的欲望能在我死亡之後消失，但是它卻比從前還要強烈。我俯視這個可憐女孩的手腕，凝視她皮膚下搏動的血管。不過，我不要吸她的血，儘管我渴望品嚐她的生命，我卻不能吸她的血。

我搖頭，轉身就走，一手按住門。

她了解了，臉上露出了既不悅又放心的表情。她打開了門，領我走過狹窄的走道，穿過了一個沒有窗戶的八角形斗室，進入了一間大餐廳，黑衣男子坐在遠端，面前擺著盤子，卻覆滿了多年的積塵，我不由得猜想這個房間可曾有人用過。

「妳真是明豔動人。」他說，比了比桌子另一端的空椅。「請坐。」

我走過去，坐了下來。

他嗅了嗅空氣，說：「妳沒喝她的血？太糟糕了，她家族的血是這片土地上最純淨的。」

「請問這片土地究竟是哪裡？」我問，盡量不讓心中的敵意從話聲中洩漏。

「妳是在我家裡，在喀爾巴阡山脈，靠近博爾戈隘口，妳在這裡很安全。」

「喀爾巴阡山脈？外西瓦尼亞？」

他點頭。

「我想回家，我想現在就走。」我跟他說。

聽我這麼說，他的臉孔仍是僵硬如岩石，不動聲色。將近五分鐘過去了，他才開口，而這樣的停頓對我們而言並沒有什麼了不起，我後來會知道時間實在不是多要緊的東西。

「我救了妳的命，為妳開放我的家，我照顧妳，對妳有情有義，妳卻斷然拒絕我，如果不是我對妳的過去有所了解，我會生氣。不過妳吃過太多苦頭，而我這個人很有耐性，我可以原諒這樣的敵意。」

「我想離開。」我再說一次。

黑衣人向後靠著椅背。「妳連我的姓名都沒問呢。」

「我不想知道你的姓名。」

我們又一次瞪著彼此，瞪了好一會兒。我旁邊的年輕小村姑心跳開始加速，我能看見她頸部的血管在搏動。她也希望能離開，卻身不由己。我覺得這個人不知如何竟知道了我的思緒飄向了她，只見他舉手召喚她過去，她遲疑地繞著餐桌，心跳得更快。

起先，她走到他身邊之後他沒理會，一逕瞪著我，接著他伸手要她的手，緩緩抓住，故意放慢動作。他把她的手臂舉到他的鼻端，聞了聞，吸入她的氣味、她的精髓。他的嘴唇向後咧，牙齒刺穿了她的皮膚，女孩極力表現得堅強勇敢，卻瞞不過我，恐懼貫穿了她的全身。

接著他喝了她的血。

女孩全身緊繃，仍竭力不動。不一會兒，她的眼皮就變得沉重，皮膚灰白。我很怕他會吸乾了她的生命——這份擔憂很荒誕，因為我自己就不假思索結果了那麼多條的人命，可我仍然為女孩擔心。我正要叫他住手，他就放開了她，女孩踉蹌退後，靠在牆上，滑到地板上，失去了意識。

「妳屬於跟妳自己一樣的人。」黑衣人說，不理會嘴唇流下的鮮血。「也許需要時間，不過妳終究會明白過來的。」

他伸手拿擺在另一邊的鈴鐺，搖了搖。一名較年長的婦人從他左邊的門出現，看了一眼地上的女孩，趕緊別開臉。

「請帶伯爵夫人回房間去。」黑衣人命令道。
「伯爵夫人？」我高聲大喊。
他邪邪地一笑，卻沒吭聲。婦人鞠躬，握住我的胳臂，帶我回房間，門又鎖死了，我又是自己一個人。
我找到了紙筆，就寫信給我的摯愛，以後還寫了許多，我知道信永遠送不到他的手上，因為我無法投遞，但是寫信給他給了我安慰，知道他在外頭。
日出了，我脫掉衣服，換回了髒污的白衣，爬進箱子，一直睡到隔天晚上。
我醒來就聽見細薄的聲音，是昨晚那個小村姑站在我旁邊。
「多林恩伯爵夫人？主人請妳過去。」
女孩似乎恢復過來了，雖然仍有些蒼白，別的地方倒沒有異樣。
「他不是我的主人。」我說。
她沒答腔，只是伸手來扶我爬出箱子，箱子已變成了我的床鋪。
她又一次帶我到餐廳。
他又一次坐在桌子的首位。
我又一次坐在他對面，空洞的桌上陳列著不存在的餐點。「我死了，你是怎麼讓我復活的？」我搶在他之前先開口。
顯然這個人不習慣有人挑戰他的權威、違抗他，我脫口而出的問話似乎嚇了他一跳，但他馬上就覺得有些好玩。「殺死妳的人刺中妳的心臟，這點是對的，可是他使用的刀是鋼鐵刀，根本不是銀的，是鐵的。他只是一刀插入心臟就拔了出來，就這樣。如果他用的是木樁，今天晚上妳就不會坐在這兒了，不過妳很幸運，他的無能救了妳一命。」

聽見這個人那麼刻薄地說我的愛人，我恨不得撲過去撕開他的喉嚨，第一次復活時，讓我忍不住大開殺戒的憤怒此時又開始在體內流竄——我硬是把它逼了回去，硬是要它消失，我不想再當那個滿腦子仇恨的人了。

黑衣人瞇起了眼睛，難道他能看穿我的心事？我漸漸相信他有這個能力了。既然如此，他必定知道我有多——

「妳得進食。」他說。「兔子的生命或許能供應妳養分，但唯有人血才能幫妳完全復元，妳只會越來越虛弱。」

這句責難剛說完，小村姑就進入餐廳，坐在桌邊，另外還有一個不超過十二歲的男孩子跟在她後面，戰戰兢兢地立在她旁邊，眼睛看著地面。

「挑吧。」黑衣人說。

「那我選擇回去找我的愛人，我不想要你的東西。」

「挑一個，否則我就喝乾他們的血。」

他的眼睛變暗，紅得有如燃燒的灰燼，我的體內有股迫切的衝動，想要占這個男孩或女孩的便宜，他們血管中流動的鮮血——我能看見，也能嚐到。不過，我仍沒有行動。

黑衣人一拳打在桌上，一下子就穿過了房間，他抓住男孩的脖子就把他拎了起來，再把他的頭推開。我聽見他的牙齒咬穿了皮肉，隨即鮮血的氣味充斥了房間，然而我仍舊是動也不動。等他用完了恐怖的一餐，他就把男孩癱軟的身體向我擲來。屍體落在桌上，滑行到我面前幾吋處，男孩無神的眼珠讓我確定他真的死了。

黑衣人走過房間，掐住我的脖子，就跟剛才對待小男孩一樣，把我拖過餐廳，拖過一串走廊和樓梯，我用腳踢他，可是他太壯了，我在他手上就如羽毛一樣，被他抓著深入了城堡的核心。他把我提到一處地牢，把我丟了進去，我急忙逃到最遠的角落，像被痛打的狗一樣瑟縮，我想站起來對抗他，我想讓他知道我不怕他，可是在那一刻我確確實實是怕他的。

他一言不發，關上了門，上了鎖，我發現四周伸手不見五指。至少一星期過去了，可能有兩星期，門終於又開了，一個婦人被推了進來。她跌在地牢中央的地上，然後門又鎖上了。等她恢復過來，眼睛也適應了黑暗，就發現了角落中的我。「我的血就是妳的血。」她低聲說。

「我不要。」我跟她說，我太虛弱了，我迫切需要鮮血，可是我不肯傷害她，我寧可死也不要再傷害別人了。

「我的血就是妳的血。」她重複說。「妳如果不喝，他會繼續殺害我的孩子，我不能再失去孩子了。」

又兩天過去了，等我第三天醒來，老婦人矗立在我上方，手上握著刀子。「別讓他傷害我的孩子。」說完，她就一刀刺入了頸動脈，身體倒在我身上，而我的嘴立刻就附了上去吸起了她的血，一直吸完最後一滴。

等我獲准回自己房間之後，我的木箱已經變成了一具石棺，我家鄉的土壤填滿了底層，我發覺自己很是欣慰。此時衣櫥裡掛上了十幾件衣服，每一件都合身，我用臉盆中的水清洗，換上一件新衣，坐在書桌前，又寫了封信給我的愛人，我一直寫到近黎明時分，這才爬進了我的新棺，讓睡眠帶走我。

就這麼過了半年，總是一成不變的模式，我以數多少信來計日，我把寫給愛人的信藏在地板一處鬆脫的石板底下。第一百八十三晚，我醒來發現石板撬開了，我的信不見了。我的房門大開，是我到這兒來的頭一回，我一個人順著走廊前進。我發現餐廳空無一人，餐廳右邊的一道門敞開著，我之前每次來，這扇門都是緊閉上鎖的。我踏了進去，發現是一間書房，幾千本的藏書，各國的語言，而且極其古舊，排放在書架上。有些牆面上掛著織錦，覆著厚厚的灰塵，房間中央的桌子上我寫給愛人的信疊成整齊的一摞，旁邊還有另一摞，都是法律文件——契約和信託，是轉移給那人給我的名字，什麼多林恩伯爵夫人的。

我在城堡的走廊中穿梭，一個人也沒看見。我考慮要從窗戶逃走，可是我無處可去，對周遭環境也了解不多，風險太大了。所以我一個房間又一個房間搜尋，找出了那人的寢室，以及許多其他的房間，大都是不知有多久不見人跡了。有些房間只有破家具和破帘幃，有些則裝滿了金銀財寶，數量之多超過我的想像。到處不見黑衣人或是我見過的幾個零星僕人，唯一的生命跡象就是四處亂竄的老鼠，小小的趾甲不斷敲打著冰冷的石地板，在黑衣人終於返回之前，我不得不吸乾一些毫無戒心的老鼠的鮮血。

我不確定他消失了多久，可是秋天樹葉變色之後不久的一個晚上，我在棺材中醒來，聽見外頭有扭打聲。我走向臥室窗口，從這兒可以遠眺城堡的庭院，發現黑衣人站在一輛由六匹大黑馬拉的馬車邊。他抬頭看我，露出微笑。「啊，我可愛的伯爵夫人，請下來，我有東西給妳！」

他把一個人拖出了馬車，丟在他的腳邊，他的頭被黑布袋套住，雙手反翦。我用不著看他的臉也知道他是誰，我站這裡就聞到了他的氣味。

我從敞開的窗口一躍而下，以蹲姿落地。

「了不起！」黑衣人說。「我通常都走樓梯。」

我向他疾衝，他舉起一手。「停！」

一瞬間，他就用刀抵住了俘虜的喉嚨。

「別傷害他！」

黑衣人拉開了他頭上的布袋，我的愛人回望著我，多年來第一次看見我，我知道在他眼中我絲毫不變，從他上次看見我起，我一點也沒老，而且我聽見他的心臟狂跳，他凝視著我，他的金髮已稍稍轉灰，臉孔也較冷硬，除此之外，他沒有多少改變。坦白說，就算他變得老邁衰弱、行動不便、離死不遠，我也不在乎，在我心中流動的愛燃燒了，我想要到他身邊，抱著他，永遠不放開他。

「這就是妳寫那麼多信的男人嗎？占據妳的心的男人？」

我不由自主，只能點頭，即使刀子抵著他的喉嚨，我仍看到愛人的眼中閃現光芒，告訴我他對我也有同樣的感情，他現在愛我，此時此刻，愛得比過去都深。

黑衣人皺眉。「怎麼可能？他把妳丟在城堡裡，多年來任妳飽受凌辱，等妳終於去找他，他又拿刀刺穿妳的心臟，把妳埋在一堆石頭底下，任由妳化為塵土，妳怎麼會愛這樣的男人？」

「我的心是他的，以前是，以後也是。」我輕聲說，忍住眼淚，我的眼前已是一團紅霧。

黑衣人嗤之以鼻。「我讓妳死而復生，我給了妳一輩子都跂望不了的東西，妳卻對我一點感情也沒有。妳跟我是同一種人，我們彼此相屬，不是跟這個男人——妳不明白嗎？他很快就會死，變成一堆白骨，而妳跟我還會活著，一起活著，我們可以做的事情太多了，妳只需要張開眼睛看清楚，打開妳的心，讓我進去。」

他從來沒對我說過這種話，而在這一刻之前，我始終認為自己只是他的囚犯。一想到要愛這樣的一個男人，我就滿心悚懼，我辦不到。

這念頭一浮現在我的腦海，黑衣人就瞇起了眼睛，發出惡狠狠的尖叫，響亮的叫聲在群山之間迴盪。一千頭野狼隨之應和，掩蓋住了一切的聲響，他冷不防把我的愛人拎了起來。直到這時我才明白我的愛人究竟有多虛弱，他的皮膚有多蠟黃。就在這時我看見了他頸子上的咬痕，明白了黑衣人喝了他的血，讓他失血到瀕臨死亡的地步。

黑衣人把自己的手腕舉到嘴邊，以利齒咬穿，貼在我愛人的嘴唇上。我驚恐地愣住，看著他喝血，因為我醒悟到這不是第一次，他們從愛爾蘭趕到這個窮鄉僻壤的途中，交換過血液許多次，事實上，他的血管中流動的更多是黑衣人的血，我的愛人一直喝到再也喝不下，這時黑衣人才放開他，任由他的身體癱倒在地上。

黑衣人失去的血液令他虛弱，但也只是一下子，他硬是站得筆挺，彈了彈又長又瘦的手指。幾十個男人出現——後來我知道是茲嘎尼，也就是當地的吉普賽人，四個人來到我背後，以摻雜銀線的繩子綁住我，我奮力掙扎，可是銀索卻牢牢地困住了我，碰到皮膚的地方燒燙，我極力抵抗，可是他們制得住我，每一個都拉緊繩索，把我困在中央，搆不著任何一個人。我咒罵自己長久以來只喝老鼠的血，如果有人血，我可能能夠戰勝茲嘎尼，現在的我太虛弱了，我又成了囚犯。

我看著我的愛人轉化。

我看著他自身的最後一滴生命流逝，而黑衣人的血盤據了他的身體，坦白說，儘管夜這麼深，我除了旁觀之外，實在是愛莫能助。而從頭到尾，黑衣人都居高臨下看著他，茲嘎尼仍牢牢禁錮住我。

等我的愛人終於轉醒，以重生的眼睛看著世界，黑衣人摘下了一枚戒指，套進了我愛人的手指。「好讓別人知道你是屬於誰的。」他說。

黑衣人矗立在他上方，又彈了一下手指。茲嘎尼解開了馬匹，讓馬匹圍住我的愛人，接著用銀索綁住了我愛人的手腳和脖子，銀索另一頭則綁在馬具上，我這才明白是怎麼回事，放聲大叫，可是我的抗議絲毫沒有用處。黑衣人抓著我的愛人，讓其他人把他綁緊，現在他變成了這個馬匹風車的中心點。我哭喊著叫他掙脫，可是他的心智已失，糊裡糊塗的，不知道自己陷入險境，茲嘎尼分別在馬匹旁就位。

「拜託，不要這麼做。」我哀求著。

「這是妳自找的，他是妳害的。」黑衣人又彈了手指，每一個茲嘎尼都抽出一把小匕首，插入馬匹的側腹。五匹馬同時慘嘶，猛向前躍，跑了出去。

我驚駭地看著我的愛人被五馬分屍，他的手臂、他的腿、他的頭應聲和軀幹分開。吉普賽人早已關上了大門，所以馬匹跑不出去。幾分鐘後，他們制住了亂竄的馬，而人的屍塊則散落在我們四周。

黑衣人走向我愛人的軀幹，一手插入他的胸膛，扯出了仍在跳動的心臟，舉起來讓我看清他的每個動作。

這時我已說不出話來，我的聲音啞了，除了在我的心中迴盪的慘叫聲之外，我的耳朵再也聽不見別的聲音了。我癱倒在地上，痛哭個不停，仍被茲嘎尼的銀索綑得牢牢的。

茲嘎尼把屍塊收集起來，丟進了木箱中，再把木箱扛進馬車。我愛人的心臟單獨放在一個箱子裡，是一個有金扣鎖的紅橡木盒，也放進了馬車裡。接著他們又把馬套上了馬車，黑衣人給車夫下令，馬車就上路了。

這時茲嘎尼也放開了我，無所謂了，即使我想動，我也動不了了。

黑衣人走過來跪在我旁邊。「我的人奉命把每一塊屍身都埋到不同的墓地裡，誰也找不到，他的屍體永遠不會死，他的靈魂會永生永世受苦，變成不死人之列，這一切都是妳害的，要是妳想恨我，隨便妳，這下子妳可更有理由好恨了。」

他站起來，朝城堡門口走，又說：「很快就天亮了，回妳房間去。明天，我找了人來幫妳畫像，我希望能捕捉住這一刻。」

隔天，一位畫家果真來了，黑衣人言出必行，要我為畫家擺姿勢，我心痛欲絕，沒力氣爭辯，乖乖照做了，我甚至還戴了那條紅寶石項鍊。作畫開始後不久，黑衣人拿出一條腰帶，中間有個胸針，上頭雕了一條龍，我也戴上了，肖像畫得極差，一點也不像我。

痛恨不足以形容我對這個男人的感覺，這個可怕的東西，這個禽獸。我恨他入骨，但是卻無可奈何。我是他的囚犯，無論是身體或是心靈，可是他一次也沒提他的暴行，他對付我愛人的恐怖手段。這天之後，他表現得彷彿什麼事也沒發生過，他想要我愛他！他希望讓我變成他的妻子！我當然不可能會愛他，不可能會變成他的妻子，絕不可能，可是我的抗議他只當耳邊風，一有機會，他就向我示愛，他送我各種禮物——價值連城的珠寶和房地產，他能想像得出的各種奢侈品。我逃離了一處牢獄，卻又身陷另一處牢獄，我優雅地接受了所有的饋贈，卻沒有回報一絲一毫的情愛，反而把他的禮物細心隱藏在城堡的各個角落。

幾百年的光陰都會這麼過去，有如白駒過隙，感覺只有幾個月。我們兩個在城堡裡生存，沒有旁人，只有流水一樣的僕役，來來去去，隨歲月而衰老——少女會變成母親，再變成祖母，再將她們的生活方式傳承給下一代，可是黑衣人和我卻絲毫不見老。我不肯去問僕人的名字，不肯知道他們的事，我也不肯讓黑衣人窺知我關心什麼，唯恐他會以此要挾。我只有在他跟我說話時才開口，而且只有在我知道其他人會代我受過的情形之下，他殺害了那麼多的僕人卻完全不受良心折磨，而且他一有機會就殺人。

我知道他能看穿我的想法，時日一長，我也能夠看穿他了，很快的，言語也不需要了。我發現我只要專心，就能夠攔擋住他，雖然他也一樣，但偶爾會失誤。我利用他的失誤冒險深入他的心裡，去搜索，我找出了他休息的地方，我可以再深入，所以我開始比他早起，到他的棺材邊，篩檢他睡眠中的頭腦。最終我查出了我愛人的下落，他的首級以及每一塊屍身埋葬的地方，那人把他分散在整片大陸上，但是我鎖定了地點，在我從他的書房裡蒐集到的地圖上做了標記。

我耐著性子。

歲月教會了我要有耐心。

我等待著——

「布拉姆！」瑪蒂妲大聲呼叫。「放開他！」

我眨了眨眼，睜開了眼睛，回到了惠特比修道院中央塔樓的斗室，實際上只過了幾秒的時間。瑪蒂妲和松利想推開派崔克．俄奎夫，可他不肯放他們進房間。范博利仍蹲在橡木門前，愛倫只距我幾吋，手指貼著我的大陽穴，她的眼中有淚，還有一份好濃好濃的哀傷，害得我也哭了起來。

「妳逃走了？」我勉強出聲。

愛倫點頭。「一八四七年，在被他囚禁了幾百年之後。」

「所以妳來我們家——」

「我躲在你們家裡，他想不到我會和活人在一起，至少我是這麼認為的。」

我們的心靈仍奇異地連結，言語流暢地傳遞，所有的對話，多年的回憶，都在幾秒鐘之間傳達。「妳一直在尋找妳愛人的屍體？」我輕聲問。「妳到科隆塔孚來找他的手臂，就埋在聖若翰教堂的自殺塚裡，妳的地圖上標示的地方。妳無意住在我們家那麼久，妳怕會危害我們，那不是妳的本意，可妳還是留下來了，妳對我做的事——」

愛倫一指按住我的嘴唇，不讓我說下去。「我從來不想傷害你的家人，也絕對不會。你那時病得那麼重，離死不遠了，我不能看著你死，我不能眼睜睜看著他們用那麼原始的方法治療你，明知一點用處也沒有，明知我能幫得上忙。我不得不插手，所以我把我的血給了你。」她的視線落在地板上。「算是贖罪吧，彌補我過去殺害的生靈，在我剛轉化的時候，在我領悟出生命與愛情的真正價值之前。」

「而且從那晚之後，妳一次又一次來找我。」我說。

「對，我一直在照顧你。你得知道，布拉姆，你的病是無法根除的，少了我的血，你就又會生病，我沒讓病魔戰勝，我也不會讓它戰勝。」

我倏地睜大眼，想起了另一件事。「妳的愛人的名字，叫戴克倫．俄奎夫，是派崔克．俄奎夫的祖先，他們有血緣關係。」更多想法湧入，我不得不閉上眼睛專心，篩選歸類，理出個頭緒來。「派崔克．俄奎夫沒有殺死他的妻兒，是那個黑衣人，那個德古拉殺的——他到愛爾蘭來搜尋妳的時候！」

愛倫嘆氣，閉上了眼睛，彷彿光是聽見這個解釋就讓她痛苦。「他可憐的妻兒，他把他們全殺了，我不得不轉化派崔克和瑪姬，否則他還會回來殺他們。我在派崔克坐牢時轉化了他，所以他才能逃過凡人的死亡。之後不久我又轉化了瑪姬，知道只有這個方法能夠保護她，你明白了嗎？我不得不離開你們家，我得把他引走，以免他找上你們，他太接近了。」

我說：「他花了十四年，可是他終究還是來了，而且他帶走了愛蜜莉。」

愛倫的視線落在地板上。「時間對他並沒有什麼妨礙，他現在也要你，比什麼都想，因為我的血在你的體內流動，你逃過了死亡，因為我的作為，你今天才能活著。除非他把我珍視的一切都奪走，否則他是不會罷手的，他知道帶走愛蜜莉能把我引出來，還有你，他帶走她只是為了要把我們兩個引過去。」

「那妳的愛人，戴克倫．俄奎夫呢？」

聽到我的問題，她的目光移向了房間後面的那扇厚重橡木門。

現在

布拉姆瞪著最後一朵白玫瑰的殘骸，這時已在門縫底下枯萎死亡了，曾經美麗的花朵如今覆蓋著泥漿和污穢，蛇在渣滓中爬行，留下一條條的污漬，毒牙在黯淡的光線中閃動著白光，繞圈遊走，準備——

鐘聲！

布拉姆聽見了教堂鐘聲。

聖母堂的鐘聲，就在修道院的旁邊。

嘹亮的鐘聲，壓過一切聲響。

黎明也隨著鐘聲降臨，東方射來一道狹長的日光，照亮了夜的陰影。

撞門聲停止了。

蛇群的嘶嘶聲消失了。

一切歸於沉寂。

布拉姆背靠著牆，一臂仍持刀亂削，即使蛇群已消失，他仍對著昏暗光線中的魅影揮舞著鮑伊刀。

消失了。

一切都消失了。

布拉姆終於停下了手，靠著牆滑坐在地板上，累到了骨子裡。

他想站起來，眺望窗外，卻渾身無力。無所謂，他知道那人不見了，他知道愛蜜莉也不見了，兩人都消失在第一道的晨曦中。

不能睡。

還不行。

他掏出了口袋中的日記，翻到空白頁。

其他人很快就會回來，他得寫完。

布拉姆·史托克的日記

一八六八年八月十七日晚八點二十二分——「布拉姆？這是怎麼回事？」是瑪蒂妲，她仍忙著要突破派崔克和瑪姬的防線，一看見愛倫，她就驚呼。

「沒事，瑪蒂妲，我沒事。」

我從眼角看見范博利偷瞄他的銀劍，就輕輕搖了搖頭。

「愛倫不是敵人。」我說。「他們也不是敵人。」我再補充一句，指著派崔克和瑪姬·俄奎夫。「我們都搞錯了。」

「他們是不死人！」范博利咆哮。「當然是敵人！」

我拿起了范博利的劍，插回手杖中，不讓他拿到。「讓他們進來。」我對派崔克·俄奎夫說。他看著愛倫請示，隨即讓開路。

瑪蒂妲跑向我這邊，抱住了我，眼睛鎖住了愛倫。松利尾隨在後，拖著一個好像非常重的箱子，他把箱子放在門邊，以提防的眼神打量我。

「拜託把妳讓我看的事情告訴他們。」我命令愛倫。「一點也別保留。」

接下來的一個小時，她娓娓道來。

✣

我默默聽她敘述前因後果，努力管制住情緒，可是很顯然她全心全意愛著戴克倫·俄奎夫，也同樣愛著他的後人，他的血脈。愛倫講述時，我看著瑪姬和派崔克・俄奎夫，看著他們蒼白的臉上流露的感情，在愛倫說到黑衣人如何懲罰他、懲罰她時，我看著瑪姬流出紅色的眼淚。接著愛倫告訴我們她如何花費了十七年的時間找出戴克倫・俄奎夫的每一塊屍身——埋在全歐各自殺塚中，唯有心臟例外。在找回屍塊之後，多年來她將他的軀體掩藏在不同的地方，從阿爾闐堡的塔樓到愛爾蘭的沼澤，最終帶到這裡，鎖在這扇門後。

「我們在阿爾闐堡找到的手是戴克倫・俄奎夫的。」瑪蒂妲輕聲說，並沒有特別對著誰。

「手是活的。」我跟她說。「我們兩個都看到它動。」

「我還以為是我們的想像，這麼多年了……」

「他不會死，他的身體也是。」愛倫接著說。「他不像一般人，也許可以燒死或是用木樁刺穿他的心臟，可是只要他的靈魂還困在這具受詛咒的軀體中，他就死不了，在這種虛弱的狀態下，他的心智不屬於自己，而是屬於德古拉，屬於那個讓腐敗血液在他絕望的肉體中流動的人。」

愛倫盯著地板。「我試過跟他說話，可是他非常痛苦，他的每一個想法都被德古拉操縱，每次我接觸到我的愛人，德古拉就會把他攫走。」

范博利冷笑，眼睛渴望地看著他的劍。「妳想跟一箱子的屍塊說話？太荒謬了！」

愛倫轉向他，炘然眼瞳中燃燒著憤怒與挫折。「是德古拉的血害他變成這樣的！如果能把他的全部肢體都拼湊起來，他就會痊癒，我敢肯定，戴克倫就會回到我身邊。」

「他的心臟在哪裡？」我問，不理會范博利的唐突。

愛倫嘆氣。「我也是最近才找出確切地點的。德古拉把心臟藏在慕尼黑市外的一個小村莊裡。這個地點他防備得格外森嚴，可是兩天前他疏忽了，我在他的想法裡找出了地點。」她頓了頓。「他是在帶走愛蜜莉時分心的，我就從他的心裡拔取了線索。」

「他打算拿愛蜜莉怎樣？」松利問，聲音細薄。

「她是誘餌。」我搶在愛倫之前說。「他想把我們都引過去，每一個知道他的人。我一點也不信他是意外透露了慕尼黑這個地點的，他想要我們過去。」

「我們怎麼能確定戴克倫的心臟是在那裡？說不定是騙局。」瑪蒂妲說。

「是在那裡。」愛倫強調。「我有把握。」

「我們為什麼要討論這種事？」范博利脫口說。「無論這扇門後有什麼，都應該要燒成灰燼。我們需要釋放這些不死人的靈魂，那才是天主之道，也是唯一的正道！他們的保證毫無意義！」

瑪姬．俄奎夫一晃眼就穿過了房間，兩腳幾乎不沾地，好像飄浮在范博利的面前，筆直瞪著他的眼睛。「是我們幫你們擋住了他，他會一個一個獵殺你們，等他解決完你們，他會再獵殺你們的親人，他反正時間多得是。」

「既然我們這麼不堪一擊，你們為什麼需要我們？」范博利說。「你們絕對需要我們，否則的話就不必告訴我們這麼多，早就殺了我們了。」

「什麼意思？」我問。

愛倫按住瑪姬的手臂，安撫住她，再轉向范博利。「你說得對，憑我們自己是辦不到的。」

「他藏匿戴克倫心臟的地方，當地人叫做死人村，傳說中幾百年前村子幾乎滅村，原因不明，死者下葬之後，墳墓還會傳出聲音，有一些墳墓在白天時被掘開，裡頭的屍體面色紅潤，嘴巴還沾著紅色的鮮血。」

「更多**斯基戈易**。」范博利嘟囔著說。

「斯基戈易？」

「吸血鬼，不死人。」范博利說。

「德古拉在隱藏我的愛人戴克倫時做的。」

瑪蒂妲看著我，我知道她跟我心有戚戚焉，但是先開口的是我。「他把戴克倫的心臟帶到這個地方之後，就殺光了村子裡的每一個人，把他們轉化成不死人，保護這個陰森的地方。」

愛倫點頭。「一支不死人軍隊，全都聽命於他，我們進不了那個地方，我們的人數太少了。」

「可是白天我們就能進去。」范博利輕聲說。

「我不懂。」松利說。

范博利朝俄奎夫父女點頭，再朝愛倫點頭。「他們的能力以及力量是極強大的，但只有在夜色的掩護之下。白晝時，他們就跟我們一樣——甚至更弱。大多數的不死人在太陽升起之後就會休息，他們會藏起來，因為這段時間太虛弱了。你親眼見過愛蜜莉就是個例子，要是我們白天到那個地方，就能夠進村去取回戴克倫的心臟，不用太擔心有人從中作梗。」

「德古拉也一定會在那裡，你們可以趁他休息時擊倒他，鏟除掉他的威脅。」愛倫補充道。

我看見范博利一聽就眼睛發亮，想到了摧毀掉邪惡的源頭。

「那愛蜜莉呢？」松利問。「她會怎麼樣？」

「她會獲救，只要德古拉死了，他對愛蜜莉的箝制也會隨之消亡。」范博利說明。「她不會再跟他有瓜葛。」

「那戴克倫．俄奎夫呢？」我說。「他不會也一起死嗎？」

「只要他的軀體又完整就不會，我能保住他。」愛倫肯定地說。「我會把我的血給戴克倫，直到你們殺死德古拉，只有這樣才能保證他擺脫了德古拉的魔掌。」

瑪蒂妲走向愛倫，執住她的手。「既然大家都不說，那就由我來說。」她大膽卻溫柔地宣佈，深吸了一口氣。「我們會幫妳，我們會彼此互助。」她的視線落在我身上，再落到松利和范博利身上，或許多徘徊了一會兒。「我們會幫妳找到妳愛人的心臟，我們會讓妳和這個只有他能帶給妳快樂的人團圓，而妳要幫我們解救愛蜜莉，把她帶回松利身邊，讓我們都能了結這個惡夢，然後我們一起鏟除德古拉。我們會一起獲勝，不然也要一起失敗。」

愛倫捏緊瑪蒂妲的手，眼中閃光。「戴克倫帶給我的快樂唯有我和你們家同住時的歡樂可以比擬，我會像以前一樣竭盡全力保護你們的平安。」愛倫作出這最後的承諾時看著我，我忍不住想她說的話是否還有更深的含義。

「我們不該留在這裡，不能全部的人待在同一個地方。」這是派崔克．俄奎夫說的，嚇了我們大家一跳；我這才想到我從小時候起就沒聽過他濃濃的愛爾蘭口音了，他走向窗邊，眺望修道院的土地，越過墓園，看著再外面的森林。「一些人留下來守護戴克倫，剩下的去做準備。」

大橡木門內發出撞擊聲。瑪蒂妲驚呼了一聲，我們全都轉過去。緊接著又是一聲。

「他醒了。」瑪姬說。

范博利從門口退開。「誰醒了？妳不是說他只是裝在箱子裡的屍塊？」

愛倫一指按著嘴唇。另一手伸出來抓住我的前臂，我聽見她的聲音在我的腦海中說：

德古拉能夠以戴克倫為耳目，他們兩人有同樣的血。只要我的愛人仍關在房間裡，孤立無援，德古拉就不知道他在哪裡，他就沒了眼睛，不知道地點。萬一讓他知道了，他一定會來找戴克倫，來找我們。我們絕不能把地點或是我們的計畫說出來，不能在這裡。不過，德古拉很接近，非常接近，戴克倫不能沒有人看守，現在不行。

要是我早知道後續的發展，後來的犧牲、我們大家得付出的代價，我可能就不會自告奮勇留在惠特比修道院的塔樓上守夜，看管戴克倫．俄奎夫的遺體，讓其他人去為我們的旅程準備——不會和范博利一起，甚至壓根就不會留下。

一八六八年八月十七日晚九點半——有一點需要澄清，一定得是我留下來，我不放心交給范博利，在他的爆發之後誰也不放心，而他卻堅持要留下。若是有機會，范博利很可能會把門打開，一把火燒了戴克倫的遺骸，他會不顧後果，害我們大家都步入毀滅。派崔克．俄奎夫必定也有同樣的想法，因為他也堅持要留在塔樓。松利和其他人去安排舟車，結清旅店的住宿費，然後就在那裡等候天亮。我們都同意天光乍現就出發最好，那時德古拉和不死人的力量最小，也最脆弱。

我不放心范博利是對的，因為其他人前腳一走，他就說：「房間裡無論是什麼都是邪惡的，布拉姆。絕不能姑息，我們需要了結它。」

他完全無視派崔克．俄奎夫，他就站在窗口，文風不動，緊盯著外頭的動靜。范博利的手杖倚在最遠一角的牆上，他拿不到。這個人讓我不舒服，管他是不是松利的朋友，他看我的眼神就跟看派崔克一樣，部分的我甚至覺得他會揮舞銀劍擊倒我們兩個，松利信誓旦旦地說絕不可能，范博利是個理性的人，他說，可我就是不相信他。

「你也聽到愛倫說的話了，門後的人不是我們的敵人。」

「門後的根本就不是個人。」范博利說。他把我們的袋子拎進了房間裡，東翻西找。「我不相信德古拉，我也不相信你的愛倫，或是她的旅行同伴。我認為你是被某種童年的忠誠和回憶綁架了，你跟你的兄姐都無法理性思考，所以就必須由我來思考。」

他拉出一個大十字架，舉高就著燈光。

雖然派崔克．俄奎夫背對著我們，卻感應到了十字架的存在，他轉過來，面對范博利。「把它拿走！」他斷聲說。

「我不要，如果我們今晚在這裡是為了要阻擋**斯基戈易**，那我就打算要這麼做，也許你應該到外面去等。」

俄奎夫疲憊地看了我一眼，一瞬間就經過了我們面前，在房外的走廊上找到站哨點。

范博利又掏出一把鎚子和一些釘子，把十字架釘在門邊牆上，接著又拿出第二個十字架，又一個。「也許你可以幫個忙？」他說。

我從范博利的袋子裡找到另一把鎚子，就幫忙釘房間的另一半。等到十字架都用完之後，我們就掛鏡子，用上了袋子裡的每一面鏡子，全部完工之前已經過了快一個小時了，范博利朝我的鮑伊刀點頭。「把每個地方都刻上十字架，千萬別遺漏了，鏡子可以讓十字架的數量加倍，讓那些畜牲混亂。」

我動起了手，范博利又把大蒜和聖餐餅放進小缽中以刀柄碾碎，加入水攪拌，變成了濃稠的糨糊，像他在松利家做的一樣。接著，他利用刀刃，把糨糊抹進厚橡木門與周邊石壁的接縫中。「**斯基戈易**能變化成霧，通過最窄的縫隙。這可以阻止所有東西出入，我用的是聖水。」

糨糊的味道很強烈，派崔克．俄奎夫一聞到就不自在地更走遠一些。

范博利出汗了，他略停頓，靠著門休息。

「你沒事吧？」

范博利點頭，但是他的模樣卻一點也不好，我以為是怒火在他的心中焚燒之故，但是這種反應卻是另一碼事。他抹完糨糊之後，又從稍早買的那籃玫瑰中取出一枝，低聲禱告，話說得結結巴巴，再把花朵擺在門底下。「如果一定得走過這種玫瑰花，就不會有**斯基戈易**能離開墳墓，而門後的房間無異就是一座墳墓。」

最後的一句話是硬擠出來的，只見范博利兩眼一翻就往下栽，我在他觸地之前接住了他，讓他平躺在地上，他的皮膚又冷又濕。

我察覺到後門有什麼，一種存在。比我接觸過的東西都還要強大。

「阿米涅思？」

他的眼皮顫動，嘴唇移動，似乎在說話，卻沒聲音。

「裡頭出了什麼事？」派崔克．俄奎夫在走廊上說，現在無法再探頭看房間裡，因為到處是十字架和鏡子。

「范博利昏倒了。」

「不是范博利。」俄奎夫說。「是後門有動靜。」

「我……我不知道。」我也感覺到了，無論是什麼都變得更強大，拉扯著我，就如小時候愛倫保姆拉扯我一樣，我想把門打開，想把范博利抹上的糨糊擦掉，把玫瑰踩爛。我想開門把它放出來，我感覺到它延展到我的心裡，包裹住我的頭顱，那些陰影似的手指摸索著，揉捏著我的思緒。

我很期待跟你見面，布拉姆。

范博利的嘴唇蠕動，卻沒發出聲音，是我的想像力聽見這句話的。他昏迷不醒，我很肯定，然而他的嘴唇卻又動了。

我從愛倫那裡聽說了你好多事情，她非常看重你，還有你的姐姐、你的哥哥，這麼足智多謀的一家人，我能在你的血管中嗅到她的血液，她甜美的血液，而且她是那麼愛你的血，我等不及要自己嚐一嚐了，布拉姆。你知不知道這麼多年來我從來沒喝過你的愛倫保姆的血？我從來沒嚐過她的血，不過快了，我馬上就會嚐到她的血還有你的……

范博利的脈搏狂跳，他的呼吸急促，而且他身上的每一條肌肉都收縮緊繃。他的指尖伸得極直，好像要向後仰碰到手腕了，他繼續說著唯有我的腦子能聽見的話。

可憐的戴克倫．俄奎夫，只是半個人活在箱子裡，你何不放他出來？讓他呼吸。讓他享受黑夜，他被囚禁太久了，我認為他值得獲釋，不是嗎？

「別開門，布拉姆！德古拉透過你的朋友在說話，他在玩詭計。你不能相信自己的眼睛耳朵。」派崔克在走廊上沮喪地來回踱步，連偷窺室內的情況都無能為力。

我聽到的是派崔克．俄奎夫的聲音嗎？他是為了我們可愛的愛倫來把他隔了好幾輩的叔公拼回去嗎？拜託替我謝謝他的待客之道，我跟他的妻兒可消磨了不少好時光呢，他的小兒子在我結束他生命之前還哭喊著叫爸爸，等著他父親來救他，那麼的天真可愛——叫肖恩是吧？喔，還有小伊莎貝拉！我伸手到她床上，把她小小的身體抬到我的嘴唇邊，她還以為我是她父親呢。小孩子真是容易信任人啊，我活了這麼久，發現沒有東西比得上兒童的鮮血，總是那麼的新鮮潔淨，沒有大多數成人讓身體攝取的污染物。我真巴不得能一次又一次吸乾她的血。還有瑪姬！那個瑪姬真聰明，躲過去了，既然愛倫把她轉化了，也許等這些討厭事塵埃落定之後，我可以收她當女兒，等我們的小小遊戲結束了，你們這堆傢伙成了蛆蟲的大餐，她跟可愛的愛蜜莉可以跟著我回去。

塔樓響起了極大的撞擊聲，我才明白是派崔克撞上了牆壁，塵土從天花板上簌簌掉落。

這時我才注意到范博利的手，他的手掌被一種墨黑色的黏稠物覆住了。是從門底下滲出來的，他一定是在抹聖餅糊時碰到的，我恍然大悟，就是這種濃稠的液體讓他和德古拉之間產生了連結，讓德古拉能夠透過他說話。

「你會等著我的，對吧，布拉姆？就在你現在的那個地方？我馬上就到了，你只需要告訴我你藏在哪裡，我們何不看一看？熟悉一下環境？」

說到這裡，范博利倏地睜開眼睛，猛然坐了起來，把房間的每一寸都收入眼底，他的頭左右移動，再上下移動。他掙脫了我的手，衝向窗邊，我沒來得及阻攔。他凝視星辰，再俯視地面，市鎮、墓園、森林以及遠處的海洋。

啊，是了，這是一定的，他透過范博利的嘴唇說。**還會是哪裡呢？**接著是寂靜。

范博利倒在我的腳下，喃喃咕噥，前言不對後語。接著他的眼皮顫動，張開了眼睛，呼吸也變得正常。

派崔克在走廊說話。「我們得把他弄出去，只要他靠近門，德古拉就能夠接觸他，繼續利用他，你跟我被愛倫的血保護住了，只有他很虛弱，成了突破口。」

我知道他說得對，即使范博利已經全然清醒了，我仍然扛著他綿軟無力的身體到走廊上，把他交給了派崔克．俄奎夫。「帶他回旅店，交給其他人，遠離這裡，我會看守到天亮。」我讓他看了范博利手上的污漬。「把這塊東西徹底洗乾淨。」

派崔克擔憂地看著我，卻知道我說得有道理。「我會回來幫你。」

我搖頭。「跟其他人待在一起，保護他們，他進不來的，我沒事。」

我比著牆上的十字架和鏡子——說真的，比了也是白比，因為他不敢看。正好證明了我的論點，我去拿范博利的手杖，交給派崔克。「等他醒了，把這個還給他，或許能夠增加他對你的信任，你可能不相信，可是我們會需要他的，需要他的專長。」

派崔克以另一隻手接過手杖。

「好了，去吧，免得德古拉又想入侵他的身體。」

我的話剛說完，他就走了，扛著范博利的身體，彷彿沒有重量，消失在修道院的迴廊裡。

然後只剩下我一個人在房間裡，我死盯著門，埋伏在門後的存在擠滿了我的每一個思緒，我從松利的袋子裡拉出步槍，坐在椅子上。

現在我得面對漫長的黑夜了。

*

Part 3

*

地獄存在，這不是理論家的虛構之物，
因為它就在世間，
我個人就曾站在地獄的邊緣，
看著魔鬼執行工作。
——《黑暗的力量》布拉姆．史托克

現在

阿米涅思

阿米涅思．范博利躺在旅店柔軟的床上，隨著晨曦醒來，完全想不起自己是如何來的，只記得和布拉姆及派崔克．俄奎夫在惠特比修道院的塔樓上。

瑪蒂妲俯身看他，手中握著濕布。「他醒了。」她對身後的人說。

松利。

他們兩人把范博利扶起來坐好。他身上的每一根骨頭、每一塊肌肉都痛。

「你能站嗎？」瑪蒂妲問。「能走嗎？」

「可以吧。」

「不可以也不行。」松利極不耐煩地說。「我們的火車在等，我們還需要去接布拉姆——他仍然在惠特比修道院。」

不見不死人的蹤影，愛倫、瑪姬以及那個怪物派崔克無疑都在沉睡。

虛弱無力又昏頭轉向的范博利在離開旅店時仍然有些迷糊，不過第二次登上一百九十九級階梯到修道院倒是治好了他。不過爬到階梯頂端，他的壞腿痛了起來，在他的認知中，迄今為止的一連串事件彷彿只是一場夢，但是三人在修道院中穿梭，登上隱藏在煙囪中的梯子，再爬上更多階梯到塔樓，現實的成分變得益加清晰。

他們發現布拉姆躺在房間一隅，因筋疲力盡而近乎昏迷，他一手揩著日記，另一手按著史奈德步槍可靠的槍托，他的模樣，好似短短的一個晚上就老了整整十歲。

「德古拉知道我們在這裡。」布拉姆說。「他來了，可是我沒讓他得逞。」

瑪蒂妲走向布拉姆，溫柔地梳理他的頭髮。「派崔克跟我們說了，你真是個勇敢的傻瓜，自己一個人留在這裡。」她在他的耳邊說。「我應該要親手宰了你，你居然這麼想找死，昨晚我們想回來幫你，可是愛倫不准，他們把我們守在旅店裡，說你不會有事。」

松利和范博利把布拉姆攙起來，讓他站穩。這時，布拉姆拍了拍他的日記，朝范博利點頭。「這可以幫助你了解前因後果。」他虛弱地說。

潮濕的房間瀰漫著死亡的氣味。地板泥濘，佈滿了小石頭，極像是毒蛇的化石殘餘，牆上的十字架和鏡子碎的碎、變形的變形，不少都摔在地上。

「這裡是怎麼回事？」松利問。

布拉姆的回應是舉手搖頭。「等等……火車呢？」

「我們一個小時後出發。」瑪蒂妲說。

布拉姆愣了愣才明白她說了什麼。「愛倫呢？」他終於問。

瑪蒂妲瞧了眼范博利，壓低聲音說：「她跟另外兩人都上火車了。」范博利可以想像，這個不死人三人小組，封進了木箱中，在土壤床上睡眠，此時此刻正是無比的脆弱，他們一定是在貨車裡，可是他沒辦法知道是哪一節，他緊握住手杖杖頭，手杖是他在床邊地板上發現的。

松利朝房間後頭的沉重橡木門點頭。「我們得趕快。」

布拉姆瞪著門，范博利看出他眼中的猶豫，懼怖。

「我們答應了。」瑪蒂妲說。

他只思索了一秒，就點頭。伸手到口袋裡，掏出愛倫給他的那把褪色的黃銅鑰匙，走到門前，把鑰匙插入中央的鎖孔，手一轉，響亮的喀嗒聲就傳遍了房間，兩邊的門栓縮回了。

布拉姆握住門把，拉開了門。

如果他們所處的房間充斥的是死亡的氣味，那門後的房間充斥的就是墳墓的氣味，門的四周散落著剝落的片片乾涸聖餐餅糊，覆蓋地面的泥巴惡臭得似乎是在阻扼他們，三個人瞇眼摀鼻，然後才踏進去。

房間不很大，直徑只有八呎。沒有窗戶，沒有出口，房間中央立著一個木箱，兩呎深四呎長，比長途旅行用來裝衣物的箱子大不了多少。就是布拉姆在異像中看見愛倫在沼澤的同樣的箱子——外觀的每一寸都刻滿了小小的十字架。

箱蓋是打開的。

他們走過去，往裡瞧。

箱中是一個男人的殘軀，土壤鬆鬆地覆著上層。范博利看見了從土壤中突出一條腿和兩條胳臂，還有部分的軀幹，最遠的一端是一個男人的頭，只露出雙眼以及鼻尖，眼睛閉著，彷彿在沉睡。據范博利的理解，這人已經死了幾百年，可是屍身卻保存得極完好，范博利盡量不去看頸部撕裂的肌肉，這裡曾是這個人首身相連之處。

「戴克倫．俄奎夫。」松利說。

范博利看著布拉姆伸手到打開的襯衫衣領，拉出了他掛在脖子上的項鍊。他摘下了項鍊，拿掉串著的戒指，戴在突出於土壤的一隻手指上。「這個是你的。」

手指動了動。

「了不起。」范博利輕聲說。伸手到箱子裡，拂開那人臉上的泥土。「肌膚是冷的，卻仍有生命。」

戴克倫．俄奎夫的眼睛動了動，嘴唇扭曲，像在無聲地尖叫，范博利猛然收回手。

「永生永世承受這麼大的痛苦……」瑪蒂妲說，但是並沒有說完，俄奎夫又緩緩閉上了眼睛。

這人的軀幹絕大部分都掩埋在土裡，可是范博利看見了心臟被拔出來的傷口，留下的空洞此時填滿了泥土，怎麼可能，他完全不知道，然而事實就擺在眼前。「我沒辦法再看了。」他說，伸手去拿蓋子，合上了木箱。

舊銅栓緊緊扣住，松利把每一個都鎖好，回頭看著布拉姆和范博利。「可以了嗎，兩位？」

布拉姆抬一角，松利和范博利抬另一角，瑪蒂妲帶頭，四人把木箱抬進了主室。離開房間時，范博利沒辦法不注意到門的內側佈滿了長長的抓痕。從上到下，而且還帶著乾涸的血液，橡木門被抓出了許多的小碎片，應該是試圖逃亡卻失敗了。他也注意到那一箱的黃金以及文件也消失了，最有可能是搬上火車了。

他們合力將木箱抬下了修道院，搬上了等候的馬車，之後會送上開往赫爾港的火車，再轉海運到阿姆斯特丹，然後再改搭火車到鹿特丹、杜塞道夫、法蘭克福，預計三天的時間抵達慕尼黑。

等大家都在火車上安頓好了之後，松利就把布拉姆的日記交給范博利，他的手上握著另一本日記，還有瑪蒂妲寫給愛倫的信。火車離站，漸漸將惠特比拋在後方，他要求范博利全部看一遍。

范博利仔細地看了，盡量把所有的東西理出一個次序來，來回翻動，一邊配合自己的筆記。

幾個小時之後，他看完了布拉姆昨夜在修道院塔樓倉卒記下的最後一頁，他合上了布拉姆的日記，一點一滴的記錄都沉甸甸地壓在他的心頭……這個青年，這個家庭，長久以來被如此駭異之事糾纏。

他向後靠著椅背，火車搖搖晃晃前進，英國的鄉間風景從窗戶掠過。

他得好好想一想。

瑪蒂妲

瑪蒂妲在「英雄號」上醒來，她覺得是有人叫她。是在她睡夢中叫的，從極遙遠的地方傳來的耳語，她在小鋪位上坐起來，東張西望，什麼也沒看見。她讓舷窗開著，是因為附近沒有甲板，只能看見大海，也因為她愛聽海浪拍打船身的聲音，此外風帆在風中獵獵振動，填補了寂靜空洞的夜，這聲音也讓她覺得安慰。

瑪蒂妲。

這一次她很肯定聽見了自己的名字，從外頭傳過來的，儘管不可能。

瑪蒂妲下床來，披上斗篷，走向船艙門，打開來，本以為會看見有人在門後，卻一個人也沒有，走道也是空蕩蕩的。瑪蒂妲搭過這種船，知道這個時刻乘客大多回到艙房，僅有水手悄悄地在船上走動，履行職務，可是水手不知道她的姓名，再說，她什麼人也沒看到。

松利和布拉姆住在她的左邊，范博利在右邊，她想叫醒兄弟，又打消了主意。他們都比她需要休息，尤其是布拉姆，經過了塔樓的煎熬更是身心俱乏。

瑪蒂妲拉上了斗篷的兜帽，抓緊了脖子兩邊的布料，順著走道來到了樓梯，爬到了主甲板上，這裡鹹鹹的空氣填滿了她的肺，冰冷嚴寒，但她歡迎這種味道，讓她想起了多年前的家。她穿過主甲板，一名水手匆匆走過，嘟囔著什麼，她聽不懂是哪國的語言，然後就消失在遠處的角落。

還有一人立在前甲板附近的右側——苗條靜止，也披著黑斗篷，瑪蒂妲一眼就認了出來。她穿過甲板，走向她，站在她旁邊。

「哈囉，愛倫。」
愛倫仍是不動如山，瞪著大海。
「妳不應該一個人出來，恐怕范博利逮到機會就會毫不猶豫殺掉你們三個。」
「我並不擔心阿米涅思．范博利。」
瑪蒂妲知道愛倫和俄奎夫父女是裝在木箱中偷渡上船的，每只箱子都裝滿了他們的墳土，嚴嚴實實地釘住。木箱存放在船腹深處，前後左右都是同樣的箱子，航行期間無法打開，等船隻抵達阿姆斯特丹之後才會卸貨，然而愛倫卻在這裡，立在她的面前，瑪蒂妲回憶起德古拉在松利家裡將自己變化為一群蜜蜂，而且范博利也說過不死人能夠轉化為霧，進入最小的縫隙。在此刻之前，她都覺得像是童話故事。
「派崔克和瑪姬呢？」
「在休息，在船上醒來是很可怕的，被這麼多水包圍。我們不能靠自己渡海，即使在潮汐最低的時候，而且就算我們生前會游泳，我們現在也不能游泳。派崔克幾乎是賠上一條命才學會這一課的，他在都柏林從船上落水，被判定溺斃。」
「我們看見他了——他的屍體——在都柏林的停屍間。」
愛倫點頭。「我知道，我讀了妳的信。」
瑪蒂妲低頭瞪著海水，看著波浪拍打船身。「是妳殺了那個守衛嗎？」
「我才不會做那種事。」愛倫說。「我有兩百多年沒有奪走過人命了。」
「那是德古拉嘍？」
「是德古拉。」她說。「他發現了派崔克．俄奎夫，跟你們的方法差不多：靠那些恐怖的疤痕，他希望派崔克能帶他來找我。他從派崔克在都柏林落水那天開始就跟蹤他，派崔克希望能搭船擺脫他，可是德古拉一點也不怕水。說實話，我不知道這世界上有什麼是會讓他害怕的，他開始了追逐，派崔克一慌就從船上掉了下去。我只比德古拉早幾分鐘趕到停屍間，把派崔克的心臟放了回去，讓他復活，然後我們就逃走了。德古拉緊追不捨，他把守衛殺了，因為守衛看見了他的臉，只有這個理由。」

「松利的車夫也是他殺的嗎？我還以為是瑪姬。」

「瑪姬從來沒有殺過人，以後也不可能，她或許有脾氣，有時會管不住自己，可是她下不了那種手，我確定是他。」愛倫默然無語，過了一會兒又往下說：「德古拉完全不把人類放在眼裡，我從城堡逃走之後，他殺死了每一個僕人，誓言再也不讓人類進入他的家。母親、父親、兒童——他全部都殺，純粹是以欺凌為樂，他喜歡看他們受苦。」

愛倫終於轉身面對瑪蒂妲，而瑪蒂妲也是自童年以來第一次能夠真真正正的看著她，她的眼中燃燒著最熾烈的藍，幾乎在發光。她雪白的肌膚完美無瑕，毫無歲月的侵蝕，就像十四年前的她，她飄逸的金髮向後挽，掩藏在兜帽下，但瑪蒂妲知道她的髮色沒有變，這是她記得的愛倫，她永遠不會忘的愛倫。

愛倫湊過來，冷冰的手按住了瑪蒂妲的手。「我不能允許妳和妳的兄弟繼續跟著我去尋找，太危險了。德古拉讓你們活到現在，唯一的理由是他知道可以利用你們來對付我，妳和松利。至於布拉姆，德古拉的理由就更駭人了，他對布拉姆很好奇，因為我的血治好了他，也給了他無論如何無法擁有的能力。」

「像是傷口可以自行癒合？」瑪蒂妲大著膽子問。

「對，傷口可以自行癒合。視力變好，聽覺變強，他的體能、他的精力、他的心智，以及他與我的連結。他能活多久？比大多數人久嗎？不如平常人？這些特質有多少是他自己的，又有多少是源自於我的血？他本來會夭折，如果不是我插手，他本來是會夭折的，可是他活下來了，用借來的時光。」

「這一切都是拜妳之賜。」瑪蒂妲承認。「我們都衷心感激。」

「你們不欠我什麼，是我帶著你們步向死亡的。這麼多年來我忙著保住你們的平安，不讓你們接近我，可是現在，我們又走在一塊了。」

「我們是自願的，他對妳的所作所為，我覺得不可思議，要是我們能夠讓妳和妳的真愛團圓，報答妳為我們的辛苦……我們當然會來，我們是為妳而來的，妳是我們的家人。」

愛倫沉吟了一會兒，捏了捏瑪蒂妲的手。「謝謝妳寫信給我，瑪蒂妲，謝謝妳時時惦著我。」

船隻搖晃，波浪變強了，東邊吹來刺骨的寒風。「暴風雨在醞釀。」

愛倫聞言嘆氣，陷入自己的心事中。「妳該回艙房了。」她終於說。

「妳也該休息了。」

「恐怕很長的一段時間裡，這是我最後一次的休息了。」

在瑪蒂妲的一生中，有一個時間她非常喜歡愛倫的微笑，喜歡其中的溫暖。她現在就希望能再看一眼，可是卻等不到。愛倫反而握住瑪蒂妲的雙手，靠過來。「等妳弟弟醒了，告訴他無論他在房間裡看到了什麼，門後的那些東西——都不是我親愛的戴克倫·俄奎夫弄出來的，那是德古拉透過他施展的，因為他們兩個的血是一樣的。我的愛人絕不會說那些話、做那些事，我希望不久的將來你們三個可以見見他，了解我愛的那個男人。」

「好，在不久的將來。」瑪蒂妲跟她保證。

她留下愛倫佇立在甲板上，斗篷隨海風飛舞，不由得懷疑會不會是最後一次看見活著的她，她不由得懷疑明天的這個時候，她和兩個兄弟是否仍然活著。

布拉姆

他們從「英雄號」下船，前往火車站，阿姆斯特丹只如曇花一現，松利負責隨身行李，而布拉姆和瑪蒂妲則確保三個木箱以及行李箱都仔細地從貨艙中領回。一名海關官員走過來，和范博利交談了幾句，兌換了貨幣，他就揮手放行。布拉姆找到了一輛馬車，木箱與行李箱都放進了後面，運向火車站，等著送入火車的貨車車廂。眼見木箱與行李箱都運入了漆黑的車廂裡，布拉姆忍不住好奇哪個木箱躺哪個人，因為完全沒有記號可供辨識。

抵達阿姆斯特丹一小時之內，他們就上路了，火車漸漸加速，馳往鹿特丹、杜塞道夫、法蘭克福。他們在早上鐘聲十一響之後不久就到達了慕尼黑，瑪蒂妲、范博利、松利直接從車站到他們下榻的四季飯店。布拉姆隨後抵達，他自願押送木箱和行李箱，沉重的馬車輾過鵝卵石地面，布拉姆輪流把手放在三個木箱上，閉上眼睛，最後斷定了哪個木箱裡躺著愛倫。

他一到飯店就發現范博利在大門外等。「我安排好了交通，可真不容易，沒有人願意去那一區，他們從小就聽說那裡鬧鬼，一點也不想靠近。他們說在五朔節前夜從這裡就能聽見尖叫聲，飯店經理指引我去找貝瑟尼之家的一位紳士，他願意租給我們一輛合適的馬車和六匹馬，可是他挪不出車夫來，他說就算他願意，也不會有人肯去，我們得自己駕車。」

布拉姆點頭，這也在他的預料之中。

「啊，他來了。」

一個蓄灰色大鬍子、身材圓胖的人駕著一輛無篷貨車停在第一輛馬車的後面。拉車的六匹馬早已過了年輕力壯的年紀，搖擺的背部與突出的肩骨藏不住歲月的摧折，兩匹轅馬眼珠混濁，顯然多少有些眼盲，可是六匹馬都生氣勃勃，急切地想上路。

布拉姆和范博利互望了一眼，一聲不吭。

那人爬下來，拖著腳蹭到他們所站之處，摘掉帽子，抓了抓稀疏的白髮。「我知道看起來不怎麼樣，可是牠們都很強壯，不會給你們添麻煩的。比較年輕的馬有的就跟我的人一樣害怕那個地方，我兒子去年帶一匹過去那裡，那匹馬半道就不肯再往前了，掉過頭來一口氣跑了回來，我兒子差點就被牠給掀下來，牠一直跑到馬頭進了廄房的門才停下來。」

布拉姆發覺這個人的英語說得非常好，只是口音很重，於是指明了這一點。

「我去紐約唸過書，」車夫說，「後來我父親病了我就回來了，都三十年了。一直想回去，卻總是沒時間。」

「我們要去的地方你知道些什麼？」布拉姆問。

那人劃了個十字。「黑死病吧，整個村子的人都死光了，非常快。大多數是病死的，其他人都跑了，我聽說有些家裡飯桌上的晚飯都還沒來得及吃呢。那邊有墓園，可是不夠用了，最後一批離開村子的人只好看哪塊地比較平坦就把屍體埋在那裡。不知道他們為什麼不把屍體火化，據我所知，其他地區都是這樣處理瘟疫的。」

范博利給了飯店員工一筆豐厚的小費，指示他們將木箱和行李箱搬上貨車。

「你們幾時回來？」車夫問，打量著貨車上的東西。

布拉姆注意到他並沒問運的是什麼貨，不知道范博利是怎麼說的。

「順利的話，天黑以前。」

他們似乎都知道不是實話，卻也不揭穿。

那人撫摸最靠近的一匹馬的頸子。「牠們都吃飽喝足了，如果說會有哪一匹比較麻煩的話，應該就是這匹年輕的閹馬，不過夾在隊伍中間，應該沒事。」

說完，那人就走了，一樣是拖著腳慢慢蹭開。

瑪蒂妲和松利出現在飯店大門，接著他們四人爬上了馬車，布拉姆和范博利跟貨物一塊坐在後面，由松利執轡。

日落前六小時

離開飯店時，陽光普照，但小城一落到後面，一股砭骨的北風就呼嘯大地。藍天消失在厚重的灰雲之後，空氣也多了濕氣，暴風雨要來了。布拉姆將視線從天空拉回到木箱上，手掌按著木板，閉上眼睛。找到裝著愛倫的箱子後，他向愛倫伸展心靈，她跟他保證他們的方向是正確的。

來到了十字路口，范博利要松利停車。

松利拉扯韁繩，馬兒乖乖停步，兩匹轅馬和居中的兩匹馬幫著穩住了前導馬，不然的話牠們是極其樂意繼續小跑步的。

范博利爬下了馬車，護著那條壞腿，走向一排柏樹，拔掉了一棵樹旁的野草。「這裡！」他說，兩手找到了什麼。

布拉姆也下了馬車，走過去，范博利找到了一個小十字架，木身上塗了白漆，現在已變成褐色，也碎裂了。「墳墓嗎？」

「日耳曼人會把自殺的人埋葬在十字路口。」

布拉姆想了想，從馬車上拿了鏟子。

范博利按住他的胳臂。「這裡的土地沒有動過，完全沒有被破壞。」

布拉姆抖開他的手，一鏟插入土裡。「俄奎夫的墳墓也是完全沒有動過的樣子，可是看我們在裡頭找到了什麼。」

「還有我們在惠特比修道院找到的那一個也一樣。」瑪蒂妲說。

布拉姆繼續挖。「想當然耳，自殺塚從來都不在祝聖過的土地上，而且經常幾百年來都無人聞問，最適合儲藏東西，甚至是當旅行中的休息點，你自己說不死人可以變化成霧氣，所以躲在這樣的地方又有何不可？」

鏟頭打到了什麼，兩個男人面面相覷，一起跪下來，以雙手挖土。

棺材的狀況比十字架還差，木頭都腐朽了，布拉姆一拳就打穿了棺蓋，發現裡頭沒人，他鬆了口氣。

「有東西嗎？」范博利問。

布拉姆把整條胳臂都伸了進去，到處摸索。「沒，什麼也沒有，我覺得……等等，我好像找到什麼了。」

他把胳臂抽出來，手裡緊抓著一個信封，以紅蠟封緘，布拉姆抖掉塵土，舉了起來。

松利和瑪蒂妲也從馬車上爬了下來，走過來看著布拉姆撕開了信封，抽出裡頭的一張紙。

我歡迎妳到這片美麗的土地來，把他們帶來給我，把他們全帶來。

——德

布拉姆把信揉縐，丟進草叢。「他在玩弄我們，想拖慢我們的速度。」

遠處他們聽見有一匹狼嗥叫，馬上就有一匹狼回應，馬匹緊張地跺腳。

「我們應該繼續前進。」松利跟他們說。

布拉姆快速填好了墳墓，四人又爬上了馬車，松利催促馬兒前進，牠們不情願地服從了，速度比剛才稍慢。

頭頂上，烏雲翻滾洶湧，帶來了似乎夾帶著冰塊的微風，接著陽光再次露臉，擊退了烏雲。不過，布拉姆估計到頭來還是暴風雨會勝利，因為陽光一次比一次弱，他想像著德古拉召喚烏雲，閃電雷鳴也會接踵而至。

他們驅車趕路。

馬匹不時昂頭嗅聞空氣，可是他們仍順利前進，伊薩爾河向西流，土地上遍生甜栗樹。可以的話，馬兒會停下來吃栗子，可是今天牠們卻不感興趣，反而吃力地前進，栗子在馬蹄和車輪下碎裂。唯有在韁繩拉扯時，馬兒才以馬蹄刨地。

他們穿過了一條小石橋，再上坡，道路變窄，馬車頗吃力地抵達了坡頂的高原。松利扯動韁繩，讓馬車停下。「我們是要去那裡嗎？」

他指著一條小徑，從主幹道岔開，似乎下探到一個蜿蜒的山谷中，谷底被樹林掩沒。

布拉姆再一次按著愛倫的木箱，一分鐘後，他點頭。「就快到了。」

松利把沉重的貨車駛向窄路，繼續前進。

「你有沒有看到人？」瑪蒂妲在將近一個小時後問，打破了沉默。「下面那裡，靠近那座山的山頂，那是個人嗎？」

布拉姆順著她的視線望過去，也看見了，一個又高又瘦的男人立在雜草叢生的路旁，一動不動，盯著他們。

「是德古拉嗎？」范博利問，瞇起眼睛。

布拉姆搖頭。「不是，我沒見過這個人。」

那人一身白襯衫，塞進寬鬆骯髒的白長褲裡，而且戴著牛仔帽，腰際繫著一條極粗的腰帶，釘滿了銅釘，黑靴子幾乎到膝蓋。臉上兩撇粗粗的黑色八字鬍，頭髮又長又黑。

布拉姆的胳臂癢了起來，他伸手去摸愛倫的木箱。

「怎麼了？」瑪蒂妲問。

「他不是一個人，我覺得他已經跟蹤我們有一段時間了，一共十幾個，可能更多。」

范博利伸手去拿腳邊的革囊，另一手握緊了步槍槍托，但是並沒有移動槍。

布拉姆閉上眼睛，專心聆聽愛倫。「他們只是在觀察，我不覺得他們想傷害我們。」

「他們不像本地人。」范博利指出。

「應該不是。」

「是不死人嗎？」瑪蒂妲問。

范博利搖頭。「敢在光天化日下出來就不是。」

布拉姆睜開了眼睛，那人也消失了，沒入了林間。可是布拉姆仍感覺到他的存在，他以及其他人。

他們繼續前進，幾小時悄悄過去，柏樹和紫杉越來越茂密。既高又粗，古老的樹木隨著漸強的風搖曳，暴風雨快來了——移動緩慢的暴風雨，彷彿是跟著他們而不想超越他們。

「我們一定是很接近了。」范博利說，指著地面。布拉姆瞧了眼馬車的側面，看見了舊建築的石地基殘骸。另一棟房屋，比較小，立在馬路之外的一百碼處。

他們經過了剛才那個男人所立之處，卻不見他的蹤影。沒有腳印，沒有踩踏過的雜草，什麼也沒有。

遠處又是一聲狼嗥，這次更近，馬兒開始緊張後退，松利低聲安撫牠們，牠們就安靜了下來。道路穿過樹林，出林後就看見一堵矮牆，順著牆走就到了山谷底。

村子的廢墟在他們眼前展開。前一分鐘還什麼也沒看見，一拐個彎，廢墟就出現在一道高大的柏樹牆後。古舊的石頭建築，茅草和木屋頂早已腐朽，幾十棟屋子聚在一起。布拉姆的心中蹦出德艾普土（羅馬尼亞文，意為右邊。）這個字眼，可能是來自愛倫，他知道不是德文，也不是這地方的地名，但它卻這麼冒了出來，現在他也知道了。

大約是村子綠地的中間立著一輛黑色馬車，拉車的四匹馬毛皮漆黑閃亮，有如煤炭。

天黑前三小時

「是他的馬車嗎？」瑪蒂妲問，直盯著默然靜立在村莊廢墟中央的黑色馬車。

「車夫呢？」布拉姆問，把馬車駕駛到此的人不見蹤影。車窗覆著暗色天鵝絨，遮住了所有的光線——布拉姆看不見裡面，他可能就坐在車裡，也可能在村子某處，說不定他此時就盯著他們的一舉一動。

「地上有人。」松利說，從馬車上爬下來，范博利和布拉姆緊跟在後。

馬車四周的雜草長得很高，起初布拉姆什麼也沒看到，但後來他看見右前輪附近躺了一個人，一動不動，布拉姆舉步朝馬車走。

范博利攫住他的肩。「等等。」

范博利抽出了革囊中的步槍，以及三根木樁，尾端都削得極尖，他遞了一根木樁給布拉姆，也遞給松利，自己握著一根。

「我又看到至少有三具屍體。」瑪蒂妲說，立在貨車後面。「兩個在馬車後，另一個的腿在另一邊。」

布拉姆嗅聞空氣，確認了屍體在四周，確實是屍體。

他穿過村子綠地，另兩位男士跟著他，接近馬車時，他又想查看馬車內部，可是窗帘不僅一絲縫隙都不留，甚至還塞進了窗框裡。就算裡頭有人，布拉姆也看不出來。

馬車旁的屍體的裝束和稍早他們在路上看到的那人一樣，他的眼睛和嘴巴都張開著，表情極度驚怖，頸子上有道小撕裂傷，血液漸乾。

「不久前才發生的。」布拉姆說。「不到幾小時。」

范博利搖頭。「不可能。**斯基戈易**在白天不會傷人，他們沒有那個力量，看這個男人的體型，如果他的生命受到威脅，他輕而易舉就能撂倒德古拉，德古拉不會冒險跟他當面對峙。」

松利在馬車後的兩具屍體旁跪下來。「這兩個也一樣，血液都流光了，身體還是暖的。」

布拉姆蹲在第四具身體旁，手指拂過頸部的兩個小孔。「如果他們是自願的呢？」

「什麼意思？」范博利蹙眉不解。

「如果這些人自願奉獻給德古拉，允許他吸乾他們的血，讓他有力量面對接下來的情況？他知道我們帶著三個不死人旅行。」

「要是他吃飽了，」范博利輕聲說，「他就占上風了。」

布拉姆點頭。

「那我們在路上看到的那個人呢？」松利指出。「也是跟他們一道的嗎？是的話，德古拉究竟命令了多少**活人**到這裡來？」

布拉姆握緊了木樁，走向馬車門。

「等一下！」范博利大聲喊。

布拉姆可不管。雖然車門鎖住了，可是他用力一扭，門把就扭斷了，他把門拉開，陽光湧入了車內。

范博利一個箭步就來到了他身旁，高舉著木樁，步槍揹在肩上。

馬車空空如也。

黑馬一驚嘶鳴，馬車向前動了動，前輪輾過一名死者的胳臂，這才停下來。

布拉姆瞪著車裡，手臂又癢了起來。

他在這裡。

德古拉很接近，即使是現在。

可是怎麼可能呢？

布拉姆望著天空，望著來勢洶洶的雲在天空翻滾，阻擋了陽光。「那個足以保護他嗎？」

范博利尋思了一會兒。「他不會冒險暴露在光天化日之下太久，可是暴風雨就能夠提供掩蔽，達到聲東擊西的效果。」

「所以如果他是在大白天抵達，說不定比我們早幾個小時，他也不會待在馬車裡讓太陽曝曬，因為那樣無異於自殺，他會找個地方休息，等候天黑。」布拉姆說，一面打量四周的村子。

范博利的焦點此時集中在僅餘的幾棟屋宇後方的墓園上。「他會找一座墳，會是新挖的，因為他在白晝需要埋入地下，而我們知道他叫其他人來這裡完成這個工作。」

松利繞了馬車一圈。「我們需要找出他，趕緊殺掉他。你說過唯有這個方法能夠拯救愛蜜莉，用木樁插入他的心臟，切斷他對她的掌控。」

「說不定這就是他的詭計。」布拉姆說。「我們要找的是戴克倫．俄奎夫的心臟，而不是德古拉。不到三個小時就天黑了，時間不多了。」

「我唯一關心的是救我的太太。」松利跟他說。「我們殺了德古拉，愛蜜莉就獲救了，然後我們就可以從從容容地去找戴克倫的心臟了。」

范博利搖頭。「如果我們真的要救戴克倫．俄奎夫，就不能這麼做。德古拉一死，他也會死，如果在他變得完整之前，在他的心臟回到胸腔裡跳動之前，德古拉先死了，那他的下場絕對是死亡。」

「我們盡量兩件事一起做。」布拉姆說。「一面尋找德古拉一面尋找心臟。然後我們逮住機會就擊垮他，只有這個辦法。」

松利和布拉姆邁步朝貨車走，范博利卻在死人的旁邊跪下。

「你要幹嘛？」布拉姆問。

范博利從腰際抽出一把彎刀，動手切割死人的頭。

「阿米涅思！」

「如果不把頭切掉，晚上一到他們就可能會變成**斯基戈易**，到時候我們就真的寡不敵眾了，只有這個辦法能拯救他們的靈魂，如果想趕快，你們就得幫我。」

布拉姆瞧了松利一眼，范博利的要求似乎荒誕，但他們實在不能冒險讓四具屍體變成**斯基戈易**。於是兩兄弟聽從了他的吩咐。完成之後，范博利在每個斷頭的口中塞了大蒜，再把頭滾到馬車底下。

回到貨車上，他們再次審查村子，那些腐壞傾圮的建築。「從哪裡開始呢？」

布拉姆爬到貨車後面，「我們得把愛倫叫醒。」

天黑前兩個半小時

布拉姆爬上貨車，掀開覆蓋著愛倫的木箱的防水布。「給我一把鎚子。」

松利在革囊裡翻找，掏出一把鎚子，交給了弟弟。

「小心樹林，我們不知道德古拉的人有多少或是藏在哪裡，可是我確定他們就在附近。」范博利說，握著史奈德步槍，嚴陣以待。

布拉姆把鎚子塞進木箱蓋底下一撬，釘子就吱吱響。他沿著箱蓋周邊撬，最後把蓋子撬鬆，隨即把鎚子放在腳邊，把蓋子搬向一側。愛倫的臉掩在薄薄一層土下，身體則埋得更深，他拂開她眼睛和蒼白臉頰上的泥土，再輕聲喚她的名字。

愛倫倏地睜開眼，眼睛閃爍著紅色的光芒。布拉姆想起了童年的回憶：**今天的眼珠是什麼顏色的？**

他們全體默默看著她坐起來，土壤崩落。她轉向天空，發現夜晚尚未降臨，就伸手把兜帽戴上，遮擋黯淡的陽光。

「我們要把另外兩個叫醒嗎？」布拉姆問，看著另兩個木箱。

「不，他們得休息。」她說。她很虛弱，而且整個人都在發抖。

「妳可以嗎？」

她緩緩審視周遭環境，紅眼睛掠過每一處。一看見馬車以及四周的屍體，就僵住了。

布拉姆說馬車裡頭是空的，也說出他們的發現。

「你做得很對，把我叫醒，我們的時間不多了。」她爬出了木箱，更多的土壤掉落。她跳下了馬車，布拉姆扶著她的胳臂穩住她。

愛倫的頭猛地仰起，嗅聞空氣，凝視著森林。「有許多隻眼睛在監視我們。」

「有多少？」范博利問。

「至少十二個。」

她研究著衰敗的村子，盯住了左側約兩百呎的一棟屋子，半個屋頂不見了，四面牆仍屹立。「把戴克倫帶去那兒。」

布拉姆還沒來得及詢問，她就朝房子走過去了，消失在裡面。

瑪蒂妲從貨車上爬下來，尾隨而去，松利和布拉姆則把裝著戴克倫．俄奎夫遺骸的行李箱抬到地上，把他們的革囊放在上頭，連同行李箱一起抬過去。

愛倫清空了屋裡的一張桌子，空盤是早已湮滅的餐點。「放在這裡。」她指著桌邊地板。

布拉姆和松利照做，她跪在行李箱邊，謹慎地打開了鎖扣，掀開蓋子，戴克倫．俄奎夫不會眨眼的眼睛透過一層土回瞪著他們。

愛倫以母親擁抱新生兒的溫柔將她愛人的屍塊取出，一次一件，擺在桌上。先是頭顱，再是軀幹，其次是四肢。布拉姆和其他人默默旁觀，她從歐陸各地取回的軀塊一件一件拼湊起來，她的眼睛也盈滿了血紅色的眼淚。

布拉姆忍不住看著這個可憐的男人被五馬分屍的接合處。肩膀與大腿，頸子的肌肉參差不齊。胸腔空洞，被德古拉一拳打穿，拔走了心臟。布拉姆無法想像那種暴行所造成的痛苦有多大，知道這個可憐人至今仍感覺到那種痛苦，都過了幾百年了，更是讓人不忍心探究。

愛倫俯向這人被淩虐的殘軀，溫柔地吻他的唇。「快了，我的愛，你很快就會回到我的懷抱了。」

天黑前兩小時

「得有人看著他。」愛倫說，以貨車拿下來的防水布蓋住遺體。「外面有那些人，不安全。」

「我得去找愛蜜莉。」松利說，已經看著窗外漸劇的暴風雨了。「派崔克和瑪姬呢？他們仍在貨車上。」

「都抬進來。」愛倫指示道。

松利朝范博利點頭，范博利就不情願地跟著他走了。

布拉姆轉向姐姐。「妳得跟范博利留在這裡。」

「我不要。」

愛倫在搖頭。「我不放心讓那個人單獨留守。」

「我需要跟愛倫去，而松利是說什麼也不會留下來的，所以只剩下你們兩個了。」布拉姆跟瑪蒂姐說。「我需要妳留下來，看著俄奎夫一家人，拜託。」

「范博利逮著機會就會設法殺害他們的。」愛倫說。

「我不認為——尤其是還有瑪蒂姐在。」

瑪蒂姐猶豫地點頭。「布拉姆說得對，我是有辦法對付他，就算不能靠魅力，也能靠暴力，他畢竟只是個男人。」

布拉姆走向一只革囊，掏出一把韋伯利手槍，檢查槍膛，確定裝滿了子彈，這才交給瑪蒂姐。「有麻煩的話就開一槍，我們會跑回來。」

范博利和松利抬回了第一個木箱，再去抬第二個，並排放在房間一角。「就算德古拉的人在外頭，」范博利說，「他們也隱藏得很好。」

「他們在外頭。」布拉姆說，跟愛倫一樣感應到他們，他們的眼睛無疑正鎖定了這棟小屋。

布拉姆叫范博利留下來，費了一番口舌范博利才同意，范博利想把步槍交給他，可是他反而要他留下，布拉姆有他的鮑伊刀和木樁。

范博利把他用來割頭的彎刀給了松利，還有一小袋大蒜。「注意新墳，他會在裡頭休息，他在日頭仍高時抵達，也就是說他不能把自己變化為霧氣鑽進墳裡，得有人把他埋進土裡，這一點我很肯定，找到了他，一定要用木樁刺穿他的心臟，再把頭割斷，用大蒜塞進他的嘴裡，按照我們剛才的處理方式。」

天黑前一小時四十五分

布拉姆、愛倫、松利走出屋子，回到村子綠地。此時太陽消失在厚厚的烏雲之後，愛倫卻仍顯得虛弱，她的皮膚蒙上了一層的灰白色，兩眼氤氳，不再是剛醒來時的鮮紅色，反而是呆板模糊的灰藍色，她再一次拉起斗篷兜帽，整個頭消失在其陰影之下。

布拉姆感覺到四周的人，是人類，埋伏在樹林裡以及廢墟的後面，可是卻看不見他們。這些人不想被看見時是不會露出形跡的，可是他們確實在，而且無所不在。布拉姆很快就醒悟了，他們的職責就是觀察——至少目前是如此，如果他們計畫攻擊，此時早已發動攻勢了。至於他們是否受德古拉奴役，這一點還有待證明。

愛倫突然停下，兩眼盯著地面。

布拉姆往下看，立刻明白了原因。雜草叢中，糾纏的爬藤以及茂密的植物之下，土壤四散，還有破裂的十字架。

「妳怎麼能夠站在上面？」

「這片土地並不是聖地，這一大片。」她說。「死者是下葬了，但是墳墓卻沒有獲得祝聖，這些殘骸也一樣。」

「這裡是墳墓？」松利問。

愛倫點頭。「德古拉把我愛人的心臟藏在這裡時，殺了每一個人，所有的村民，他詛咒了這一片土地，殘存的少數村民埋葬了死者，離開了，任由這個地方腐朽，無人聞問。」

「不是瘟疫。」松利輕聲說。

「從來就不是，百姓只相信他們能理解的事情。」

松利打量村子綠地以及建築物與村外土地之間，布拉姆知道哥哥在想什麼，因為他也看見了。到處都是十字架，到處都是屍體。「我們要怎麼找出正確的來？」

愛倫指著左邊。「原始的墓園在那個丘陵外，他會把心臟藏在那邊，在這些村民都死亡之前，而不是在這裡。」

他們穿過了村子綠地，登上丘陵。來到山頂時，一幢大建築赫然在目：是一座花崗岩大墓陵，四周被幾十個石碑圍繞。

瑪蒂妲

天黑前一小時十五分

「我不懂。她為什麼把屍體攞出來？」范博利問，瞪著桌上的防水布。「難道不是應該找到心臟，然後盡快離開此地嗎？去一個遠離德古拉的地方，一個安全的地方，然後再設法讓他復活？」

瑪蒂妲張口欲辯，卻沒有出聲。

范博利接著說：「就算真的成功了，可我實在很懷疑，他也只能等到日落後才會完整，可能還需要輸入大量的鮮血，妳可曾問過她是要從何處取得鮮血？到頭來，她唯一可得的來源就是妳和我，或是妳的兄弟。」

「她是不會傷害我們的，她絕對不會傷害我們。」

「喔？即使是為了拯救她的愛人？她愛了幾百年的人？她跟妳和妳的家人相識了，多久，二十年吧？」他擺弄著手杖，扭開杖頭，抽出銀劍。「我們應該把他們全殺了，然後離開此地，改天再回來找德古拉。」他以劍尖輕點瑪姬・俄奎夫的木箱。

「收起來。」瑪蒂妲說。

他不理。「說真的，她帶著我們步向死亡，只為了拯救她真正在乎的一個東西。」

外頭一聲霹靂巨響，瑪蒂妲嚇了一跳。

范博利透過屋頂上的破洞向上看。「如果現在就走，我們或許能趕在暴風雨之前回到慕尼黑。我們可以明天早晨再回來，到時就有一整天的時間可以搜尋。當然，前提是妳還想幫她的話。」

「我們花了大半天的工夫才趕到這裡。現在走，德古拉就會帶走心臟，還有愛蜜莉，又藏到別的地方去，更遙遠的地方，他絕對不會允許我們再這麼接近。所以事情必須在今晚了結。」

他又以銀劍輕點瑪姬的木箱。「等一個小時再多一點，這兩個就會醒來，到時我們要對付他們三個，絕沒有勝算——四個，把戴克倫．俄奎夫也算上去。如果現在就作個了斷，趁他們在睡覺，我們就能夠讓他們的靈魂得到安息，我們可以結束他們身上的詛咒。」

瑪蒂妲握緊了手槍。

范博利瞪大眼睛。「妳想對我開槍？我只是想扮演理性的聲音，我們一定得基於事實下決定，而不是情感。」

瑪蒂妲推開他，走向窗邊。「閉嘴。」她說。「我聽到有動靜。」

布拉姆

天黑前一小時十分鐘

大理石墓陵白得就像籠罩住科隆塔孚灣的白霧，而且整體建築似乎相當突兀。這附近突起於地面的墳墓只有六、七座，其他都是傳統的平坦墳墓，石碑左傾右倒，角度各異，隨時光蝕朽。

愛倫步下山丘，進入墓園，腳下毫無滯礙。即便這片土地曾聖化，也已是陳年往事了，她走向墓陵，瞪著門上的墓誌銘：

多林恩・馮・葛拉斯伯爵夫人
於斯地利亞
尋獲死亡
一八〇一年

這幾行字是剛刻上去的，布拉姆知道德古拉給了愛倫多林恩伯爵夫人的頭銜，卻不清楚其他是什麼意思。

「葛拉斯是下斯地利亞的首都。」愛倫輕聲說，知道布拉姆的想法。「我被迫嫁的男人，那個把我關在塔裡等死的人，是葛拉斯人，以前的習俗是女子出嫁之後不但要冠夫姓，也要冠上他稱之為家鄉的地名。」

「那年份呢？」松利問。

「我從那一年開始籌劃逃出德古拉的城堡。」她頓了頓，話語沉重。「他一直都知道。」

在墓誌銘下有一扇大銅門，但是既無樞紐也沒有鎖。布拉姆去推，門完全不動。

松利繞到墓陵的另一側，呼叫他們，布拉姆和愛倫繞過轉角，發現他指著黑牆高處的幾個俄文字母：

Мертвые путешествия быстро

「什麼意思？」

布拉姆看不懂，但是他知道愛倫懂，她起先默不作聲，但等她開口，聲音卻是鎮定自制。

「死者走得很快。」

布拉姆看著她，迷惑不解。「這是什麼地方？」

「這裡是死者被人遺忘的地方，親愛的布拉姆，是死者真正死亡的地方。」

冷不防間，天空像破了一個洞，轟隆巨響的烏雲倒下了傾盆大雨。

就在此時，布拉姆聽見了愛蜜莉模糊的叫聲在墓園的某處響起。

瑪蒂妲

天黑前一小時

與其說是他步出森林，倒不如說是森林釋放了他。瑪蒂妲正瞪著樹林，文風不動的樹木，忽見樹枝分開，露出了一個站在裡面的人。只一眼瑪蒂妲就知道他就是他們在路上看到的那個人，不是因為他的奇特裝束，那倒算不上獨一無二——古老的馬車四周的屍體也都佩戴同樣的粗皮帶，穿同樣的骯髒白襯衫和長褲。出奇的是他的眼睛，是一種令人惴慄的眼神，瑪蒂妲剛才就認出來了。

他從樹林中走出來，立在空地上，距窗戶不到十呎。

瑪蒂妲舉起手槍瞄準了他，卻沒有扣扳機，她無法直接射殺某個人，尤其是對方並沒有做錯什麼，儘管她知道這個人是來傷害她以及她所愛的人的。

「他一定是跟蹤我們來的。」范博利在她的耳邊說。

「他知道我們是要去哪裡。」她說，緊盯著男人。「所以他也來了。」

陌生人的腰帶上掛著一把大刀，但他並沒有作勢拔刀，反而是以兩隻冷冷的眼睛監視她。

又一個人從他後方的樹林裡出來，站在他右邊五呎處。接著又出來三個人。短短十分鐘之內，瑪蒂妲和范博利就被包圍了，沉默的哨兵圍住了屋子。

滂沱大雨落了下來，但是那些人卻一步不退，無畏風雨，無畏天空連續的閃電，無畏四周的雷聲。

「你們想幹什麼？」范博利對著第一個人喊，對方沒答腔。他們的帽簷流下了雨瀑，落到他們身側的刀子上，積在腳下成了一個個的泥坑，淹沒了十字架，浮起了枯葉。

「他們放我們進村子，卻無意放我們離開。」瑪蒂妲跟他說。「所以他們才會在這裡。」

范博利穿過房間去取步槍，又找出一盒子彈，然後回到窗邊，給史奈德步槍上膛。

「我數到十個人，不過可能不止，這把步槍是單發的，不過我們還有我的手槍，有六發子彈，要是他們揮著刀子衝過來，我們就開槍，先減掉一半的人數，但每一槍都命中，機率不是很高。」瑪蒂妲說，眼皮都沒抬一下，始終盯著第一個男人。

「妳有什麼建議？」

她朝兩個木箱點頭。「我們守到天黑，然後讓派崔克跟瑪姬去撂倒他們。」

范博利瞧了一眼銀劍。

「免了。」瑪蒂妲跟他說。「你或許能用劍擊倒一兩個，那也不夠，我們得提高警覺。」

突然間，外頭的男人都朝屋子邁了一步，動作整齊劃一。

布拉姆

天黑前一小時

「你們也聽到了嗎？」

松利和愛倫都點頭。

「是從那兒來的。」她說，指著墓園深處，靠近最遠的一角。

三人推開雜草叢前進，小心不去踩踏到石碑和十字架，追著聲音而去，豆大的雨點拍打著他們四周的地面。

模糊的尖叫，這一次更近。

「是愛蜜莉，我很肯定！」松利大聲喊，雙眼慌亂地搜尋，兩手指著長草。

布拉姆是頭一個發現墓碑的。

表面很光滑，曾經銳利的邊緣如今已磨圓了。大約三呎高，向左傾斜，無論碑上刻了什麼紀念的話語，都早已隨時間而漫漶，只留下隱約的直線與曲線。但此刻三人瞪著看的並不是原始的刻文，而是新鮮的字跡，大大的字母爬遍了石碑表面，只可能是以鮮血書寫的，這時已逐漸被雨水沖淡：

史托克

墳墓本身是座石陵，部分突出於地表，部分埋入地下，上頭堆壘了幾十塊大石頭，幾乎看不見。這是新近堆砌的，布拉姆有把握，因為石頭並不像地面的那些顏色變得灰白黯淡——有些石頭的一側仍覆著一層土，是從地上撿起來堆在這兒的，高高的堆在這座墳墓上。

而在石堆的頂端則擺著一枝白玫瑰。

又一次，他們聽見了愛蜜莉模糊的叫聲。

「聲音是從石堆底下傳出來的！在墳墓裡！」松利跪了下來，開始把石頭搬開，抬起一個又一個的重石塊，移到旁邊。

布拉姆去拿白玫瑰，小心避開莖上的刺，舉高來。愛倫的頭在兜帽下閃躲，還輕輕的嘶叫了一聲。布拉姆舉著玫瑰，眼看白色花瓣轉為灰色，然後周圍變黑。花瓣皺縮，一片一片扭轉，最後化為齏粉，即使雨下個不停，花瓣仍然乾枯，一片片剝落，隨著增強的大風而飛逝。

「來幫忙！」松利上氣不接下氣地說。

布拉姆放開了玫瑰莖，它也隨即消失，被漸強的暴風雨捲走，然後他跪下來，在哥哥的旁邊也開始搬石頭。

愛倫看著花莖消失，然後就過來幫忙。雖然陽光不見了，她仍沒有力氣，可是她還是搬起了一塊又一塊的石頭，滾到一邊，愛蜜莉．史托克的哭喊聲一秒比一秒洪亮。

將近三十分鐘過去了，所有的石頭才清空。最後三塊太重了，布拉姆和松利需要兩人合力。他們又是悶哼又是呻吟，把最後一塊推開，墳墓的表面終於露了出來。

棺蓋有五吋厚，是結結實實的花崗岩。布拉姆本以為會跟他們近來挖掘過的墳墓一樣，多年來封存不動，卻發現沿著接縫處有裂痕，棺蓋上也有很深的抓痕。顯然是不久前造成的。

「他是在大白天裡把她放進來的。」布拉姆說。

「可能是靠馬車那些人幫忙，不會是他一個人。」愛倫以手指拂過沉重的石頭。

「我不在乎他是幾時又是靠誰把她埋在這裡面的。」松利說。「我們需要把她弄出來！」他對著妻子大喊，可是她沒回答，反而傳出更多的尖叫聲，淒厲懼怖，毫無掩飾。

布拉姆手掌按住花崗岩蓋，用力推。松利和愛倫也一起推，可是石頭完全不動，逼得布拉姆最後坐在地上，背靠著樹幹，用兩腳蹬，石蓋才總算滑了開來。

愛蜜莉的尖叫聲變得刺耳，唯有訇訇的雷聲能掩蓋。

瑪蒂妲

天黑前半小時

「在馬車那兒的人更多——他們找到屍體了。」范博利說。他把門打開了一條縫，朝村子綠地張望。

瑪蒂妲的視線暫時離開窗外的男人一秒，轉向小屋的前部，范博利只讓門露出一條縫供她看。兩個人拖著屍體繞過馬車，在屋子正面排成一排。他們把割下來的首級拿過來擺在相應的屍身上，木樁仍然插在屍體的心臟上。瑪蒂妲本以為會有許多血，驚人的是他們的襯衫居然只有一塊血漬，而且已被雨水沖淡了，原本是深紅色的地方已稀釋為粉紅色，滴在地上，焦渴的土壤迫不及待地吸收了。

又有四人從樹林中現身，與頭兩個會合，六個人圍繞著黑色馬車與馬匹。另一個人漫不經心地走向他們的貨車，解開了六匹馬的韁繩，牽進樹林裡。

總共十七個人。

瑪蒂妲回頭望著第一個，他仍舊木然瞪著她，冰冷的雨水從臉上滴落。

布拉姆

天黑前半小時

墓陵沉重的棺蓋滑開，落到一邊，愛蜜莉的哭喊聲一擁而出——撕心裂肺，縈繞不去。她被埋在薄薄一層土壤下，松利急忙撥開她臉上的土。

「我全身都像有刀在割、有針在刺！」她哀號道。「針頭、刀子拚命的戳，剝我的皮！」

「我什麼也沒看到啊！」松利慌張地說。「到底是什麼？」

他把她臉上的土都撥開了——布拉姆從沒見過她這麼沒有血色。她猛地睜開眼睛，布拉姆以為是紅色的，結果是呆滯的綠色。兩隻眼珠來回轉動，收入俯在其上的三個人。一隻大蟑螂從她臉上爬過，消失在她污穢的藍袍內；她毫不介意。

「愛蜜莉，告訴我，他做了什麼？」松利問。「他到底把妳怎麼了？」

泥巴跑進了她的嘴裡，從她的口腔和下巴流下來，混合了紅色的唾液，往下滴——

「天啊，她下面還有屍體。」布拉姆低聲說。

「他好像拿針在刺我，刺我的指甲，我的眼睛——到處都是針！」

布拉姆看著嫂子身下的骨頭，古老的骨頭，是墓陵的原主人。可是在這堆白骨下仍埋著什麼，在閃閃發光。

松利俯身到棺材裡，抱住愛蜜莉，把她抱出來。她尖叫個不停。「到處都是針！」她的胳臂軟綿綿地垂在身側，遍佈燙傷和鞭痕。

「他把妳怎麼了，我親愛的？」松利將她拉近，擁抱她，掩住了她的哭號。

「底下不止是白骨，」愛倫說，「在土底下。」她也發覺了有東西在閃光。

布拉姆湊過去。骨骸以破布包裹，顯然是腐朽了的壽衣。他伸手進去小心地在骨骸下摸索，雙眼緊盯著閃亮的金屬，他的手指刷過，拂開黑色的土壤——是十字架，小小的銀十字架，戴在脖子上的那一種。

愛倫深吸一口氣，別開了臉。

布拉姆再往下挖，找到了更多十字架。手往上一提，就拉出了十幾條鍊子。「棺材裡裝滿了十字架。」

愛蜜莉尖叫，哭號聲響亮到傳過了森林，傳遍了山谷。森林某處傳來一聲狼嗥。她手臂上的燙傷——來自於十字架。

「針！針！」愛蜜莉嘶吼。

松利撫摸她的頭髮，想安慰她，讓她安靜。

「針，鑽進了我的皮膚！」

「愛蜜莉，拜託妳不——」

「針！針！男人一結婚，麻煩就不停！」她譏誚地說，這一次還伴隨著一聲粗嘎的笑。她仰起臉，挨向丈夫，彷彿是要摩挲他的臉頰。

詎料松利驚呼一聲，推開了她。一隻手立刻就摸著頸子，發現有血。「她咬我！」

這時愛蜜莉露出了笑臉，嘴角流下一條血痕，伸出舌頭來舔掉。「差不多該來玩了。」她嘲笑道。「你不留下來陪我玩嗎？」

她從松利身上跳向旁邊的泥巴，又哈哈大笑。笑聲尖細、冰冷、像個小女孩，好像她藏了一個大秘密，忍不住要說出來。

松利驚恐地瞪著她，一手按著脖子上的傷口。他伸出手，一把奪過布拉姆手上的十字架，伸向他的妻子。

愛蜜莉急忙閃避，在泥濘的土地上倉皇後退。雨水洗淨了她臉上的血和泥巴，布拉姆現在看見她的牙齒了，又長又白，犬齒非常銳利。

「她徹徹底底的瘋了！」松利說。

「她現在是他的人了。」愛倫跟他說。「一旦她以人血滿足了饑渴，就回不去了……我真的非常抱歉，松利。」

「不，不可能。」松利瞪著他的妻子，此時的她蜷縮在地上，有如沉睡的嬰兒，伸長一隻手護著臉。

「沒有針了，沒了、沒了！」她一遍又一遍地說，指甲變尖了，朝松利的手揮打，想要敲掉十字架。可是目前的松利動作仍然比她快。

布拉姆注意到光線變暗，黃昏就快降臨了。他連忙把手伸進石棺中，在腐土中翻找。除了銀十字架之外，他又挖出了木十字架，許多都腐朽變脆了，一碰就散。他再往下挖，感覺到動靜——十幾隻蟑螂冒出土表，爬上了他的胳臂。布拉姆把蟑螂撣掉，繼續往下挖。

「你在做什麼？」愛倫問，眼睛小心地避開十字架。

「沒有哪種葬禮會放這麼多的十字架，所以這裡頭有十字架一定有他的緣故。而且十字架是很久以前放的——不是連同愛蜜莉埋進來的，而是幾百年之前。」

「他把戴克倫的心臟藏在這裡？」

布拉姆看著她。「妳還不明白嗎？這些十字架，是一種屏障。即使妳知道了他的心臟就埋在這個地點，妳也沒有辦法伸手進去把它挖出來。」

「它在裡面嗎？」

就在這時，布拉姆的手指碰到了，一個小盒子的四個角，深埋在棺木中。他把兩手都伸進去，拉了出來。紅橡木盒，黃金樞紐已變成了黑色，他小心翼翼放在墳墓旁，去開栓鎖。剛開始文風不動，但是試了幾次後，鎖就彈開了。布拉姆掀起了蓋子，三人低頭瞪著戴克倫．俄奎夫的心臟。既黑又小，隨歲月萎縮，卻仍在跳動——雖然是每隔一分鐘才跳一下，卻仍在跳動。

「天啊。」

「可他為什麼要把愛蜜莉跟它關在一塊，還特意把墓陵標明出來？他等於是帶領我們找到它的。」松利說。「否則的話我們哪可能知道是在這裡。」

「他要我們找到。」布拉姆也同意。

一聲槍響。來自小屋。

天黑前十五分鐘

布拉姆第一個爬上了山丘看見了有人包圍住小屋，最少十幾個，每一個的裝束都和他們在德古拉的馬車旁發現的屍體一樣。

「他叫他們茲嘎尼。」愛倫低聲告訴布拉姆。

「他們是誰？」

「誓言要效忠德古拉的凡人，他去不了的地方就由他們去，他們會在白晝保護他，你也看見了，他們肯為了他犧牲生命。德古拉給他們遺留下的親人大筆財富，為他效忠而死就可以讓他們的親屬一輩子都不受貧窮或饑荒所苦，所以他們非常樂於服從他的命令。」

松利搖搖晃晃爬上了山丘，手上握著彎刀，愛蜜莉則不見蹤影。

「你沒有……吧？」

松利順著他的視線看向刀刃，立刻搖頭。「沒有，沒有，我下不了手，我去抓她的胳臂，想帶著她一塊來，可是她甩開了我，跑掉了，消失在墓地裡。」

「就要天黑了。」愛倫說。「到時她就會得到完整的力量，你一定得小心，要是她再咬你，你就躲不了了，千萬別犯錯，她不再是你的妻子了，她的血管裡流的全是他的血，她現在是魔鬼的僕人了。」

松利不客氣地說：「真是奇了，像妳這樣的人居然會說這種話。」他伸手到口袋裡，掏出愛倫的一綹頭髮，朝她甩過去。「要不是妳，她就不會發生這種事，妳根本就不應該闖進我們的生活中，妳只會給我們帶來痛苦。」

布拉姆看出了愛倫眼中的傷痛，但是她沒有回嘴，只是握住了那綹頭髮。

第二聲槍響，三人轉頭看著小屋，一個茲嘎尼握著槍口冒煙的手槍，槍口朝天。

他們看著他們脫離了車軛的馬匹受到驚嚇，奔入森林，消失在林間。而德古拉馬車的馬似乎不受影響——只是跺腳噴鼻，呼出的氣在漸冷的空氣中化為一團白煙，瞪著西方，看著日頭落在翻翻滾滾的暴風雨之後。

持槍的茲嘎尼回到原來的位置，收緊了對小屋的包圍圈。

「他們不會讓我們通過的。」

「你可以逼退他們的，布拉姆，你有那個力量。」

布拉姆轉向愛倫。「什麼意思？」

「我在天黑之前都沒有力量，可是你卻沒有這種限制，你的血管裡或許流著我的血，可是你不是不死人，你仍是人類，非常特殊，你只需要嘗試。」愛倫告訴他，接著用一根冰冷的指頭摸他的臉頰。

就在這時他看見了，他明瞭了。

布拉姆一隻手掌按著泥濘的地面，手指挖地進入土裡。

瑪蒂妲

天黑前十分鐘

瑪蒂妲自始至終盯著第一個人，即使是在事發之時，無論是出於恐懼或是驚駭，她都從韋伯利手槍的槍管一直盯著他。

她看著一隻蟑螂從泥中爬出來，爬上那人的腿，再爬上他的脖子，爬到了他的臉上，一直到這時他才把蟑螂拍掉。不過，拍不拍似乎都無所謂，因為蟑螂一落地，就又有十幾隻加入，全都往這個人的身上爬，有一堆鑽進了他的靴子和褲管裡。起初他仍不動如山，其他人也一樣，可是等他明白過來，等他看見這些噁心的玩意爬在他身上，他就開始拍打，但是每掉下一隻，就會有五十幾隻又爬上他的靴子，向上攀登。

地面爬滿了蟑螂，有如黑褐雙色的海浪，從泥巴中鑽出，爭先恐後爬在彼此身上，瞄準了他的雙腿。不出幾秒她面前的男人就被蟑螂覆蓋住，幾千隻的蟲子爬滿了他全身上下的每一吋——她幾乎看不見他的白襯衫和長褲，他兩臂亂揮，呼號著她聽不懂的語言，他一張口，就有三隻蟑螂爬進他的口裡，他急忙吐出來，兩手亂抓臉，把蟑螂揮掉，可是蟑螂大軍源源不絕。他的帽子掉了，一眨眼就失去了蹤影，因為蟑螂爬上了帽子，尋找更高的地面，這些黑褐色的東西在雨中閃爍著光芒。瑪蒂妲忍不住一陣冷顫，看著那人跌在地上，在毯子似的蟲子間翻滾，叫聲也被蟑螂掩住。

等瑪蒂妲終於能夠把視線從那個可憐人身上移開之後，她才明白蟑螂不僅吞沒了這一個受害者，也沒放過其他的倒楣鬼——總數超過十二個——都在地上痛苦地打滾。

直到這時，她才想起要呼吸。

「快點！快進來！」范博利大喊，把著門。

松利第一個衝進來，緊接著是愛倫，然後是布拉姆，泥濘的手上捧著一個小木盒。

布拉姆

天黑前五分鐘

他們朝小屋奔跑時，蟑螂分散開來，蟲子地毯打開了一條道路，而四周淨是男人的慘叫聲。

一伺三人進屋，范博利立刻關上門。

「那是怎麼回事？」松利質問，退到了門後最遠的角落，視線射向布拉姆。

「我……我不知道。」布拉姆支支吾吾。他的呼吸沉重，心臟快跳到嗓子眼了。他把小盒放在桌上，雙手撐住桌子，穩住身體。

瑪蒂妲也瞪著他，開不了口，雨水從天花板的漏洞流下來。

「我們得趕快。」愛倫說，手伸向盒子。

布拉姆看著她打開了褪色的金鎖，輕柔地掀開了蓋子，露出了盒中的心臟。

「是你做的。」松利說。「你命令那些……那些玩意？」

布拉姆不吭聲。他發現瑪蒂妲也看著他，就別開了臉。

愛倫伸手到盒子裡，捧著心臟，仔仔細細地撢開泥土，動作可以用溫柔來形容。她聚精會神，渾然不覺房間裡還有旁人，她把覆蓋著戴克倫軀塊的防水布捲起來，露出了他胸膛上的大洞，將心臟放了回去。

布拉姆不確定他是認為會有什麼情況，但結果是什麼情況也沒有。

戴克倫．俄奎夫一動不動，仍是幾個軀塊散置在桌上。

松利走向愛倫。「妳自己說德古拉的血是邪惡的，妳說產自於他的東西都是邪惡的。那妳把這個人叫醒又會發生什麼事？難道不應該把他綁起來之類的嗎？」

范博利已經在旁預備了，一手持銀劍，一手持木樁。「我覺得我們坐視這件事發展已經夠久了。」

愛倫向他嘶聲警告，他就退開了。

外頭雷聲轟隆，緊接著是愛蜜莉響亮的笑聲。布拉姆和松利走向窗戶，只見愛蜜莉站在山丘頂上，俯瞰墓園，藍色長袍在風雨中擺動。她跨了一步，再一步，有點像小孩子的跳躍，從山丘的這頭跳到另一頭。「出來，出來，愛人！來陪我在雨中跳舞！松利……這麼美的夜，你為什麼要躲我？」

布拉姆看著她跳來跳去，她的腳步有點奇怪，像在流動。等到她再跳一次，他才明白了——她的腳完全不觸地，而是在地表上飄浮。冰冷的雨水似乎打不到她，雨滴在接觸她之前就滾落了。她手臂上的燙傷和傷口已經消失，她的皮膚癒合了。她又大笑，布拉姆不僅是耳朵聽見，連心裡也聽得一清二楚。

暴風雨只平歇了一秒，卻足以讓他發覺太陽已經拋下了他們，消失在地平線下，夜晚接手了。愛蜜莉在山頂上跳舞，暴風雨肆虐，豆大的雨滴在初來乍到的夜色中迴旋。除了愛倫之外，所有人都站在窗前，看著她，看著她終於停下來，惡狠狠瞪著他們。她抬高一臂，指著小屋，指著他們，接著翻轉手掌，承接雨水，但是手卻不會弄濕，她唱歌似地大聲喊：「男生女生，出來玩，月光明亮如日光，丟下晚餐，丟下睡眠，跟你的玩伴到街上來！」

「她絕對是瘋了。」范博利在布拉姆旁邊輕聲說。

她唱了一遍又一遍。唱到第五遍，風雨驟停。愛蜜莉哈哈大笑，轉了個圈，裙襬隨風飛揚。她的腳下升起了薄霧，盤旋向空中，再旋轉了一秒，隨即開始凝固，化為人形，一個他們都沒見過的人，他穿著奇異的服裝，來自另一個時空，金髮蓬亂，遮住了紅眼。起先他似乎有些迷糊，不知道身在何處，但是目光一落到小屋上，發現他們都站在窗邊，他就露出笑容。

又一團霧氣從土裡噴發，接著是另一團，再一團。

「吸血鬼，全部都是。」范博利說。「從墳墓裡出來的。」

又有十幾個，男男女女，大大小小，都從愛蜜莉身後的山丘升起，靠近她之後就停下來，後面還有更多。

布拉姆反感地看著這些鬼魂從四面八方升出，他想到了那些被雜草掩蓋的十字架，遍佈村莊的墳墓，幾百個不死人在這個可怕的夜復活——全部都是被德古拉吸乾了血、被他奴役的可憐被害人，在他把戴克倫．俄奎夫的心臟藏到這個荒遠的地點後，這些人都喝了他的血。他把每一個村民都轉化了，他控制了每一個人。

在屋子裡，瑪姬和派崔克．俄奎夫也從他們自己的墳中，從屋中的木箱中，從沉睡中清醒。他們站在愛倫身邊，低頭看著戴克倫．俄奎夫的身體，看著在他的胸腔中緩緩搏動的心臟。

外頭，愛蜜莉步下山丘，走向黑色馬車，她經過時還輕撫每一匹馬的頸子，馬兒的皮膚收縮抖動，急於迴避她的碰觸，可是被馬具拘束，無處可躲。不死人遍立在四周，在她走近時紛紛讓路。

馬車底下捲起了一團白霧，即使尚未凝固成形，布拉姆就知道德古拉一直躲在那裡。要是他在剛抵達之時更審慎地打量馬車，說不定就會發現，可是他卻粗心了，只是直接走過去，跟其他人一樣。馬車的底部嵌了一個棺材，打造得讓人一眼認不出來。

白霧不在愛蜜莉的身邊成形，而是在半山腰上，介於她和小屋之間，不死人再次分開，空出了中央的位置，而就在這裡，黑色馬車底下冒出來的霧氣化成了一個人。

他的樣子跟在惠特比修道院一樣，布拉姆心裡想。

德古拉站了一會兒，注視四周，墨黑的長斗篷隨著猛烈的暴風雨振動，深紅色的眼睛審閱不死人軍團，掃向馬車邊的愛蜜莉，最終落在小屋上。

他露出微笑。

幾個不死人饑渴地偷瞄躺在小屋四周的茲嘎尼，此時劫掠的蟑螂大軍已撤退，他們急迫地麇集，有如一群野狗，四肢著地，趴在茲嘎尼身上，嘶咬聲大作，茲嘎尼也逐漸消失。這種聲音會在布拉姆後半生的腦海中縈繞不去，愛蜜莉的笑聲又響起，可是德古拉仍盯著小屋，視線絕不動搖。

仍倚著窗台的瑪蒂妲突然尖叫然後向後跳。有個老人在那兒，一張臉刻鑿著歲月的痕跡。滿頭白色亂髮，邋遢骯髒，覆蓋著額頭。他的衣服像殘骸，破舊污穢。他朝她微笑，露出黃牙和滿嘴的泥巴，他龜裂的嘴唇下突出了兩顆牙，齒尖銳利，他用粉紅色的舌頭舔了舔牙，又露出微笑，粗糙的手伸向瑪蒂妲。她舉起韋伯利手槍，瞄準了他的胸口。「走開！」她命令道。

這句警告讓他不退反進，他似乎是覺得有趣多於害怕。

范博利從他們的袋子裡拿出一個十字架，直往那人臉上塞。他嘶聲倒退，唾沫星子亂噴。范博利隨即將十字架交給瑪蒂妲。「把這個擺在窗口，別讓他們靠近。」他又拋了一個十字架給松利。「你——看著正面。」

布拉姆以視線鎖住了德古拉，他已經移到山腳下了。「我想他們進不來，除非是受到了邀請。」他輕聲說。

「我可不願意測試這個推論是否正確。」范博利說。「外頭至少有兩個人，甚至更多。」

愛倫從布拉姆的背後擠上來，他向後轉，只見覆蓋著戴克倫．俄奎夫軀塊的防水布反折到他的腰部，露出了胸膛上的大洞，他的斷肢和頭顱都擺在軀幹的四周，荒怪恢詭。派崔克和瑪姬．俄奎夫立在一旁。

「妳有什麼辦法嗎？」布拉姆問。

愛倫不答，只盯著派崔克．俄奎夫。他們在溝通，這一點布拉姆很肯定，只是他無緣得知他們的想法。

派崔克．俄奎夫點頭，隨即走向門口，打開門，步入不死人大軍中。

「不！不可以！」范博利大喊，奔到門口，一手握著十字架，想把門關上。瑪姬．俄奎夫出手抓住他的手腕，把他向後拽，眼睛避開他手上的東西。

布拉姆看著派崔克．俄奎夫走進空地，走向茲嘎尼的殘骸，俯身抓住一具屍體的胳臂，拎了起來，把它從那些正在大啖的不死人面前拖走，屍體遍佈咬痕，頸子上的傷口汩汩流血。一個小孩，小女孩，瞪著饑渴的眼睛看著這一幕，忽然撲了過去，一跳就是十呎遠，落在茲嘎尼的屍體上，嘴唇緊貼著頸子的傷口。派崔克把她趕走，就像趕蚊子一樣，把屍體拖進了屋子。瑪姬這才關上門。

「他們快把他吸乾了。」派崔克以濃重的愛爾蘭腔說。「其他的也都差不多。」

只見眼前一花，瑪姬動了。前一秒她還站在門邊，下一秒已經來到范博利的背後，反翦了他的雙臂。他手上的十字架鏘鎯一聲落地。「我們應該用這一個。」她說。

范博利拚命掙扎，但是瑪姬的力氣太大了。

布拉姆移向她，抽出了鮑伊刀。

愛倫的兩道眉毛擰在一塊。「我們不會做這種事，放開他。」

瑪姬遲疑了一下，還是服從了。范博利急忙抄起地上的十字架，退回角落，將十字架高舉在身前。

愛倫接過茲嘎尼的屍體，提到桌邊，覆在戴克倫的軀塊上，再轉向布拉姆。「我需要你的刀。」

布拉姆猶豫了一秒，把刀交給了她。

她以流暢的動作劃開了茲嘎尼的胳臂、腿、軀體——好幾道長長的口子，直接劃穿了衣服和皮肉。那人發出輕輕的哀鳴，布拉姆詫異地發現他竟然還活著，不過也只剩下一口氣了。他的衣服上佈滿了細小的紅斑，是被不死人攻擊的地方，愛倫劃開的口子很快就轉紅，鮮血開始湧出，滴在戴克倫·俄奎夫的屍體上。布拉姆考慮要阻止她，救這個男的一命，可是他知道無濟於事，他的傷太重了，他不是加入不死人的行列，就是在極度的痛苦中迎接大限，這麼做還算是仁慈的。

緊接著，在所有的噪音中響起了德古拉的聲音。

「妳讓我發笑，」他說，「妳的小小追尋，我親愛的伯爵夫人，這麼的堅定不移，這麼的不服輸。」

「我不是你的伯爵夫人。」愛倫低聲說。

「妳永遠都是我的伯爵夫人。」

布拉姆走向窗邊，站在松利旁邊，他看著德古拉仰頭看天，看著翻翻滾滾的暴雨雲，手一揮就帶動了雨勢，暴風雨變得更加放肆。

「城堡少了妳變得好冰冷，好孤零啊。妳離開了之後，我不得不遣散了僕人，現在還得要再找一批了。」

「你把僕人都殺了，一個活口也沒留，你以為我會不知道？」

「妳的手上染了他們的血呢，親愛的。」

「天上的父啊。」范博利低聲說。

布拉姆轉頭發現他瞪著戴克倫．俄奎夫的屍體，現在已被覆在其上的茲嘎尼的鮮血浸透了，愛倫謹慎地繞著桌子，同時緊盯著他們兩個。

戴克倫．俄奎夫，愛倫的摯愛，居然在復元。

斷頭與四肢的肌腱和血管重新連接，布拉姆定睛細看，看見血液流貫了修復的四肢。還不能算完整，但是正在重生。

茲嘎尼這時顯然已經嚥氣，最後的一滴生命流盡了，瑪姬抓起他的屍體，手一振就丟在角落裡，好像在丟垃圾。「他需要更多。」

說時遲那時快，戴克倫的手從桌上飛了起來，攫住了布拉姆的手腕。

戴克倫的手指緊握住布拉姆的手腕，長指甲掐得他皮破血流。他把布拉姆往桌子拉，以非自然的力道將他往下拽，布拉姆的頸子落在了他的嘴邊。「我死過一千次，每一次都感受到死亡的痛苦，然而我每一分每一秒，每一天每一年，腦子裡都只有一個想法，這一份饑渴……唯有甜美的鮮血以及猜測會是誰的血能滿足它。」

布拉姆覺得脖子一陣刺痛，感覺到這個曾是人類的不死人用乾裂嘴唇在吸吮他的鮮血。他想掙脫，他想用拳頭捶打戴克倫的胸膛。他空空如也的手，巴不得能握著幾分鐘前還在手上的木樁，可是他束手無策，他被戴克倫牢牢地抓著，他的身體麻痺，心智迷糊。

他從眼角看見了瑪姬．俄奎夫，起初在他的旁邊，一下子就到了瑪蒂妲後面。快得彷彿一團雲，但等她一落定，她已經牢牢反翦了瑪蒂妲的手臂，像是一把老虎鉗。瑪姬尖聲大笑，知道這是原本的計畫，她朝布拉姆咧咧嘴，再一口咬住瑪蒂妲的脖子。

布拉姆一籌莫展，只能眼睜睜看著瑪蒂妲的肩和衣服被鮮血染紅，血液從傷口流出，也從瑪姬饑渴的唇間逸出，滴在他們的腳下。瑪蒂妲想尖叫。布拉姆看見了姐姐眼中的痛苦與恐懼，知道她是想憤怒地狂吼，結果卻只是發出了一聲哀鳴，緊接著倒抽一口氣，空氣離開了她的肺。他毫無辦法，只能看著姐姐逐漸昏眩，癱倒在瑪姬懷裡，而瑪姬仍吸個不停。她直吸到一滴也不剩，她直吸到他姐姐變成她抱著的一個死氣沉沉的東西。

松利在他身後大叫，布拉姆一扭頭，及時看到派崔克·俄奎夫折斷了范博利的頸子，將他的屍體擲出，一聲巨響，屍體落在地上。派崔克又撲向松利，恐怖的牙齒撕裂了布拉姆哥哥的頸子，熱血噴湧，松利慘叫——不是成年男人的叫聲，而是兒童的叫聲，萬籟俱寂，只聽見派崔克·俄奎夫吸吮最後一滴血液的聲音。

而從頭到尾，愛倫都立在房間一隅，生氣蕩然，袖手旁觀。紅豔的嘴唇露出一抹淡淡的笑。

布拉姆掙脫了戴克倫的箝制，覺得肉被咬掉了一塊，他撲向范博利的銀劍，就落在原主人毫無生氣的身體旁，他以全身的每一分力氣抗拒著因失血而起的暈眩，握著劍站了起來，銳利的劍尖對準了愛倫的脖子——

「布拉姆，不要！」愛倫大喊，抱住了他，把他拖向房間的角落，遠離桌子，遠離她的愛人。「是幻覺！只是幻覺！」

銀劍燒灼了她的皮膚，布拉姆聽見了，聞到了，也嚐到了。

布拉姆的眼睛慌張地亂掃，看見瑪蒂妲站在他對面，定睛看著他，瑪姬在她後面。松利、范博利、派崔克·俄奎夫動也不動立在桌子另一邊，全都緊盯著他。

他深吸了一口氣，放開了劍。劍鏘鎯一聲落地，滑到桌子底下。范博利立刻把劍抄起來。

活著。

全都活著。

感覺像是回到了修道院的房間裡，門後傳出來的幻象。只不過此時此刻屍體就在眼前，在他們的身邊，在同一個房間裡——

「德古拉的血仍然在他的體內流動；他可以利用。」愛倫跟他附耳低語。「他會一直利用他到戴克倫自由為止，現在沒事了，你安全了，那不是真的，你比他強。」

「他是強，我的伯爵夫人！」德古拉的聲音蓋過了暴風雨的呼嘯。「目前為止最強的一個！妳真是好心，把他帶來給我！他和其他人！」

布拉姆甩開了愛倫鬆鬆的掌握，走向窗邊。不死人到處都是，兇惡的眼睛盯著屋子，眼中的貪欲絲毫未減，頭頂上有什麼在屋頂上奔跑，小小的足聲，極其快速，緊接著是又一雙腳，其他人亂抓牆壁，他也聽見他們在挖地基，緩緩地挖掘。可怕的聲響，不死人無所不在。

「他們進不來的，除非是受到邀請。」他聽見愛倫說。「這一點布拉姆說對了。」其他人也聽見了，卻無法讓他們不再緊張地瞪大眼睛。

德古拉再逼近，距離小屋的門約莫只有二十呎了，愛蜜莉站在他身邊。「布拉姆，如果你當真相信愛倫會饒了你的家人和朋友，那你可就是自欺欺人了，否則她幹嘛帶你們來這裡？早晚會有人發現你們的馬車，但是發現了又如何？他們只會說是狼群幹的，否則的話一群陌生人怎會就這麼莫名其妙消失在森林裡呢？」

彷彿是在應和，布拉姆又聽見了狼嗥，至少十幾頭，從陰森的樹林中傳來。

德古拉揮手。「我的一些孩子餓了一個世代了，今晚他們找到了歡樂，因為大餐就在眼前！」

布拉姆不確定他指的是狼群，或是不死人，抑或是兩者。

愛蜜莉向小屋邁進，從她原來的位置飄移過來，泥濘的地面上絲毫不留痕跡，不死人紛紛讓路給她。她敲門，好整以暇地連敲三次。

「叩叩叩，敲敲我先生的門，他還會吻我嗎？」愛蜜莉的聲音像唱歌。「叩叩叩，敲敲我先生的門，我想跟他在一起，拜託拜託。最後這一敲，最後這一敲，他還會抱著我嗎？」

愛蜜莉咯咯笑，笑她幼稚的歌謠。「來我這兒，松利！這兒既奇妙又自由！你都想像不到！我好想跟你在一起。」

松利拿起了一根木樁，漫不經心地在手上轉動，另一隻手抓著脖子上的咬痕。他放下手，打開了門，瑪蒂妲出手阻擋，揪住了他的衣領。

愛蜜莉站在那兒，皮膚發光，此時的她說是人還不如說是鬼。她的眼睛泛出深綠色的光芒，皮膚如新生兒一般潔白，布拉姆一直都認為她很美，可現在的她簡直是美得奪魂攝魄，讓人如痴如醉。「我們沒活過，松利，還沒有，可是我們現在可以活，還不遲。讓我進去，我來教你，我什麼都會教你。」

「不可以。」范博利壓低聲音說。「你不可以出去，你一出去我們全都會被葬送掉。」

布拉姆拿走了哥哥手上的木樁。「我們再想別的法子。」

松利仍凝視著妻子，眼神變痴了。

屋子裡，戴克倫．俄奎夫的身體抽動了，一隻手抓住了范博利的胳臂，一陣猛烈的痙攣，收緊了五指。

范博利痛得大叫。

戴克倫放開了他，范博利左右搖晃，踉蹌撞上了牆，兩眼向上翻，露出眼白，喉中發出粗嘎的呻吟，接著放聲尖叫，叫聲越來越尖銳，再逐漸變弱，最後他靜靜摔倒，眼睛從這人身上跳到那人身上，卻視而不見。

布拉姆第一個過去扶他，在他的腿軟掉之前接住了他。

范博利轉向目前靜止不動的戴克倫．俄奎夫，再看著派崔克，再回頭，在此期間始終都忙著甩開布拉姆。

布拉姆恍然大悟。「他讓你看了什麼？不是真的，都不是真的。是——」

范博利兇狠的目光落在派崔克．俄奎夫身上，全身肌肉緊繃。「我驅逐你出此屋！」

「不！」布拉姆大喊，卻為時已晚。

某種隱形的力量伸入了小屋，抓住了派崔克．俄奎夫，硬生生把他拔了出去。這個大漢被一陣無聲的風捲出了門，捲進了夜色，摔在地上，還沒爬起來，不死人就蜂擁而上，尖銳的指甲和牙齒將他撕成了碎片。

瑪姬尖叫，想衝出門，卻被愛倫抓住，硬拉了回來。「妳不能出去！不能這樣出去！他只是在讓我們自己內訌，變態的操縱和幻覺，如此而已！」

愛倫緊抓著瑪姬，小女孩嚶嚶哭泣，她怒瞪著風雨中的德古拉。「你的瘋狂沒有止盡嗎？」

「他們想把我們都殺掉。」范博利跟布拉姆說。「你還不明白嗎？我們是換取她自由的祭品。」他指了指愛倫。「她和他們那一夥。」

愛倫退後一步，眼神誠懇。「不是這樣的，我絕不會——」

「所以她才把我們帶來這裡，不然還會為什麼？」范博利惡狠狠瞪著愛倫。「我驅逐——」

布拉姆一拳打中他的下巴，打得他倒在地上。「夠了！這是心理遊戲，就這樣！你得更堅強一點！」

范博利摔倒時瑪姬揮出剃刀般的指甲，卻被愛倫攔住了，女孩的眼中燃燒著恨火，狠狠地瞪著他。

泰半時間都沒吭聲的瑪蒂妲以手槍瞄準了戴克倫．俄奎夫的頭。這時他的頭和四肢已完全接合，新生的皮膚漸漸覆蓋了肌肉、血管、肌腱，仍生嫩粉紅，卻讓他逐漸恢復了人形。

德古拉走向門口。「開槍，我就讓妳安全離開，我保證。」

「妳殺了他，我們就全死定了。」愛倫反駁，瑪姬仍在她懷中扭動。

瑪蒂妲拉開了韋伯利手槍的撞針。「說不定我們都沒有活路。」

「夠了。」

這句話是戴克倫．俄奎夫說的，他已經張開了眼睛。虛弱地看著他們。「不要再藉由我殺人了。」

愛倫放開了瑪姬，一眨眼的工夫就來到了他身邊。

瑪蒂妲退後一步，手指仍瞄準戴克倫的頭。接著她一踅身就朝德古拉開槍，他就站在門口。她開了一槍又一槍，打完子彈之後就用腳把門踢上。

而在傾盆大雨中的某處，愛蜜莉哈哈大笑。

✣

「子彈完全沒用。」松利驚呼。他立在正面的窗戶前，看著外面。「直接從他的身體穿過去，一點傷也沒有。」

「我們可以待在這裡等第一道陽光，只要我們待在屋子裡，他除了威脅之外也不能怎麼樣。」布拉姆說。

范博利搖搖晃晃爬起來，打量愛倫與兩個俄奎夫，一面揉下巴。「跟他們一塊？」

「對，跟他們一塊。」布拉姆不讓步。

范博利冷笑，靠著牆，雙腿仍不穩。

愛倫握住戴克倫的手，貼著臉頰。另一隻手的手腕貼著他的嘴唇，讓他吸血。話語在兩人之間默默交流，有多久了？布拉姆不確定。

瑪姬推開范博利，握住戴克倫的另一隻手。

戴克倫．俄奎夫雖說是醒了，卻一點也不好。他的皮膚幾近透明。布拉姆敢發誓他看到了血液在薄如蟬翼的皮肉底下搏動，緩緩流穿新生的血管，幾分鐘前還連一根血管都沒有——重新製造，儘管過程緩慢——愛倫的血現在流貫了他的血管。

「你明白一定要做什麼嗎？」愛倫問他。

戴克倫虛弱地點頭。

愛倫收回了手。「沒有別的法子。」

「我知道。」

「你站得起來嗎？」

戴克倫又點頭，兩個女人一齊攙扶他，讓他把腿甩到桌側，扶著他站起來，用防水布包住他的腰。他的胸口有道不規則的疤痕，不過之前心臟留下來的洞已經癒合了。

「我們要出來了！」愛倫大喊，壓過雨聲。

布拉姆的心往下一沉，她在做什麼？

瑪姬伸手把門拉開，德古拉就站在門外，愛蜜莉站在他旁邊。松利說得沒錯，子彈連一絲刮痕都沒留下。

德古拉一看見戴克倫．俄奎夫就把頭一偏。「我的血把你保存得真好，看你變得多有彈性！」說完，又轉向愛倫，掛上了一個邪氣的笑。「妳仍打算做我們討論過的交易？」

愛倫先看著布拉姆，再看著瑪蒂妲和松利。「是的。」

「妳不能這麼做！」布拉姆朝她喊。

「算你走運，我的朋友，」德古拉對他說，「你不用作這個決定，早在之前這個決定就為你作好了。」德古拉轉向愛倫。「可以了嗎？」

「你保證？」

「我保證。」

愛倫做了個深呼吸，接著輕撫戴克倫．俄奎夫的臉頰。「我全心全意愛你，永遠不變，找到安寧，盡量找到安寧，我這麼做都是為了你。」

「我也一樣。」他輕聲說。「我每一分每一秒都在妳身邊，從現在到以後。」

她放開了他，俯身對瑪姬耳語。「保住他的平安，永永遠遠。」

瑪姬沒說話，只是點頭，空洞的眼睛凝視著派崔克．俄奎夫跌落之處。接著她帶領一跛一跛的戴克倫．俄奎夫走開，經過德古拉和愛蜜莉面前，經過不死人面前，誰也沒阻攔，任由兩人消失在黑暗森林的暗處。

愛倫站在小屋門口，看著他們退走，眼睛充滿了紅色的淚水。

松利把一根木樁塞進布拉姆伸長的手裡，布拉姆用力握住，感覺著它的分量。他無法殺光所有的人，可是他很肯定能夠及時攻向德古——

愛倫瞧了一眼木樁。「丟了吧，用不著那個。」她端詳著屋裡的幾張臉孔，尤其是瑪蒂妲和松利，這才轉回來看布拉姆。「如果你跟我來，你不會有危險。可是其他人得留在這裡。」

「我哪兒也不跟妳去。」他握緊了木樁。

「帶我去吧。」松利說。「我想跟我太太在一起，即使只是多幾分鐘，帶我去，我保證不會找麻煩。」

從到這裡之後，德古拉第一次露出了迷惘的神色。隨即醒悟。「喔！妳還沒跟他們說啊？」他似乎覺得很興奮。「妳難道是以為結局會不一樣？以為妳這一小撮人能夠打退我的子民，並且全身而退，還能保住妳姦夫的心臟，以為會有圓滿的結局？我怎麼可能會容忍那樣的結果？妳真是太天真了，你們這一夥。你們還能活著完全是因為我需要你們，如此而已。等到哪天我不再需要了，你們才最應該畏懼。」

范博利掏出了一瓶聖水——布拉姆不知是來自何處——握在背後，手指摸索著瓶蓋。

德古拉覺得好笑，朝他一揮手，小瓶中的聖水就沸騰了。范博利忙不迭丟下瓶子，口裡不停咒罵。

德古拉繼續說：「把那個男孩子帶走，咱們趕緊辦正事，省得我覺得無聊，一把火燒光這棟破棚子，連他們一起燒了。」

「布拉姆，拜託。」愛倫懇求道。「你一定得來。」

他兩腳像生了根，就站在門裡。

德古拉心中的怒火焚燒。「夠了！」他一彈指，閃電就擊中了附近的一株柏樹，一根樹枝起火燃燒，圍繞在樹旁的不死人嚇得向後退，德古拉拿著燃燒的樹枝，舉在小屋木樑的幾吋之處。

「不要！」布拉姆大喊。小屋是否會在雨中起火，他不知道，可是他不敢冒這個險。「我去！我去。」

在其他人反對之前，布拉姆就拋下了木樁，踏出了門，踏入了強風暴雨中。

不死人跟在布拉姆的後面，擋住了逃亡之路，現在無法回頭了。

德古拉將起火的樹枝拋進水坑裡，火焰嘶一聲熄滅，然後他轉身就朝山丘走，扔下小屋不管。

布拉姆盡量不去聽瑪蒂妲的哭喊，不去聽風中他的名字，他只能希望松利能攔住她，范博利能保護他們直到天亮。

愛倫向後伸手，握住了布拉姆的手，他讓她握，雖然不確定是為什麼。愛倫的皮膚冰冷乾燥，完全沒被雨水淋到，德古拉和愛蜜莉也一樣。他自己則感覺到每一滴冰冷的雨點落在他的皮膚上。他的鞋子踩在泥濘中也唧唧響——只有他的鞋子會，其他人足不點地，沒留下一絲痕跡。今晚沒有月亮，布拉姆知道是他血管中愛倫的鮮血才讓他能夠看見，那是她贈予他的生命，這一份時間的禮物。

不死人佇立在他們四周，除了眼睛之外，完全不動，正好可以見證接下來的事情。

他們越過了山丘，墓園在望，白色大陵墓以及一百個歪斜的墓碑，愛倫捏捏他的手，他的手臂發癢，從來沒有這麼癢過。

如果布拉姆現在是步向死亡，他也認了，他已經多得到一些不屬於他的年月。是愛倫送他的這份大禮，無論她有何動機，沒有她，那個七歲男童早已死在小小的閣樓房間裡，對窗外的世界懵懂不知。

到了墓園腳下，德古拉手臂一揮，藍色火焰就向前噴竄，在地面上方閃爍不定。卻看不出實際燃燒了什麼，唯有火焰本身在濕透了的土壤上方盤旋。布拉姆想起了多年前登上阿爾閬堡高塔的階梯為他們照明的奇異蠟燭。

他們在墓碑間穿梭，繞過墳墓，來到了墓陵的入口，德古拉一手按住沉重的黃銅門。「**德赫斯奇斯！**」他命令道。

門打開來，露出了空蕩蕩的墓室。中央立著一個棺架，上頭卻沒有棺槨，只有一片平坦的石台，等待著它的獎賞，棺架的上方懸著一根長鐵樁，穿出了屋頂。

布拉姆一見到這個，眼睛就閃向入口上方銘刻的文字：

多林恩・馮・葛拉斯伯爵夫人
於斯地利亞
尋獲死亡
一八〇一年

他恍然大悟。「這裡是妳的墳墓。」

「是的。」

「為什麼？」

愛倫這時轉向他。她想表現得很堅強，但是眼中的淚卻藏不住，她的臉頰上和衣服上都留下了紅色的淚痕。「為了保護你們全家人的平安，為了保護俄奎夫一家人的平安，為了解放我的愛人戴克倫，只有這個辦法。德古拉知道他永遠也得不到我，得不到我的心，沒辦法讓他的心願得償，他最多只能占有我的身體。只要能讓你們平安無事，這一點我可以允許。」

德古拉冷笑。「我真不懂妳為什麼要關心這些人，他們每天除了為自己的死亡作預習以外，一無是處。」

「他們是我僅有的家人，我這一生真正的家人。」她跟他說。「給我們幾分鐘，讓我們私下談一談。」

布拉姆以為德古拉會拒絕，但他卻穿越墓園，愛蜜莉緊跟在後。其他的不死人並沒有進入墓園，反而是站在周邊當見證。

愛倫的聲音很小，只有布拉姆能聽見。「我跟你說過，我的血在你的血管裡是無法持久的，你的病幾時會復發，我不知道，可是那一天是一定會到的，我只希望你能把握住機會，好好活出精采的一生。」

「我們會回來釋放妳的，我們會在大白天來，那時他什麼法子也沒有。」

愛倫已經在搖頭了。「你們永遠也找不到這個地方了，即使是奇蹟出現，就算讓你們找到了，釋放我也會終止我和他訂下的協議，也就是死亡，不止是你和你們家，還有戴克倫和瑪姬·俄奎夫，他們兩個都應該要有自由的機會。別讓派崔克的犧牲毫無價值，你一定得答應我，你不會來找我，你就讓我在這裡，這是我的心願。有德古拉在的一天，就沒有別的辦法。」

布拉姆聽見了這個令人惋惜的真相，只能無奈地點頭。

愛倫以雙手握住布拉姆的手，布拉姆感覺到有什麼東西抵著他的手掌；她偷偷塞給了他一張紙。他把紙塞進了口袋裡。

「**只要他還活著**，你絕對不能來找我。」她說，凝目看著他。「了解嗎？」

他又點頭。

頭頂上雷聲大作，德古拉又來了。「妳該就位了，我的伯爵夫人。」

愛倫放開了布拉姆的手，他知道這一刻是他能感覺到她的碰觸的最後一刻。

她無聲地步入了陵墓，爬上了冰冷的石架，躺了下來。愛蜜莉來到布拉姆的身邊，一言不發，一些不死人來到他們身後。

德古拉走入陵墓，一手拂過愛倫的金色長髮，將頭髮纏繞在指間。「妳會慢慢愛上我的。」他告訴她。「我們有的是時間。」

語畢，他另一隻手握住了鐵樁，使勁一拉，鐵樁就刺穿了她的乳房、她的心臟，嵌入了她身下的石板。

愛倫慘叫一聲，響亮的聲音刺得布拉姆的耳朵痛。她的聲音在山谷中迴盪，刺破了黑夜，劃開了暴風雨。她不動了，布拉姆以為她的痛苦終於結束了；他以為她終於得到了安息，但是他卻大錯特錯。閃電擊中了鐵樁，白光炫目，鐵樁從頂到底都通了電。愛倫的身體因劇痛而拱起，尖叫聲被霹靂巨雷淹沒，然後她又重重落回棺架上，哭聲無法抑制。

又是一道閃電。

德古拉關上了大銅門，將她封在裡面，掩住了她的哭號。

「你怎麼能這麼做？」布拉姆對他大吼。「你說你愛她，卻對她這麼心狠手辣？」

「我對她的愛不是你能了解的，可是如果她要得到原諒，就得為她的罪惡付出代價。我是個很有耐性的人，我可以等她，就像我可以等你一樣。」德古拉的一隻長指甲刮過布拉姆的下巴，再劃到他的頸子、耳朵，留下了一道紅痕。「她的血在你的身體裡流動，給了你不應該有的壽命。就跟罪惡一樣，這種借來的時間也需要償還，在你死的那天，我會來找你，我答應了等到那個時候。你的靈魂會是我的，永遠都是，你也會變成我的夜之子民。」他說，比了比圍繞著他們的不死人。「你的心臟跳完了最後的一跳，你就會在我的身邊就位。」

布拉姆開口要搶白，還沒能說出一個字，只見德古拉森沉的紅眼惡狠狠地瞪著他。「柯帝，莫馬克（愛爾蘭文，睡吧，吾兒。）。」

一切歸於黑暗。

瑪蒂妲給愛倫·柯縈的信

一八六八年八月二十二日

最最親愛的愛倫：

我不知道該如何解釋這幾天的情況，大多數時候都在無眠的恍惚狀態中度過，其他時間則像是惡夢醒來，就是那種被追逐，越跑越慢，而猛獸欺近了你的背，對準了你脖子的惡夢。

今天早上我在不是自己的床上醒來。早上我穿著昨天的衣服醒來，全身覆滿了泥塵，而且濕透了，在陌生的床上，在我隱約認得的房間，可是剛睜開眼卻分不清東西南北。

然後我想起了我們來到了慕尼黑，我想起了我們的旅程，一驚而起。我是如何到這裡來的，到四季飯店的房間裡的，我不知道，我只記得在那棟小屋裡，在那個被死亡包圍的偏僻村莊的邊緣。

我記得妳、我弟弟、我親愛的嫂子走入黑夜，步向死亡，頭也不回，一次也沒回頭。如果妳看了，妳會看見松利想追上去，妳會看見范博利把他拉回來，妳會看見那群不死人包圍住我們，不願意讓我們多走一步，無論我發射了多少發的子彈。

無知有什麼好處嗎？我弟弟相信有。

今天早上我發現布拉姆就在我隔壁的房間中沉睡，他的模樣比我還要邋遢，要不是他尖叫，我不曉得會不會知道他就在附近，可是他尖叫了，而且叫個不停，最後我不得不抱住他，以慈愛的話語安慰他，讓他知道親人就在他身邊。他半天不吭聲，等他好不容易開口，我要妳知道他第一個就喊妳的名字，他一口氣都沒喘，說出妳的名字讓他太痛苦，無論當時他心中有什麼想法，都讓他大哭了起來。我問起了妳的命運，他不肯說，只說太可怕了，他無法說給別人聽。或許假以時日，他會改變心意，但是目前我決定不逼他，他也夠受的了。

說實話，我們也都夠受的了。

等他終於哭完，恢復過來之後，他說他記得什麼極其重大的事情，就開始翻他的口袋。他拿出了一張折起來的紙，上頭是妳的字跡，寫著他的名字，他不肯讓我看內容，看來，我得耐著性子。

現在是范博利在照顧他，那個人——我真希望能儘早擺脫他。

我發現最怪異的是松利，他也跟我和布拉姆、范博利一樣，獨自在陌生的旅店、陌生的房間中醒來，躺在距布拉姆兩道門外的陌生床鋪上，但其實他不是自己一個人。他的身邊躺著他的妻子，我親愛的嫂子愛蜜莉。她並沒有隨我們一樣醒來，我在寫這封信時她仍在睡。她的人不對勁，這點我們都很確定——她的皮膚太蒼白、太冰涼了——可是她回來了，而且她和松利在一起，這是最重要的，是妳精心安排讓她從德古拉那裡回來的嗎？我覺得是。

我們是如何回到飯店的，誰也說不上來。范博利詢問了櫃台，飯店員工沒有一個記得我們昨天回來，我們雇用的馬車和馬匹也不見蹤影。夜班經理發誓他沒有離開過崗位，可是我們回來的話應該會從他面前走過才對，我們的房間在三樓，既沒有陽台又沒有其他的出入口。當然，除非是把俯臨廣場的大窗算進去，我不知道其他人怎麼樣，不過我的窗戶在今早是打開的，而且我的房間仍殘留著夜晚的寒氣，窗子打開了一陣子了——至於如何解釋，悉聽尊便。

我們在三小時後動身返回都柏林，到時這裡的一切經過就會拋到腦後。我有四天的旅行時間來決定要如何向爸媽稟報，也許讓他們知道我跟兩兄弟一道出門就夠了，也許他們只需要知道這麼多。到頭來，最重要的就是家人，不是嗎？

說到這兒，我得準備啟程了。發生了太多事，我需要時間消化、整理，了解我見到了什麼，因為我越是努力要解開回憶，詮釋析理，思緒就會變得越陌生。不過我還是要問妳一個傻問題，是我剛剛想到的，雖然宛如隔世，但我給妳寫第一封信才是十天前的事，而我發現自己仍在問同樣的問題——

妳在哪裡？

我覺得答案應該就近在眼前了，卻反而覺得是前所未有的遙遠。

摯愛妳的瑪蒂妲

二十二年後

布拉姆・史托克的日記

一八九〇年八月二日晚七點二十三分——我把瑪蒂妲的信擺在胡桃木盒的上面，信在盒子裡放了二十二年。我向後靠著吱吱叫的椅子，把信看了一遍。我在這個盒子裡塞滿了我們的信件、日記、箚記，盡可能根據時間排列，另外還有瑪蒂妲素描簿中的地圖。當時，我相信非常之齊備，可誰說得準呢？就連范博利都把他的筆記給了我，雖然極其不情願，也費了我姐姐好一番口舌。在我們離開慕尼黑回到熟悉的都柏林時，一切都似乎不真實了，倒像是一場恐怖的惡夢，我們這一小夥人共作的一場惡夢，雖然大家都記錄下了自己的想法，卻沒有一個特別想出示，連和彼此分享都大為躊躇。

算得上是奇特吧，我們這樣一夥人能湊到一塊共同經歷一件事，對於結論又是那麼的南轅北轍。不過，事情的經過就是如此，松利埋首於研究工作，教書行醫，在整個英國享有盛名——而且不止是在醫學與社會工作上如此，他也極力支持藝術。瑪蒂妲去年春天嫁給了一位法國外交官，我不清楚姐夫對這件事知道多少，她對藝術的投入也得到了回報，她的作品現在掛在許多知名美術館中，她的塞爾特插畫和論文也刊登在《英國畫報》月刊以及其他期刊上。好也罷歹也罷，阿米涅思・范博利都是我們生活中的常客，雖然與他的來往都是斷斷續續的，我有多年沒有和他聯繫了，我得承認，我很感激有這樣的空檔，然後他又會出現個幾天，彷彿這之間並沒有時間的隔閡，他只肯告訴我他為政府工作——我尚未問出是哪一國的政府——都是最好別問的秘密任務，至少這一點是很清楚的。某個晚上喝了許多啤酒，他說溜了嘴，說他花了一年多的時間追蹤瑪姬與戴克倫．俄奎夫，卻一無所獲，無論那一夜他們去了哪裡，都消失在茫茫人海中了。他說他放棄不追了，可是他還是不相信，壓根就不信。

我希望他們走得很快，我衷心盼望他們離他越遠越好。

至於我呢？二十年來我去過三趟慕尼黑，卻找不到小村，也找不到愛倫的安息地，果然如她所說，當時那麼容易就找到的地方，如今卻是因為刻意隱藏而難覓蹤跡。

我在職業生涯上也將就著過。

我出版了一些故事，外加舞台劇評，沒有什麼值得留意的，不過額外的收入卻能讓我的太太芙蘿倫絲跟我享受一些難得的好處，我們生了一個兒子，諾爾，今年十一歲了。

我大半的時間都投注在萊塞姆劇院，協助我的好友亨利．厄爾文。我們的《馬克白》連續演出了許久，也討論要改編《亨利八世》，推出新劇。

我在倫敦安家立業，不過我也經常能回愛爾蘭。我很快樂、滿足。

唉，我在絮絮叨叨、胡言亂語，總比說出今天我寫下這些文字的真正原因要容易，讓我在二十餘年後把這個胡桃木盒從書架上拿下來，檢視其中的內容的原因。

今天我有位訪客。

一個女人。

一個我沒見過的女人，可她卻在短短的十五分鐘之內就顛覆了我的人生，給了我的人生一個極大的震撼。

我正在辦公，整理昨晚演出的收據，她持續的敲門聲打斷了我的專心。

「史托克先生？」

我抬眼一瞄，發現是一名嬌小的女子，不足五呎高，褐色頭髮及肩，衣著時髦，高領縐摺上衣，舒服的裙子，不是瑪蒂妲肯穿的服裝。大概是最新的時尚吧，不像老一輩的輕佻浮浪，而是以舒適為上。我猜她二十四、五，卻很難斷定，這麼說吧，她的美是不受時間影響的。她的衣領上別著一朵小小的白色野玫瑰。

我放下了筆，對她微笑。「有什麼事？」

「我可以跟你談一談嗎？我叫米娜．哈克。」

我站了起來，為她清出一張椅子，再回桌後坐下。「有什麼我能效勞的地方嗎，哈克小姐？」

「是哈克**太太**——我剛結婚。」

「喔，恭喜。」我再次微笑。「那麼，哈克太太，有什麼我能效勞的地方？」

她回以笑容，卻很勉強，我一眼就看出她有心事，這是一位心事重重的女性，我看得出她仔細規劃過這一趟拜訪，在心裡組織好計畫要說的話，不願讓自己注意力分散或是岔開話題。

哈克太太伸手到袋子裡，掏出了一份裝訂的打字稿，放到我的桌上，推了過來。「我相信我們有共同的敵人，阿米涅思．范博利說你是可以信任的人。」

她沒等我翻開稿件，只說她明天同一時間再來，說完就走了。

一聽到范博利的名字，我就覺得我知道這是怎麼回事，可是我不想相信。即使在我開始讀之後，在我翻閱每一頁，把她的文字盡收眼底，我也不願相信。畢竟，事過境遷了。

最後一頁她草草寫了兩句話：

范博利說你知道這個禽獸躲藏之處？他躲著舔傷口的地方？

我尋思了一會兒，再把手稿翻回來，發現自己瞪著第一頁，正中央寫著的幾個字：

梵派爾伯爵

我拿起了筆，劃掉了「梵派爾」，換上了「德古拉」，再在尾端加上了一個A，因為多年前在我把一切事情塵封在心底之前，我得知了正確的拼法。

接著我把這份稿子放進了革囊裡，明天哈克太太來之時我不會在，或許這樣最好。明天一早我就要去惠特比，我會在旅途中更仔細研究她的稿子，有人或許會說她在這時找到我時機捏得可真好，因為我正要動筆寫一本小說，一本新小說，寫的是非常久遠的事情——一種存在於世間的邪惡，是最難以索解的真相。有的人則會說是純屬巧合。

兩者我都不同意，因為兩者我都不信。

✣

執筆於手，我寫道：

她立在我面前，就在月光下，我想不起幾曾見過哪名女子有如此沉魚落雁之美貌。我不會詳加描述，因為文字無法形容她的美，不過她有一頭黃金秀髮，挽了個髻，而她的眼睛：既藍又大。

我們的愛倫。我的愛倫。

仍是那雙眸子，一模一樣。

我以手帕掩口咳嗽，是我最愛的一條，多年前母親繡上了精美的紫花，讓我想起老家附近田野上的野蘭花，白色的手帕佈滿了深紅色血斑，有舊有新，是死亡的跡象，卻不肯乾脆地一口氣傾洩，我又咳了一次，紅色唾沫閃爍著光芒。不再是愛倫的血了，現在完全是我自己的了，她的血多年來已消失了，它的治療特性也隨之而逝，我感覺到童年疾病悄悄溜了回來，從耐心的蟄伏中清醒。

愛倫賜予我的時間禮物即將耗盡。

德古拉說他會在我死時來找我，我相信他的話。昨天，我安排好在死亡之後立刻火化，這是我們這一局棋賽中最後一次將軍。

我答應了愛倫不會回來找她，在他仍活著時，這個承諾在我借來的每一天都燒燙著我的心。**在他仍活著時**。

我書桌上的胡桃木盒，我回去翻尋，直挖到最底下，翻動著紙頁，最後找到了我要的東西——愛倫在最後一刻塞給我的紙條。

我小心地打開，撫平四角，在時間的摧折之下，紙張已泛黃起縐，我看著她的筆跡，雖褪色卻仍可讀：

解決他

緯度四十七

經度二五・七五

我的胳臂有好些時候都不癢了，但今天卻癢了起來，而且癢個不停。因為去過惠特比之後，我知道下一站是何方，這條道路早在多年之前就決定好了，而我留下的線索只有我的文字。

終於到了我去一探德古拉的時候了，耽擱得太久了，而我手上握著最尖銳的木樁。

——布拉姆・史托克

後記

四〇五六二號病患病歷
松利・史托克醫生

一八九〇年十月十七日——四壁流出了水，才會造成霉味和臭味，這一點我是滿肯定的。至少每次我下到這一層，走過通道，我總是這麼告訴自己的，這趟路我每週二、五都要虔誠地走上一遍，已經走了二十多年了。歲月對我並不仁慈，因為我的每根骨頭都能感覺到歲月給我的痛楚，今天，疼痛來自右腿——恐怕是痛風，但現在說還太早。

我送來了晚餐，也許這才是我每週來兩次的真正目的——知道唯有我能夠為她送飯。當然，醫院每天都會為她供餐，可是差不多都原封不動，只有我送的餐點維持了她的生命。

她的門在走廊的盡頭，既大又醜陋，門底下只有一條窄窗口可以把托盤送進去，而門的正中央立著一只石瓶，插著一朵白色野玫瑰。我拔出了週二的花朵，已經乾枯了，換上了我在花園裡種的現摘玫瑰。她房間的牆壁都是以厚石建造的，沒有窗子。

她有一陣子沒有試圖逃亡了，我只知道是白玫瑰讓她沒有蠢蠢欲動，但是我不會假裝知道是何原委。

我把托盤從底下的窗口滑進去，她立刻就拉了過去。緊接著是我不希望聽見的唏溜聲。等她吃完，她跟我說話，聲音清晰完美，說是天使也不為過。「我有話要告訴你，松利，最好是悄悄說，放我出去，讓我附在你耳邊說？」

我靠著門，一手按著木頭。我渴望能觸摸她，感覺她的觸摸，她溫柔的吻。可我知道往事已成煙。

「妳知道我沒辦法。」

「可是我渴望你的撫摸。」

「我也一樣。」

她把手指從窗口滑出來，我俯低身體，按住她的手。她很冰冷，總是那麼冰冷，但她是我的愛蜜莉，我只在乎這一點，這是我渴盼的接觸。

一個人的手可以告訴你很多事，平滑或粗糙，膚色，指甲如何修剪。我低頭看著我倆在石地板上交握的手，其中的相異之處昭然在目。坦白說我的手雖然不是做粗工的手，而是外科醫生的手，可是歲月仍是不饒人，我的皮膚出現了色斑，老人斑浮現，血管也變粗。我的手指變得腫脹，不像我父親的手，有時我也懷疑是不是自己的手，因為多年來變化得太大了。

愛蜜莉的手指在我的手中抽動，我們牽手時她就愛這樣，她的手指幾乎沒有安安靜靜的時候，可能是她想讓我知道她在這裡，想著我。她的手指抽動，我低頭看，那樣的平滑柔軟，皮膚如孩童，絲毫不見歲月的痕跡。

在我們握手時我會看到我倆之間的光陰流逝，我倆之間的距離拉大，我們會一起變老，我們的手會交握，但唯有我的手會老化。

「你會再陪我一會兒嗎？」她柔聲說。

「我會一直陪著妳。」

作者的話

對我們許多人來說，《德古拉》是本陰森恐怖的小說。是我們兒時或青年時期看的書，成長後還一讀再讀，是書架上的常見書，是個老朋友。事實上，我們可能是太熟了，所以從沒自問過這個故事究竟是從何而來的。然而，一如在經典小說中喬納森．哈克的旅程，最終付梓的事件佈滿了疑團。布拉姆．史托克第一次把手稿送給英國的出版商Archibald Constable & Company時，他以簡單的一句話打開話題。

這個故事是真的。

現引述《德古拉》的原序：

本書讀者很快就會明白書中的事件漸漸拼湊起來，形成了一個合乎邏輯的整體。除了摘除我認為不必要的小細節之外，我讓涉入的人士以自己的方式記述他們的經驗，但我當然改變了人物與地點的名字，其他地方我則一字未改，以表達對那些認為有責任將事件呈現在大眾面前的人士的尊重。

我深信書中描述的事件都是真實的，儘管乍一看難以置信，也難以理解。而且我也相信這些事件在某個程度上必須是無法理解的，雖然心理學與自然科學的持續研究在將來或許能夠給出個合乎情理的說明，但在目前，無論是科學家或秘密警察都無能為力。我要重申記錄於此的神秘悲劇是絕對真實的，不過當然我在某個階段做出了與書中人物不同的結論，可是事件卻是不容置疑的，而且太多涉入的人也知道是不容否認的。

布拉姆也清楚地宣稱書中的角色都是真實的人物。序言接著說：

無論是自願或非自願在這個不凡的故事中軋一腳的人物都是婦孺皆知而且普遍受到敬重的。喬納森．哈克伉儷（他的妻子是很有個性的女子）以及蘇沃德醫生都是我的朋友，我們也相交多年，我從不懷疑他們說的不是事實，還有那位備受尊重的科學家（書中以假名出現）在教育界也是大名鼎鼎，若是寫出了他的真實姓名，只怕是無論如何也瞞不住世人——那些從經驗中得知要珍惜尊重他的才華與成就的人更是不可能不知道，儘管沒有一個人比我更能遵循他的人生觀。

布拉姆．史托克並不想讓《德古拉》被當作虛構的故事，而是想要警告世人有一種非常真實的邪惡存在於人間。

但是編輯擔心以真實故事呈現引起的衝擊過大，所以就把手稿推回去，只乾脆地說了一句話：**不行**。

奧圖．凱爾曼編輯接著告訴布拉姆倫敦仍因白教堂區命案而餘悸猶存，更何況兇手仍逍遙法外，他們不可能出版這樣的故事而引發群眾恐慌，他必須要修改。

這時，史托克險些就把書收了回去，知道妥協意味著他想傳達的訊息可能會石沉大海，但是同時他也知道找不到出版商，他的訊息根本就不能公之於世。最終，他讓步了，於是接下來的幾個月中史托克與凱爾曼合作，改寫小說，兩人經常為何處該刪何處該留而齟齬牴觸，即使是書名也由「不死人」改為「德古拉」。

小說終於在一八九七年五月二十六日出版，頭一〇一頁被刪減，文本也經過無數次修改，後記也縮短了，將德古拉最終的命運改得跟他的城堡一樣。數萬字消失了，序言縮減為：

> 這些文檔在閱讀之時自會排列得井然有序。一切無關之處皆已刪除，俾使一段幾乎與之後的想法歧異的歷史可能凸顯為簡單的事實。記述過往的文字皆無舛誤，因為挑選的記錄源自於當代人之手，採取記錄者之觀點，也未脫離記錄者之知識範疇。

也因此遊戲展開，直到一百二十多年之後，我們才逐漸解開這個謎團。今天，一般的做法是作家將小說送交家鄉的出版社，接著出版社，或是作家的經紀人，分銷給世界各地的出版社。基本上，所有的出版社用的都是相同的原稿，而在布拉姆的時代則否。布拉姆本人將小說稿寄給每一家出版社，他同意凱爾曼的修改提議，但是他知道這樣的修改**只會**影響英國版，至於其他的出版商，他可以送交原稿。

所以布拉姆找到了訴說故事的方法。

在《德古拉：源起》這本書中，你會發現有摘自《Makt Myrkranna》的文字，這是新近翻譯的愛爾蘭文版的《德古拉》。《Makt Myrkranna》——意思是黑暗的力量——並不是我們所知的《德古拉》。相異之處遠多過了翻譯的簡單差異。人物不同，地點不同，情節不同。兩本小說都以同樣的風格開始，結局卻是大相逕庭。德古拉有意中人，是個在各方面都與他旗鼓相當的女子，他稱之為多林恩·馮·葛

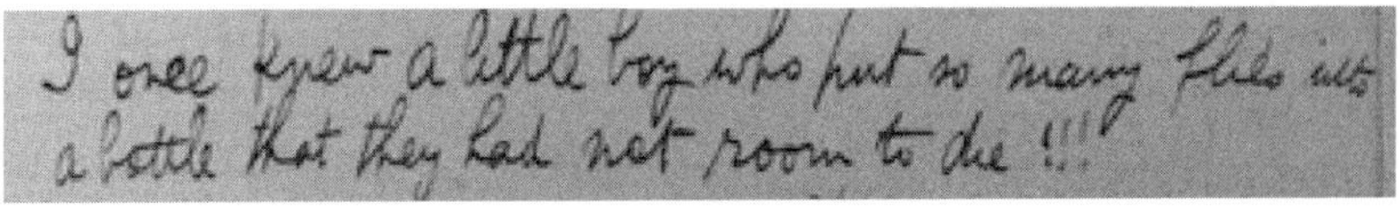
I once knew a little boy who put so many flies into
a bottle that they had not room to die!!!

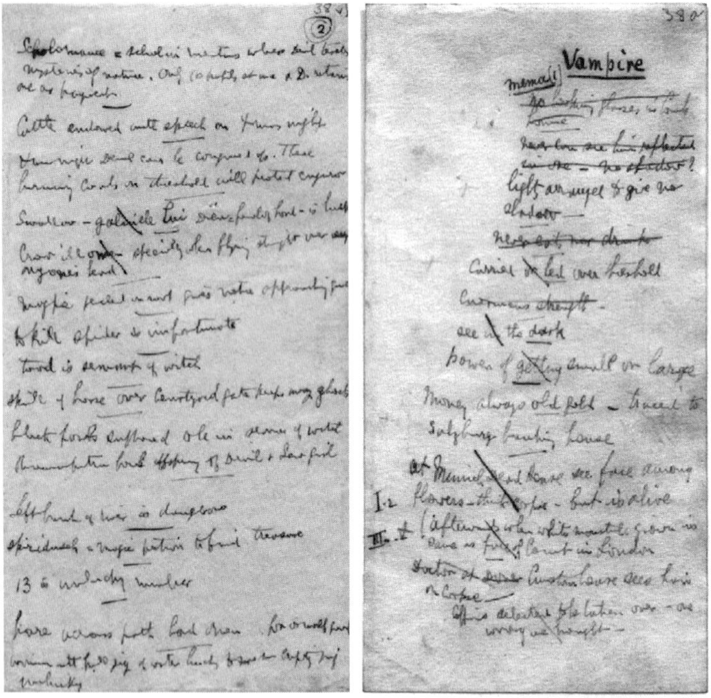

吸血鬼備忘錄

伯爵屋內沒有鏡子
鏡中看不見他——沒有影子？
燈光安排得不見影子
不吃不喝
過門檻須有人扛或引導
力大無窮
黑暗中能看見
可變大變小
金錢一定是舊金幣——
可溯及薩爾茲堡銀行
慕尼黑停屍間看見花叢中的人臉。
覺得是屍體——卻是活的
III之後留白色八字鬍，
臉孔跟倫敦的伯爵同
醫生在多佛海關看見他或屍體
挑選要占據的棺材，一錯一帶

拉斯伯爵夫人的女子——而布拉姆相信就是愛倫。讀了《Makt Myrkranna》，我們發現我們知道的《德古拉》變得較不具體，像流動不停的液體，閱讀的感覺就像是布拉姆在跟我們附耳低語，告訴我們故事遠不止於此。

刪除的一〇一頁究竟寫了什麼？布拉姆留下了一條麵包屑，你只需要知道該看哪裡，而且願意追循下去。全球的第一版似乎就是挖掘出他想說的故事的關鍵所在。

布拉姆也留下了複本。他總是口袋裡裝一本日記，故事概念，家庭軼事，天氣，無所不錄。《德古拉》許多部分就來自於他的日記，而在我們搜尋時，布拉姆的文字也得到了重生。

之前，布拉姆詳細記下了吸血鬼能做與不能做的事情。他的清單中沒有的？陽光。布拉姆覺得吸血鬼可以在白天外出，但是會沒有力量。陽光對吸血鬼的致命影響直到一九二二年的電影《不死殭屍》（Nosferatu）才出現。

還有布拉姆筆下的妖魔的真正起源呢？

儘管多數人相信德古拉就是弗拉德·德古拉（Vlad 德古拉），布拉姆的筆記中卻遍尋不著「穿刺公」弗拉德的紀錄，唯一相同的是姓氏。

「穿刺公」弗拉德與德古拉的關聯不是布拉姆捏造出來的，其實是兩名波士頓學院教授雷蒙·麥納利以及拉杜·傅羅列斯古在一九七二年出版的《尋找德古拉》一書中的臆測。而「穿刺公弗拉德」派的說法更由法蘭西斯·佛德·科波拉所拍攝的電影《吸血鬼：真愛不死》（一九九二年）而得到提倡。

布拉姆的妖魔比穿刺公弗拉德的年紀要老上許多。其實，這張筆記的第一行就說到他出自修羅曼斯：

修羅曼斯＝魔鬼教授自然奧秘的山中學校，只收十名學生，留下一名當報酬。

這「一名」就是德古拉。至於布拉姆是從幾時起對妖魔感興趣的？還得從他的童年說起，他的愛倫保姆跟他說了嘉勒格杜的故事。

《德古拉：源起》也和《德古拉》一樣都植根於事實。雖然有些日期改了，事件濃縮了，但這是說故事的常態。如想對史托克家族有深入的了解，請參考www.bramstokerestate.com網站。

據說，布拉姆是個病秧子，無法走路，有時只比死人多一口氣，一直臥病到十一歲——然後就奇蹟似地康復了。等他入三一學院就讀，在他身上完全看不出童年疾病的痕跡。事實上，他在體育方面表現傑出：划船、游泳、體操、橄欖球、競走，史托克家族出了不少醫生，包括威廉·史托克醫師（一七七三－一八四八年），他是治療高燒與放血的專家，而他的兒子愛德華·亞歷山大·史托克（一八一〇－一八八〇年）就是治療布拉姆的醫生。在他的病情減輕時，布拉姆聽了許多的女妖、吸血精靈的故事，以及嘉勒格杜的傳說——這是他母親最喜歡的恐怖故事。夏綠蒂十四歲時在斯萊戈躲過了一場霍亂瘟疫，後來她也向布拉姆說過。布拉姆懇求她把故事寫下來，夏綠蒂同意了。她的繪本完成於一八七三年，也收藏在布拉姆存世的文檔中。

夏綠蒂與亞伯拉罕·史托克住在馬里諾彎的透天厝中，一八四五年生下了松利，在一八四九年第三個孩子湯姆誕生之前又搬到了阿爾闐館。阿爾闐堡就在不遠之處，等布拉姆的身體康復，可以自在溜達時，城堡已是廢墟。

松利是愛爾蘭最著名的外科醫生之一，而且身兼數職，像是斯維夫特精神病院的客座醫師，據說他在此地施行極為先進的外科手術，當時連名稱都沒有。

松利的妻子愛蜜莉餘生確實都關在精神病院中，原因只有他一個人知道，而且也是他把她送進去的。雖然沒有人知道原因，但是松利成年之後總是隨身攜帶一綹頭髮——屬於愛倫·柯榮的頭髮，她在史托克家中擔任保姆多年。

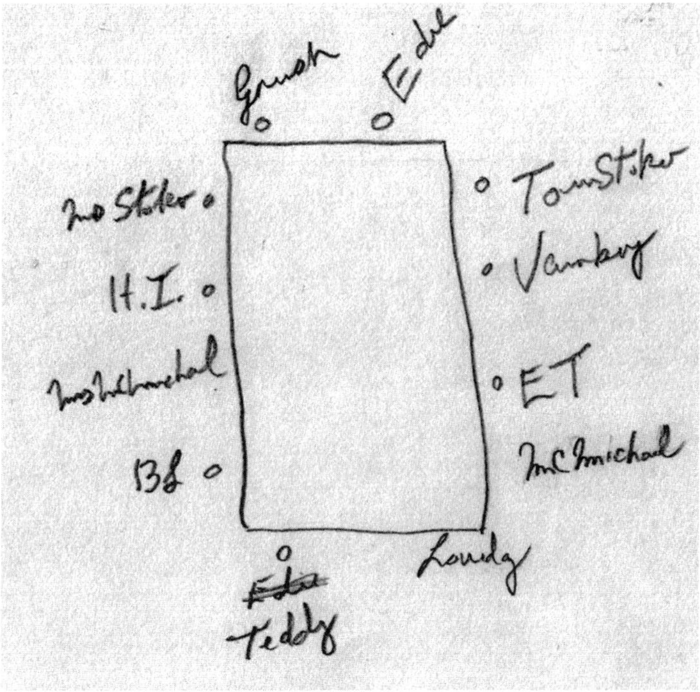

© Dacre Stoker

牛排屋的晚餐座位表（逆時針方向）：巴索洛繆．古朗茨（丁涅什．拉約什的前私人秘書／匈牙利共和國總統），艾笛．華爾道（埃倫．泰瑞之女），湯姆．史托克（布拉姆之弟）。阿米涅思．范博利，埃倫．泰瑞（知名女演員），麥米迦勒先生，哈利．樂弗戴（萊塞姆劇院之舞台設計師），泰迪．泰瑞，布拉姆．史托克，麥米迦勒太太，亨利．厄文，芙蘿倫絲．史托克（布拉姆妻子）

瑪蒂妲從早年就作畫，後來進入都柏林藝術學校，並且成為皇家海伯尼恩學院會員。她專攻繪畫與陶藝，兒時她和布拉姆都得過獎，她和妹妹瑪格麗特在亞伯拉罕退休後隨父母出國，先到法國，再到瑞士，再轉義大利，瑪蒂妲仍持續學習藝術。瑪蒂妲在父親過世後不久就搬回倫敦，先和布拉姆及芙蘿倫絲同住，後來又和喬治與弟媳愛格妮絲同住。一八八九年，她已四十三歲，嫁給了比她年長十一歲的查爾斯·伯蒂尚。

湯姆在印度文官隊伍服務多年，擔任過許多職位，最著名的是副總督的主任秘書，他在一八九一年回到都柏林的黑石鎮迎娶安妮德·布魯斯，婚後夫妻回到印度，一直住到一八九九年湯姆退休。

不死人村今天依然存在，一如布拉姆的年代，就在慕尼黑市外，地點不明。

一八六八年惠特比修道院還有中央塔樓，《德古拉：源起》書中的對峙場面就是在這裡發生的。一次大戰時，德國海軍砲打修道院，

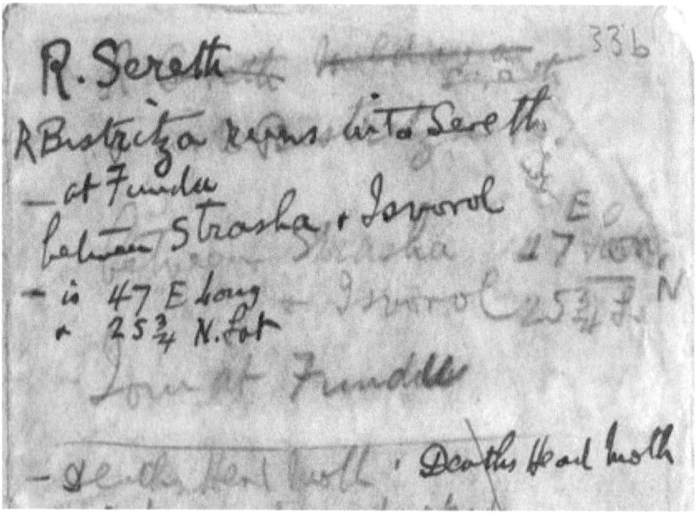

摧毀了塔樓以及大部分的建築。

雖然布拉姆覺得有必要保護凡赫辛的身分，許多人仍相信他就是阿米涅思．范博利，松利與布拉姆共同的朋友，有一段多彩多姿的過去，而且是萊塞姆劇院附屬的牛排屋的常客。布拉姆在《德古拉》中留下了一點線索，暗示了范博利的身分，借凡赫辛之口提到「他的朋友布達佩斯大學的阿米涅思」。

布拉姆在他的私人日記中寫下了德古拉城堡的確切地點，標出了經緯度，但是逆反了數字，做為密碼，並且餘生都小心守護著這個地點：

藉由他的筆記與日記，無論出版與否，藉由刻意在第一版的後面留下的線索，布拉姆找到了說故事的方法。他帶領我們去看《德古拉：源起》。

二〇一七年三月，微軟的共同創立人保羅．艾倫，邀請我們去看《德古拉：不死人》的原稿，是他在拍賣會上買到的。這個稀有的機會讓我們能夠證實了我們的許多發現。雖然我們被要求簽下保密協定，禁止我們和別人討論許多我們親眼看見的東西，我們卻可以證明短篇故事〈德古拉的追尋〉從原版小說中刪除了。我們也能夠證明艾倫收藏的原稿是從一〇二頁開始的，頁數被劃掉，改寫成一，前面的一〇一頁都消失了。整個原稿裡都能看到許多段落被刪，舉凡是提到前一〇一頁內容的一概刪除，剩餘的定稿就是今天的這一本小說。

我們有許多時候都感覺布拉姆從我們的肩上看著我們的文字寫滿紙頁，看著他的文字在湮滅了許久之後又重新集結。我們都覺得他在微笑，在過程中把他的筆記交給我們，告訴我們下一段該看哪裡。

布拉姆．史托克曾說：「有些奧秘人類只能臆測，一代又一代過去，也許只能解開部分的謎。」《德古拉：源起》就是了解這個奧秘的第一步。也許，《德古拉》的頭版既然有那麼多國家的譯文，與Archibald Constable & Company的原版比較之後，我們可以取得其他的部分。

布拉姆．史托克當真相信德古拉，這個自童年起就糾纏他不放的妖魔會在他死亡時來攫奪他不朽的靈魂嗎？我們可能永遠也沒法知道。不過你不得不納悶——他為何留下遺言死後立即火化，他的那個時代火化還並不普及？或許是他在陰影中看見了什麼，令他思忖——令他想起了什麼，童年時聽見的故事。也可能他只是讀到了保姆給他的、隱藏多年的字條，明白了不是所有的妖魔都會隨時間消逝。事實上，有些妖魔根本就不會離開——它們在伺機而動。它們是很有耐心的。而無論要付出何種代價，你都得搶在它們前頭，只要距它們的魔爪一吋遠就可以了。

© E. Willis

布拉姆・史托克
生於一八四七年十一月八日
卒於一九一二年四月二十日

戴科的謝詞

首先我要感謝十年來參與我的「史托克談史托克」座談並且鼓勵我出版我和他們分享的故事。沒有我的共同作者J. D.，這本書是完成不了的。我很欣賞他塑造故事上的才華；與他合作，順順當當寫完書，真是一個值回票價的經驗。

史托克家族的記錄與傳說在許多層面上就是本書的史料基礎，多虧了內人的辛勤、銳利的眼光以及遍布全球的族譜網站。我對珍娜的虧欠不是言語足以形容的。我也要感謝我的兒子帕克給予我回饋以及編輯上的協助。

在讀了《德古拉：源起》的早期草稿之後，我的母親蓋兒讓我想起了夏綠蒂・史托克針對《德古拉》給布拉姆的話：「精采極了，比你寫過的東西好過十萬八千里……做得好，戴科。」我媽的支持一向就是我的底氣所在。

特別感謝我的經紀人克莉絲婷・尼爾森以及Putnam的責任編輯馬克・塔佛尼，謝謝你們幫助我們把布拉姆與家人呈現在這本書裡。

巴克的謝詞

能出版這樣的一本書，要感謝的人一定很多，而我總是會掛一漏萬。對此，我先說聲抱歉。克莉絲婷・尼爾森，我奇妙的經紀人兼朋友，妳為這本書找到了家。馬克・塔佛尼以及Putnam中的諸位，謝謝你們接納我們。

戴科・史托克一家，謝謝你們邀請我進入你們的世界，拉開了帘幕露出童年的珍寶。謝謝你，布拉姆，留下了你的文字。世人都知道你的夢魘，也許現在他們也能認識你。

最後是我最愛的人，我的妻黛娜。我也許有一肚子的故事，可是我們的故事卻總是在最上頭。謝謝妳做妳自己。

國家圖書館出版品預行編目資料

德古拉 源起/戴科．史托克& J.D.巴克著；趙丕慧譯. --初版. -- 臺北市：皇冠, 2019. 4
面；公分. -- (皇冠叢書;第4751種)(JOY;216)
譯自：Dracul
ISBN 978-957-33-3439-2(平裝)

874.57　　108003524

皇冠叢書第4751種
JOY 216

德古拉 源起

Dracul

作　　者—戴科．史托克& J.D.巴克
譯　　者—趙丕慧
發 行 人—平雲
出版發行—皇冠文化出版有限公司
台北市敦化北路120巷50號
電話◎02-27168888
郵撥帳號◎15261516號
皇冠出版社(香港)有限公司
香港上環文咸東街50號寶恒商業中心
23樓2301-3室
電話◎2529-1778　傳真◎2527-0904
總 編 輯—龔橞甄
責任主編—許婷婷
責任編輯—平　靜
美術設計—三人制創&嚴昱琳
著作完成日期—2019年
初版一刷日期—2019年4月

法律顧問—王惠光律師

讀者服務傳真專線◎02-27150507
電腦編號◎406216
ISBN◎978-957-33-3439-2
Printed in Taiwan
本書定價◎新台幣450元/港幣 150元